陇原当代
文学典藏
文学评论卷

文学世界的探险

杨光祖 著

读者出版传媒股份有限公司
敦煌文艺出版社

图书在版编目（CIP）数据

文学世界的探险 / 杨光祖著. -- 兰州 ：敦煌文艺出版社，2016. 9（2018.11 重印）
（陇原当代文学典藏. 文学评论卷）
ISBN 978-7-5468-1482-7

Ⅰ. ①文… Ⅱ. ①杨… Ⅲ. ①中国文学－现代文学－文学评论－文集②中国文学－当代文学－文学评论－文集 Ⅳ. ①I206. 6-53

中国版本图书馆CIP数据核字（2016）第226303号

文学世界的探险

陇原当代文学典藏·文学评论卷

杨光祖　著

出 版 人：马建东

责任编辑：余　琰

助理编辑：张　桐

装帧设计：马吉庆

敦煌文艺出版社出版、发行

地址：（730030）兰州市城关区读者大道568号

邮箱：dunhuangwenyi1958@163.com

0931-8773084（编辑部）

0931-8773112　8773235（发行部）

深圳市精一瑞兰印刷有限公司印刷

开本 880 毫米×1230 毫米　1/32　印张 8. 5　插页 5　字数 245千

2018 年 1 月第 1 版　2019 年 1 月第 2 次印刷

印数：1 001～2 500

ISBN 978-7-5468-1482-7

定价：48. 00 元

目 录

陇原当代文学典藏·文学世界的探险

作为思想家的鲁迅

鲁迅在中国文化最黑暗的深渊呐喊

现在大家一听鲁迅的名字，就很自然地把他与“骂人”联系起来，其实这真是一个天大的误会。当然也有很多人把鲁迅与反国民党联系起来，甚至称鲁迅为“党外的布尔什维克”。其实，这也是一场误会而已，虽然也有一些道理在。鲁迅曾对许寿裳说：“我所抨击的是社会上的种种黑暗，不是专对国民党，这黑暗的根源，有远在一二千年前的，也有在几百年、几十年前的，不过国民党执政以来，还没有把它根绝罢了。现在不许我开口，好像他们决计要包庇上下几千年一切黑暗了。”[①]这说得已经很明白了。

中国文化经过三千年的流变，中途经常有异质文化进入，大量其他民族文化的融入就不提了，单当时的西域文化、阿拉伯文化、波斯文化等的进入中国，对于中国文化的健康发展做出了卓越的贡献，大家看看唐代历史就知道了。我们这里只说佛教，佛教对中国文化的影响是巨大而深远的。没有佛教文化，我们的宋明理学就无从产生，道教也无从产生，我们的小说等文学体裁的出现也会迟得多。众所周知，文化需要交流，一滩死水只会带来恶臭而已。可从元朝下来，近一千年中国文化没有得到任何优秀文化的滋养，几乎已经成了一滩死水。现在许多人认为是“五四”运动反传统文化才把传统文化的根毁掉的，其实这是一个绝大的误会。鲁迅、胡适等人没有这么大的能量。其实，只要翻看历史，就是慈禧太后、李鸿章等人都看出了中国文化已经落伍，张之洞提出的“中学为体，西学为用”也是这一背景下的产物。曾国藩、慈禧太后向国外大量派遣留学生，就是认识到了我们落后之后的壮举，也是不得已的举动。

鲁迅比他们伟大的地方是他更透彻地看出了中国文化的千疮百

[①] 许寿裳著:《亡友鲁迅印象记》,人民文学出版社,1953 年,第 26 页。

孔，看出了它的病入膏肓。“翻开中国三千年文化，满纸写着吃人二个字”，《春末闲笔》愤怒地揭露这种吃人的文化，这种人肉的盛宴，都是发人之未发，振聋发聩的。对于儒家、儒教，他有《在现代中国的孔夫子》《由中国女人的脚，推定中国人之非中庸，又由此推定孔夫子有胃病》两篇文章，大家切不可把它们当杂文看，其实它们就是鲁迅思想的载体。这里对孔子的反思，我认为是非常深刻的。孔子从来就没有为老百姓着想，他从来就是为统治阶级着想的。鲁迅认为还是一种帮闲，到儒家末流其实就是一种帮凶。大家看西汉时期的叔孙通、公孙弘就是这样的一些大臣，也就可以明白。清朝的李光地甚至要把道统、治统一古脑儿地交给康熙大帝，这就已经不仅是奴才，而是万劫不复的奴才。我们阅读《老子》，开始是很难读懂的。以前许多人说此书是帝王南面术，我不太懂。可在某一个晚上，等到我终于看懂了《老子》时，我的身上出了一层冷汗。这种残酷的阴谋、狡诈，是否是我们民族的骄傲？难怪古代的太子都必须学《老子》。可以说《论语》是给百姓的，是给大臣的。而《老子》是给皇帝的。

我们读读西方的童话，看看他们的动画片，那种童话思维，那种美好的幻想，真的让我们羡慕。梁漱溟说，中国文化是早熟的文化。是的，熟得太早了。一个有三十六计的民族，绝对不是一个幸福的民族。我们的民族文化之源在先秦，而先秦百家基本上都是政教之说，都是为统治阶级服务的。

鲁迅深入思考中国文化，发觉它已经无法给中国人带来任何福音，他只给统治者一种工具，更加严酷地敲诈老百姓。法家就不用说了，可以说是典型的君主专制的刑具，大家看看《商君书》《韩非子》就很清楚了。道家长生不老，其实给老百姓也没有带来什么福音，《老子》是一册阴险的书，故古人称之为帝王之术。《庄子》当然好多了，鲁迅是非常喜欢庄子的，可他那种避世的态度也只能做到“独善其身”而已。至于被大家非常推重的儒家(教)其实已经是一味毒药了。鲁迅从这里出发，对中国传统文化的反思、批判非常深刻，有许多精彩的论断，启示后人甚多。中国现代著名的思想家李泽厚就自称受鲁迅影响甚大。他的《中国古代思想论》真是一册好书。

鲁迅把中国传统文化可以说看透了，那么中国文化往哪里走？胡适认为应该全盘西化，把民主、法治、科学的那一套体制引入中国，所以胡适是幸福的，他的灵魂深处没有焦虑，没有彷徨。可鲁迅就不一样，根据他对中国社会的深入观察、体会，他感觉到西方那一套并不适合中国。为什么？国人的愚昧是一个很大的原因。我们几千年奉行的是“愚民教育”，从儒家到道家，莫不如此。儒家大家说得很多了，道家的，如《老子》的“绝圣弃智”“是以圣人之治，虚其心，实其腹，弱其志，强其骨”云云，皆类此。因此，鲁迅毕其一生一直在探索“国民性”问题。鲁迅是非常向往汉唐的，可为什么那么一个强大的民族最后变成了这样一个落后、愚昧的民族？他提出了“立人”思想，必须要让人成为人。日本学者研究鲁迅，说鲁迅小说中的人物怎么都有鬼魂的感觉？其实这是对的，那时候的中国老百姓就是这样的。鲁迅认为，中国人从来没有争得人的资格，只有两种可能：暂时做稳了奴隶，想做奴隶而不得。此外，别无他路。

鲁迅想找出一条路。可他发现中国传统文化已经开不出这样的一条路，而西方文化也不适合中国国情。于是鲁迅的一生就是找路的一生，就是探索的一生。大家阅读他的《过客》，那种悲壮是何其伟大而又无奈。明知前路只是坟，可我还是要向前边走，一直走，从不停下来。这就是鲁迅。他说：“其实地上本来没有路，走的人多了就会形成路。”他说：“我希望他们有新的生活，为我们所没有生活过的。”他对未来一直有希望，可自己一直没有找到。所以有学者说鲁迅是死在路上的。死在路上是何其幸福啊。也有学者研究认为鲁迅有虚无主义倾向。这也是对的。西方文艺复兴，驱逐了上帝，尼采说上帝死了，于是人成了上帝，无所不为，那么我们应该怎么办？虚无主义诞生了，无路可走。当中国废除了儒教，信仰发生危机，我们怎么办？当时知识分子找了许多路，可鲁迅认为都不现实，他认为首先要改变国民性，只有人民都成为“立人”，这个国家民族才有希望。可这在当时几乎是不可能的，鲁迅的虚无主义是很深的。这也是把中国传统文化推到极境后必然的结果。

伟大的鲁迅用自己的一生进行了这样一场几乎是绝望的探索。他死在路上。他说了：我只是中间物。[①]但他给后人的探索开了一个多么伟大的头。

鲁迅的《魏晋风度与药及酒之关系》是一篇演讲文稿，但也是一篇杰出的思想著作。在那里鲁迅反思了嵇康、阮籍的反儒，其实是对司马

---

① 参见汪晖著：《反抗绝望》，河北教育出版社，2000年。

氏集团的讽刺、不满。他们虽然表面上“非汤武而薄周孔”，其实骨子里是非常认同儒家的。历史上还有如李贽这样的反儒者，莫不如此。统治阶级只是打着孔子的旗号而已，用毛泽东的话说，就是打着马列主义的旗帜反马列主义。倒是那些反儒的、反中国传统文化的人才是真正继承发扬中国传统文化的人。鲁迅就是这样的人，他从小开蒙，接受的是儒家教育，不可能没有受到影响。我们看鲁迅平生经历，儒家的影响斑斑可见。他的反戈一击，不是随便做出的行为，他说自己确已“绝望于孔夫子和他的之徒”。①

我们必须知道鲁迅等人反对的儒家，不是孔夫子的儒家，当然对这个儒家他们也是批判的。他们“五四”一代人真正反对的是儒教，是作为意识形态的、作为官方哲学的儒教。大家看看历史，真正似乎非常尊孔的是哪些人？袁世凯、张勋、北洋军阀、蒋介石等。这些人真的是孔学的继承人吗？一个思想在发展的过程中，必须要有一些大破坏者，仅仅只有信仰者，这个思想也就死了，没有任何生命力了。苏格拉底说要做一只“牛虻”，就是这样的一个意思。鲁迅的伟大，其中一个理由就是他做了已经腐朽了的中国传统文化的“牛虻”。

不但中国古代，就是西方中世纪，是反对启蒙的。而且，启蒙是否真的就好，真的就可行？现在看还不好说。启蒙带来的民主，政治民主，当然好了。可政治民主带来的学术民主，是否就是一个福音？其实是需要思考的。西方中世纪、中国古代基本都是愚民术。西方中世纪的大学，不像现在的大学，这么多的学生，以发放文凭为目的。中世纪的大学主要的是教会教团办的钻研学问的封闭场所，并不开门办学。它主要吸纳一些天才去搞研究，而这些研究成果绝不向普通信众开放。一般信众主要在教区接受很普通的宗教教育。13 世纪有一位非常杰出的思想家，神学家埃克哈特却把如此的学问传到普通信众中，最后被教皇定为异端，受到严格批判。

鲁迅先生对此也是很警惕的。启蒙的后果是什么？《娜拉走后怎么办》是思考这个问题。我也经常说，《老子》《庄子》就不是给一般老百姓讲的，它本来就是给高级知识分子、高级领导干部讲的。一是没有很深

① 鲁迅著:《在现代中国的孔夫子》,《鲁迅全集》第六卷,同心出版社,2014 年,第 178 页。

的文化修养看不懂,也听不懂;二来往往还会走上邪路。我们的文化里最悲哀的就是没有给小孩读的书,小孩从小读着三国,水浒,那种天真的童心能不受到污染吗?鲁迅先生在杂文《随便翻翻》、散文《从百草园到三味书屋》等文章中,都探讨了这个问题:我们的孩子读什么?

现在读经很热,似乎读了"四书五经",小孩就聪明了,就杰出了,中国的未来就有希望了。我说,错了,大错而特错。新文化运动一代人早就说清楚了,我们还要执迷什么?四书,不要说孩子,我们大学里的教授有几个能看懂?五经就更不用说了,一部《易经》难倒了中国历史上多少智慧的头脑。你看于丹自称有家学,把《论语》《庄子》讲成了什么?让孩子读孩子应该读的书吧。《论语》《老子》让孩子读读,未尝不可,可千万不要认为他们是万应灵丹。读经热,这都是鲁迅一代人解决的问题,我们到现在还执迷不悟。又回到晚清的文化困境去了。

德国思想家、哲学家柯特斯早年热爱启蒙理性精神,阅读卢梭、伏尔泰,自称"吃革命的奶长大"。可后来他开始怀疑启蒙精神。29岁时他幡然醒悟,与启蒙精神彻底决裂,认为"大革命"精神是"人类理性的终极迷途"。他醒悟到什么呢?他醒悟到,启蒙理性精神是一种膜拜世俗的宗教信仰,相信"社会和人性的无限可完善性"。他甚至怀疑,人性在此世的历史长河中是否真有可能在德性上进步。法国大革命是启蒙理性的结果,要推翻君主制、建立共和制,乃因为启蒙理性将贵族等级制视为专制制度。他认为贵族等级制对于人类生活来说乃是一种必须,因为,人性天生是邪恶的,等级制度是对邪恶人性的必要抑制。他认为,好的人类生活秩序需要且基于一个德性的等级秩序。这当然也是不无道理,可柯特斯对等级制是否也有点偏爱了?鲁迅先生也认为启蒙是有一些问题的,可他认为等级制绝对是罪恶之源。我们要求政治的平等权、教育的平等权。当然,我们不能否认,人的智力是有差别的,在文化修养上应该承认是有差距的。至于柯特斯认为启蒙理性的结果就是消灭习传的宗教,世界走向一种彻底毁灭性的专制制度。[①]这也值得我们

---

① 刘小枫著,《现代人及其敌人——公法学家施米特引论》,华夏出版社,2006年,第201页。

思考。

启蒙的问题,也是鲁迅留给我们的一个大课题。当然还有许多这样的课题。鲁迅的文化遗产是丰厚的,我个人认为21世纪中国要前进,依然离不开鲁迅的思想。

冲破文化困境的枷锁,为中国文化寻求出路

与新儒家等文化保守主义不同,鲁迅、胡适他们是"开来"的一代,而钱穆、熊十力、徐复观等人仅为"继往"而已。钱穆的高足余英时在《钱穆与新儒家》一文中说:"钱先生的学问宗主在儒家,终极信仰也归宿于儒家,这是不成问题的。但是他的基本态度是所谓'守先待后'(也就是'述而不作');他的主要旨趣是阐明中国的学术传统,以待后起者之自觉行为。因此他从未自树新义,期望他人随从。"[①]他们在《中国文化宣言与世界》里,提出了他们的抱负:面对西方文化的冲击,中国人必须重建中国文化的价值体系。在这个重建过程中,他们并不排斥西方文化;相反地,对于"五四"以来所提倡的"民主"、"科学",他们同样抱着肯定的态度。但是他们坚持一切西方的成分都必须安排在中国文化的价值体系之内。这与"五四"以来的主流派恰恰相反。因此他们也往往被定性为文化保守派或传统派。

关于"新儒家",大陆的内涵最广泛,几乎任何二十世纪中国学人,凡是对儒学不存偏见,并认真加以研究者,都可以被看成"新儒家"。第二种,以哲学为取舍的标准,只有在哲学上对儒学有新的阐释和发展的人,才有资格取得"新儒家"的称号。在这个标准之下,熊十力、张君劢、冯友兰、贺麟等皆是。李泽厚即持此观点。第三种,海外流行的本义,即熊十力学派中的人才是真正的"新儒家"。依据余英时的观点,第一种观点空洞没有任何意义。他在文章中使用的是第三种定义。熊十力、牟宗三、唐君毅、徐复观等人即是。

钱穆等人作为传统学者,自有他们的贡献。可鲁迅、胡适们作为新的文化"范型"的开创者,对于中国文化的重建来说,功更大焉。其实,

---

[①] 余英时著:《现代儒学论》,上海人民出版社。

对于中国传统文化,即便新儒家也有尖锐的批判,如熊十力:"其实,家庭为万恶之源,衰微之本","秦后二三千年,只有夷化、盗化、奴化三化,何足言文化。"而且他们对西方文化的一知半解,甚至感情反感,也使他们很难担当起这个重任。熊十力对萧公权说:"西洋哲学和科学都缺乏妙义,没有研讨的价值。"

现在有许多学者开骂"五四"新文化运动,认为它斩断了中国传统文化的根。其实这样的荒唐之言,真不值一辩。海外的许多学者,即便对鲁迅等人抱有很深成见者,也从来不这样认为,因为这是违背历史真相的。余英时在文章中也非常肯定地批驳了这样的无稽之谈。限于篇幅,这里不展开这个问题的讨论。我只谈一点,文化的发展是需要否定之否定的,当一个文化濒临死亡之际,不是去歌颂它,而是给它下猛药,或者下大力让它死而复生。林毓生的"创造性的转型"讲的就是这个道理。鲁迅等人做的正是这项工作。①

现在有许多学者把鲁迅等人视为破坏传统文化的罪人,这其实是对近代文化发展的无知。从1840年起,中国这个庞大帝国的文化已经处于停滞状态,看《停滞的帝国——两个世界的撞击》就知道了。而欧洲文化的进入,已经预示了一个全面变动的历史阶段的到来,传统的价值系统受到了最严厉的挑战。旧的观念不断受到置疑,新的观念不断进入中国。洪秀全的拜上帝教及太平天国革命,也从某种程度上代表了下层社会的边缘分子对儒教甚至整个中国文化传统的一种激烈的反抗。也是第一次用西方的观念,虽然是错误、扭曲的观念,对自己的文化传统进行的一次猛烈的攻击。太平天国时代的"醇儒"汪士铎亲历太平天国之乱,从小接受严格的理学教育,后来却对儒家、儒学进行了严酷的批判,说"儒遂为无用之学"。晚清郭嵩焘"每叹羡西洋国政民风之美",康有为的改制虽然假借孔子之名,其实还是以西方的政治制度为蓝图。

谭嗣同的《仁学》更是全面攻击儒家的名教纲常,他说:"二千年之政,秦政也,皆大盗也。二千年之学,荀学也,皆乡愿也。"余英时认为这是中国近代史上破天荒的一次,他的参照系也是西方的宗教和伦理。

① 参见杨光祖:《韩石山:贬鲁抬胡为哪般?》,《社科纵横》2006年第6期。

“《仁学》在清末的思想界发生了很大的影响，但这个影响并不在一般的伦理观念上，而是在政治思想方面。换句话说，《仁学》动摇了人们对于‘君臣一纲’的信念，但似乎还没有冲击到整个纲常的系统。十几年后，中国之所以能够那样轻而易举地废除了帝制，在思想上不能不说是得力于《仁学》的传播。”(余英时《中国现代价值观念的变迁》)胡适、王国维的文字都证明了这一点。梁启超撰写了《新民说》，比谭嗣同走得更远，他用西方的新伦理来刷新中国的旧伦理，力图构建独立、自由、自尊的新人格。胡适说：“《新民说》的最大贡献在于指出中国民族缺乏西洋民族的许多美德。”毛泽东的思想也受到谭嗣同、梁启超、胡适的巨大影响。

所以，我们现在的学者把斩断传统的“罪名”强加在“五四”文化人的身上是不合适的，中国文化走到晚清，必须做一个了断，这是谁也无法阻止了的。当然，中国的传统文化被全面而深入地批判还是在“五四”。陈独秀、李大钊、胡适、鲁迅等人，做出了巨大的贡献。但陈、李最后走到了建党之路上去，他们认为只有共产主义才能救中国，胡适走向自由主义之路去了。只有鲁迅“荷戟独彷徨”。他的《狂人日记》影响了一代青年人，产生了巨大的社会影响，从此“礼教吃人”成为了著名的口号。余英时说：“客观地说，‘五四’反传统的基调是在鲁迅的笔下决定的。”鲁迅的思想是“五四”那代人里最深刻的，也是最绝望的。他对中国传统文化整个绝望了，可他对西方文化也没有认为是灵丹妙药。他的杂文《拿来主义》，我认为是一篇值得反复研究的文章，在那里他提出了“用自己的脑髓”去拿来，这是一种创造性的转型思想。鲁迅沿着前人的路走了很远，由于自己的学养所限，也由于受中国的社会所限，他没有找到一条路来，他是有些虚无主义的。但他触到了中国传统文化的极限，也接近了中国文化重建的前沿领域。他晚年的杂文、《故事新编》都在做这种尝试。可惜的是鲁迅一死，这些都被人变相地遗忘，或被各种势力所利用，而他真正的价值，他真正的思想，却被有意无意地疏忽了。

“五四”新文化运动之后，中国传统的民间社会开始向现代的公民社会转化，中国的传统文化也在这种嬗变之中。我们知道，文化的重建是一个漫长的过程，绝不是一蹴而就的。可惜当时的国际舞台，包括国内形势，已经不可能给中国这么一个机会了。抗战、内战、“文革”，“五四”的那点成就已经被冲得七零八落了，以至我们现在把目前中国的文化现状的罪责推到了“五四”身上，这真是滑天下之大稽。

钱理群在《鲁迅与中国现代文化》一文中说：“鲁迅永远是孤独、寂寞的，是中国现代思想文化界的一个永远的异数，少数。”鲁迅的思想一直是自我怀疑、无法概括的，他是一个矛盾结构。而且，作为思想家的鲁迅是与作为文学家的鲁迅结合在一起的。鲁迅是一个不用逻辑范畴表达思想的思想家，多数的情况下，他的思想不是诉诸概念系统，而是现之于非理性的文学符号和杂文体的嬉笑怒骂。①

有许多人否认鲁迅是伟大的思想家，他们唯一的理由就是鲁迅没有哲学著作。其实，这才是典型的西方近代文化的巨大影响。刘小枫说，自从有了康德，哲学就进入了灾难。绝大多数人都认为像康德一样有了那么厚重的“三大批判”，才能成为哲学家。其实不然，哲学的表达方式是多种多样的，不一定是康德的方式。刘小枫还认为，希腊时代的哲学著作基本都是采用了文学样式。如柏拉图的《理想国》等，就使用的是戏剧的对话体。尼采的哲学著作几乎就是散文，非常美丽的散文。《查拉图斯特拉如是说》不就是一篇非常华美而深刻的散文吗？俄罗斯伟大的小说家陀斯妥耶夫斯基，毕生没有写过一页哲学作品，可他的小说本身就是哲学著作，在欧洲的思想史、哲学史上有着很重要的地位。再往前推，苏格拉底就根本没有著作，我们的孔子也只是由学生记录下一些语录而已，老子也只五千字而已。所以这种对鲁迅的否定是不值一提的。

鲁迅先生的思想现在仍然没有过时，而且几十年内也不会过时，后人必须要跨过他，而不可能绕过他。因为，他的思想不但精辟深刻，而且还留有非常大的空隙。比如，他对启蒙本身的怀疑，就是一个显例。前面已经讲过。我们多的是乐观的达人，可我们缺的就是这份清醒。

---

① 钱理群著：《鲁迅与中国现代文化》，《中国现代文学论丛》第一卷，上海人民出版社。

《小团圆》与张爱玲的创伤记忆

对张爱玲，我的感情比较复杂。我认为在现代文学史上，她在许多方面与鲁迅很相似，尤其在绝望、虚无的层面，有着非常的同构。虽然张爱玲在文章中几乎不提鲁迅，但我能感觉到她是熟悉和喜欢鲁迅的。她对《红楼梦》的酷爱，其实与鲁迅的心灵是相通的。他们都是能够体味到“悲凉之雾，遍披华林”的。她对通俗文学的喜欢，较之鲁迅，当然是有过之而无不及。鲁迅先生从三味书屋开始，就非常喜欢民间文学，他的《中国小说史略》就是一个证明。只是张爱玲更痴迷而已，甚至影响了她小说的艺术高度。她对鸳鸯蝴蝶派小说的喜爱，就是鲁迅无法做到的。

美国华人学者夏志清对张爱玲的评价比鲁迅高得多，虽然他后来也修正了自己的观点，对她的评价略有降低。可他对鲁迅的恶评却愈老愈刻薄。在这里，我认为夏老就陷入了一个误区：他从一个极端走向了另一个极端。其实，作为一位长期在美国学习、工作的学者，他对左翼文学的偏见实在太深了，这严重影响了他文学评价的客观性。

张爱玲 1940 年代的小说，主要是中短篇小说，其质量是很高的。不要说同时期和之后的中国女性作家难以企及，就是男作家能够赶上的也没有几个。她真是一个天才，一个鬼魅。这样的作家，读者不仅喜欢她的作品，更喜欢她的“人”。但是，随着抗日战争的结束，她的文学创作似乎风光不再。虽然后来她也写了许多作品，除了剧本、电影脚本之外，小说也有好多(包括英文创作)，尤其是创作了几部长篇小说，比如《赤地之恋》《秧歌》《小团圆》等等，可艺术水平实在不好高估。我认为长篇小说《十八春》、中篇小说《小艾》可以说是一个转折点，从此，她的创作开始出现了紊乱，笔似乎不灵了，真的有点江郎才尽的感觉。

《赤地之恋》《秧歌》就题材而言，在当时是有轰动效应的，而且也不能说她写的不真实。可是小说读下来，我们不得不遗憾地得出结论：

她的长处还在都市，在大家族，在没落家族女人的心理刻画。她转而写自己并不熟悉的农村，尤其土改中的农村，总是让人感觉味道怪怪的。小说中的人物也基本都是符号式的工具而已，根本没有活起来。尤其她关于共产党干部的描写，只有脸谱化而已。她其实根本不熟悉他们。她自己也说过类似的话：文人应该是园里的一棵树，天生在那里的，根深蒂固，越往上长，眼界越宽，看得更远，要往别处发展，也未尝不可，风吹了种子，播送到远方，另生出一棵树，可是那到底是很艰难的事。

海外一些学者对张爱玲的《赤地之恋》《秧歌》，评价甚高。我觉得政治偏见起了很大作用。张爱玲其实是一个自说自话的作家，她的性格是非常内向、自闭、高傲，甚至冷酷的。这与她小时候与青春时期的家庭伤害关系很大，这种创伤性记忆给她的创作带来了独有的色彩和情调。而那种没落大家族发霉的颓废的家庭气氛，对她产生了致命的心理暗示和结构。这都是现代，尤其当代那些农裔作家根本想象不到的。但她天性中对革命、政治的不感兴趣，对农村的隔膜，注定她写不好此类题材。虽然这两部小说在观察的细致、景色的描写上不乏出色之处，尤其《秧歌》。1951 年在《亦报》连载的《十八春》，作为一部 25 万字的长篇小说也是不很成功的，结尾也未能免俗：她笔下的几位青年男女都投身到“革命的熔炉”中去了。以至多年后，她自己都不满意，1955 年到美国后，把下半部重新改写，以《半生缘》为题，迟至 1966 年才在台湾《皇冠》杂志和香港《星岛晚报》连载，次年在台湾出版了单行本。

难道张爱玲的时代只属于 1943—1945 年的上海沦陷区？

刘再复说，张爱玲是夭折的天才，我是同意的。而且我认为，张爱玲的格局不是很大，这当然是与世界大师相比，与鲁迅先生相比。学者所认可的那些当代受张爱玲影响的作家，其实是谈不到格局的。张爱玲沉溺于一己的心理创伤太深太深了。这很难怪，那样的家庭出身，那样的伤害，能够活下来，就是因为她善于自己救自己。这“救”除了文字，就是爱情。她爱胡兰成，就是因为他太懂女人，也太懂她了。可以说胡兰成是张爱玲一生真正的知己，可惜这个男人太花心，并不珍惜这份情。我们阅读《小团圆》，作者写到盛九莉与邵之雍的相爱过程，文笔多么的旖旎和缠绵，可以看到作为邵之雍原形的胡兰成是多么会调情！在这样的男人手下，一直倍受孤独、绝望、毒打折磨的张爱玲能不动心？我们知道胡兰成也是那么地才高情多，世上难得的男子。

> 从这时候起，直到二次世界大战结束，有大半年的工夫，她内心有一种混乱，上面一层白蜡封住了它，是表面上的平静安全感。
>
> ……一片空白中，有之雍在看报，下午的阳光照进来，她在画张速写，画他在看波资坦会议的报道。
>
> “二次大战要完了。”他抬起头来安静的说。
>
> “嗳哟，”她笑着低声呻吟了一下。“希望它永远打下去。”
>
> 之雍沉下脸来道：“死这么许多人，要它永远打下去？”
>
> 九莉依旧轻声笑道：“我不过因为要跟你在一起。”

张爱玲给胡兰成的相片题赠中说：

> 见了他，她变得很低很低，低到尘埃里，但她心里是欢喜的，从尘埃里开出花来。

想想，这是何等的情感！

我们看张爱玲在抗战结束后，千里寻夫，到温州乡下找胡兰成。看到他已与别的女人同居，她依然给他钱，给他关怀。这都是一般女子很难做到和理解的。小说里写到邵之雍谈到他的一个小情人小康，盛九莉的心很痛苦，可依然在听，“但是一面微笑听着，心里乱刀砍出来，砍得人影子都没有了。”后来，她听到邵之雍问比比：“一个人能同时爱两个人吗？”小说写道：“窗外天色突然黑了下来，也都没听见比比有没有回答。”“比比去后，九莉微笑道：‘你刚才说一个人能不能同时爱两个人，我好象忽然天黑了下来。’”

结合张爱玲与胡兰成的传记，我们知道这里几乎就是对他们的情爱描写。在这里，我们看到了张爱玲的挣扎、忍让，以及她在情爱里受的大伤害。胡兰成说张爱玲很宽容，对他的另爱并不介意。其实，怎么能不介意呢？看这里的描写，我们能听到张爱玲心碎的声音。这也是他们最后绝交的主要原因！张爱玲不在乎他是不是汉奸，可她在乎他感情的真与假。胡兰成作为一个情种，很难从一而终，在他心目中，张爱玲只是一个妾而已，并没有成为他的唯一。这一点很多传记资料都可佐证，张爱玲也说过类似的话。而《小团圆》里也有：

> 之雍每次回来总带钱给她。有一次说起"你这里也可以……"声音一低，道："有一笔钱，""你这里"三个字听着非常刺耳。
>
> 她拿着钱总很僵，他马上注意到了。不知道怎么，她心里一凛，仿佛不是好事。

张爱玲是多么心高气傲之人，又是何等敏感、冰雪聪明。周冰心在她的《回眸绝美瞬间：张爱玲评传》里，对胡兰成的"多情"给张爱玲带来的伤害有深刻的描写和论述。读者不妨去看看。

《小团圆》当然不仅是爱情创伤记忆，还有母女的创伤情感记忆。可就是没有家国创伤记忆。

《小团圆》所叙述的时代，正是抗日期间。但我们看不到她对此的看法，或什么作为。或许在她看来，抗战与自己没有任何关系，她的世界里只有她自己，还有她爱的人。甚至为了和自己爱的人，一个汉奸能够在一起，她都可以希望战争永远打下去。有学者说：爱情是女人的事业。这话在张爱玲身上，起码有一半对。可她结果也没有找见爱，找到的只是伤害。当然，爱情本身就是伤害。一个女人对爱情不能抱太高的期望，否则得到的只是失望。张爱玲对人生的绝望，看她的《金锁记》《倾城之恋》就很清楚。但人活着，总要有点希望，于是偶遇的胡兰成就成了她的救命稻草。但这根稻草给她的伤害最深，以至终身难忘。晚年的《色戒》就在隐喻这段孽缘。晚年一直无法出手，最后还想销毁的这册《小团圆》，依然是这段不了情。我们发现，她后来的丈夫赖雅，在她心目中却几乎没有什么地位。那可能只是段婚姻而已。1960 年代在美国，她给朋友说："从他（胡兰成）离开以后，我就将心门关起，从此与爱无缘。"

有些学者批评张爱玲不爱国，是非正义不分，可在她的角度，她那样的大家族出身，从小受到那样的伤害，她真的很难想到国家、民族。《倾城之恋》《色戒》里，在描写无望爱情的同时，也暗写了那个大的动荡的时代。可到了晚年，写作《小团圆》之时，时代早就隐退了，只剩下她自己。"三杯两盏淡酒，怎敌它，晚来风急。"回忆当初，竟然写出了为与自己爱的人在一起,还希望战争永远打下去这样的句子。让人不由想起傅雷当年的《论张爱玲的小说》,那里面是有一句话的:“我不责备作家的题材只限于男女问题。但除了男女以外, 世界究竟还辽阔得很。”她当时不服,辩解道:“我甚至只是写些男女间的小事情,我的作品里没有战争,也没有革命。我以为人在恋爱的时候,是比在战争或革命的时候更素朴,也更放恣的。”但其实力量是很弱的。1976 年她重校《连环套》,如此说:“三十年不见,尽管自以为坏,也没想到这样恶劣,通篇胡扯,不禁骇笑。”看来也是部分认可了傅雷的批评。

《小团圆》的“格局”比《连环套》大,但也大不了多少。这也是《小团圆》失败的一个重要原因。阅读张爱玲的几部长篇小说,我发觉她其实不擅长写作这种文体。当年腰斩《万象》连载的《连环套》也是一个证据。傅雷撰文批评“《连环套》的主要弊病是内容的贫乏”。张爱玲离国之后,由于生活所迫,开始为他人写作,又由于远离国土,地气接不上,格局越来越少,又是自己本不擅长的长篇小说,失败自是难免的——但她的短篇小说《色戒》是一篇很出色的作品。宋淇当时读完《小团圆》,认为“我有一个感觉,就是:第一、二章太乱”,“荒木那一段可以删除,根本没有作用”。而且,也担忧自传色彩太浓,发表恐对张爱玲不利。可以看出,张爱玲在驾驭长篇小说结构方面,包括立意、构思,都是很不足的。这里有每个作家自己的天赋限制,是没有任何办法的。

张爱玲说:“最好的材料是你最深知的材料。”但是她忘记了一点:距离产生美;鲁迅先生也说过,愤怒会杀伤诗美。深知的材料,如果没有得到良好的发酵,没有一定的时空消化,也一样创作不出优秀的作品。张爱玲给宋淇信中说:“我是太钻在这小说里了”,这其实是小说创作大忌。面对与胡兰成的过去,她到老都未能忘“情”。

不过,我还是认为《小团圆》的出版,是一件好事,对我们更深地认识张爱玲,了解她的内心深处的隐微之处,不无帮助。对于张爱玲这样的作家来说,片纸可珍,不要说一部长篇小说了。我对有些学者批评宋以朗出版此书,颇不以为然。虽然我同他们一样,认为《小团圆》是一部失败之作。当然,《小团圆》里也不乏神来之笔,如描写盛九莉与邵之雍开始的交往,那种调情,写的真是很妙。写他们后来的疏远到分手,也是缓缓地推进中有一种残酷。还有堕胎一节,也很残酷、恐惧,都是好文笔。毕竟是张爱玲的作品,毕竟描写心理是她的擅长。至于大家比较关注的第七节,挑战了很多读者心目中近乎完美或小资的张爱玲,那大胆的描写,是新世纪的新新人类才有的,可没有想到在张爱玲那里早就有了。作为一个大家闺秀,能做到这一步确实不易。这也是许多张爱玲研究者反对出版此书的一个原因吧？不过,我倒觉得这一描写很好,一方面我们知道了邵之雍的情场手段,盛九莉为什么那么痴迷他。一方面,我们也知道张爱玲并不是永远那么苍凉。

我在某一篇文章中看到一段文字：

> 企鹅版《弗洛斯特诗选》的编者汉密尔顿认为,汤普森在传记中提供大量负面材料,抖出他的阴暗面,是一件好事。因为弗洛斯特的公共形象被过分神圣化了,大批读者根本就是附庸风雅,而这一阴暗面的曝光,实际上是为他的真正敏锐的欣赏者让出一条路来。

我觉得《小团圆》就有这样的功能。它让我们触摸到了一个更真实的、立体的张爱玲。

弗洛斯特85岁生日之时,大批评家莱昂内尔·特里林在致辞中指出,弗洛斯特最好的作品都具有一种"令人惧怕"的本质。诗人史班德在回忆录中说,叶芝对他说:"莎士比亚的心灵是可怕的。"他要求解释,叶芝说:"莎士比亚诗中,存在的最终现实是可怕的。"我曾发表过一篇文章《那是一片连鸟的踪迹都没有的雪原》,就是讲这个道理。

可能当下人在文化消费时代,心灵的接受能力大为减弱,甚至只知道肉体的欢乐,而根本忘记了灵魂的存在。他们努力把张爱玲塑造成他们的消费对象,而《小团圆》的出版社打乱了这一点。其实,就以前的作品而言,张爱玲绝对不是小资文化的代表,也绝对不是消费文化的形象大使,她是有深度的大作家。遗憾的是却被市场改变了。鲁迅,他们改变不了,于是就谩骂,就诋毁,就从中学课本里取消。其实,一个没有鲁迅的中学语文课本,还有什么价值?

大作家都在探索未知领域,他们的作品可能会有恐惧、冷酷、绝望,那么人类难道就不需要知道这些吗?人类需要的是轻,还是重?西方哲人说，人一半是天使，一半是魔鬼。作为个体的人，总是有两个自我，一个我被魔鬼往地狱里拖，一个我拼命地向天堂奔。我们作为成熟的人类，不仅要知道、弘扬天使的一半，也要研究、了解魔鬼的一半。大作家做的就是这两方面的工作。一些敏锐的读者感觉到了大师们的恐惧，也就是这个道理。

其实，关于爱情，张爱玲在早期的作品里已经悟透了。《红玫瑰与白玫瑰》里有一段文字：

> 也许每一个男子全都有过这样的两个女人，至少两个。娶了红玫瑰，久而久之，红的变了墙上的一抹蚊子血，白的还是“床前明月光”；娶了白玫瑰，白的便是衣服上沾的一粒饭粘子，红的却是心口上一颗朱砂痣。

如此冰雪聪明，如此鬼魅，却依旧是意难平，仍然写了这么厚一部《小团圆》。千里赴温州，她说了一句话：“我想过，我倘使不得不离开你，亦不致寻短见，亦不能再爱别人，我将只是萎谢了。”这就是张爱玲。可能女人真如《诗经》说的：“女之耽兮，不可脱也。”她在《有女同车》里写道：“女人……女人一辈子讲的是男人，念的是男人，怨的是男人，永远永远。”

人生真是说不清楚。

张爱玲:恐惧阴影里的天才

张爱玲的一生,是不断怨恨、寻找父亲的一生,是在恐惧阴影里艰难挣扎的一生。万燕认为张爱玲从小接触的男人极少,"她对父亲肯定寄予过很高的期望,因为她的母亲常常不在家,她在《私语》里曾说:'最初的家里没有我母亲这个人,也不感到任何缺陷,因为她很早就不在那里了。'她没有多少母爱,而父亲在寂寞的时候是最喜欢她的。但是她父亲的遗少习气给家里带来的痛苦使她苦恼,和后母一起对她的虐待更让她深深地失望。"[①]其实,说"失望"太轻了,应该说是绝望。那种绝望是一种溺水般的难以呼吸。

这一点,只要读读张爱玲的小说散文,就一清二楚了。她在《私语》里说到父亲对她"拳足交加","扬言说要用手枪打死我"。在后母的挑唆下,把张爱玲禁闭在地下室,达半年之多,患了痢疾而不请医生。最后在佣人的帮助下,逃出了地狱一样的家。当她终于"当真立在人行道上了",她写道:"多么可亲的世界呵!我在街沿急急走着,每一脚踏在地上都是一个响亮的吻。"小说《心经》,残酷地写出了她对父亲的绝望,张爱玲说:"在心理学上,小女孩会不自觉地诱惑自己父亲。"[②]阅读《私语》,看到"父亲趿着拖鞋,拍达拍达冲下楼来,揪住我,拳足交加"的时候,我们知道,父亲和家在张爱玲那里全部、彻底地被粉碎了。这对一个青春期的女孩来说,未免太残酷了——但天才就这样诞生了!

万燕认为张爱玲有"心理疾病",这没有错;但她说:"后期的张爱玲离群索居,反倒活得更加真实,心态更加正常,那才是完全符合她个性的生活方式","看她这时期的信件文字,真叫'温柔敦厚',非常喜欢

---

① 万燕著:《女性的精神》,同济大学出版社,2008年,第160页。

② 张爱玲:《国语本海上花译后记》,张爱玲译注:《海上花开》,皇冠文学出版社有限公司,1983年,第715页。

晚年的张爱玲，让人感动。”[1]我觉得她理解错了，晚年的张爱玲不仅没有“心态更加正常”，而是更加焦虑、不安，她一次次地换房子，还有她晚年深受其苦的“虱子之幻”，都是明证。其实，纵观张爱玲一生，我觉得她自己感到最幸福，也是她最怀念的，都是1940年代的上海时期。那个时候，情感方面有胡兰成，事业上也如日中天，看那个时候的照片，也是意气风发，顾盼自雄。可1950年代，尤其到美国后的张爱玲，创作的失败，无人认可，还有遭遇的异国冷眼，都让敏感的她无法承受，但又不得不承受。于是，她只好把自己藏起来，这也是一种自我保护。

她在《<传奇>再版自序》中说：“呵，出名要趁早呀！来得太晚的话，快乐也不那么痛快。”“快，快，迟了来不及了，来不及了！”以前我只以为这是作家的年少轻狂而已，现在看来不仅如此。她骨子里是有一种大恐惧在，而这种恐惧让她对世界的变化非常敏感：“个人即使等得及，时代是仓促的，已经在破坏中，还有更大的破坏要来。有一天我们的文明，不论是升华还是浮华，都要成为过去。如果我最常用的字是‘荒凉’，那是因为思想背景里有这惘惘的威胁。”1947年能够说出这等话，除了张爱玲，恐怕也不多了。

她只写小事情，远离宏大题材，我们很多人批评她不关注民族大义，其实，这太难为她了。她连自己都“救”不出来，哪里有力量去“救”世？鲁迅也是写小事情，但往往从小里见大，如阿Q、祥林嫂，因为他还在启蒙，虽然他怀疑启蒙。张爱玲的文字琐碎，淡化情节，很有现代小说的味道。可那琐碎里，却又深刻，笔之刀是切入人性的最深处，深到一般人无法企及，甚至无法承受的领域。

他与胡兰成的情爱纠葛不仅仅是爱情，也有着对空缺的父亲的置换。她最需要的可能还不是爱情，而是父亲。我们读她的小说，一个20岁刚过的女子对“爱情”的绝望或者说冷静，让我们吃惊。在《红玫瑰与白玫瑰》里她写道：“也许每一个男子全都有过这样的两个女人，至少两个。娶了红玫瑰，久而久之，红的变了墙上的一抹蚊子血，白的还是‘床前明月光’；娶了白玫瑰，白的便是衣服上沾的一粒饭粘子，红的却

[1] 万燕著：《女性的精神》，同济大学出版社，2008年，第3页。

是心口上一颗朱砂痣。”24 岁的张爱玲对于“爱情”看得太透了，“透”得让人感觉到恐惧。而这个时候他正与胡兰成热恋，并于小说在《杂志》连载完后结婚。真有点不可思议！

后来到美国后，她又找上赖雅。一个同样年龄比她大得多的男人。这两个男人，胡兰成比她大 15 岁，他们结婚的 1944 年，她才 24 岁。要是张爱玲一生还有一点爱情的话，那就是在胡兰成这里。她后来说：“他离开我之后，我就将心门关起，从此与爱无缘了。”而张爱玲后来到了美国，与她结婚的赖雅，岁数比她大了 29 岁。年纪比她的父亲还要大。但赖雅不像胡兰成那样可以短暂地代替父亲的位置。他作为美国人，文化的差异使他无法理解张爱玲。我们看张爱玲，对他还是比较绝情的。余斌认为，张爱玲两次婚姻都很相似，都很快导向了婚姻，“张爱玲对安全感的需求是她每次都迅速地走进婚姻的一大原因，婚姻对于她的意义，其至关重要的一点是它应给她带来一份现世的安稳，而她总是属意年龄比她大出许多的男人，似乎也同她有意无意地更希望处于被保护的地位有关。”[①]当年到温州千里寻夫，张爱玲责难胡兰成的，也是“现世安稳”四个字。她说：“你与我结婚的时候，婚贴上写现世安稳，你不给我安稳？”高傲的张爱玲何时如此“低下”？

因为，张爱玲需要的是父亲。她对胡兰成的爱，其实是对自己的寻唤。正如她一生爱的只有一个人：胡兰成。她一生写的也只有一个题材：自己。凡是她写自己的那些文字，都是灵魂附体，让人爱不释手，又烫得拿不住。而远离自己的那些文字，如《赤地之恋》《秧歌》，其实，都颇无聊，虽然也不乏精彩之笔。因为，那些文字没有她的魂。《茉莉香片》等，我们都能看出张爱玲自己的童年，她的创伤性记忆。有人说不了解张爱玲的生平，很难看懂《小团圆》，其实相对于她的其他文字，也一样。可能这是张爱玲感性的一面，相对于鲁迅，她还是狭窄了一点，而且单调了一点。但她的挖掘却深得不是一般，她一生都生活在“自己”里。

我们阅读她写于 1943 年的《沉香屑·第一炉香》，可以看出她对自己命运的预感。葛薇龙，这个女子的命运，难道不就是以后张爱玲的命

---

① 余斌著：《张爱玲传》，海南出版社，1993 年，第 276 页。

运吗？她爱那个乔琪，但是人家并不爱她，不过她还是与他结婚了。小说结尾，葛薇龙对乔琪说，我与那些妓女一样，不过人家是被迫，我是自愿。张爱玲与胡兰成的所谓爱情不就是这样吗？她到死都没有忘情于胡兰成，而胡兰成早把她忘记了，他记着的是才女的张爱玲，不是妻子的张爱玲，甚至以"妾妇"视她。这是高傲的张爱玲无法承受的，看她给夏志清的信，那种怨恨很是清楚。写作，真是一种说不清的事情。当时创作《沉香屑·第一炉香》的时候，她还不知道胡兰成呢。

我们阅读《琉璃瓦》《花凋》《心经》，一个20岁刚过的年轻女子竟写出那样的文字，我们除了惊叹天才之外，也为张爱玲的不幸童年洒一掬泪。她的弑父、恋父情结在她的文字里凸显得让人挢舌。《心经》写了一个上中学的女孩与自己父亲的恋情，而且不仅是恋情，她从13岁起就与自己的父亲发生了性关系。这种题材，20多岁的张爱玲就涉及了，而且写得那么从容老练，直让人叹为观止。《花凋》对女子的死写得那么真实，真实到让人无法接受。万燕说张爱玲有心理疾病，"她用写作超越了内心的疾患，将它们磨衍成深刻的解剖和表达，既表达了自己，也表达了别人。"[①]我们都知道，温室里诞生不了天才，只有惨烈的人生才能激发那些有天赋的人，让他们成为天才，为人类献上最瑰丽的艺术之花。万燕说张爱玲真实得可怕，那是自然，这一点她与鲁迅相似。中国现代作家到达这个境界的，可能就他们两人吧？

张爱玲出生在一个大家庭里，一个糜烂的腐朽的旧式大家族。这里有的是金钱、堕落、荒唐。我们看她的《沉香屑·第一炉香》，很惊叹于她的早熟。一位20岁过一点的女子，能写出香港殖民地的那种气氛，描摹姑妈那种中年富婆的心态，如此老道老练，直让人吃惊不小。尤其她对人生的冷酷、虚无、荒凉体会得如此透骨的凉，不叫一声天才，是不行的。如果不是她有这样大家族的背景，在那糜烂阴森的家庭里受到过非人的待遇，这一切是没有任何可能的。第一次阅读，从文本上感觉到一种《红楼梦》的韵味，但那种凉薄、残酷甚至超过了曹雪芹。有人说陀思妥耶夫斯基是残酷的天才，张爱玲也当得起这个评语。看来，经历过繁华、磨难与否，还是不一样的。只是这样诞生天才的方式，也太

---

① 万燕著：《女性的精神》，同济大学出版社，2008年，第3页。

残酷了——让人不忍！

张爱玲的父亲才华横溢，却把时间抛掷在鸦片、赌博上。他在文学上对张爱玲是有启蒙之功的，可对女儿情感的忽视，甚至践踏，严重影响了张爱玲作为一个正常女子的心理，包括性心理。这从另一个角度又成就了张爱玲的文学才华，虽然太残酷了一点。胡兰成《民国女子》里说，张爱玲不留恋学校，亦不怀恋童年，"她而且理直气壮地对我说，她不喜欢她的父母，她一人住在外面，她有一个弟弟偶来看她，她亦一概无情。"她说："我是个自私的人。"

她家作为李鸿章和张佩纶的后代，资产是不缺的，张爱玲小时候住在上海，2 岁又迁居天津，8 岁又到上海。在上海也先后搬迁了好几次。父亲再婚后，他们又有一次搬迁，那一年她 14 岁，14 年来五度迁徙，期间父母离婚，后母进门，感受自是不同。17 岁的时候，又被父亲殴打，并囚在地下室半年，一直到 1938 年才逃出父亲的家。而母亲也根本不理解女儿，她没有了解到张爱玲的天才和个性。她作为母亲经常打击女儿的自信心。周芬玲说，张爱玲既有弑父情结也有弑母情结，"她切断了生命与家族的根源，这使她加速地早熟，并且自我补偿过去丧失的一切。就女性的成长来说，她逃避成为某人之女、某人之妻及某人之母，从此她成为她自己。"①

可以说，张爱玲的童年、少年是一场噩梦，而她最后住的那个大宅，也是她的"心碎之屋"。周芬玲写道："父母亲不和谐的婚姻大抵没有破坏她内心世界的秩序，大部分的时间她沉浸于阅读、绘画和观赏电影。她对影像艺术与文字同样敏感。"②其实，破碎而冷酷的家庭早就打碎了张爱玲的内心世界，她只是通过阅读来弥补而已。

当然，这严重导致了张爱玲的早熟。她说："我喜欢我 4 岁的时候怀疑一切的眼光。"这种遭际使得"她绝不迎合你，你要迎合她更休想。"胡兰成在《民国女子》里写道："我在人情上银钱上，总是人欠人，爱玲却是两讫，凡事像刀截的分明，总不拖泥带水。她与她姑姑分房同居，两人锱铢必较。"这也是一种没有安全感的自我防卫。但对自己喜

① 周芬玲著：《哀与伤——张爱玲评传》，上海远东出版社，2007 年，第 20 页。

② 周芬玲著：《哀与伤——张爱玲评传》，上海远东出版社，2007 年，第 11 页。

欢的胡兰成，却从不“锱铢必较”，甚至在1945年胡兰成逃难有了别恋之后，她依然寄去大笔的钱。让人好不慨叹。她多的是“情”，可是胡兰成不珍惜。

我们阅读《金锁记》，很惊叹于张爱玲出色的心理刻画。那个曹七巧的狠毒、怨毒，处心积虑地残害女儿的爱情。这里是有张爱玲的心理创伤在的，甚至可以说，它就是张爱玲对父亲的抗议、控诉，或审判。安东尼·斯托尔说：“强制性的孤独和长时间无法过普通人的生活，都会造成永久的损害。”张爱玲在《私语》里写道：“我也知道我的父亲绝不会把我弄死，不过关几年，但等我放出来的时候已经不是我了。数星期内我已经老了许多岁。”“我希望有个炸弹掉在我们家，就是同他们一起死，我也愿意。”

看张爱玲的照片，头都抬得很高，眼睛里充满着冷清、高傲，甚至经常是白眼视人。让我们从她孤高的神情后面看出了她的自卑和绝望。鲁迅说反抗绝望，张爱玲也是一样的。他们文字的底色，都是黑暗。如果没有青少年时期的家庭伤害，那种施虐，张爱玲断写不出《金锁记》那样反思人性阴暗的杰出小说。

1946年，她在《太太万岁》的题记中写道：

> 阳台上撑出的半截绿竹帘子，一个夏天晒下来，已经和秋草一样的黄了。我在阳台上篦头，也像落叶似的掉头发，一阵阵掉下来，在我手臂上披披拂拂，如同夜雨。远远近近，有许多汽车喇叭仓皇地叫着，逐渐暗下来的天，四面展开如同烟霞万顷的湖面。对过一幢房子的最下层有一个窗洞里冒出一缕淡白色的炊烟，非常犹疑地上升，仿佛不大知道天在何方。露水下来了，头发湿了就更涩，越篦越篦不通，赤着脚，风吹过来寒嗖嗖的，我后来就进去了。

这真是一段天才文字。

要知道张爱玲当时才26岁。那种苍凉哀伤，让人无法言说。而在她的文章中，这样的文字，太多了。包括出道的《沉香屑·第一炉香》，已经成熟得让人无法相信出自一个23岁的女子之手。张爱玲与鲁迅一样，一出手都已经非常之成熟。鲁迅以后还有变化，还有发展，比如思想的变迁，比如杂文的创立，等等。可是，张爱玲一生都没有超越自己的那一批处女作。出道就是高峰，一生都没有超越。这真是一个异数。在"异数"这个方面，中国现代文学唯有她可以与鲁迅一比，余则不足道也。巴金一生都是青春写作，似乎一直没有长大；沈从文只是写出了湘西的野味，或者说原生态，有一种虚假的美；老舍太"底层"，茅盾太政治、太政策，萧红小天才而已，还无法与张爱玲相比。至于丁玲、冰心，都只能算比较好的作家，至于艺术高度，根本无法与鲁迅、张爱玲相提并论。

周芬玲说，张爱玲的生命创伤使她对人性的"阴影"特别敏感。这话倒没有说错。读她的小说，她对声音、色彩、人物心理的描写，那是极其出色而奇特的。没有超强的敏感是根本无法做到的。"张爱玲是20世纪擅长挖掘人性黑暗面的能手之一，她对这些'阴暗面'的感受特别深，她的作品愈写愈隐晦，里面潜藏的阴影特别深且广。"[①]

这与张爱玲的恐惧症有关系。胡兰成说："她从来不悲天悯人，不同情谁，慈悲布施她全无，她的世界里是没有一个夸张的，亦没有一个委屈的。她非常自私，临事心狠手辣。她的自私是一个人在佳节良辰上了大场面，自己的存在分外分明。她的心狠手辣是因她一点委屈受不得。"看她的小说，那种恐惧，可说是无处不在。葛薇龙就说："我……我怕的是我自己！我大约是疯了！"读《沉香屑·第二炉香》，那种恐惧感一直干扰着我，几乎难以卒篇。我无法理解一个20岁刚过的女子，怎么对人性钻探得如此之深，而且描写起来那么残酷而冷静？除了天赋之外，她家庭施于她心灵的伤害太深而巨了！

我们读《谈音乐》，那里面张爱玲描写自己对中国音乐的喜欢，对夕阳交响乐的拒绝，她说："我是中国人，喜欢喧哗吵闹，中国的锣鼓是不问情由，劈头劈脑打下来的，再吵些我也能够忍受，但是交响乐的攻势是慢慢的，需要不少的时间把大喇叭小喇叭钢琴凡哑林一一安排位置，四下里埋伏起来，此起彼伏，这样有计划的阴谋我害怕。"

张爱玲怕什么呢？心理学认为，一个小时候没有得到爱的人，长大后就感到不安全，就会封闭自己，自私也是一种自我保护。她遇人不

---

① 周芬玲著：《哀与伤——张爱玲评传》，上海远东出版社，2007年，第106页。

淑,她托身的这个胡兰成竟是一个无行文人,并不把她太当回事。而且据资料说,在上海时,他们在公园幽会,被跟踪而来的佘爱珍猛掴了一记耳光,她只好双手捂脸,狼狈逃离。

胡兰成其实是一个没有长大的孩子,从小在家娇惯了的,做弟弟久了,也就有很强的依赖心理。他总是很任性,他希望的是被人照顾,像小周,还有后来的范秀美、佘爱珍,都在悉心照料他。他喜欢那种被人照顾的温馨之感。但张爱玲孤高冷艳,根本就不会照顾人。他们是精神知己,是知音,却很难成为好夫妻。罗丹喜欢克洛岱尔,但却离不开妻子做的饭,老婆虽丑,但饭做得好,艺术家也要吃饭。这是克罗岱尔没有想到的,也是张爱玲没有想到的。对胡兰成来说,张爱玲更多的是一个精神知己,甚至可以说是他的精神启蒙者,但她的才识卓绝并不一定带来夫妻深情,说不定让胡兰成更加不自信呢。

抗战胜利后,胡兰成到处逃亡,某夜到达上海,因为张爱玲不会招待亲友,胡兰成责备了她。张爱玲很委屈,当即回嘴说:“我是招待不来客人的,你本来也原谅,但我亦不以为有哪桩事是错了。”本来,胡兰成知道张爱玲是不会居家待客,忽然来这样一个责备,也就是知道他的心思了。这样一个连自己的亲生孩子都不管不顾的胡兰成,怎么会照顾或负责张爱玲的未来呢?

张爱玲喜欢独处,她说:“在现实的社会里,我等于一个废物。”“在待人接物的常识方面,我显露出惊人的愚笨。”她经常说:“我是一个古怪的女孩。”根据心理学家的研究,儿童时期体验不到安全感的孩子,成年之后就特别需要独处。孤独,是他们最好的避难所,他们讨厌人群。她说:“我是孤独惯了的。”“以前在大学里的时候,同学们常会说——他们听不懂我在说些什么。但我也不在乎。我觉得如果必须要讲,还是要讲出来的。我和一般人不太一样,但是我也不一定要和别人一样。”①

张爱玲有很多话非常之精彩,被人传诵不绝,最经典的当然是在张爱玲送胡兰成的照片背后,题的“见了他,她变得很低很低,低到尘

① 殷允凡:《访张爱玲女士》,金宏达主编:《回望张爱玲:华丽影沉》,文化艺术出版社,2003年,第316页。

埃里,但她心里是欢喜的,从尘埃里开出花来。”很多人都认为这是爱情的表白,他们说张爱玲是一个为爱而痴的多情女子。其实,多情也就是无情,张爱玲的这个表白,不是爱情的表白,而是一种对父爱的呼唤,一种泣血的可怜的呼唤。爱情是平等的,这里却不平等。

在一个女子的心路历程中,父亲是一个巨大的存在。而我们很多父亲忽视了女儿心理的需要,因此导致女儿心理的残缺,带来她们一生一世的心理疾病。我们经常歌颂张爱玲的绝世才华,可要知道这个绝世才华是以自己的伤残作为代价的,病蚌成珠,那是一个剧痛的过程。我们看张爱玲童年,在后母的挑唆下,父亲对她的残暴,那种毒打,一个正处花季的少女,又赶上这么敏感的一个张爱玲,又是如何能够承受?父亲打了以后,还关她黑房子,后来在好心的女佣人的帮助下,才逃出父亲的魔掌。当走上清晨的冷冽的街道,她发现自己竟无处可去。母亲虽然收留了她,可是母亲的财力有限,而且又正在谈对象。她于是与姑姑在一起。

父亲后来与她断绝了父女关系。这样一个绝情冷酷的父亲,是因为后母的挑唆,还是他本身就是残酷冷酷的?我们不得而知。但看张爱玲的回忆,父亲与她之间曾经还是有过温馨的回忆的。可惜只是昙花一现而已。

我们阅读《倾城之恋》,一个弱女子,一个正值青春年华的女子,对爱情的那种解构,那种冷酷,那种透心的凉,可真让我们惊心。我们说张爱玲是天才,可这种“天才”是以早熟为代价,以心的透骨的冷为交换前提。我们说鲁迅是天才,那也是以童年、少年巨大的耻辱为成本的,阅读他的《〈呐喊〉自序》,我们的心为他很疼很疼。他能写出《狂人日记》不是没有原因的,这是生命被摧残后的呐喊,是一种自救。我们通读鲁迅,他的偏执、敏感、多疑,是那么地强烈,而正是如此强烈的心理状态,才有他那些绝世的杰作。我们看他与很多人的纠葛、裂变,都是有这个心理疾病在那里的。童年的伤害是一生一世的,永不会褪色。

鲁迅与小自己 10 多岁的林语堂本是好朋友,后来却分道扬镳,不是因为其他,就是因为心理无法沟通。鲁迅敏感多疑,而偏偏林语堂迟钝麻木。林语堂去鲁迅家里,那时鲁迅初到上海。他与郁达夫一起去,见到了许广平。回来的路上,林语堂就一直没有弄清楚鲁迅怎么和许广平在一起同居，虽然是上下楼。郁达夫何等聪明，他是早看出来了，却偏偏不说。一直到周海婴出世，林语堂才恍然大悟。林语堂如此麻木，难怪创作不出杰出的文学作品。

后来，独自生活的张爱玲创作了许多小说，其实就是以她的家族为原型。她的父亲看了，很恼火，她家族的人看了，都愤怒异常。但也无可奈何，因为张爱玲早就与他们断绝了关系。张爱玲是在出毒呀，她要通过写家族来挽救自己，这是一种清空垃圾站的行为。

胡兰成说："但她想不到会遇见我。我已有妻室，她并不在意。再或我有许多女友，乃至携妓游玩，她亦不会吃醋。她倒是愿意世上的女子都欢喜我。"其实，胡兰成说对了一半。张爱玲是不太在意，但并不是不在意。张爱玲爱她，是弥补自己父爱的缺失。当然，里面还是有一点男女私情。说不在意，那是假的。胡兰成的"自私"竟到如此地步。或者说，张爱玲爱胡兰成，其实也是一种自恋的表现。在张爱玲的人生中，真正懂她的也就胡兰成一人而已。傅雷的《论张爱玲的小说》，高则高矣，但却与张爱玲不在一个话语场，是有疏隔的。傅雷这样一个中西贯通的学者、翻译家，也是无法理解张爱玲的。傅雷太刚烈，太黑白分明，所以他做不了作家。真正的作家往往尽力于灰色地带，在那种黑暗不明中，那种混沌中，才能探索出人生之虚无，人性之复杂。胡兰成也算一个小天才，他懂女人，更懂张爱玲，所以才有张爱玲的千里寻夫，这里是不能用道德或政治的眼光来解读的。

张爱玲一生寻找父爱，呼唤父爱，却一直没有得到。他与胡适的几次见面，给了她的晚年许多温暖，因为那是短暂的父爱的回归。周芬玲说，张爱玲对年长的男性一直怀着"父性的崇拜"，我觉得不大准确。她其实需要的不是"崇拜"，而是"父爱"。周女士同时说张爱玲有"恐惧母亲症候群"，害怕自己变成别人的母亲，但又渴望得到母亲的赞许和慈爱。这倒颇有道理。比如，她与姑姑、炎樱等就有着非同一般的情谊。其实，母爱，张爱玲是缺失的，可她从姑姑，还有别的女性那里毕竟得到了许多。

可父爱呢？

冷而空幻的张爱玲，晚年把自己封闭起来，因为她发现自己根本无法再找到父亲，无法再找到父爱，父爱只有一个，那就是童年自己的父亲。得不到，就永远得不到了。再到哪里去找，都是枉然。她也就不找了，她其实绝望了！

胡兰成那里，还是有一点残存的父爱的影子。可是轻薄的胡兰成哪里懂得了张爱玲的心思？于是，轻薄而多才的胡兰成自己把自己从张爱玲那里了断了。他说："我于女人与其说是爱，毋宁说是知。"我想再说清楚一点，他对女人，只是索取，而从不愿付出。他的一生前后与八位女性发生情感纠葛，这些女性都很优秀，一个"知"让她们都成为他的俘虏，但一个不专，也让她未能得到任何一位全部的身心。

本来，遇到胡兰成这样的一个学历不高，但异常聪明的才子，汪精卫伪政权宣传部政务次长、伪行政院法制局局长、伪国民党中央执行委员、《中华日报》总主笔，20 多岁的张爱玲岂是对手？我们看资料，胡兰成在汪伪政权里，长袖善舞，颇擅权谋，不仅与汪精卫关系甚密，而且深得陈璧君的信任。这个胡兰成对国际事务极其敏感，屡臆屡中，后又深得日本人的倚重。而且还不失他文人的本性，晚年文笔更是不一般。在那样一个乱世，错综复杂的政治关系角逐中，竟得以善终，确实是心机不浅呀。

张爱玲，仅仅是胡兰成的一个艺术知音而已，她不可能完全征服胡兰成的心。胡兰成晚年还能与当年上海滩的流氓头子吴四宝的老婆佘爱珍共度晚年，也可见他的气量。当年斗死李士群，胡兰成还有一功呢。而 1974 年到台湾，又培养出朱天文、朱天心姐妹，也未尝不是一个奇迹。看朱天文的《黄金盟誓之书》，收有她的"记胡兰成八书"，那么长的文字，竟包含着那般深情，让人叹服胡兰成的魅力。

只是，张爱玲，这个绝世女子，一个文学天才，只好默默地走完自己的一生了。

其实，她是最寂寞、最绝望的。

她晚年是看到了自己的繁华，可她对这些繁华，那如云的粉丝，毫不怜惜。

她缺的不是这些！

晚年的张爱玲在虱子的幻觉中艰难地活着，这种"虱子之幻"更多的是一种恐惧症现象。可她恐惧什么呢？林幸谦说，"虱子"是影射"父亲"的一种象征。其实，她晚年的离群索居，不就是一种自我心理治疗吗？

但阅读《小团圆》，她到最后还是没有忘情于胡兰成，这份孽缘，她是到死都没有摆脱的。看来，胡兰成那里，还是有某种东西，让她无法忘记的。或许，那就是一种父爱吧？还是一种一生只有一见的知音之慨呢？

张爱玲说，我离开你之后，就不会再爱别人了，我就这样地萎谢了。

看她离开大陆之后的创作，她确实是“萎谢”了。胡张之绝恋，有《半生缘》，她用笔写出了那段孽缘，也宽容了那个负心的胡兰成。《十八春》是不原谅的，《半生缘》里她原谅了。没有了胡兰成，但有一个《红楼梦》，够了，她的余生就可以维持了。一部《红楼梦魇》，是她的心声，是她的血泪。张爱玲喜欢张恨水，喜欢通俗文学，因为她从这里可以得到匮乏的“情感”。她缺的是情感，可童年时缺少的“情感”，是一生都补不回来的了！

晚年的张爱玲说：“人生的结局总是一个悲剧，但有了生命，就要活下去。”“人生是在追求一种满足，虽然往往是乐不抵苦。”

她说：“只要我活着，就要不停地写。”[1]可是，“写”是在“不停地写”，但“写”的东西却已经没有了往日的光辉。

---

[1] 殷允凡：《访张爱玲女士》，金宏达主编：《回望张爱玲：华丽影沉》，文化艺术出版社，2003年，第314页。

母亲上官鲁氏论

——莫言《丰乳肥臀》研究

1995 年《丰乳肥臀》一出，一时洛阳纸贵，但也遭到了读者和评论家的严厉责难，有的甚至还上纲上线，一时有草木皆兵之感。事过多年后，莫言还委屈地说："很多人认为我塑造的不是一个母亲，而是一个很脏的荡妇，但我觉得我这一笔恰好是对中国封建制度最沉痛的一种控诉，因为是中国的封建制度把一个想活下去的女人逼到这种程度。"①

按照莫言自述，他写《丰乳肥臀》确是因为自己的母亲。1995 年，莫言母亲去世，他很长时间都没有写作，"一直在翻来覆去地思考像我母亲这一代的中国女性所遭受的巨大苦难……我就想象像我母亲这样一代人，她们为什么能够活下来？到底是什么样的力量支撑着她们活下来的？真是可以令人长久地反思。"② 然后，他详细地讲述了自己的家庭在"文革"中的遭遇，母亲的艰难，和他担心母亲的自杀，演讲稿的文字极其动人，细节也很丰富。1995 年母亲去世，他就想写一篇献给母亲的小说。"刚开始时的想法也比较简单，就觉得应该写写母亲这一生的遭遇；但一旦动笔以后就越写越大，把半真半假的高密东北乡作为一个背景写进去了，写了高密东北乡 100 年来的历史。写它从 100 年前的一片荒原草地，怎么样慢慢有人居住，最后发展成为一个很发达的中小城市；描写了这么一个家族，这个家族是一个铁匠世家，母亲一辈子在不断低生育，最后生了八个女儿，一个儿子。"③

但问题是，为什么那么多的读者，还有评论家认为莫言描写的是一个荡妇，而不是一位伟大的母亲？我认为，这是我们必须弄清楚的问

---

① 莫言：《我为什么写作》，莫言著：《莫言讲演新篇》，文化艺术出版社，2012 年，第 213 页。
② 莫言：《我为什么写作》，莫言著：《莫言讲演新篇》，文化艺术出版社，2012 年，第 213 页。
③ 莫言：《我为什么写作》，莫言著：《莫言讲演新篇》，文化艺术出版社，2012 年，第 212 页。

题。或者说，莫言的委屈到底有没有道理？他真的在描写一位伟大的母亲，但读者却误以为是荡妇，还是他本来就描写了一个荡妇？我认为这是到目前批评界还没有完全解决的一个问题。莫言说，他要改变革命历史小说的写法，他为此而写作《丰乳肥臀》。那么，他改变了没有呢？确实改变了。他改变了原来那种简单的脸谱式的写作。这方面虽然还有争论，但基本上达成共识了，大家认为他的"改变"是成功的，是有贡献的，对于革命历史小说的创作有突破。但他在描写一位"伟大母亲"的时候，他努力的"突破"到如今依然没有被读者，也没有被评论家所认可。记得多年前雷达先生就和他探讨过这个问题，雷达说，他不能理解。问我如何看。当时，我真的还无法回答。但我一直在思考这个问题，今天在这里尝试着解决这个问题。

我们知道在某些少数民族那里，是没有汉族这么强大的贞节观念的，其实，华夏民族在上古的时候，也是比较开放的。即便我小的时候，在一些落后的乡村，大家对女人的婚外情，农村人叫"偷汉"，从村人到自己的丈夫，都是比较通达的，也不觉得有多丢人，不是一件可耻的事情。这一点沈从文的小说里就有描写。但莫言《丰乳肥臀》里的描写却不是这个情况，那里早就开化了。他说："我觉得我这一笔恰好是对中国封建制度最沉痛的一种控诉，因为是中国的封建制度把一个想活下去的女人逼到这种程度。"

于是，我们得另找出路。认真读了几遍《丰乳肥臀》，其实，此书当时出版的时候，我就读过，对那个母亲也没有多反感，也没有觉得她是荡妇。多年后重读几遍，我还是很为这部小说感动，为这个母亲形象感动。某种意义上，我觉得"母亲"是自由的象征，她身上有着强烈的对自由的追求。这点颇类似《白鹿原》的田小娥，不过，田小娥基本是被迫，走投无路。而母亲很多时候是"自愿"，一种疯狂的自愿，或者说被迫的"自愿"。如果按作者莫言的说法，是"对中国封建制度最沉痛的一种控诉"，我觉得太勉强了，有点无法服人。作家可以创造出一个人物，但很多时候却不知道他们是如何被创造出来的，对他们也是不太了解的。这就是阐释学说的，需要读者的介入。好作品都是有召唤空间的，呼唤读者进去，只有读者的介入，这部作品才算最终完成。

为什么说，"母亲"是自由的象征，有着对自由的强烈追求呢？我们读作品,可以看到母亲的被凌辱、被侮辱,这个被凌辱某种程度是因为没有生下个儿子,这个被侮辱是由于性话语的不对称。中国封建社会信奉“不孝有三,无后为大”,在这个“无后”里,我们发现责任都是女性的,男性似乎没有任何责任。于是,母因子贵,成为常规。小说里母亲鲁璇儿结婚三年没有生养,被婆婆辱骂、殴打,好在当时已经有了西医,检查结果是男方的问题,但在那个时候的中国,即便如此,责任还是女方的,于是,母亲的苦日子就开始了。很多中国妇女就像祥林嫂一样在自我的谴责、忏悔、内疚,甚至自残里度完可怜的一生。但母亲没有,她开始了一种反抗,这种反抗就从自己的身体开始。她一个个地生孩子,她们的父亲都不是同一个。这种“反抗”某种意义上是狂欢式的,有着某种罪恶的快感。小说里写道,每当受了丈夫和婆婆的虐待、殴打后,母亲就恨恨地想:“婆婆,丈夫,你们打吧,你们骂吧,你们盼吧,我会生儿子的,但生的儿子不是你们上官家的种,你们倒霉吧!”

当母亲一再地生出女儿时,婆婆咒骂道:“你要能生出个带把儿的,我双手捧着金盆为你洗脚!”读到这里,我有时感到奇怪,为什么在日常生活中,最重男轻女的不是公公,而是婆婆呢?那么,母亲面对的有两种选择,一是做一个贞节的女子,因为不生育而被折磨至死;要么去偷汉,生一个儿子,那么自己的苦日子就到头了,倒成了正人君子。母亲选择了后者。难道她的选择有什么错吗?我们还能说她是一个荡妇吗?正像小说里婆婆说的:“没有儿子,你一辈子都是奴;有了儿子,你立马就是主。”(莫言:《丰乳肥臀》,下引小说对话都出自此书。)

莫言在小说里,对这种反伦常的酣畅淋漓的描写,确实是一种控诉,不仅是对中国封建道德,更是对中国文化里的那种陈腐的男权文化的控诉和反抗。在这个意义上,他继承了鲁迅的传统。“母亲”,某种意义上成为一个隐喻,一个象征,就像《狂人日记》里的狂人,《阿Q正传》里的阿Q。

要真正懂得“母亲”,必须细读文本。《丰乳肥臀》第七卷,是极其重要的一卷,也是极易被误读的一卷。很多人从中读出了淫荡,这是让莫言非常失望,甚至愤怒的。其实,只要我们认真地阅读完了这一卷,我们可以读出一个女子的挣扎,她的艰难、绝望、悲苦,甚至她的伟大。从她身上,可以看出中国文化的某种不伟大,或者另一种意义上的伟大。

母亲乳名璇儿,姓鲁,1900年德国人打到她们村子,她的父母俱亡。姑姑姑父从面缸里把她救了出去。“她身上沾满面粉,已接近死亡的边缘。”十七岁的时候,她嫁给了铁匠的儿子上官寿喜。鲁璇儿和上官寿喜结婚三年,肚子里还没有怀上孩子,她的婆婆指鸡骂狗:“光吃食不下蛋的废物,养着你干什么!”她一天忙得晕头转向,但婆婆还是不满意,虐待她、羞辱她,“上官家前辈子造了孽,娶了一个二尾子,白吃饭不生养,眼见着绝后了。”鲁璇儿捂着脸哭起来,婆婆大骂:“还有她奶奶的脸哭!你白吃了我们家三年饭,公的不给俺生,生个母的也算你能,可你倒好,连个响屁都没给我们放出一个来。养你这样的吃货干什么?赶明儿就回你大姑家去吧。上官不能因为你绝了后!”丈夫上官寿喜也虐待她,每次回姑姑家,“她身上带着丈夫赠给的斑斑伤痕,耳边回旋着婆婆的臭骂”。姑父于大巴掌看到璇儿胳膊上的青紫,骂道:“都民国了,还敢这样虐待儿媳妇,惹恼了我,一把火把上官家那鳖窝给烧了!”姑姑姑父带鲁璇儿看妇科,结果是她没有病,是男方的问题。姑姑说,孩子,这世界上,好多堂堂皇皇的事,都是在黑灯瞎火里干出来的。“就在这天夜里,于大巴掌上了璇儿的炕。”她的第一、二个孩子,都是女孩,也都是于大巴掌的。“母亲的第三个孩子,是在芦苇荡里怀上的”,孩子的父亲是那个常来村子赊小鸭的土匪。这时候的母亲已经没有了道德观念,也不愿意因为没有男孩子而被婆婆们欺辱。“每当受了他的虐待后,母亲就恨恨地想:骡子,打吧,这两个女孩,不是你的种。我鲁璇儿再生一千个孩子,也不是你上官家的种子。”“婆婆,丈夫,你们打吧,你们骂吧,你们盼吧,我会生儿子的,但生的儿子不是你们上官家的种,你们倒霉吧!”她的第四个女儿的父亲是一个江湖郎中。由于连续生了四个女孩,她的日子越加苦难。小说详细描写了第四个女儿生了之后,婆婆就摧残她、折磨她。这一章即第六十一章,6页的篇幅,描写太残酷,也太写真,一般读者是很难读下去的。它写出了那个时代女子的悲惨遭遇,写尽了封建观念下,中国女子的可悲境地。也让我似乎回到了我的童年,看见了村子里那些可怜而又伟大的母亲们。

小说首先写到鲁璇儿刚生完孩子,“双腿间还淋漓着鲜血,就听到婆婆用火钳敲响了窗户。”婆婆开始詈骂:“有了功了是不是?”“劈着个臊×净生些熳姑子还有功了是不是?还让我四个盘八个碗地端上去侍候你?”“你要能生出个带把儿的,我双手捧着金盆为你洗脚!”这一段半页纸的凶狠的咒骂,让人看出了那个时代的残酷。鲁璇儿被迫去场上打麦子。她刚到打谷场上，丈夫又对准她的腿弯子抽了一杈杆,骂道:“懒驴,你怎么才来?你要把老子累死吗?”母亲不由得坐在地上,他又骂:“别装死,快起来翻场！”然后丈夫把桑木杈扔给她,与公公一起去树荫下拌嘴去了。母亲“心中涌起无限的悲凉。”她一边坚持劳动,一边感觉到鲜血“一股股地从产道里冒出来,濡湿了她的大腿。”她想起她曾经恨恨地给姑父说:“姑父,人活一世就是这么回事,我要做贞节烈妇,就要挨打、受骂、被休回家;我要偷人借种,反倒成了正人君子。”

母亲在场上干活,“老天爷,睁开眼看看吧!左邻右舍,睁开眼看看吧!看看上官家儿媳妇,刚生完孩子,拖着个血身子,就上了场。头顶着洒火的毒日头翻麦子。而她的公公和丈夫,两个小男人,却坐在树荫凉里磨牙斗嘴。”在母亲晕倒的那一刻,她看见送子娘娘来了。而一直到她醒来,无人管她。只是看见她醒了,婆婆才骂道:“起来回家吧,俺的个好儿媳妇,还躺在这儿干什么?躺在这儿给俺现眼?”“但愿你能生出个儿子来,将来也好尝尝给人家当婆婆的滋味！”然后安排她回家做饭,“到菜园子里摘几根黄瓜,晚上炒几个鸡蛋给他们爷儿们吃。有劲儿呢,就挑几担水把那畦茼蒿浇浇。”

晚上又是抢场,“冰凉的雨水把她淋得像落汤鸡一样”，回到家吃饭时,碗掉到地上摔碎了,“婆婆用蒜锤子砸破了她的后脑勺子,温暖的血流到了她的脖子上。”婆婆还怂恿儿子打她,“上官寿喜明白了他娘的意思,他从墙上抄起一根棍子,拦腰一棍,便把我母亲打倒了。然后,他的棍子频繁起落着,打得我母亲满地翻滚。”

“母亲怀着对上官家的满腔仇恨，把自己的肉体交给沙口子村打狗卖肉为生的光棍汉高大膘糟蹋了三天。”但她的第六个女儿却是天齐庙那个和尚的种。1953 年秋天,“母亲在蛟龙河北岸割草时,被四个拖着大枪的败兵轮奸了。”第二年,她生了她的第七个女儿。上官寿喜看到又是一个女儿时,他“往后便跌倒了。他清醒过来的第一件事,便是抄起门后捶衣服的棒槌,对准老婆的头砸了下子。鲜血喷溅在墙壁上。这个气疯了的小男人,恨恨地跑出去,从铁匠炉里夹出一块暗红的铁,烙在妻子的双腿之间。”读到这里,我真佩服莫言的胆量,他真敢把母亲放到如此不堪的境地,而且能冷静地写到如此恐怖的境地。我们都知道,人的忍耐是有限度的,人的胆量是有限度的,人要活下去,就必须遗忘,或者说让自己的神经麻木,一种残酷的麻木。中国广大的农村,以前多的是如此的"母亲",被婆婆逼得上吊、跳井、自杀的媳妇,我亲眼看见或听见过不下十位,但几十年来,我都是无意识地遗忘她们。我总是以很多借口,为她们的婆婆、丈夫辩解。我们是一个健忘的民族,我们没有那么大的胆量把这一切撕开写。但莫言做到了。她写出了一个真实的母亲。不过,这确实犯了中国"家丑不可外扬"的禁忌,很多儿女看见了父亲打骂母亲,但一般都会躲避这个话题,或者无力地辩护之。《丰乳肥臀》真是一部敢于直面人生的大著。

当我们看到下面文字,我们除了颤抖,还能说什么呢?我们还能说这个母亲淫荡吗?我们难道看不出她的伟大吗?"一股焦黄的烟雾串起来,烧焦了毛发和皮肉的臭气弥漫全屋。母亲惨叫一声,便滚到炕下。她的身体弯得像弓背一样,在地上抖动着。"母亲的姑父来算账,她却说这是俺家的事,不要来插手了。"我出了于家门,就是上官家的人,是死是活,您就别管了。"这是那个时代所有女子的唯一选择。如今那些高唱儒家调的学者们,可了解这民间实情?莫言没有让她的主人公,这个伟大母亲去跪到孔庙,或者山神庙,而让她最后皈依了天主教。难道这里没有莫言深厚的思想吗?没有他过人的眼力吗?

小说写道:"母亲被烙伤的下体,腐烂化脓,散发着恶臭。""有一天凌晨,教堂的钟声,把她从迷蒙中唤醒。教堂的大钟天天响,今天听来格外亲。""母亲拄着拐棍,拖着腐烂的下体,一步一步地,像攀登漫漫天堂路一样,走进了教堂的大门。"当她听到了牧师讲的《马太福音》,她泣不成声地说:"主啊,我来晚了……"小说写道,1938 年初夏,她爱上了牧师,并合二为一,"当马洛亚牧师的凉爽的精子像箭镞一样射进母亲子宫时,母亲眼睛里溢出感恩戴德的泪水。"这一段描写略有点仓促,不是那么冷静,说服力也不是很高,但从中我们可以看出作家莫言的一些想法。母亲与牧师生的孩子是一个儿子,叫上官金童。这个上官金童有恋乳癖,一生无所事事,穷愁潦倒。这里是不是还有莫言的象征,和深远的寓意?我想在另一篇文章《上官金童》里专门论述。母亲与九个中国男人发生性关系,但最后都没有生下一个儿子,最后与瑞典籍牧师马洛亚却生了龙凤胎,这里有没有什么文化寓意?不好乱猜。

但我们看那七个女儿的名字，就能看出中华儒家文化的可怜：来弟、招弟、领弟、想弟、盼弟、念弟、求弟。这样的名字，在中国大地上很多女孩的身上都可以找见。这样的文化，是一种什么样的文化？最后，与牧师的孩子却叫：金童、玉女。这难道不是一个绝大的讽刺吗？

刘再复在《中国大地上的野性呼唤》(《明报》1997年9月17日)一文中这样说："莫言这样强烈地意识到：中国，这人类的一'种'，种性退化了，生命萎顿了，血液凝滞了。这一古老的种族是被层层垒垒、积重难返的教条所窒息，正在丧失最后的勇敢与生机。"莫言认为，"只有性的觉醒，只有生命原始欲望的爆炸，只有充满自然力的东方'酒神精神'的重新燃烧，中国才能从垂死中恢复它的生命。"这样的阐释似乎有点过分了。这里只是一个处于人生绝望境地里的中国妇女对于信仰的皈依，或者基督教对一个中国被侮辱被伤害的妇女的拯救。或者说，是一个中国妇女走投无路的无奈选择。

婆婆上官吕氏最后被母亲打死了。上官吕氏咬女儿上官玉女的耳朵，上官玉女发出尖厉可怖的哭号，母亲怎么救都救不出来。最后，只要用一根擀面杖，擂她的头颅。在擂打的过程中，她喋喋不休地骂起来，骂"老浑蛋、老畜生"，几十年来对自己的折磨、摧残，"你心狠手辣啊，老东西，你知不知道你那儿子是个骡子？你们一家人把我逼上了绝路，我像只母狗一样翘着尾巴到处借种，我受尽了屈辱，我为你们上官家，遭了多少不是人遭的罪啊，你这老畜生！"在打死婆婆的过程中，"她的身体渐渐瘫软，瘫软成一摊臭气逼人的腐肉"。这里，我们似乎读到了武则天对李家的那种仇恨，仇恨到连自己的亲生孩子都杀。是一种什么文化，产生出这样的结果？新儒家对此有没有深入的思考呢？

莫言在《莫言王尧对话录》里说："小说里的母亲皈依了天主教，确实是因为她感觉到在尘世中没有任何出路。她这一辈子，为了生一个男孩，也为了在这个家庭中取得地位，她和八个男人睡觉，然后借种生孩子，最后她只有在那个牧师那里得到了真正的爱情。"[①]"很多人说你写什么啊，写了一个荡妇，写了一个破鞋。这个我觉得恰好是我非常痛心的。我想，一个社会、一个制度对女人的迫害，除了肉体的迫害之

---

① 莫言、王尧著：《莫言王尧对话录》，苏州大学出版社，2003年，第165页。

外，更大迫害是精神的迫害。对一个妇女来说，最大的痛苦莫过于把自己的身体交付给她不爱的人，为了一些别的目的跟人睡觉。那就是说，作为一个封建时代的妇女，如果在一个家庭里面，你跟人家结了婚，不能生孩子，你作为一个女人就是不完整的，别说你在家里没有地位，在村子里面也是很难抬头见人的，抬起头来人家都会笑你的，你的婆婆可能骂你说养了个母鸡不下蛋。如果你能生孩子，只能生女孩，生不出男孩来，你就同样无法在家里取得地位，你的婆婆、你的公公、你的丈夫还是要瞧不起你。""小说里的母亲不生孩子，实际上是丈夫的问题，她丈夫是性无能，她为了生孩子，在她姑姑的启发下，不断地变换男人睡觉，每次都是生女孩，她的婆婆、丈夫联合起来虐待她，到最后就把她的身体都烫伤了，生命垂危。在这个时候她听到了牧师，正在讲经传道。她突然感到来自心灵深处的一种感动，一下子把她深深感动了，这个女人到这个时候，唯一支撑她活下去的力量就是来自上帝的召唤。""我觉得对一位母亲来说，最大最深重的痛苦、最沉重的负担莫过于被逼得不断地和自己毫不相识也不爱的男人去睡觉。"[①]

这是莫言对中国儒家传统文化的反叛宣言，也是对传统文化要求女人从一而终的反叛，是一种对男权的反对。这是一种回归人性的写作，是一种自由的书写。甚至可以说，是中国大地上一次罕见的对自由的呼唤，一种变态的可怜的呼唤。莫言说："客观上我有这种心理倾向(恋母情结)，因为我是家里最小的孩子。在当时的社会中，在外边感觉到不安全。我家的成分较高，父亲在外边饱受欺压，回家以后对我没有好声气，母亲是我唯一的保护伞，是我们的靠山。"[②]正是因为有这种经历，他才可以深入地了解中国妇女的真实心理，塑造出这么一个母亲来。

当然，母亲的形象仅仅说成对中国封建制度的控诉，还是没有完全看到母亲的伟大之处。我前文说过，"母亲"是自由的象征，她身上有着强烈的对自由的追求，甚至有一种朴素的人权的觉醒，一种人性的复苏，一种爱的信仰的升起。这句话绝不是空言，是有文本基础的。而且我们知道山东不是西北，那里很早就有西方文化，包括基督教的传

---

① 莫言、王尧著:《莫言王尧对话录》，苏州大学出版社，2003 年，第 165、166 页。

② 莫言:《细节与真实》，莫言著:《莫言讲演新篇》，文化艺术出版社，2012 年，第 364 页。

入，尤其从晚清晚期，那是大面积地进入。马克思说过，帝国主义的入侵，某种意义上也是把一种先进的文化带入。他说英国在对印度实行殖民统治时，他们的蒸汽机和科学在印度摧毁了农业和家庭手工业的结合，摧毁了农村公社的经济基础，由此在亚洲造成了“唯一的一次社会革命”，[①]“充当了历史的不自觉的工具”。[②]这一点，从莫言的小说《檀香刑》《丰乳肥臀》都可以看出来。

就《丰乳肥臀》来说，母亲已经不是那个逆来顺受的祥林嫂了，她已经有了某种反抗意识。她的和很多男人的偷情、野合，生育了那么多的孩子，就是一种反叛，而且她并不觉得这有多可耻。她对面貌颇类外国人的金童、玉女说：“一点也不假，你们的亲爹是马牧师，这有什么？你给我把脸洗净，把头洗净，你到大街上挺着胸膛说去：我爹是瑞典牧师马洛亚，我是贵族的后代，比你们这些土鳖高贵！”这种自觉的主体意识，对一种女性自由的认可，是中国以前女性没有的。这是完全不同于中国传统文化的一种东西，尤其是宋元以后的以理学为主的中国文化，那种要求女人从一而终，要守贞节的文化。所以，那些还守着宋明理学的评论家们，就觉得这个母亲是荡妇吗？他们无法看到这个女人作为母亲的伟大。某种意义上，母亲接受的是西方的基督教文化，那种宽容、宽恕的文化，那种只对上帝负责，不把自己完全依附在丈夫身上的文化。她后来与瑞典传教士的爱情，不仅是肉体的，更是精神的，她从此有了自己的信仰。莫言后来也写道：“在创作《丰乳肥臀》时，我去过两次教堂。小说中上官金童也去过两次教堂，他在走投无路时，投向了上帝的怀抱。我不是基督教，但我对人类的前途满怀着忧虑，我盼望着自己的灵魂能够得到救赎。我尊重每一个有信仰的人，我鄙视把自己的信仰强加给别人的人。我希望用自己的书表现出一种寻求救赎的意识，人世充满痛苦和迷茫，犹如黑暗的大海，但理想犹如一线光明在黑暗中闪烁。”读到这里，我甚至觉得莫言的精神世界里，也有一些基督教的烙印，他的小说的宽阔的视野，亦与此有关。

---

① 中共中央马克思恩格斯列宁、斯大林著作编译局：《马克思恩格斯选集》第一卷，人民出版社，1995年，第765页。

② 中共中央马克思恩格斯列宁、斯大林著作编译局：《马克思恩格斯选集》第一卷，人民出版社，1995年，第766页。

母亲是博大的、超越的，具有一种超越眼光。她不愿意把自己当作任何人、机构、组织的工具。她是超越政党、阶级、族群的。她是真正的母亲，她身上的母爱是觉醒的。我们知道，母爱某种意义上，也有神性，或者说就是神性。她的孩子选择了不同的政党，选择不同的人生道路，她都是尊重的，她不干涉。而且，她还辛苦养育着他们的孩子，她的隔代的孩子。而且她对这种选择，这种文化抉择，也有自己的思考。莫言在《我为什么写作》里说："这个母亲忍辱负重。她的这些女儿有的嫁给了国民党，有的嫁给了共产党，有的嫁给了伪军。她的女儿女婿之间经常要刀枪相见，但她们生了孩子全都送到母亲这儿来，母亲今天接受了一个嫁给国民党的女儿送来的儿子，明天嫁给共产党游击队的也把孩子送来了，一会儿嫁给汪伪军的女儿也送回一个来。她养着国民党的后代、共产党的后代、伪军的后代，她都一视同仁。她认为这些孩子都是好孩子，不管他的父亲、他的母亲是站在哪个阶级的立场上，对一个生命来说，对一个母亲来说，都是一样的。"[1]

这一点哲学家何怀宏在他的文章《活下去，但要记住——莫言作品中的乡土历史与生命记忆》[2]里有比较透彻的分析。他首先反思了战争的残酷，认为"如果不是实力过于悬殊的话，战争的逻辑就常常是最狠的那个赢"。但我们不能认为这就是正常的，战争就是应该如此。他认为还是应该反思，包括主要责任人，还是具体的行动者。"我们要记住并防止这样人杀人，尤其中国人杀中国人，而且是如动物般地杀戮的残酷事件再度大规模发生。"他在文章中说："而《丰乳肥臀》中的母亲当时就是有反省的。"比如，当跟着独立团回来的五女上官盼弟说"我们把天下夺回来了"时，母亲的反应却是：她仰望着乱云奔腾的天空，呢喃着："主啊，您睁开眼睛看看吧，看看这个世界吧……"何怀宏说："母亲的这一反应不需要多么高深的思想，她根据的就是最朴素的常识和生命本能，当然还有真正的善意和悲悯。"这个结论是正确的。

为什么母亲能有这种反思呢？我觉得与她的被侮辱被损坏的人生

---

[1] 莫言：《我为什么写作》，莫言著：《莫言讲演新篇》，文化艺术出版社，2012 年，第 213 页。

[2] 何怀宏：《活下去，但要记住——莫言作品中的乡土历史与生命记忆》，《东吴学术》2014 年第 6 期。以下凡是引用何怀宏的文字都出自此文。

经历有关,也与她在人生的生死关头遭遇的那个基督教也有关系。那个“爱你的仇人吧”的宗教,给了她某种超越的东西。这是中国文化传统所没有的,或者说比较稀少。莫言也在2000年3月哥伦比亚大学的演讲《我的<丰乳肥臀>》中说:“我就像小说中的母亲那样,满怀着悲悯之心,看待分别属于不同政党和集团的孩子们的生死搏斗。无论是谁的死去,都会让母亲痛心。许多昨天还神圣的掉脑袋的事情,今天已经变成了人们口里的笑谈。”这后一句多么沉痛呀!这也是作家莫言的超越之处,也是他为什么能塑造出这么一个被许多人感觉陌生的伟大母亲,甚至她的伟大不被大多数中国人接受,或者理解。

莫言说:“巨大的母爱超越了阶级,也超越了政治。”[1]“尤其《丰乳肥臀》里的母亲形象,倾注了我全部的感情。这个母亲经过战争、疾病、饥饿、政治动乱,费尽了千辛万苦,把自己的孩子抚养成人,不但把自己的子女抚养成人,而且还把女儿们的孩子抚养成人。”[2]

我们知道,20世纪的中国百姓活得太艰难了,战争、饥馑、一个一个的政治运动。严酷的生存环境让人都麻木了。何怀宏说:“她的一生,仍是一面赞颂苦难中的生命的最伟大的旗帜。”“在母亲的生命中,最光辉的就是她的生养。这‘生养’也是作为‘母亲’的最本质的含义。然而,这‘生’对她却是非常屈辱的,这‘养’对她也是极其艰难和痛苦的。”这种“养”之难,其实,读者阅读小说,也是可以感觉到的。她不仅被自己的丈夫、婆婆凌辱、殴打,而且在不得不“借种”的过程中,也受到不同的男性的凌辱,还有败兵的轮奸。但为了养育自己的九个孩子,这个伟大的母亲没有选择自杀,虽然她曾想过自杀。她还是艰难地活下来了。我们想到鲁迅那篇《颓败线的颤动》,那个被自己的子女唾弃的垂老的女人,早年为了养育自己的孩子不得不卖淫,老了,被她用出卖自己身体而养大的孩子唾弃。这个母亲,和《丰乳肥臀》里的母亲是一致的,她们同样地伟大,但却不能为后人所理解。何怀宏说:“她不仅是‘生’,也努力地‘养’,尽管这‘养’在那样的年代里又比‘生’还要艰难得多。”“《丰乳肥臀》中的母亲也是意识到生命的尊严的,甚至即便

---

[1] 莫言:《细节与真实》,莫言著:《莫言讲演新篇》,文化艺术出版社,2012年,第365页。

[2] 莫言:《细节与真实》,莫言著:《莫言讲演新篇》,文化艺术出版社,2012年,第365页。

是死去的生命,也还要有它的某种体面和尊严。”当一个守尸队员举起铁钩子钩她的丈夫时,她高喊着:别用钩子钩他呀!并号哭着爬到无头的丈夫身边,尽管那丈夫生前虐待和殴打她。而被她养育出来的九个儿女,女的都是疯狂地追求爱情,男的都是疯狂地追求事业,在各自的人生轨迹上,都极其自尊,坚守底线。

我认为,能让母亲上官鲁氏有如此大爱,除了那种原始的母爱本身的力量,还有一个信仰,她晚年皈依的天主教给了她很大的力量。小说里写道,当母亲终于有了一个儿子时,她是如何欣喜。她骨子里也有重男轻女的思想,每次都只是给金童喂奶,马洛亚牧师把玉女递给她,说:“喂喂她吧,都是上帝赐给的,不能太偏心啊!”母亲的脸红了。她认识到了自己的错误。在 2010 年《丰乳肥臀》北京十月文艺出版社的新版自序里,莫言写道:“书中的母亲,因为封建道德的压迫做了很多违背封建道德的事,政治上也不太正确,但她的爱犹如澎湃的大海与广阔的大地。”他在和王尧的对话里也说:“小说里的母亲皈依了天主教,确实是因为她感觉到在尘世中没有任何出路。她这一辈子,为了生一个男孩,也为了在这个家庭中取得地位,她和八个男人睡觉,然后借种生子,最后她只有在那个牧师那里得到了真正的爱情。”[①]我们知道,小说写作本身,就是一个道德行为。加西亚·马尔克斯说:“对我来说,一个作家能起到真正重要的影响是他的作品能够深入人心,改变读者对世界和生活的某些观念。”[②]“母亲”的形象某种意义上也“改变”了“读者对世界和生活的某些观点”。

---

① 莫言、王尧著:《莫言王尧对话录》,苏州大学出版社,2003 年,第 165 页。

②【哥伦比亚】加西亚·马尔克斯、【哥伦比亚】门多萨著:《番石榴飘香》,生活·读书·新知三联书店,1987 年,第 8 页。

莫言小说的局限

对于莫言，还有他的小说，我的感情比较复杂。一方面认可他的想象力，他的自我打开能力。但每次读他，也为那种文字、情感的肮脏而感到恶心，我经常说，莫言的小说格调不高，脏。最近阅读他的演讲录，竟然也有如此的感觉。比如《城乡经验与写作者的位置》，就以一只城里的虱子，和一只农村的虱子，他们相遇于城乡之间的道路上，然后互诉苦境，最后饿死，总结出“虱子的一生，与作家的一生很是相似”开始这个演讲，对农村出身的作家写城市，不被评论家认可，而大发愤怒。这个演讲就比较恶俗，没有什么新鲜见解，就是一种粗俗的牢骚。由此也可以看出，莫言对城市、城市文化，真的还是很陌生。

关于莫言，自从他获得诺贝尔文学奖，褒扬之辞铺天盖地，我再多说几句，也没有什么意思。一直很想说说他的缺点，他的不足。当然，我的言辞也极其轻微，不会伤到莫言什么，因此，也就直言如下。

1、小说充满着一种原始的力量，缺乏教养、深度，不够克制

余华的《兄弟》，被有些评论家认为是得到了《巨人传》的狂欢写作之真髓，其实不然。我早就有文批驳之。中国当代作家因为文化修养不足，更多的是吸收了中国民间的一些文化资源，尤其莫言。因此，小说里充满着一种原始的力量，这也是他的小说能够吸引一部分读者的一个原因。但通读他的小说，有一个很鲜明的感觉，就是缺乏教养。古人说正奇，他的小说“奇”很多，但缺乏“正”，旁门左道、乱七八糟的东西太多。而且那种农民式的狡黠，也加剧了这种倾向。

我们知道，民间文化是有脏的传统，比如二人转，它的底色就是黄色。一方面，这正是民间文化的力量之所在，那种泥沙俱下，那种来自大地的脏，是一种原始的力量，可能是人类的最底层的力量。但另一方面，即便在农村，它也有它的范围，比如，西北的花儿，也是不允许在家庭里演唱的。作为作家，完全可以借助民间文化的传统，但应该取其精

华,去除糟粕,如荷花出淤泥而不染。即便在农村,真正的有权威的老人,他们和他们的家庭也是极其注意教养的。大粪可以做小麦的肥料,但人们吃的是小麦,而不是大粪。

中国当代文学普遍缺乏想象力,莫言有想象力,可惜他的想象力太没有节制,有时候流于胡说八道。陈众议《评莫言》认为,“像莫言这样如喷似涌,一泻千里的想象力喷薄是否恰当,是否矫枉过正,则容后细说。”[①] 当然,据说这些在翻译本里是没有的,葛浩文都删掉了。有评者说,在英文本里,莫言很简洁。

莫言爱写丑的东西,他反鲁迅而走,认为鼻涕、大便,都可以写进小说。贾平凹也有此病。而有正大气象的陈忠实先生的小说,就没有这种倾向。写丑、写脏、写暴力、写残忍、写不堪,在莫言是常事。这不仅是自然主义倾向,更是莫言少年创伤性记忆的自我保护、自我宣泄、自我治疗。某种意义上,也是对民间文化的一种过度继承。对莫言来说,这种写丑的过程可以纾解他内心的紧张,精神的焦虑,但对小说艺术而言,却是一种伤害,一种践踏。

有学者认为,道德的洁癖,是有问题的,容易导致专制。莫言这种开放的感官解放,是一种健康的人性。当然,这一点,我个人不太认同。我总觉得,文学创作还应该有一个边界,虽然这个边界是动态的、变化的。这种没有节制的审丑描写,这种叙述的洪流,有时会淹没或遮蔽作品的深度以及影影绰绰的人物光辉、性格力量。

2、对中国传统小说负面价值的吸取

莫言在《檀香刑》后记里说,他要“大踏步后撤”,也就是他要“回到民间”,“作为老百姓写作”。其实,“作为老百姓写作”本身就有问题,理论上说不通,现实中也不可能。我一直认为,作家只能作为“个人”“个体”而创作。你写出真实的“你”的感觉,你的思想,就可以了。不要作为什么而写作。而且,民间并不是最终或最佳的归宿,作为杰出的作家,必须要超越民间。民间,也是藏垢纳污之地。那里充斥着“小传统”,包括暴力、色情。

莫言“大踏步后撤”,我们发现,他在吸取民间优秀文化的同时,也

---

① 陈众议:《评莫言》,《当代作家评论》2013 年第 3 期。

吸取了很多中国民间文化的负面东西，当然也包括中国传统小说的负面价值，比如《水浒传》的暴力，《金瓶梅》的性暴力。这一点，他与贾平凹倒很有相似之处。《檀香刑》沉迷于对酷刑的描写，而忘记了真正的人性拷问。莫言说："戏里的酷刑，只是一种虚拟。因此我也就没有因为这样的描写而感到恐惧。"[1]我前面说了，莫言不感到恐惧，因为这对他来说，是一种治疗。但对一般读者来说，就无法承受了。

比如《檀香刑》，从技术上看，应该说还是很有抱负的，结构特殊，语言恣肆，想象丰富。但如果尺度稍微严格一点，可以说，这基本是一部需要否定的作品。在它里面，缺乏爱，缺乏一种伟大的人道主义，缺乏一种对社会、时代的巨大穿透力。莫言总是计较叙事技巧，在他眼睛里，技术似乎比什么都重要。对小说写作来讲，技术当然很重要，但这种技术只有与伟大的思想、情感融为一体，才有意义，才有价值。他说："《檀香刑》是我的创作过程中的一次有意识地大踏步撤退，可惜我撤退得还不够到位。"他说的"撤退"就是他回到了民间传统，或者准确地说，回到民间文化传统。但民间文化传统良莠不齐，泥沙俱下，不是说你回到了民间，就一定伟大，就值得肯定。还要看你回到了怎样的民间，而且真正的作家不仅是回到民间，更重要的是要超越民间，站在批判的、反思的人文主义立场。

他在《檀香刑》后记里说："我有意地大量使用了韵文，有意地使用了戏剧化的叙事手段，制造出了流畅、浅显、夸张、华丽的叙事效果。民间说唱艺术，曾经是小说的基础。"戏剧化没有错，韵文，也不是不可以用，但在描写一种苦难、酷刑时，使用"夸张、华丽"的文字，是否合适？我觉得，当我们面对民族苦难、残酷的酷刑之时，面对人性的巨大践踏之时，使用"夸张、华丽"的文字，是一种亵渎，是不严肃的，也是不协调的。我们不可能在别人的丧礼上，使用华词丽句，铺排夸张，因为这不是展示我们文采的时候。这时候，无声胜有声，或者朴素的语言最有力量，这里需要的是你的一颗真实的感动的心，一种真正的良知，一种心灵的相通。

---

[1] 莫言：《作为老百姓写作》，莫言著：《莫言讲演新篇》，文化艺术出版社，2012 年，第 271 页。

这里，当然最好引用一些原文，可以更加有说服力，就像法院判案，必须要有证据。但我确实没有力量，也没有胆量，去再抄一遍那些沾满鲜血，冒着血腥气的文字。有兴趣的读者可以去读《檀香刑》，比如第九章，专门写凌迟，随便翻开一页，那纸页里都渗透着难闻的血腥味。我想，这样的描写，读一页就足够了。

小说主人公，高密知县钱丁的形象，很是苍白简单，虚幻飘忽，他与孙媚娘的偷情，很有明清艳情小说的腔调，但用在这里，给人感觉不伦不类。那个孙媚娘，只是小说家手里的傀儡，她根本就没有活起来，她的艳丽、她的风情、她的狡猾，她的一切都是那么没来由，那么不真实。看看肖洛霍夫《静静的顿河》，那个阿克西尼娅，多么真实，多么鲜活，多么生动。其实，看看陈忠实《白鹿原》里的田小娥，也可以领略一点什么是女性描写。《檀香刑》对那个知县的描写，尤其不可靠，作家完全没有写出山东半岛近代以来的剧烈变化。他说《百年孤独》他只读了几十页，后来才勉强读完。真的，他只是从《百年孤独》里找技巧，他没有感受到《百年孤独》的那种“孤独”，否则，《檀香刑》可能就是另一个样子。尤其结尾，知县跑到升天台上杀人，然后自杀，都显得生硬、虚假，更是没有一点力量。这个人物基本是死的。其实，《檀香刑》中没有一个人物是活的，对他们的描写，包括心理描写基本都是不及物的，完全是作家的闭门造车，是自己的呓语而已。我们阅读陀思妥耶夫斯基《罪与罚》，那种对罪犯心理的描写，细如发丝，让人瘆得慌。那种对人性的拷打、拷问，确实深入骨髓。读这样的小说，写的虽然是暴力，但读者得到的是灵魂的升华，是一次涅槃。但在《檀香刑》里，却只有恶心、暴力、色情、无聊。阅读的过程，是一次堕落的过程，一次自我恶心、自我侮辱的过程。

莫言说：“我在这部小说里写的其实是声音。”但这个声音，却太低贱，一点不高贵。小说写了好几种酷刑的施行过程，阎王闩、腰斩、檀香刑、凌迟等，其中，对凌迟的描写字数最多，切割的是企图刺杀袁世凯的钱雄飞，整整用了 17 页。而写檀香刑，只用了八页，没有凌迟那么详细而彻底。我想，能够如此从容地描写一个刽子手的凌迟过程，而且花费如此大篇幅，写得那么细心，那么冷静，那么不苟且，我想，莫言的心，真是冷酷到了极点。

读了《檀香刑》，我对莫言这样的作家有一种恐惧，如果在现实生活中，我是不想与他有多少真实的交际的。我从这部小说里，闻到了一种血腥和恐怖。我身边的好几位老教授，都不是文学专业的，他们都慕名购读了莫言的小说，但最后都很失望。他们说，除了色情和暴力，似乎没有别的东西，而且几部长篇小说都千篇一律，没有多少变化，语言也是啰嗦、缠夹、欧化。总之，他们感觉到一种恶心，认为这样的作品确实不能让青少年阅读，他们也不想再去阅读这样的东西。

我认为，作家描写死亡、暴力，不是不可以，但关键是看你如何去描写。杨显惠《夹边沟纪事》《定西孤儿院纪事》都写的是死亡，其惨烈程度远远超过了《檀香刑》所描写的对象。但我们阅读《夹边沟纪事》《定西孤儿院纪事》却没有恶心，没有恐惧，我们有的只有悲悯，只有眼泪，最关键的是我们还有反思，有思考。我觉得杨显惠才是真正的作家，当代文学优秀的作家。狄更斯《双城记》写法国大革命的血腥暴力，但给读者的却不是暴力冲击，而是一种大悲悯，一种慈爱，一种深深的反思。他的《雾都孤儿》的那种博大的情怀，会让多少鄙劣之人，心灵得到净化。

3、缺乏深厚的人道主义、思想的穿透力和大爱

他的代表作《生死疲劳》，是我喜欢的一部长篇小说，我也认为它和《丰乳肥臀》是莫言最好的两部长篇小说。但它也太夸饰，不自制。《生死疲劳》43 万字，一口气读下来，感觉比《酒国》《檀香刑》好多了，颇有一些悲悯情怀。地主西门闹被镇压后，先后转生为驴、牛、猪、狗、猴、大头婴儿蓝千岁，并依次为叙述人称。文字很有想象力，恣肆而不自制，汤汤水水，泥沙俱下。一章文字里，也不断换用叙述视角，深受福克纳的影响。但总体看来，还是夸饰过度，缺乏一种大精神，读者看见的还只是莫言的才情，而小说中的人物却没有活起来。

我们读《檀香刑》《酒国》，除了看见作家的顾盼自雄，沉迷暴力，的确没有一种伟大的人道主义精神，更没有思想的穿透力。当一个作家写酷刑，写到莫言那个层次的时候，我真的感觉这个作家病得不轻，他在自我治疗的时候， 根本没有想到作为一个作家的责任和他的边界。我总觉得，莫言的童年精神创伤太大、太深了，他也是一个可怜人。我曾做过一次演讲，讲题就是《莫言是个苦孩子》。他的文字，都是在自我

治疗。因此，他的文字缺乏一种大爱，一种让人飞升的大爱。

“思辨不够”曾经是德国汉学家顾彬批评莫言的理由之一。莫言也对此供认不讳：“思辨确实是我们中国作家的弱项，我们应该在这方面补补课。”[①] 我们且不说他的小说里思想能力的欠缺、穿透力的缺乏，单看他的演讲，可以看出他思想的贫乏，根本无法进行一些稍微深入的讨论。他的演讲《作为老百姓写作》《捍卫长篇小说的尊严》等等，明显无法自圆其说，对文学创作的看法，比较浅薄。他认为作家和泥瓦匠没有什么不一样，都是一种技术活。这也是贾平凹的想法。所以，他们的作品，就有问题——炫技，炫的还是低级的技术。

葛浩文撰文认为：“中国小说如同韩国小说，在西方并不特别受欢迎，至少在美国是这样。日本的，印度的，乃至越南的，要稍好一些。之所以如此，可能是与中国小说中的人物缺少深度有关。”[②]当代中国的知名作家不但对西方文化一知半解，或者无法入门，对本民族文化传统也是知之不多，但他们有时却极端自负。我曾在《文艺报》撰文《是什么让他们如此自负》，批评过这个现象。我们不能否认，他们有才华，又遭逢一个大变革的时代，这使得他们脱颖而出。但他们早期教育的苍白，让他们无法正常地深入地思考，无法理解古人。当然，我也知道，这也是时代的错，我承认。但作为这一代人，有时缺乏一种自知之明，也是让人遗憾的。

4、语言泥沙俱下，不节制

简练是文字的极美。比如契可夫、鲁迅。当然，也有一种泥沙俱下的美，比如《史记》。但《史记》的语言亦很漂亮，有风骨，不是那种没有节制的语言。著名翻译家周克希说：“普鲁斯特的文体，自有一种独特的美。那些看似‘臃肿冗长’的长句，在他笔下不仅是必要的，而且是异常精彩的。因为他确实有那么些纷至沓来、极为丰赡的思想表达，确实有那么些错综复杂、相当微妙的关系和因由要交待，而这一切，他又是写得那么从容，那么美妙，往往一个主句会统率好几个从句，而这些从句中又不时会有插入的成分，犹如一棵树分出好些枝桠，枝桠上长出

[①]《南方周末》编：《说吧，莫言》，二十一世纪出版社，2012 年，第 37 页。

[②] 葛浩文：《中国文学如何走出去》，《文学报》2014 年 7 月 5 日。

许多枝条,枝条上又结出繁茂的叶片和花朵。”[①]

莫言的语言,不是这样繁复的美,纯粹就是一种多余的赘疣。当然,我们不能否认,他对汉语写作的贡献。他让汉语从“文化大革命”开始的党八股的僵化的死尸状态活过来,让语言重新回到大地。他犁开了汉语的僵硬的地面,让它散发出泥土的芳香,当然也出现了发霉的垃圾。他让语言有了弹性、活力、生命,有一种视觉、感官的开放、绽开。他说:“我的语言的形成,主要还是和童年的关系,和原野乡村文化有关系。当然后来的学习丰富了我的语言。”[②]

莫言说:“一个作家的语言有后天训练的因素,但他语言的内核、语言的精气神,恐怕还是更早时候的影响决定的。我觉得我的语言就是继承了民间的,和民间艺术家的口头传说是一脉相承的。第一,这种语言是夸张流畅的滔滔不绝的;第二,这种语言是生动的有乡土气息的。第三,我想,是中华民族的传奇文学的源头,或者是一种文学表达的方式。”[③]这当然很好,但由于缺乏中国文学传统的真正的传统,一种伟大的传统,这也是他的语言格调不高的一个原因。因为作为一位优秀的作家,仅仅有民间是远远不够的。

5、缺乏鲜活生动的人物形象

莫言经常说,小说的最高境界,是要写出有典型性格的人,塑造让人难以忘记的人物形象。这话,他说了好多次。但是,我们读了莫言那么多的小说,除了《红高粱》《透明的红萝卜》的人物,还比较有特色之外,其他的那么多的作品,几乎没有塑造出让读者难以忘记的人物来。他的最大特色是描写背景,呈现那种氛围。但氛围里的人,却没有活起来。倒是陈忠实《白鹿原》还是塑造出了几个人物。[④]

比如,《檀香刑》的人物描写,没有一个成功的。心理描写,也没有深入人物内心,都是在外面虚张声势。对刽子手赵甲的描写,也总是有一种隔的感觉。作家还是不要描写自己不熟悉的领域。小说写了刽子

---

① 周克希著:《译边草》,上海三联书店,2008 年,第 133 页。

②《南方周末》编:《说吧,莫言》,二十一世纪出版社,2012 年,第 139 页。

③《南方周末》编:《说吧,莫言》,二十一世纪出版社,2012 年,第 131 页。

④ 参见杨光祖:《田小娥论》,《小说评论》2008 年第 4 期。

手，其实，更准确地说，莫言写的只是酷刑，而不是刽子手。他完全痴迷、迷醉于对暴力的描写，我们从文字里可以看到作家的那种痴迷。作家的深度介入，让自己呈现，却让人物消失了。

6、长篇小说的节奏、韵律太紧，不懂得文武之道，一张一弛

莫言的长篇小说，不大注意结构。他善模仿，在结构，包括叙述角度上学习了福克纳、马尔克斯，其实，也仅仅是皮毛而已。他坦言他没有读完《喧哗与骚动》。比如，他的《生死疲劳》，读起来太累人。中国古典小说，比如《三国演义》《红楼梦》，就很懂得节奏。这方面就不展开，学者已经谈的够多了。

据说，葛浩文翻译的时候，大都是节译，甚至是编译。因此，在英文版里，语言的啰嗦，节奏的松散，可能就好一些。莫言对自己小说的翻译，完全不管，根本不会考虑忠实翻译的问题，他任由译者去处理。高尔泰就不行，他要求必须忠实翻译他的作品。《文盲的悲哀》，写《寻找家园》译事琐记，收入散文集《草色连云》，写了葛浩文英译的胡编，随意改动原文，删减增加文字，也写了葛浩文的傲慢。

在一次演讲时，葛浩文说："前一阵子，有人问我，翻译莫言的最新小说时是否还是会跟以前一样那么Creative，意思是'有创造性'。我开玩笑说，既然莫言得了诺奖，我的翻译要更接近原文。事实是，翻译他的《蛙》时，我当然没有这么做，不能让莫言和他的小说受损，更不能破坏他的国际名声。我还是照我的一贯翻译哲学进行，翻出作者想说的，而不是一定要一个字一个字地翻译作者说的。"① 读这段话，我们的心理比较复杂，葛浩文那种心态也值得研究。

葛浩文说，中国作家的写作缺乏纪律。这种"纪律"指什么呢？可能也包括了小说的节奏、韵律吧？当然，这种缺乏纪律，有时候也不能只怪作家，看看他们童年、青少年接受的什么教育，也就知道一二了。莫言说，台湾作家的青少年是用眼睛阅读，而他是用耳朵阅读。他也很得意于自己的耳朵阅读。耳朵阅读当然有它的独特之处，但童年、青少年的眼睛阅读的匮乏，对他们的文学创作，难道没有一点负面影响吗？

比如，纪律。

---

① 葛浩文：《中国文学如何走出去》，《文学报》2014年7月5日。

《兄弟》的恶俗与学院批评的症候

新世纪以来,中国文坛乱象丛生,但是,遗憾的是,我们的批评界没有如富里迪那样惊呼:知识分子都到哪里去了。没有对中国文学的弱智化、庸人化、恶俗化进行深入研究与批判,而是忙着排文学史座次,忙着修撰文学史,已经把这些文学创作还远远没有结束的作家急着送进"史"里去了。

在2006年11月30日复旦大学《兄弟》座谈会上,陈思和先生明确说:"我们希望余华的《兄弟》进入文学史,进入学院。""我应该毫不掩饰地说《兄弟》是一部好作品。这部好作品首先是它对当代社会、这个时代作了非常准确的把握。""我觉得余华从'先锋'到《活着》和《许三观卖血记》,是迈了一大步,从一个完全西方化的先锋作家走向了中国民间社会,我觉得这是一个典范。"

这种评论已经很离谱了,更让我们惊奇的是他接下来的话。他说,我最近在读巴赫金关于拉伯雷的文章,在他所描述的"狂欢化"传统里,我能感觉到余华所写的这种传统。巴赫金说,当我们都习惯了欧洲的资产阶级美学传统的时候,我们其实都忘记了,欧洲还有另外的传统,这个传统就是"民间"的传统。比如,欧洲的民间传统主要是一个"降低"的问题,就是说知识分子如何将自己降低到一个民众的立场上来看待当时的时代和生活。我们可以借助巴赫金来理解余华的《兄弟》。余华走在我们理论的前面,走出了我们当代的审美习惯和审美传统,他连接起了另一种传统,我姑且借用巴赫金的话,就是"怪诞的现实主义",这是一种"怪诞"的喜剧传统。余华使我们进入到了中国文学的另一个传统,这种传统需要我们认真加以体会,包括怎么看待"粗鄙化",怎么看待那种吃喝拉撒的原生态的生命,等等。从这个角度看去,李光头应该是一个民间的英雄,而不是一个干干净净的知识分子。《兄弟》里的这个新的美学范畴,有可能使中国文学在长期被政治、被意识形态、被知识分子话语异化的情况下，重新还原到中国民间传统下。①

复旦大学中文系教授栾梅健也将《兄弟》与《巨人传》相提，他说，《兄弟》一书在评论界和读者中引起的巨大争议，既有当代中国社会转型的现实意义，也可以从文学史中找到极其相似的例证：1532 年，当法国著名作家拉伯雷的长篇小说《巨人传》在里昂等地悄然面世时，立即就以其惊世骇俗的语言和荒诞不经的描写引起了法国民众的高度关注。“几乎同样的情况在近五百年后的中国发生了。如果说拉伯雷《巨人传》中的众多荒诞不经乃至不可思议的描写，表现了作者对没落的封建制度与宗教迷信的冲击与嘲笑，显示出新型的人文主义思潮与萌动，那么我们是否也可以这样理解，《兄弟》中对李光头这样‘庸俗的’、‘满身铜臭的’暴发户的描写，正是余华对当下社会某一侧面的准确描摹，有着强烈的震撼力与穿透力。”②

读着这样的评论，我真的有点不相信自己的眼睛。一部作品刚面世，就将它与世界文学史上的名著相提并论，这种态度不说不够严肃吧，也是有点太随意。更何况《兄弟》真的可以与《巨人传》并论吗？真的是怪诞现实主义吗？我们不妨简单地对比、论述一下。这里需要的只是常识，根本用不着多高深的学问和理论。

在《兄弟》里，余华一反过去的暴力与温情叙述，而使用了仿狂欢叙事或假狂欢化叙事。说它仿狂欢，因为它本不是真正的狂欢。巴赫金的狂欢或欧洲的狂欢里有一种人性的解放，“狂欢节以其一切形象、场面、淫秽动作和肯定性诅咒，淋漓尽致地展示人民的这种永生性和不可消灭性。在狂欢节的世界里，人民永生的观念是同现有权力和统治真理的相对性观念结合在一起的。”③“狂欢节的世界取消了一切等级制度。”④而这种文化或传统是我们这个民族所严重缺乏的。陈先生说：“我能感觉到余华所写的这种传统”，不知这是一种什么“传统”？是

① 详见潘盛：《“李光头是一个民间英雄”——余华〈兄弟〉座谈会纪要》，《文艺争鸣》2007 年第 2 期。

② 详见栾梅健：《〈兄弟〉：一部活生生的现实力作》，《文艺争鸣》2007 年第 2 期。

③④【俄】M·巴赫金著，佟景韩译：《巴赫金文论选》，中国社会科学出版社，1996 年，第 228 页、第 222 页。

哪里的“传统”？

就我的个人阅读体验来说，《兄弟》的叙事风格是严重失败的，价值趋向是扭曲的、变态的。它的风格，我认为准确地说，应该是恶俗。按照美国文化批评家保罗·福赛尔《恶俗》里对“恶俗”的定义：恶俗是指某种粗陋、毫无智慧、没有才气、空洞而令人厌恶的东西。恶俗就是将本来糟糕的东西装扮成优雅、精致、富于品味、有价值和符合时尚。可我们尊敬的批评家却把它当成了纯正、高雅、明智或者迷人的东西。我感觉陈先生将拉伯雷的“民间”狭义化了，或者改造了，他只看见了“民间”的粗鄙、粗糙，而没有看到人家的“民间”里还有自由、解放与新生。我们阅读《巨人传》，会强烈地“感觉到自己属于人民大众的那种历史的大无畏精神和生生不息”，能“感到自己是主人——而且绝对是主人。（在狂欢节上既没有客人，也没有观众，人人都参与，人人是主人。）[①]

众所周知，拉伯雷《巨人传》是一部高扬人性、讴歌人性的人文主义杰作，充分体现了人文主义者对人、人性和人的创造力的肯定。小说中塑造了高康大、庞大固埃等力大无穷、知识渊博、宽宏大量、热爱和平的巨人形象，体现了作者对文艺复兴时期新兴阶级的歌颂。按照赛义德的理论，拉伯雷这样的作家是真正的知识分子，他们对这个社会，对这个民族的文化都有一种担当意识，他们永远都是用怀疑的眼光审视生活的人。而余华与余华的《兄弟》恰好相反，是对流氓地痞的歌颂，是对文化的侮辱。无论从哪个角度看去，李光头都不“应该是一个民间的英雄”，而应该是一个典型的道德败坏的投机流氓。

对李光头这个地痞流氓的描写，作家倾注了极大的热情，但他的描写是失败的。李光头作为一个民政局下属的残疾人工厂的厂长，国家干部，光天化日之下，指派人或带着全厂职工去针织厂向林红求爱，准确点说是侮辱、羞辱一个未婚女青年。我不知道这种比黑社会还黑的下流做法如何可能？更让我们难以忍受的是李光头羞辱了林红，不但良心没有一点歉疚，而且沾沾自喜、洋洋得意地说：“那个阶级敌人在破坏我们的无产阶级革命感情。”“林红，千万不要忘记阶级斗争

---

①【俄】M·巴赫金著，佟景韩译：《巴赫金文论选》，中国社会科学出版社，1996年，第221页。

啊！”当这些残疾人被李光头煽动得大喊：林红，请你来当福利厂的第一夫人吧。小说写道：李光头眼睛闪闪发亮，激动地说“群众的呼声很高啊，群众的呼声很高啊”。“百分百的王八蛋”李光头被拒绝后，就开始大耍流氓手段，跑到林红家里去，继续耍流氓，被林红父母赶出来，他还说：“不要这样嘛，以后都是一家人，你们是我的岳父岳母，我是你们的女婿，你们这样子，以后一家人怎么相处？”李光头这些模仿语录的对话，充分展示了他流氓的本性。该节的描写也是对残疾人的一种侮辱。

我们仔细阅读《巨人传》，从内容性质来看，它基本上是一部寓意小说，其寓意虽然极为丰富，但几乎全都围绕“人”这个中心，而其关注的焦点则不外这样几个方面：人的本性、人的教育、人的社会现实处境与人应到哪里去找出路。毫无疑问，这几个方面主要都是针对现实社会中宗教神学观，宗教经院哲学以及教会神权对人的专制、压迫与蹂躏。[①] 人的自然本性如何才能健全发育、优雅提升，拉伯雷认为重要的是教育方式、精神规范、人文环境。而我们把《兄弟》即便看烂，也很难看出它是一部寓意小说，很难看出它有人文诉求。相反，余华在小说中不厌其烦地张扬的是一种反人文价值观。因此，拉伯雷在《巨人传》中用了很大篇幅描写两个巨人的受教育过程与成长经历。而余华则大肆张扬李光头的文盲、流氓本性，不仅没有教育意识，而且在潜意识中仇视知识及知识分子。

伟大的作家内心都有一个理想。拉伯雷也是有理想的。他在小说中想象了一个德廉修道院，那是一个精神充分解放，个性极度自由的所在，是一片开阔、明亮、文明、优美的天地。有豪华的画廊，巨大的图书馆、花园、草地、运动场、文艺舞台等等，这不仅显示出作者学识的渊博，更体现了作品的贯穿思想：“使人的灵魂充满真理、知识和学问。”从开卷卡冈都亚降生时的喊声“喝呀！喝呀！”到篇末“神瓶”发出的“喝呀！”的谕示，都强烈地表达了要挣脱精神枷锁，追求新思想和新知识的热切愿望。小说也着重强调了人文教育的重要性，卡冈都亚聪慧过

---

① 参见柳鸣九主编：《法国文学史》（修订本）第一卷，人民文学出版社，2007年，第84页、第89页。

人,可在几十年的经院教育下变得呆头呆脑,只有在接受了人文教育后才变成了名副其实的巨人。我们再来看余华的《兄弟》,哪里有一点这些东西?他的小说中不但没有人文主义精神,而且可以看出他从骨子里就反对这些东西。从他的《兄弟》里我们看出了“我是流氓我怕谁”,看出了对文化的仇视,对流氓的礼赞,根本没有一丝对真善美的向往。

从艺术上看,《巨人传》横扫了欧洲中世纪贵族文学矫揉造作的文风,其神话般的人物,荒诞不经却又妙趣横生的故事情节,赢得了广大读者的厚爱。正如作者开宗明义所指出的,这部作品虽然表面看来“无非是笑谈,游戏文学,胡说八道”,但它在有关宗教、政治形势和经济生活方面,却“显示出极其高深的哲理和惊人的奥妙”。而余华的《兄弟》除了“油滑粗俗”,还有《巨人传》的那点特色呢?作为一位长篇小说作家,余华缺乏那种思想的穿透力。他仿《巨人传》仅得其表面的“粗俗”,而完全丢掉了人家粗俗后面的精华。

总之,很遗憾,我从《兄弟》里无法看出什么怪诞、狂欢、怪诞现实主义与民间传统,也看不出陈思和先生所极力表扬的那些优点。至于“《兄弟》中对李光头这样‘庸俗的’、‘满身铜臭的’暴发户的描写,正是余华对当下社会某一侧面的准确描摹,有着强烈的震撼力与穿透力”,就更是莫名其妙的言论,根本不值得一驳。《兄弟》远远没有做到什么“准确”“震撼力与穿透力”,它的艺术水准是相当低的,与法国的这部伟大的作品几乎没有什么共同之处,根本就不应该鱼目混珠地拉扯在一起。

为了写这篇文章,我把陈思和先生的《我对〈兄弟〉的解读》认真读了几遍,真的比读《兄弟》还叫人难受。我们说得平和一点,陈先生的解读是一种夸张的过度阐释;说得尖锐一点,是与作品没有什么关系的自说自话。这是当下文学批评的一个非常突出的现象,也是1990年代以来文学批评学院化后的一种痼疾,而且已经严重地侵蚀了正常的文学批评。

无论面对什么样的文本,我们的学院派批评家总是能找出许多理论为它们贴金抹粉。陈先生说:“为此,我重读了巴赫金的《拉伯雷的创作与中世纪和文艺复兴时期的民间文化》。这部论著的许多论述,仿佛就是针对我关于《兄弟》的疑惑而发的。”[1]我们知道，文学创作强调的是独创性、唯一性和非复制性。《兄弟》真的与《巨人传》一样是怪诞现实主义，就一定伟大吗？陈先生不但认为《兄弟》与《巨人传》一样是怪诞现实主义，而且还从作品中发现了杀父娶母模式、哈姆雷特式的报复模式，“如此对称的隐性叙事模式居然完全无意识地潜隐在《兄弟》的文本结构内部，不能不令人暗暗称奇。”我们且不论《兄弟》是否有这些模式，我们要问的是：难道一部小说有了这些西方文学中著名的模式，就一定优秀吗？就一定值得我们大唱赞歌吗？

对《兄弟》里大量粗鄙的叙事，陈先生旁征博引了许多证据、理论，有巴赫金关于“怪诞”的定义，有中国古老的民间风俗，他认为“当我们的批评家批评作家用词过于粗鄙时，他们也许同样忘记了，这些作家正是长期在民间生活，感受到某种现代文明以外的信息”。而陈先生正好忘记了，贾平凹、余华已经20多年没有在“民间”生活了，他们一直在城市里，甚至欧美大都市“感受”和“享受”着现代文明。陈先生还斩钉截铁地说：“如我在前不久评论贾平凹《秦腔》时所说的，贾平凹描写农民生活时用了大量的粗鄙修辞，这恰恰是他们了解农民文化的缘故。”这真是欺天之论。孔子在《论语》中说“吾谁欺？欺天乎？”我们知道农民说话没有那么文雅，不会引用西方文论，但他们也绝对没有余华、贾平凹所写的那么粗俗。其实中国的许多农村仍保留着许多良好的礼仪。农民的确不把粪便、尿、鼻血看成什么大不了的事，但是农民吃饭时也绝对不会把粪便、尿放在炕上，也绝对不会像《秦腔》所写的那样用石头去砸一泡屎，让它四处溅去。当小孩有了鼻血、鼻痂时，也绝对不会欣喜若狂，而是会把它们擦去。当小孩在人前放屁时，大人会严肃地批评他们，而不会认为这是一件很愉快的事。农民也是爱干净，喜欢整洁的，并不像我们尊敬的作家写的那样以脏为美，以丑为美。这种对农民的丑化描写应该结束了。从这里也不难看出，生活在大上海的陈先生对西部农村真是有着许多奇怪的“想象”，在他的眼里，那里是混乱的野蛮之乡。这种过于优越的城市心理应该变一变了。

---

[1] 陈思和：《我对〈兄弟〉的解读》，《文艺争鸣》2007年第2期。以下引陈思和文字均出自此文。

陈先生从巴赫金的文章中仅仅得到了三个东西:民间传统、怪诞现实主义、粗鄙修辞。然后认为这三个东西《巨人传》有,而《兄弟》也有,所以《兄弟》也是杰作。大家不认可《兄弟》,也是因为如《巨人传》一样,“审美趣味”受到挑战而已。这个逻辑也太简单而霸道了。而且也是对巴赫金与《巨人传》的双重误读。

我们应该知道狂欢节是完全独立于教会和国家(但又为其所容忍)的,真正全民广场节日的象征和体现。它在几千年的准备和发展中,形成了自己的形式和象征的特殊语言,“狂欢节语言的一切形式和象征都充溢着更替和更新的激情,充溢着对占统治地位的真理和权力的可笑相对性的意识。这种语言所遵循和使用的是独特的‘逆向’‘反向’和‘颠倒’的逻辑,是上下不断换位(如‘车轮’)、面部和屁股不断换位的逻辑,是各种形式的戏仿和滑稽改编、戏弄、贬低、亵渎、打诨式的加冕和废黜,在一定程度上,民间文化的第二性、第二世界就是作为日常生活,亦即非狂欢节的戏仿而建立的,就是作为颠倒的世界而建立的。但必须强调指出,狂欢节式的戏仿远非近代那种纯否定性的和形式的戏仿:狂欢节式的戏仿在否定的同时又有再生和更新。一般说来,民间文化完全没有单纯的否定。”[①]读读这段话,一切不是非常清楚了吗?《兄弟》里哪里有什么“狂欢叙事”? 哪里有“再生和更新”?它最多就是“戏仿”,是“单纯的否定”,而且遍观当代文坛,有几个中国作家真正具有这种狂欢精神? 余华的小说里有的是虚无、残酷、暴力,有的是对权力、金钱的崇拜,有的是对女色的疯狂和变态地占有,但没有对真理的向往和对权力的批判。《巨人传》里因狂欢化叙事而采用的粗俗语言,或骂人话、赌咒等广场语言,在小说里“既有贬低和诅咒的意思,又有再生和更新的意思。正是这些正反同体的脏话决定了狂欢节广场交往中的骂人话这一言语体裁的性质。”拉伯雷把骂人话的巫术性质改造了,使得骂人话、脏话对创造狂欢节的自由气氛和世界第二方面,即诙谐方面,作出了自己的贡献。而《兄弟》的骂人话、脏话、粗话,仅仅具有否定、消极意义而已,仅仅是流氓文化的呈现而已,根本没有“再

[①]【俄】M·巴赫金著,佟景韩译:《巴赫金文论选》,中国社会科学出版社,1996年,第106页。

生""广场语言"的特征。

至于怪诞现实主义,巴赫金说:"在怪诞现实主义中(亦即在民间诙谐文化的形象体系中),物质和肉体的因素是从它的全民性、节日性和乌托邦性那个角度显示出来的。在这里,宇宙、社会和肉体保持着不可分割的统一性,是一个分不开的活生生的整体。而这个整体是欢快的,其乐也融融。"[①] 按这个定义,《兄弟》如何能称之为怪诞现实主义呢?真是莫名其妙。自从马尔克斯的《百年孤独》一出,魔幻现实主义风行中国,于是评论界也开始忙了起来,一下子也封许多中国当下作品为魔幻现实主义杰作。这种乱点鸳鸯谱的评论方式真是十足的恶搞。巴赫金明确地说"怪诞现实主义的一个主要特点是贬低化",也就是世俗化、人间化,把那些崇高的精神性的理想的东西转移到整个不可分割的物质和肉体层次,即大地(人世)和身体的层次。怪诞现实主义的一切形式都发端于民间的诙谐,而民间的诙谐从来离不开物质和肉体下层。诙谐就是贬低化和物质化。关于这个问题,书中有非常详细的论述,读者可以去参看。但无论如何,《兄弟》里根本就没有怪诞现实主义的影子,他关于屁股、屎尿的大段描写,已经成为"经典"段落,但除了恶俗,似乎没有别的。

陈先生为了达到全面肯定《兄弟》的效果,还不惜代价地为最为人诟病的"处美人大赛"情节辩护,从性心理角度分析了李光头的处女情结之后,认为"处美人大赛是成为富人后的李光头企图用金钱来弥补、追寻童年的缺失以及情欲的缺憾,是企图对十四岁阶段的偷窥事件的一次重新来过"。认为他乱伦式的强占林红,是为了成为"男人"。至于这些论述,我们不好说对不对,应该说有他的可能性。但是,许多人诟病这个长段描写,不是因为这些缘故,而是因为作家用一种猎奇的、认可的,甚至是沾沾自喜的态度对它进行描写。作家当然可以描写丑恶的东西,但应该用一种严肃的态度去描写。陈先生在这里犯了一个致命的错误,把作家的"写什么"与"如何写"混为一谈。其实对于一个成熟的作家,写什么并不重要,只要是他熟悉的生活,而关键是"如何

[①]【俄】M·巴赫金著,佟景韩译:《巴赫金文论选》,中国社会科学出版社,1996年,第117页。

写”,这是考验一个作家的试金石,也是一部作品成功与否的关键。而恰巧在这个地方,无论贾平凹的《秦腔》《高兴》,还是余华的《兄弟》,都是完全失败的。

巴赫金说:“贬低化就是世俗化(人世化,落地),就是靠拢作为吸收本能而同时又是生育本能的大地(人世):贬低化既是埋葬,又是播种,置之死地,就是为了更好更多地重新生育。贬低化还意味着靠拢人体下身的生活, 靠拢肚子和生殖器的生活, 也就是靠拢诸如交配、受胎、怀孕、分娩、消化和排泄这一类行为。”并特别强调:“贬低化为新的诞生掘开肉体的墓穴。因此它不仅具有毁灭、否定的意义,也具有积极、再生的意义:它是正反同体的,它既是否定又是肯定。”[①] 这已经再清楚不过了,拉伯雷《巨人传》非为粗鄙而粗鄙,甚至它就不是粗鄙,它是世俗化,但这种世俗化里又有一种生命力。这也是《巨人传》之成为《巨人传》的主要原因。而我们阅读《兄弟》,仅仅只有粗鄙,整部小说充满的粗鄙叙事也只给读者一种味觉的恶心而已。陈先生说:“余华走在我们理论的前面,走出了我们当代的审美习惯和审美传统,他连接起了另一种传统”。其实,余华不仅“走出了我们当代的审美习惯和审美传统”,也走出了人类的审美习惯和审美传统。至于陈先生说“他连接起了另一种传统”,我看几乎是说梦话,拉伯雷的传统余华如何去“连接”?

其实很简单,《兄弟》就是 1990 年代以来文化消费化、快餐化、粗鄙化后的必然产物而已,与拉伯雷没有多少关系,与巴赫金更是风马牛不相及。像栾梅健先生那样错把《兄弟》当成《巨人传》再世,只能是白日见鬼而已。如果说《兄弟》与传统有关系,那只与中国的流氓文化有关系,我们从《兄弟》里看到的仍然是阿 Q,成功后的阿 Q。李光头那种对权力、金钱、美色的强烈的变态的占有欲,只能从中国文化中去寻找。“处美女大赛” 里李光头从一个个冠军候选者那里寻找感官的刺激,甚至寻找对处女的变态性心理、性行为,与民间文化无关,不管中国还是西方,与怪诞现实主义无关,与狂欢也无关。这样的人被说成是

[①]【俄】M·巴赫金著,佟景韩译:《巴赫金文论选》,中国社会科学出版社,1996 年,第 120 页。

"民间英雄",实在令人百思不得其解。

陈思和先生以"怪诞"阐释余华的《兄弟》,其实也是对"怪诞"概念的乱用。是的,巴赫金的"怪诞"有丑、粗鄙的含义在,可它也有自由、想象、解放人的思想等含义,而这才是"怪诞"的核心所在。当然,"怪诞"本身是非常复杂的,而且是变迁的。巴赫金说:"关于怪诞风格及其审美本质的问题,只有依靠中世纪民间文化和文艺复兴时代文学的材料,才可能正确地提出和解决,而且,在这方面,拉伯雷的作品特别能够说明问题。只有从民间文化和狂欢节世界感受的统一性出发,才能够理解怪诞风格各种主题的真正深刻性、多义性和力量;如果脱离这种统一性,仅就这些主题本身看这些主题,它们就会变成单义的、单调的和贫乏的主题。" ①从这里我们明白地看出,不论怎么说余华的《兄弟》都没有什么"怪诞"风格,与巴赫金、拉伯雷都没有任何关系。可能是一种民族自信的缺失,文学理论的严重失语状态,才使我们当下的文学学者动辄以西方文论来套中国文本,比如用巴洛克来阐释李商隐,用弗洛伊德理论阐释李白。我们很难想象一个西方学者会用"建安风骨""盛唐气象"来研究《荷马史诗》《浮士德》和《城堡》。

看来,学院派批评的致命症结除了丧失批评底线伦理之外,②更在理论过剩,或者准确地说伪理论、假理论太多。当然,这与当前大学实行的一套学术评价体系关系甚大。现在的大学都有一套严密的技术化学术评估标准,在这样的所谓学术标准下,许多杂志就被划到了"学术"之外,比如 1930 年代或 1980 年代文学批评的主要阵地——文学杂志,就无法进入大学所谓学术的范围,更不用说那些报纸了。而大学研究生的批量生产,又是文学评论表面繁荣的一大原因。学校规定研究生毕业必须在规定的学术杂志发表两篇以上的学术文章,而这些研究生的批评素养且不说他,即这个市场需求的量也是出奇之大。于是,我们的学术杂志迅速商品化,一手交钱,一手交文章,已经成了学术圈

---

①【俄】M·巴赫金著,佟景韩译:《巴赫金文论选》,中国社会科学出版社,1996 年,第 153 页、第 154 页。

② 参见杨光祖:《批评的伦理底线与批评家理论主体的建构》,《甘肃社会科学》2006 年第 6 期。

的“显规则”。而那些大学教授、博导要申请课题,要完成课题,还有学校每年的考核标准,都要求他们在规定的学术杂志发表一定数量的文章,于是课题费开始流向学术杂志,所谓的学术文章也就一篇篇地出笼了。

既然是学术,就要像学术。我们的大学也规定了许多所谓学术文章的规范,比如参考文献、注释、引文、主题词、摘要、英文翻译等等,而且就连语言的表达都有了不成文的规定,比如你把评论写得很美,是一篇好文章,这就不行,人家会认为你是文学,而不是学术。于是,大家把文字扭曲、变形、欧化,反正不好好说话,再用上许多的西方理论,大段大段的,这样一“包装”,一篇文字不通的文章就俨然成了“学术”,可以用它换职称、学位等等了。大学对学术的硬性技术标准,使得中国的学术严重泡沫化,表现在中国当代文学研究领域,就是与作品无关的胡说八道急剧增多,而且已经成了文学批评的主要表征。更可怕的是当下的中国文坛,文学批评几乎已经被学院派垄断,那几个有数的权威文学杂志几乎就是他们的领地,而那些发行量不怎么好的文学杂志也被他们与他们的学生垄断。而这些所谓的批评家都要靠作家吃饭,于是双方达成“协议”,俨然成了一家人,表扬与自我表扬成了文坛的主要特色,出现一种严肃的批评声音也被封以“酷评家”的绰号,好象是酷吏似的,让人敬而远之。①

这些学院派批评家面对一部作品,首先就是到文学史中去找“武器”,然后不管合适不合适,就硬套在所要评价的作品上。反正是表扬,怎么说都可以。这是当下文学批评的一大悲哀。但这种评论模式却几乎垄断了当今的批评界,连陈思和这样的资深教授都无法避免。陈先生最近的《论〈秦腔〉的现实主义艺术》(《中国现代文学论丛》一期),也用了非常大的篇幅歌颂《秦腔》,这回借的是德国语言学家洪堡的理论。他说:“我觉得对于解读《秦腔》的文本很有启发。”启发的结果让他得出一个结论:“《秦腔》是一部具有巨大精神能量的作品。”

学院派批评家的无限拔高,给了余华们很强大的晕眩感,而随着创作的持续、深入,早期学养的严重不足开始浮现,创作的下滑也就是

① 参见杨光祖:《文学批评:在学术的名义下死亡》,《山西文学》2007年第8期。

自然而然的事情了。记得2005年我在鲁迅文学院学习时，格非先生来给我们讲课，谈到当代世界文坛，谈到马原、余华他们这些当年的先锋派，他突然很傲慢地说：我们已经是当代世界上最优秀的作家了。停了一会，可能感觉到这话的唐突，又补充说：当然是活着的里面。我非常清楚地记得当时很多同学都吃了一惊。今天我们读《兄弟》也能读出这种傲慢。

对当代作家的这种虚妄的傲慢，学院派批评家难道不应该承担一点责任吗？

裘山山:寻找属于自己的句子

收到《裘山山文集》,看到封套上的一句话:“写作就是一种摒弃一切杂念的修行。我就是大白天,开着门窗,极其寻常地写,干干净净地写。”看到这里,我感到很愉快,这种写作心态我喜欢。我首先阅读的是《隆莲法师传》,可惜的是由于作者佛学修养的不足,使得这个关于当代第一比丘尼的传记,比较苍白、空洞。充其量,也就是一个通讯的水平。《亲历五月》写汶川地震,《遥远的天堂》《我在天堂等你》,是写西藏的纪实文学和长篇小说,读起来颇有意思,但文学性依然不足,依然充其量是一个通讯而已。裘山山的此类作品,更多的是新闻性、现场性,那种真正的文学性比较缺乏。这是我阅读的第一个感觉。

一般来说,女性写作很难达到思想性的高度,她们比较关注日常性、叙事性,作品有细节、有生活,情感比较细腻。当然,这话让女权主义看见了,也会很生气,不过,纵观中外文学史,大皆如此。具体到裘山山,可能还有一个原因,她长期在部队工作,主编《西南军事文学》,这也是她的部分作品新闻性、政策性强大的一个因素。

最后,我开始阅读她的《八月蝴蝶黄——裘山山短篇小说选》。我发现,我还是喜欢她的短篇小说,情感真挚,细节绵密,观察细腻,书写清新,充分表现了一位女作家的才华。《八月胡蝶黄》,写师生恋,写得很细致,也含蓄。秋园上中学时爱上了自己的老师韦老师,但很多原因使两人都没有说出来。等到老了,头发都白了,她重回故地找到了已经退休的韦老师,两人度过了几天愉快的日子,写得波澜不兴,但内里却有一种大力量、大悲痛在。小说充满张力,这点吸引了我,于是,就一篇篇读下去,竟然一直读完了。这是我从事评论多年很少遇到的情况。很多情况下,是读上一半,就没有兴趣了。或者翻完了,却没有感觉。但裘山山的短篇小说,却让我喜欢。

众所周知,如今文学快速地边缘化了,作家再也不是人们羡慕的职业了,阅读文学作品的人也少了,文学评论除了高校从事当代文学研究的教师之外,也很少有人写了,以前很强势的作协批评家,如今几乎溃不成军了。至于媒体批评,那大多仅仅为传播而已,谈不上多少"评论"的。媒介即讯息,其实文学也成了讯息。芬兰埃罗·塔拉斯蒂说:"几乎无人对原初事件——剧场演出、电影、音乐会、其他观众——进行体验,更多人无数次地从大众传媒上获取观点。文本中的价值随着不同的文化而变化。""不可否认,我们从字母文明转向了影像文明。"[①]但人类总是要不断前进,总是要保持自己的文明。人与动物的不同,就是人要有文化追求。按照德国学者卡西尔的说法,人是符号的动物。其实,有时候想一想,文学边缘化未尝不是好事,这样留下来的才是真正的作家。

当代文学评论之难,还有一个问题,就是没有真正的大师,或者大家。如今活跃在文坛的绝大多数作家青少年时期都没有接受过良好的教育,后天又严重营养不良,这导致他们的作品大都为速朽品,无法承受杰出的文学评论。虽然颇有一些评论家认为当代文学的成就早就超过了现代文学,但这不是喊两句口号就可以实现的,事实是残酷的。2016年3月读冯象的《摩西五经》,他说:"20世纪的中国文学,原创方面,上半叶成就高,因为有鲁迅;现在骂他或造他一个谣言也能出名卖个钱。下半叶虽然也有少数不错的,但放在文学史的长河里,就不值一提了。"[②]这个话,我是极其赞同的,和我一贯的观点非常吻合。当然,他的后半句就更不客气了:"除非玩时髦理论,在大学混饭吃,不会费劲去评论。"其实,就我个人而言,从事当代文学评论,却并不完全是"混饭",或"玩时髦理论",而是真的喜欢,觉得有一种成就感。这可能也是我们这一代人喝狼奶的原因吧。也可能有一种时代诉求的因素,毕竟我们活在当下。不过,能让我有评论冲动的作家或者作品,也不是很多。

但是,遇见裘山山这样的短篇小说,还是有一种想评论的冲动,觉

[①]【芬兰】埃罗·塔拉斯蒂著,魏全凤、颜小芳译:《存在符号学》,四川教育出版社,2012年,第370页。

[②] 冯象译注:《摩西五经》,生活·读书·新知三联书店,2013年,第405页。

得有一种幸福感。罗兰·巴尔特认为,一般作家写的是某种东西,真正的作家就只是写。真正的作家不是为了把我们带向他的作品之外,而是为了把我们的注意力转向写作活动本身。[①]

裘山山非常擅长描写男女情感,那种细腻,真是不容易。《卡萨布兰卡的夜晚》写的是女人柳无慧人到中年,忽然反感丈夫的“冷漠”,这种冷漠表现在话少,经常在画室画画,没有以前的甜言蜜语。于是,她有一晚突然提出分手,丈夫很意外,但也答应了。然后两人就一直在谈离婚协议,由于两人都为对方考虑,协议一直难以谈妥。小说主要写了一个晚上,柳无慧在看《卡萨布兰卡》,她最喜欢这部电影,然后丈夫打来电话,通知她看这部电影,然后就有了一些不咸不淡的对话。中间穿插《卡萨布兰卡》情节,让小说也有了某种特殊的味道。最后是丈夫回来了,坐在她身边吸烟,“柳无慧忽然觉得,一个不说话的丈夫坐在身边,也还是比你一个人坐着好。”最后,丈夫说:“其实我觉得,两个人在一起,不说话也是一种陪伴。”小说就结束了。其实,通篇看下来,小说平平淡淡,一点传奇、起伏都没有,但那种女性的心理,那种中年女性对感情的失落,写得极其细致,极其到位。

裘山山在对女性心理的描写上,明显受到英国女作家曼斯菲尔德的影响。曼斯菲尔德最喜欢写的就是中短篇小说,她的小说大都采用“无情节”的结构模式,这是她最显著的写作风格。她的小说得益于契诃夫,喜欢营造一些出乎意料的转折和时空变化,非常擅长描写男女之间的那种复杂微妙的感情。她的《园会》《幸福》等小说,当年阅读的时候,很是喜欢。这一点我们阅读裘山山,感觉比较明显,这是裘山山的天性,也还是受了他人的影响。而裘山山小说文字的简练,也与曼斯菲尔德相似,淡化情节,大都使用女性视角,塑造了一批可爱的女性形象,写了她们的孤独感、幻灭感,当然,还有恐惧感。有些作品还集中描写了她们的叛逆和反抗。

裘山山的短篇小说立意新颖,构思奇特。比如《一条毛毯的阅历》,通过一条毛毯写了两代人,三个国家的故事,见证了人性的美好。通过

[①]【英】特伦斯霍克斯著,瞿铁鹏译:《解构主义和符号学》,上海译文出版社,1997年,第115页。

毛毯写了这么多,这个构思真是让人叫绝。小说里有战争,有时代的巨变,但依然那么水波不兴,平平淡淡。这种功力,真还是不易得的。有评论家说,她从来不追求“先锋”,她放弃了外在的、表面的“尖锐”和“深刻”,但她那平淡的、感性化的叙述,却能直指人心,掏出人们隐藏最深的东西来。

《课间休息》写了一位老人。退休的中学老师张淑英,75 岁,老伴已经去世了,女儿在美国定居,儿子结婚了。她不喜欢与儿子儿媳在一起生活,一个人坐在家里很闷,于是就自己给自己上课,像在学校一样,严格按当老师时的习惯过日子,每天的时间是以课时划分的。小说主要写了他们单元 7 楼被贼偷了,她每天课间休息就会趴在门缝上窥视楼道,那天正好看见一位小伙子飞快地跑下楼了。她就主动给警察汇报,然后每天给警察打电话,今天想起小伙子穿的鞋是什么颜色,明天想起他的背包是什么颜色,等等,弄得警察很烦她,不接她的电话,于是她就亲自跑到派出所去说。结果人家告诉她,案子已经破了,小偷不是那个小伙子,那个小伙子是送快递的。这篇小说构思亦很奇特,总是出人意料,似乎是有意经营,但却自然天成。它通过一些婆婆妈妈的琐碎细节,写出了一位退休老人的无聊、无趣、无奈,写出了老人的寂寞、孤独。阅读的过程是有趣的,甚至有搞笑的感觉,感觉到老人的无聊,但读着读着,却有一种想哭的感觉,为老人的寂寞、孤独而哭。这种通过行动写心理的表达技法,很得海明威神髓。读这篇小说,深为裘山山的小说结构能力、构思能力而佩服。

《戛然而止的幸福生活》是一篇非常有意思的小说,情节转换之快出乎读者意料。小说写了一个不漂亮,也不愿意做家务,只想读书,只想有一个书房的女子单云的故事。在世人的眼睛里,女人漂亮了,可以不做家务,不漂亮,就只能做贤妻良母。单云不漂亮,却梦想有一个书房,每天在里面读书。于是,第一次婚姻就结束了。作为女性,她还是期待爱情,期待有一位能理解她的这种理想的男子做她的丈夫。一个偶然的机会,单云在飞机上遇到了一位 50 岁左右的老板,对她有好感,约她喝茶。她以为爱情降临了。最后发现,不是爱情,是他的妻子有脑瘤,快成植物人了,他希望她去他家,给他妻子读书。而他家有一个很大的书房,藏有一批非常好的书籍。她失望之余,还是答应了,停薪留职到他家读书。但那种从爱情的幻梦里跌落现实的残酷，还是让人不忍。小说最后写道：

还是那个书房，还是那个阳台，屋里还是那些书，屋外还是那些树。可是，她怎么觉得幸福戛然而止了呢？

单云继续读书。

直到读出眼泪来。

小说表明上看来，平平淡淡，波澜不兴，但内里却有大痛苦、大绝望，甚至绝大的残酷。从此我们可以看出裘山山的过人之处，她的思考，她的细微处见精神，都是让读者佩服的。人物对话那么自然，故事承转那么急速，但却在情理之中。

裘山山，真是一个心细如发的女子。她真应该多写一些这样的作品。

裘山山的短篇小说题材比较丰富，但主要有两个，一个是女性，一个是西藏。但奇怪的是她写女性很成功，尤其对女性心理的刻画，细腻、周到，写到女人的心里去了。但一旦把这个女性放到西藏这个地域，或者说，一旦女性和西藏这两个题材结合起来，我发现都不是很成功，总是感觉有点隔膜。不知是不是军旅题材的写作有顾忌？《天天都有大月亮》写的是一位女子安若云进藏想和丈夫离婚，结果在机场碰到了某部副团长鲁连军，然后发生的一点小故事。小说写得很安静，安若云的高原反应，写得详细而周到，鲁连军的无微不至的照顾，和那一点点小情思，让双方都有某种眩晕。但双方都极克制，作家的分寸掌握得也极好。这样细密的情感描写，可能也只有裘山山这样的女作家才能写出来。但读完了，对安若云的形象似乎总是有点隔，觉得不是那么真实，有作家过度介入的迹象。《搭车记》更是如此，而且显得更加仓促、草率。

写女人的那点心思，那点情感，可能也只有女作家才写得到位。男作家写的女人，可能男读者感觉好，女读者是不是觉得有点隔膜呢？女作家写的女人，我们男读者阅读，有时候也觉得很陌生：怎么这么脆弱呢？《等待星期六》写了一位女性李素，家庭很幸福，但有一个晚上，忽然被女朋友恶作剧了一下，就开始怀疑丈夫有外遇，后来，果然发现了一点蛛丝马迹。于是经常开导别人的她，忽然觉得自己需要被开导了。

我发现女人写女人的不堪，会写得很残酷，写到赤裸裸，一般男作家做不到。《春天的一个夜晚》通过一个晚上的遭遇，写了女老板李雪仪周旋商场的痛苦和挣扎，写尽了女性的尴尬和苦难，读得让人不忍。《教我如何不想他》更是一篇残酷的小说，女性作家有时候对待女人真是比男作家要残酷。小说写了一位四十多岁的女工黄书玲，离婚，下岗，儿子又上学，无法维持正常生活，只好去做那个事，结果和一位民工发生了感情。小说细致描写了这之中的挣扎、感动、纠结。让我们看到了下层人的苦难、善良，还有他们的不堪。《天不知道地知道》写了妻子有了外遇，还有了人家的孩子，丈夫无法自处，痛苦，绝望，但又得忍着，就那样过了一生。

《锁着的抽屉》是一篇很有意思的小说，写了一位年轻的女研究生方非被分配到省委工作，处里给他分了一个办公桌，旧的，她发现有一个小抽屉是锁着的，她就一直打听这个桌子的前主人，结果连续问了三个主人，都说他们用的时候就锁着的。好奇心让方非无法安眠，她和朋友一起偷偷撬开了那个小抽屉，发现“原来是一张掉了底的空抽屉”。于是，她只有再钉上锁，“让它重新锁上喽”。小说就这样结束了，但却留下了很多悬念，从某一个角度呈现了机关文化的复杂性，也写出了某种隐秘的人性。裘山山能有如此构思，能创作出这样的一篇小说，真还令人没有想到。

《瑞士轮椅》写一个老板资助一位残疾孤儿，给他购买瑞士轮椅，并让他在自己的公司上班。但这位残疾人却很痛苦，因为老板每次来客人，都带着参观他，并歌颂自己的功劳。残疾人觉得自己好像猴子一样。这篇小说，明显写得太简单了，没有丰富的细节。理念先行，给人的感觉不舒服。《廖叔》写一位退休干部的心理活动，写他对一位“文革”中伤害过他的妇女的不愿意接受，对她的怨恨，到最后的和解。但这个过程写得不那么有说服力，给人感觉有点空洞。《梦魇香樟树》，写了修建职工宿舍楼与保护香樟树的矛盾，但感觉略显生硬，不是很成功。

裘山山的小说，在布局谋篇上喜欢学习欧·亨利，经常结尾来一个大转折。有的成功，有的就不太成功，人为的痕迹太重。比如《传说》写一位西藏军区连长的"家属"辗转进藏，差点死在路上，军分区宣传部要进行报道，结果发现来的不是连长的妻子，而是他的另一个女朋友，一个疯狂爱他，而连长一直不敢回信的女子。这个就感觉有点虚飘，写得不扎实。

众所周知，小说是文学。既然是文学，语言是关键。可惜的是，如今的作家似乎不太关注语言了，更不在乎文字了。他们只想把小说写得像一个电视剧脚本，然后期待着哪位导演给他们青眼。说到底，他们在乎的是钱，而不是文学。所以，很多小说只能浏览，无法细读，因为语言太粗糙。文字、语言，这些作为文学的形式，在很多作家那里都是空洞的，没有价值的，他们只关注故事，所以惊悚、悬疑、玄幻等等，奇招频出。但他们忘记了，"形式是自主的。自我表达的，能够借助词外的韵律、联想和含蓄等手段'伸展'语言，使其超出规范的'日常的'意义范围。"①

裘山山的小说，语言很干净，很朴素，但却很打动人。如《大雨倾盆》的结尾：

> 路灯依然明明灭灭，有些诡异。他独自往家走，路边七零八落地掉了些断裂的树枝，还有被雨刮倒的自行车，广告牌。显得有些狼狈。他忽然想起刚才田青青说的话，有时候，老天下一场大雨，就是看到这个世界太脏了，需要洗一洗，冲一冲。
>
> 可是老天却不知道，这世界是那么不经洗，一冲刷，真相到处显露。

又如《吉娜之夜》：

> 毫无疑问，生活被孙俊打乱了。就好像他凌晨走的时候，把他们家的门大大敞开了，让吉娜整日处于忐忑不安的状态。谁能开着门睡觉开着门过日子啊？肯定不能。可是吉娜自己却怎么也关不上这扇门。一股陌生的气流在房间里乱撞。

---

①【英】特伦斯霍克斯著，瞿铁鹏译：《解构主义和符号学》，上海译文出版社，1997 年，第 59 页。

打开门的人却失踪了。

小说写一位中年妇女吉娜偶然见到了丈夫的大学同学孙俊的裸体,那健美的身体复活了她的心,“男人的身材非常好,不但没用奶油肚,而且一点儿也没松弛。借着灯光,她还看到了男人身上的水珠。”“她没想到,男人的身材会那么好看。那个词儿叫什么来着,性感。”于是,她晚上就老梦见他,梦见一些乱七八糟的东西。最后大家发现孙俊原来是一个同性恋。小说在写到吉娜摇曳的心时,写了上面一段话,真是写得好呀。

我们知道,艺术不仅是反映的,艺术更是自主的。这也是艺术之所以能够超越时空而存在的原因。当代文学质量不高的一个原因,就是太贴近生活、时代了,或者说是图解生活、时代,有学者批评是爬虫式的现实主义。俄罗斯文学理论家什克洛夫斯基说:“艺术永远不受生活束缚,它的色彩决不反映在城堡上空飘扬的旗帜的色彩。”他又说:“从狭义上说,‘文学作品’就是指用特殊的旨在使作品尽可能艺术化的技巧创造出来的作品。”那么,作为文学评论家,或者研究者,也应该接受雅各布森的结论:“文学研究的主题不是作为总体的文学, 而是文学性,亦即使特定的作品成为文学作品的东西。”[①]裘山山的短篇小说,是具有文学性的,它是作家的灵魂的颤动,是她生命的年轮。

英国的杨格在《试论独创性作品》里说:“一件独创性作品可以说是具有植物属性,由生机盎然的天才之根自发而生,是生长而成,而不是由人造而成的;模仿之作则往往是一种制造,由机械、技艺、劳力以非其本身原有的材料而铸成的一种制品。”[②]勒内·于格在《与可视艺术对话》一书中,预言了影像文明及其危机。他引用阿贝·拉梅内 1819 年的话:“人们不再阅读了,因为没有时间来阅读。思想的注意力在任何一面都沦陷了,[一个]事物必须迅速说出来否则它就会消失。但是有

[①]【英】特伦斯霍克斯著,瞿铁鹏译:《解构主义和符号学》,上海译文出版社,1997 年,第 60 页。

[②]【英】雷蒙德威廉斯著,吴松江、张文定译:《文化与社会》,北京大学出版社,1991 年,第 66 页。

些事物不能很快地被人理解,不过准确地说,这些事物对人们来说是最重要的。最后,这种运动加速,不给我们任何思考的时间,它完全破坏了人类的智慧。”[①]

人类还是需要文学的,还是需要优秀的作家的。像裘山山这样优秀的,有追求的作家,更值得我们尊重。我觉得她以后还是应该多写一点中短篇小说,她是有这个才华的。作家还是要写自己熟悉的生活,包括题材。她的那些传记、长篇散文,是为别人写的,是作者淹没在材料里,她没有找见自己,作品里也没有作家自己的声音。陈忠实先生说,要寻找属于自己的句子。“属于自己的句子”,这是关键。任何一个作家找见了“属于自己的句子”,并一直不要丢掉它,他就一定能创作好作品。裘山山是曾经找见了“属于自己的句子”,但后来似乎又迷失了自己,丢掉了它。

就裘山山的短篇小说来说,不少篇章是值得细读的,而且具有丰富的可阐释空间。罗兰·巴尔特说:“批评所能做的,是在通过形式——即作品,演绎意义时‘孕育’出某种意义。”[②]不知我的这篇评论,在聪明的读者来看,演绎出新意义了没有呢?

---

①【芬兰】埃罗·塔拉斯蒂著,魏全凤、颜小芳译:《存在符号学》,四川教育出版社,2012年,第370页。

②【法】罗兰·巴尔特著,屠友祥、温晋仪译:《神话修辞术:批评与真实》,上海人民出版社,2009年,第273页。

田小娥论

一个优秀的作家必须发出一种人类的声音,他体现的是人类的尊严和良知。作家唯一的存在方式就是用富有文才的语言表达出自己的感情和思想,他们是为思想活着的人,是为理想活着的人。陈忠实的《白鹿原》虽然有许多的瑕疵,可有一点却是我们不能不承认的:它的博杂,它的厚重,或者可以说,它是一部经得起多重阐释、持久阅读的作品。

《白鹿原》描写了在时代大转型大动荡时期,一个小小的白鹿村的变迁,人物的悲剧无不与这个巨变的时代紧密相连。田小娥就是这个时代渴望自由、追求爱情的女性的悲剧,她不愿再做男人的工具,她要寻找爱,可是太早了一点,白鹿村不会给她这些,那个社会还没有可能满足她的要求。她的抗争只有一个结局:毁灭。但她那种精神仍然启迪着我们,感动着我们。她是儒家文化衰亡过程中的一道闪电,虽然瞬间即逝,但意义却非常久远。

我个人觉得,《白鹿原》里出现了那么多的人物,其实从内心里作家最喜欢、最无法忘却的还是田小娥。而塑造得最成功的也是田小娥,作家无意识中倾注感情最多的也是这个人物。白嘉轩、朱夫子都有很多作家的理想在里面,当然也就有许多主题先行的东西,并不是非常成功的人物。小说第九章关于黑娃与田小娥初涉爱河的描写,真是回肠荡气,才情四溢,作家文字的啰嗦冗杂也忽然不见了,显得那么摇曳生动,让我们发现了作者内心蓬勃的生命冲动原是如此之强。假若将它与第一章进行对比,我们就会发现它的截然不同。第一章的描写比较消费化,虽然刺激却乏真情。第九章则全然不同,它是作者真情的流露,是混合着生命激情、感悟、血泪的描写,是对封建礼教的控诉。虽然也有过度描写之嫌,可瑕不掩瑜,是本书最精彩的篇章之一。田小娥是郭举人的小老婆,但大老婆管得很严,一月只能同房三次,事毕还得马上回去。大老婆还让她"泡枣",倍受凌辱。正如她说的:"兄弟呀,姐在这屋里连只狗都不如!"她与黑娃偷情,是真的喜欢,不是自贱。她说了:"我看咱俩偷空跑了,跑到远远的地方,哪怕讨吃要喝我都不嫌,只要有你兄弟日夜跟我在一搭。"而黑娃也真是喜欢她,他最后跑到她家里,把她带回家里,说明了他们感情的不容怀疑。但是,他们的所作所为太超前了,在那个封建礼教如铁桶一般的社会,注定了田小娥的悲剧命运。即便她不与黑娃偷情,她也不会有多么好的命运。1990 年代我第一次阅读《白鹿原》,就喜欢上了田小娥,我也感觉到了作者对她的偏爱。

2007 年,偶尔看到陈忠实的访谈《我相信文学依然神圣》(《延安文学》2006 年 5 期),我欣喜地发现我的感觉是正确的。在访谈中,当访问者问到朱白氏与田小娥的区别时,陈先生难得地激动了:"我只想告诉你写作这两个人物时的不同感受,写到朱白氏时几乎是水到渠成十分自然,几乎不太费多少思索就把握着这个人的心理气象和言语举止,因为太熟悉了。而投入到小娥身上的思索,不仅在这本书的女性中最多,也不少于笔墨更多的另几位男性人物。我写到小娥被公公鹿三捅死,回过头来叫出一声'大呀'的时候,我自己手抖眼黑难以继续,便坐下来抽烟许久,随手在一张白纸上写下'生的痛苦活的痛苦死的痛苦',然后才继续写下去。""还有白灵,还有被封建道德封建婚姻长期残害致为'淫疯'的冷先生女儿。我写了那个时代乡村社会不同家庭不同境遇下的几种女性形象,我自觉作者投入情感最重的两个女性是田小娥和白灵。前者是以最基本的人性或者说人的本能去实现反叛,注定了她的悲剧结局的必然性,想想近两千年的封建道德之桎梏下,有多少本能的反叛者,却不见一个成功者。活着的小娥反叛失败,死的小娥以鬼魂附体再行倾诉和反抗,直到被象征封建道德的六棱塔镇压到地下,我仍然让她在冰封的冬天化蛾化蝶,向白鹿原上的宗法道德示威……你竟然不体察我的良苦用心。"读到这里,我的眼睛湿润了,这就是陈忠实,这就是《白鹿原》打动人的地方。有些论者不细读文本,却在那里想当然地胡说什么陈忠实开始了对家族制的肯定,并认为是对"五四"新文化运动的反动,是对鲁迅、巴金小说反家族制的反动,是对家族制的第一次歌颂。看来,这样的评论真是太离谱了。陈忠实说他对白灵、田小娥投注的笔墨里的情感是最热烈的，区别于对所有人物的文字色彩。可由于“白灵是以一个觉醒了的新女性反抗白鹿原沉重的封建意识的人物”，作家对她并不是很熟悉，我个人认为描写并不是非常成功。而田小娥不一样，这样的女性广布广大的乡村，作家很熟悉她们，难怪作家要如此动情了。

这种动情的缘故不仅是来自于农村现实，更是来自历史。陈忠实说，他去翻阅蓝田县志，看到20多卷的县志，竟然有四五卷专门记录贞妇烈女的事迹。目视这些名字，他有了颤动与逆反心理，“田小娥的形象就是在这时候浮上我的心里。在彰显封建道德的无以数计的女性榜样的名册里，我首先感到的是最基本的作为女人本性所受到的摧残，便产生了一个纯粹出于人性本能的抗争者叛逆者的人物。”（《陈忠实《寻找属于自己的句子》，《小说评论》2007年4期）一切不是都很清楚了吗？《白鹿原》有田小娥这样的人物，它才有了自己的灵魂，有了长久的生命。白嘉轩身上也有作家的血泪，当然黑娃、鹿三、白灵等都有着作家的灵魂附体，可都没有田小娥如此让他难以割舍。《白鹿原》的写作几乎让陈忠实透支了。2004年我见过陈先生，那时候我就感觉到他的创作可能枯竭了，2007年底看他的《白鹿原》创作手记，我更加感觉到了这一点。

田小娥本质上是一个传统女人，她渴望守妇道，但社会、时代、家族、命运都不给她机会。她只能用极端的方式反抗：用自己的肉体去诱惑、破坏那貌似神圣的礼教。但在破坏的过程中她又时时回到传统女性的状态，只是这状态维持不久，又被外在的压力击碎。不同于祥林嫂的，就是她有激烈的反抗，虽然这反抗的代价太大，可我们看到了一个真正的人的出现。在不断地用生命的反抗中，田小娥触及了人类的悖论：道德与人性，自由与专制。在某种意义上，她是接近自由的，接近人本身的。可这种灵魂出窍太可怕了，作为传统文化严格管束下的田小娥，只有两条路：回归，毁灭。而以白嘉轩为代表的封建礼教，以鹿子霖为代表的基层政权都不允许她的回归，不允许她做一个贤妻良母，余下的也就只有一条路：毁灭。其实被毁灭的何止田小娥一人？冷先生的女儿，鹿兆鹏的媳妇，不是也被可怜而悲惨地毁灭了吗？罪魁祸首还不是那个礼教吗？老辈包办下一代的婚姻，根本无视他们的感受，族规、家法远远大于个人的情感。

田小娥的成功塑造，是陈忠实此作的很大贡献，从某种意义上说，她解构了白嘉轩的圣人形象。关于这一点，无疑继承了鲁迅“礼教吃人”的叙事传统。白鹿村就是封建社会的缩影，田小娥无路可走，《玩偶之家》的娜拉还可以离家出走，而她去哪里呢？在那个铁桶似的社会，反抗只有一条出路：死亡。陈忠实是个传统的农村男人，他骨子里还是非常“大男子”的。可他内心里有着一重温柔的海洋，从《蓝袍先生》里我们就可以非常真切地触摸到这一点。于是无意识中，田小娥的出现具有了女权主义的色彩，使《白鹿原》具有了多重解读的可能，丰富而复杂，温情而博大。

我个人感觉到田小娥是《白鹿原》中的核心人物，虽然从表面看，白嘉轩是核心，其实不然，我们看到的白嘉轩只是这个没落时代的裱糊匠而已，礼教的盛世早已经过去了，他的坚守只是一种徒劳而已。在那个天翻地覆，西学东渐的时代，他的影响力最大也就是在白鹿原。很多论者给予了白嘉轩太多的褒扬，太多的溢美之辞，其实，与鲁迅笔下的赵太爷、大哥，曹禺笔下的周朴园，巴金笔下的高老太爷一样，他也是十足的封建礼教的刽子手而已，只是表现得似乎非常正直。早有学者指出，清官做起坏事来，比贪官更可怕，因为他们从心底里以为自己在弘扬正义，而从不以为自己在犯罪。白嘉轩就是这样的一位族长。

当黑娃逃走，在这个狼一样的村子，孤苦无依而又美丽异常的田小娥就注定摆脱不了悲惨的命运。在这里白嘉轩以“道德”的名义将田小娥推上了罪恶的绞刑架，而田小娥以后的反叛、沦落，其实真正的罪魁祸首是他，而他还以为自己在弘扬正义。这就是中国儒家的必然结局。想当年，孟子要休箕踞的妻子时，还有一位开明的母亲劝阻，可到汉儒，原始儒家的那一点开明宽容就不见了。而到宋明理学这里，女性不但没有一点儿自由、权力，而且更是有了原罪，作为女性的原罪。女性只是作为生殖工具而存在，作为男人的性工具而存在，没有丝毫的人的尊严，有的只是家族的尊严，男人的尊严。白嘉轩就是一个变态的家族尊严的维护者，一个已经死去的儒家文明的守墓人。

与白嘉轩的冷酷相比，早期的白孝文更加人性化。他可能不是一个很好的族长,甚至连族长候选人都不够格。当然这不是白孝文之过,而是时代的变迁。鲁迅的笔下的大哥,曹禺笔下的周萍,巴金笔下的大哥,都已经不具备族长的条件,不管自身条件,还是外部的变化,都已经不给他们这个机会了。时代的变化让他们认识到了再不能沿着以前的老路走了,他们要走新的路,而旧的礼教、宗法根本不允许,于是他们反叛,他们出走;他们不是新生,就是毁灭。经历磨难的白孝文最后成功变形,成为了新政权的县长,巧妙处死了真正的起义者黑娃,这是小说最精彩的一笔。一个什么都不信的投机流氓最后成了赢家。而他的沦落,这个以白嘉轩为首的儒家礼教难道能脱掉责任吗?

田小娥其实不是一个淫荡的女性, 任何女性天生就是好女人,只是这个社会让他们堕落。我们看她对白孝文的态度,开始是一种复仇的快感,是一种邪恶的诱惑,而后来她感动于孝文的痴情,她天性中的善良又一次萌芽了。她做起了一个贤妻良母,做得那么幸福,可是以白嘉轩为首的家族不会给她这个机会,他们要把她彻底地毁灭。田小娥的死是对儒家的一种嘲笑,是对家族制的彻底否定,是对这个男权社会的一种无言而有力的抗议。鹿子霖霸占田小娥,其实从某种意义上做了白嘉轩想做而不敢做的事。中国人对待美女向来只有两种选择:占有或者毁灭。小说中作者把白嘉轩竭力塑造成一个十全老人的形象,甚至圣人的形象(朱夫子是小说中明里的圣人),但是过犹不及,而且白嘉轩的形象在小说中更多的是大仁却奸, 是一个专制独夫的形象,许多青年人的毁灭都是因为他的存在。他从礼教出发,成了与作为政权象征的鹿子霖一样的负面力量。倒是在田小娥这里,作家内心的许多东西无意之中爆发出来,写出了一个真实的复杂的田小娥。如果说田小娥属于生活的赐予,灵魂的颤栗,那白嘉轩其实更多的是理念的写作。

田小娥的身体(肉体)无疑是美丽的,这在第九章田小娥一出场,作家就明白地告诉了我们。正是这个美丽的肉体给了腐朽的男权社会一个很大的冲击,他们接受不了这个诱惑,他们必须除之而后快。自古以来美丽的女人总是祸水, 因为那些掌权的男性总是过不了那一关。中华民族是一个不懂女性美的民族,中国男性从来没有学会欣赏女人的美,他们的占有欲太强烈了。历史总是一再地印证着这个道理。他们在这样无耻地做的时候,还要找一个堂皇的理由,那就是家族利益,那就是礼教,那就是男人的尊严。

白嘉轩用一个塔镇住了田小娥,无疑也是一种性的象征,不管作家意识到了没有。白嘉轩那么地仇视田小娥,从骨子里也有一种得不到那么就毁灭的阴暗心理。他第一眼看到田小娥就认为她不是一个过日子的好女人,就认定她是婊子,白家的祠堂决不给她开一丝缝。他是典型的道貌岸然的伪君子,是儒家思想渗透下的忠实奴才。我们看他在实行家法、族法时多么的正义、无私,可他内心里就没有恐惧,没有对自己的压制?我感觉他鞭打的不是白孝文、田小娥,而是他心里的一个魔,一个难以摆脱的魔。我们看小说的开头,劈头就是:"白嘉轩后来引以为豪壮的是一生里娶过七房女人。"我以前对这个开头很不以为然,对作家之后的长达几页的生猛描写,曾颇有微词。我现在懂了,其实这是作家的微言大义,白嘉轩有幸福的家庭,有性的疯狂,更有强大的族权,可他绝不允许田小娥有一点自由,一点柴米油盐的幸福。在他第一次对田小娥行刑时那种狠心,"从执刑具的老人手里接过刺刷,一扬手就抽到小娥的脸上,光洁细嫩的脸颊顿时现出无数条血流。小娥撕天裂地地惨叫。"这种残酷的行动下,难道就没有掩藏着他丑恶的灵魂?《圣经》里的耶稣宽容了一个行淫的妓女,他对捆绑妓女的那些人说:你们谁觉得自己没罪,就可以惩罚她。但大家都走了。是什么让白嘉轩这样的人觉得自己就是圣人,就无罪,就可以对别人施加酷刑?难道不是儒家吗?不是所谓的"内圣外王"吗?

中国传统文化尤其宋明理学下的中国男人,都希望女人成为贞妇,可从内心里又瞧不起她们,他们也喜欢所谓的荡妇。而中国的女性其实是非常愿意有一个幸福美满的家庭,可她们偶一失足就会被残忍地剥夺一切爱情和有利于提高思想和智慧的权利。甚至常常还不是她们的过失,而是由于天真无邪、真诚挚爱而被男人欺骗。在她们知道美德和罪恶的区别之前她们就已被凌辱,在她们刚有了幸福生活之后,礼法就用各种神圣的名义蹂躏侮辱。这究竟是谁之过?第十七章结束,田小娥尿了鹿子霖一脸尿,并大骂:"鹿乡约你记着我也记着,我尿到你脸上咧,我给乡约尿下一脸!"雷达说:"奇举、奇文!田小娥嘲弄的不止是卑鄙的鹿子霖,还有‘乡约’——容不下她的礼教。”[①]可谓的评。黑娃闹革命,正义之中也充满暴力血腥。国民党反扑过来,却把无辜的田小娥吊上高杆施以酷刑。

田小娥骨子里是一个有情有爱的人,一个有尊严的女子。他勾引白孝文成功,可并没有一丝报复的快活。白孝文被施以族法,赶出家门,她非常愧疚。而当时的白孝文骨子里也不是一个大恶之人。白嘉轩太自以为是,你当年七房老婆的豪壮,你的自负不仅害了田小娥,也害了儿子。白孝文是一个干不了坏事的人,在田小娥床上多少天,也楞是没有成功。当被赶出家门,被大家唾骂之时,他才成功地享受了鱼水之欢。这里面难道就没有父亲施加的恐惧心理作怪?田小娥也是一个敢爱敢恨的人。小说第二十五章她的鬼魂开始复仇,白鹿原上瘟疫盛行。这一段的描写很可怕,虽然也有北方农村的真实,但作家自己意志介入太多,既要写出田小娥的无辜,也要表扬白嘉轩的正气,描写难免就有了混乱,让读者也不知所云。这无疑与作家理智层面对儒家的过度热爱有关。好在作家对儒家的热爱也仅仅是处于朴素层面,他也不是什么“新儒家”,对儒家其实并没有多少深入的了解,于是作为农民那些朴素的人性时不时会爆发。田小娥终于借鹿三的身体喊出她的不平:“我到白鹿村惹了谁了?我没偷掏旁人一朵棉花,没偷扯旁人一把麦秸柴禾,我没骂过一个长辈人,也没搡戳过一个娃娃,白鹿村为啥容不得我住下?”

田小娥死的时候,是裸体死去的,她那回头的一瞥,是多么惊异,那一声“啊……大呀……”是何等凄婉。当礼教的受害者鹿三一把匕首刺向田小娥的美丽强健的后背时,老人感到了一种无力与恐惧,当然也感到了一种快意。可田小娥那回首一瞥多么地无辜,多么地难以理解。“杀田小娥的不应是‘好人鹿三’,却又偏偏是鹿三,宗法势力往往要借助他这种长满厚茧的手来实施杀人。”这话说的多好。白嘉轩这样的人是不会亲手去杀田小娥的,他要杀就光明正大地杀,因为他认自己为正义。往往是这些忠厚老实的文盲最后扮演着凶手的角色,这

[①] 陈忠实著,雷达评点:《白鹿原》,文化艺术出版社,2008年,第193页、第221页、第164页。

就是儒家文化的可怕所在。鲁迅先生的小说早就深刻揭示了这一点。当然，鹿三毕竟是一个好人，杀了田小娥后，他经常听见她的一声“大呀”，“看见水缸里有一双惊诧凄怆的眼睛，分明是小娥在背上遭到戮杀时回过头来的那双眼睛”。

玛丽·沃斯通克拉夫特说：“丧失了名誉的女人想象她自己堕落到了低级得不能再低级的地位，至于重新获得她以前所拥有的地位，那是不可能的；任何努力都无法将这个污点洗刷干净。因而，她失掉了所有的鞭策力量，并且没有任何其他维持生存的手段，于是卖淫就成了她唯一的庇护所。由于环境的影响，她的品质迅速地堕落下去，而这个可怜而又不幸的人对这种环境几乎是没有丝毫力量的。”“这在很大程度上是由于女人所受到的懒惰闲散的教育所致的。在这种教育中，女人总是被教导应该依靠男人来维持自身的生存，并且把她们自己的身体看做是男人努力供养她们所应该得到的回报。”[①]在白鹿原那个封闭的社会里，田小娥堕落应该由以白嘉轩为首的家族负责，由那个男权社会负责。可他们却非常轻易地把责任推到了田小娥身上。他们摧毁了她所有的尊严、自由、幸福，却对她的肉体不愿放弃，不愿摧毁，他们都想占有她，享受她。雷达说：“田小娥既有勇于叛逆蔑视礼教的一面，也有见识浅薄，水性杨花，做人没有底线的一面，她由反抗残害到报复偷情，再到纵欲无节操，这是怎样的一种复杂和多面！鹿子霖好色、乱伦，乘人之危，连半个人都不是了。”[②]我觉得这里雷达先生对田小娥的苛责，还有着男权的心理在。正如玛丽·沃斯通克拉夫特说的，当社会不给一个女人一点生存的空间，一点人的尊严，她又怎能坚守住“底线”？在郭举人家吃香喝辣的田小娥，跟上黑娃后，连一个象样的住处都没有，只有一个破窑洞。但田小娥并没有嫌弃。她说了：“我不嫌瞎也不嫌烂，只要有你……我吃糠咽菜都情愿。”

在那样恶劣的环境下，黑娃与田小娥依然同居到一起，不管村人

[①]【英】玛丽·沃斯通克拉夫特著，王瑛译：《女权辩护——关于政治和道德问题的批评》，中央编译出版社，2006年，第84页。

[②]陈忠实著，雷达评点：《白鹿原》，文化艺术出版社，2008年，第193页、第221页、第164页。

的非议，不理族规的蔑视。他们这样勇敢的举动，就连见过世面的现任白鹿初级学校的校长鹿兆鹏都非常佩服："你敢自己给自己找媳妇。你比我强啊！"并激动地说："你——黑娃，是白鹿村头一个冲破封建枷锁实行婚姻自主的人。你不管封建礼教那一套，顶住了宗族族法的压迫，实现了婚姻自由，太了不起太伟大了！"不过，我们必须清醒地认识到，田小娥、黑娃对于爱情、自由的追求还停留在原始的朴素阶段，并没有自觉的理性认识。他们的可贵就在这里，局限也在这里。白灵、鹿兆鹏都受过教育，比较有理性了，对爱情、自由有一种自觉的追求，但时代的洪流还是吞噬了他们。社会在大转型、大动荡、大巨变，任何人都无法预测自己的命运。但他们自觉或朴素地追求自由、爱情的行为，无疑都值得肯定。

不管在郭举人家，还是跟上黑娃之后，我们从作家的描写中从来没有感觉到田小娥的轻浮，反而很尊重她对爱情的执着。但第十五章作家的描写明显地出现了混乱，与第一章相似，是一种迎合市场的低俗描写，一种不健康的心态，也不符合人物发展的心理逻辑。田小娥与鹿子霖此前并没有多少来往，这次也仅仅是求情而已，而且事情也没有急迫到必须付出身体的代价。而大段的详细的如鱼得水的性事描写，不仅没有写出田小娥的轻薄，倒表现了作家的轻率。读者诸君如果有兴趣可以去阅读这一段，真是很不自然，很不真实，是严重的败笔。在田小娥这个人物上，作家的描写有点凌乱，甚至不知所措。她即便与鹿子霖睡，第一次也不应该是那样的心态、动作。而且即便如此，也不能说明她是"见识浅薄，水性杨花"。你想，一个他乡弱女子，自己的丈夫被逼跑了，她举目无亲，一无所有，在那样的时代，女人都是依靠男人生活，她不依靠一个男人，怎么活下去？生活所需的最低物质保障从哪里来？这都是非常现实的问题。她后来勾引白孝文也是水到渠成。只是她与公公辈的鹿子霖的性活动不会是那样的，作家的描写明显有失真嫌疑。

在一般人的心目中，田小娥绝对是一个无情无义的婊子，可是在黑娃、白孝文的心里，她是他们的最爱。当做了滋水县保安大队文秘书手的白孝文终于回到了白鹿村，却发现田小娥已死，他的感情是那么的诚挚，他跑到已经被他父亲填了的窑里去看曾经给他幸福与甜蜜的人,发誓一定要割下凶手的头。作家这里的描写虽短却力量巨大。而代表着礼教、政权的郭举人、鹿子霖仅仅只是把她当做工具,当作玩物而已。从这里我们看到了人性的险恶,也看到了白嘉轩所谓正义、尊严、家法、族规的真面目,它们后面的阴险与专制。当田小娥以鬼魂的形式表达自己的不平,他却将她打入镇妖塔下,永世不得翻身。在这里,我们看到了自由的艰难,但也看到了自由的曙光。只是作家的描写明显地有了混乱,他意识层面的礼教束缚与无意识中的人性自由光辉,开始发生混乱。“五四”运动多少年了,他竟然还站在儒家文化的立场来解读中国近代史,民主科学之光怎么还是那么暗淡?他理智层面的认识——近代中国的动荡是因对儒家文化的继承态度引起的,也根本是站不住脚的结论。他对朱先生、白嘉轩的描写明显地有儒家文化合理性的倾向,这种先入为主的落后思想引起了整部小说的混乱及其境界的不高。作家浓墨重彩塑造的朱先生,应该说是一个优秀的儒者,或者说大儒,可面对巨变的社会,他还不是束手无策吗?其实,这正好从一个侧面证明了儒家文化的落伍过时。而作家对他的描写也有人为夸大不实之处,破坏了这个人物形象的合理性,尤其红卫兵挖墓挖出的砖头上,还刻着字“折腾到何日为止”,真是欲状朱夫子之智而近妖了。好在作家还是一个纯正的农民,不乏农民的正气,所以才有了田小娥,这个反叛儒家文化,这个被儒家文化摧残毁灭的不屈精魂。她像一根钢钎撬塌了所谓儒家文化纸糊的高塔。

当黑娃回到山上,“捉住酒瓶把烧酒倒洒在钢刃上,清亮的酒液漫过钢刃,变成了一股鲜红鲜红的血流滴到地上;梭镖钢刃骤然间变得血花闪耀。黑娃双手捧着梭镖钢刃扑通跪倒,仰起头吼叫着:‘你给我明心哩……你受冤枉了……我的你呀!’当黑娃说出“我媳妇小娥给人害了”的时候,“梭镖钢刃上的血花顿时消失,锃光明亮的钢刃闪着寒光,原先淤滞的黑色血垢已不再见”。这里,作家农民的善良天性一览无余,真是神来之笔!

2007 年 10 月 20 日晨,我从西安的一家旅馆出来,拦了一辆出租车就往西安市东南郊白鹿原而去,阳光很好,不多时间,就看见像海浪一样的一条线,司机说那就是白鹿原了。白鹿原原名狄寨塬,属秦岭余脉,临近狄寨乡,往南即入蓝田县界。此地原为农村,现在已经成了大学城。我们一直到了白鹿原的顶上，下车在那里一站，清秋的风吹来，我感觉到田小娥的存在，她在这块土地上的气息。那一刻，我似乎听到了激越悲壮的秦腔，看到了秦腔声里的田小娥，一个高亢悲壮而多情美丽的烈女子。

庄之蝶:肉体的狂欢与灵魂的救赎

本来是想写《废都》里的女人,可写了 5000 字的初稿,发现根本无法完篇。这时才发现《废都》里的女人们原就无话可说,因为她们都不是"活生生"的人,只是作家笔下的符号而已,是庄之蝶的性工具而已,庄之蝶招之即来,挥之即去,完全没有自己的生命。庄之蝶不仅是贾平凹的白日梦,整部《废都》也是贾平凹的白日梦,这里没有历史,没有生命,只有作家的呓语、感悟、自恋,甚至是变态的自恋。庄之蝶在某种意义上其实就是作家的化身,是作家一己的苦闷、痛苦。于是,我放弃写《废都》里的女人,而开始了庄之蝶的写作,一切顿时豁然一新。

我原来的设想,是通过《废都》里的对女人描写,撕开这部小说。小说里的庄之蝶算描写得比较成功的人物,但当写他的堕落、无聊、迷乱时,作者通过女人来写这一点。这里女人就非常厉害,描写成功了庄之蝶身边的女人,庄之蝶这个人就立起来了,小说也就立起来了。但是,几次阅读《废都》下来,发现非常可惜,作者没有做到这一点,封建士大夫般的那种陈腐的女人观念,让他满足于官能刺激,沉迷于性的狂欢。《废都》里的女人都在庄之蝶的掌握之中,而偶尔一二个在掌握之外的更是虚无缥缈,无足轻重。这里没有《白鹿原》里的田小娥那样的人物。田小娥是有自己的蓬勃生命在,甚至都在作家掌握之外。

贾平凹写了那么多的女性,而且也是以善写女性而知名文坛,可真正认真思量一下,竟没有一个女性能让读者记住的。看来,《红楼梦》的伟大并不是随便就可企及的,曹雪芹对女性的尊敬理解,是中国作家里罕见的,他是女性真正的知音。我们文学史上多风流的作家、诗人,可最缺乏真正能懂女人的作家。我的朋友刘春生说,有一些女人天生就有一种气质,是我们男性读多少书都无法接近的。我同意这个观点。所谓天生丽质,就是这个意思。贾宝玉说,男人是泥做的,女人是水做的，并不是小说家言。贾平凹的严重自恋使他很难真正理解女性，尤其那些非常优秀的女性，这里优秀指的是内在气质，是那种灵性，不是什么世俗眼睛里的东西。在曹雪芹那里，林黛玉是唯一的，薛宝钗是无法望其项背的，就因为她染了俗尘。有些女人看一眼，就能让你心很疼很疼。[①]

二

《白鹿原》就像一座大殿，虽然粗糙，但“先立乎其大”，无论格局、气象都很大，给读者许多的想象空间。有学者说世界上有两个孔子，一个是历史人物的孔子，一个是寄托着中华民族精神期待的孔子。《白鹿原》亦如此，一个是作为文本的《白鹿原》，还有一个是寄予了许多人期待的《白鹿原》。它有许多空间，足够读者去徜徉，去反思，去进入。而《废都》则不然，格局明显小多了，而且自我封闭，读者很难全身心进入。它在结构、语言上足够精致，但却少了大气。而且那种颓废、情色、自恋，无形中更拒绝了很多读者。至于对女人的符号化，或者模式化，甚至虚假写作，只是作者内心的一种投射，无法显现真正的西部女性。所以小说是一部残缺的小说，一个半成品，虽然是一个很不错的半成品。

有位哲人说，衡量一个社会文明程度的高下，有诸种考核指标，但视其对妇女和儿童的态度如何，则是其中比较灵便的一种。周作人也说：“鄙人读中国男子所为文，欲知其见识高下，有一捷法，即看其对佛教以及女人如何说法，即已了然无遁形矣。”我们读《废都》，确实为作家的敏感于时风之变化而佩服，无论怎么说贾平凹也是一个悟性很高的作家，他的悟性、灵性在当下文坛是罕见的。但无法掩饰的，我们也为他的女性写作而遗憾，而愤怒。因为，贾平凹在《废都》的女性描写中透露出了一种严重的侍妾心态，甚至对女性人物安排都有《金瓶梅》的痕迹。“五四”新文化运动对这个问题的深入探讨，及其取得的成果，在贾平凹的作品里没有一点烙印，我都怀疑他根本就没有

① 参见杨光祖：《田小娥论》，《小说评论》2008 年第 4 期。

接触过前人的相关论述。他受到的文化影响还是主要来自西部民间文化，而且多是民间巫神文化，透出一种邪，一种变态。论者一再提到的对贾平凹产生影响的沈从文，其实还是“五四”一辈人，他的作品里的妇女观已经是很现代了。在孙犁那里，也有着“五四”文化的影响，他对自己笔下的妇女是非常尊重的。而贾平凹的小说里，尤其《废都》里根本看不到这两人在此方面对他有什么影响。其实，只要细细阅读一下沈从文的作品，我们就会发现贾平凹只是得其皮毛，而真正的内核并没有得到。沈从文的抒情下面是有残酷在，并不是肤浅的抒情。而贾平凹的抒情大都是非常肤浅，没有厚度的。他在文章中一再提倡汉唐雄风，其实他最缺的就是这个。他总是用一种很不健康的心态看这个世界，看这个世界上的人。这在他的作品里比比皆是。比如，他描写晚年的沈从文，说嘴巴像小孩的屁股门；这样的描写，怎么看都别扭。比如，他描写老西安，编造的唐朝苍蝇的故事，他的《西路上》的无聊、低级趣味，都反映了他骨子里的一种不健康情感，一种陈腐的东西。

周作人说：“欧洲关于这‘人’的真理的发见，第一次是在 15 世纪，于是出了宗教改革与文艺复兴两个结果。第二次成了法国大革命，第三次大约便是欧战以后将来的未知事件了。女人与小儿的发见，却迟至 19 世纪，才有萌芽。古来女人的位置，不过是男子的器具与奴隶。中古时代，教会里还曾讨论女子有无灵魂，算不算得一个人呢。”(《人的文学》)不意，过去了一个世纪，中国作家的妇女写作又回到了古代玩弄女性的层次，到了《肉蒲团》《九尾龟》的层次。我曾经在一篇文章里说，中国的作家要到《简爱》那个层次已经很难，到《呼啸山庄》《红字》那个境界似乎都不可能了。看来没有怎么说错。

性作为人类的基本活动，当然是可以描写的，但关键是作家以什么心态来描写。周作人说：“情诗可以艳冶，但不可涉于轻薄；可以亲密，但不可流于狎亵；质言之，可以一切，只要不及于乱。这所谓乱，与从来的意思有所不同，因为这是指过分——过了情的分限，即是性的游戏的态度，不把对手当做对等的人，自己之半的态度，简单地举一个例，私情不能算乱，而蓄妾是乱，私情的俗歌是情诗，而咏‘金莲’的词曲是淫诗。”[1]我觉得就说的非常到位而精辟了。我们用这个标准来看《废都》,就感觉到一种不健康的窥视、玩弄在里面,作家根本没有把那些女人“当做对等的人,自己之半”来看待,在庄之蝶的心目中,女人只是玩物而已,他从来不关心她们的感觉。而整部小说弥漫的那种玩弄心态,也使得小说伦理严重扭曲,给读者的除了恶心,就是厌恶,作家没有写出深层次的人物心理, 没有刻画出深层次的性心理。或许作家要说了,不如此描写就无法刻画庄之蝶的堕落、颓废、迷乱。这表面看,倒是一个站得住的理由,很多人就是这样为《金瓶梅》辩护的。其实,这还是没有把作家、叙述人与主人公分清楚。主人公是庄之蝶,可是叙述人是第三人称,在这部小说里也可以说,就是作家了。那么,写出庄之蝶的堕落,可以有多种写法,关键看叙述人的叙述视角、叙述技巧了。如果只是窥视、玩弄,而没有一个健康的心态,小说肯定就走向了反面,往往取得适得其反的效果。而具体到《废都》里,作家(叙述人)本身就有先天的局限,而且为了取得一鸣惊人的效果,不但没有对这种局限有所警觉,而是放大,放肆到一个惊人的地步,方括号的大量运用就是一例。[2]

二

庄之蝶生逢变动的时代,在那个当代文化大变动的时期,也有他的超人之处。他代表了其时中国知识分子的蜕变过程,那是一个痛苦、无聊、颓废、茫然的过程。按理说,在时代的大巨变时期,正是知识分子大展其才的绝佳机会,可惜,在那个时期,却只有庄之蝶。为什么?文化经过历次的摧残,早已没有了生气,而中国知识分子由于先天的缺失,更是没有强大的主体, 没有能够抵御更不用说引领社会思潮的能力了。面对巨变,能有茫然,已经需要巨大的付出。

使命感,这是一个知识分子的主心骨,但要担当使命必须要有担当的能力,有担荷当代使命的心力。孟子讲浩然之气,也就是这个道理。可

---

[1] 周作人著:《自己的园地》,北新书局,1923 年,第 67、68 页。

[2] 关于性描写与女性写作的失败, 可参看李建军:《私有形态的反文化写作——评〈废都〉》,《南方文坛》2003 年第 3 期。

当代知识分子哪里还有什么浩然之气，像鲁迅、梁漱溟那样的有骨气的文化人，那种凌云狂气，早就灰飞烟灭，即便像胡适那样的政府诤士也踪影全无。除了“乡愿”之外，多的是奴在心间，知识分子的真性情已很难觅到一二，而有的是“非之无举也，刺之无刺也，同乎流俗，合乎污世，居之似忠信，行之似廉洁，众截跃之，自以为是，而不可与入尧舜之道”。

庄之蝶的痛苦、绝望、无路可走，我们作为读者是能体会到一二的，那种深到骨髓的无望，近乎疯狂的肉体狂欢，是大悲苦，是大苦难。这样的写作是有其出色之处的。当然，在具体的描写过程中，关于性事的描写问题多多，已见前述。由于许多描写不堪入目，我不愿意在本文中引用原文，有兴趣的读者自可以去翻查。当一个知识分子由于无法解决自身问题，而企图通过“性”或者准确地说是生理刺激（感官刺激）来获得救赎，那当然是缘木求鱼，舍本逐末了。狂禅“酒肉穿肠过，佛祖心头留”，寻花问柳，亦证禅道，即便真有其事，恐怕除极少数人之外，绝大多数人得到的结果只能是堕落。就如黄帝御一万多美女而得道长生一样，很不可靠。“曾因酒醉鞭名马，也怕情多累美人”“十年一觉扬州梦，赢得青楼薄幸名”只能是文人无行，或颓废无聊之举而已，与灵魂救赎大概关系不大。

不过，庄之蝶是为堕落而痛苦，而焦虑，而发疯。可其后的知识分子却开始了渴望堕落的过程，或甘愿堕落的开始。阎真《沧浪之水》里的池大为，就是典型的形象。而到张者的《桃李》、史生荣的《所谓教授》、王家达的《所谓作家》、张哲的《非色》里，文化界、知识界已经成了烂泥塘，那里只有丑恶来开垦，再也不见了出污泥而不染的荷花。在这个以娱乐、消费，以金钱、权力为唯一生活目的的时代，追逐身外之物，而不见自己本心或良知的时代，连庄之蝶都不见了，只剩下肉体的狂欢与文化能指符号的盛宴。

这从贾平凹自身的演化中也看得一清二楚。

三

贾平凹“文革”后期走入文坛，一开始的写作其实还不能叫创作，仅仅是迎合当时主流意识形态的虚假写作而已。1978 年后，他写商州农村的小说一时产生了很大影响，在当时也确实算优秀的小说。可日看来,那还属于虚假写作,虽有自己的部分真感情,可从大的局面看虚假居多。一直到《浮躁》出版,作家那种迎合写作心态依然非常浓厚。而从《太白山记》等文章开始,作家开始要摆脱这种外在的躯壳,而要写出自己真实的内心,于是遭到了当时文学理论界的严厉批评。当然这种批评是不对的,依然是“文革”思维在起作用。可从这批作品里我们发现作家的内心深处确实是有问题的,那就是太缺乏现代性思维,太缺乏一种真善美的东西。一种不算邪恶,但却神神道道的东西,一种不正的东西被释放出来了。这种东西一旦让作家从内心深处释放出一点,就再也关不住了。于是就有了《废都》的诞生。

当然这种释放也有一个外部环境的问题。1990 年代初是一个特殊的时期,经过 1980 年代末的风波之后,知识分子都有一种幻灭感、无力与迷乱,充溢 1980 年代的理想、启蒙一瞬都不见了。贾平凹的过人之处就是抓住了这种快速的社会变化,虽然是风起青萍之末,但生性敏感、脆弱的他还是强烈地感知到,并把它写了出来。如果说 1980 年代的知识分子激情报国之中还有一种浮躁在,那么 1990 年代初的知识分子就真的好象一个废人,被抽去了灵魂的废人。于是,肉体的狂欢代替了灵魂的救赎,《废都》写出了这一点,这是无论如何应该承认的。但由于作家自身主体性的整体迷乱,恶的释放完全遮蔽了他对民族、国家命运的思考,甚至根本就没有涉及这个问题,因此,小说也就流于无聊、低级趣味,缺乏一种悲壮刚烈之气。其实,1990 年代知识分子自身的贵族化,越来越与中国土地、人民脱离的趋向在《废都》里也已经埋下了伏笔。过于贵族化的结果自然就是陷入自恋、自怜、自娱之中,而对身外广大的世界不仅是忽略,还有一种漠不关心。我们阅读《废都》之后作家的创作,其实这种倾向已经是非常明显的,这当然不是贾平凹一人之事,整个知识分子群体也都如此。

《废都》引起巨大反响,与其中大量的女性写作关系甚大,但这些女人在《废都》里,基本都没有丝毫的独立人格,没有丝毫的人的尊严,甚至连一点自尊都没有,她们本来就只是道具而已。庄之蝶对待这些女人的态度、心态,也是非常无聊、自私而残酷,他只要求她们为他付出一切,而从不为她们着想。唐婉儿被丈夫家的人抓走了,明知道没有什么好结果,他也熟视无睹,照样活在自己的世界里。而作家在描庄之蝶时，自我投入太多，庄之蝶作为小说里的人物，是残缺的，无法自足而自立的。庄之蝶玩弄女性，而作家玩弄读者。《废都》当然是一部奇书，一部很复杂的书，不管怎么说，在当代文学史上它都是一部优秀的不容史家忽略的作品。可就女性描写来说，失败之处太多。许多评论家神往于贾平凹早期小说里的女性描写，其实冷静下来想想，并不比《废都》优秀多少。作为一位优秀的作家，他其实并没有给读者留下一个活生生的女性，像《静静的顿河》里的阿克西尼娅，《苔丝》里的苔丝，《边城》里的翠翠那样的女子，在贾平凹笔下还没有出现，他的女性人物基本还是扁平的，是纸上的，没有到达我们的日常生活里。

从贾平凹来说，从早期的政策写作，到《废都》里滥情写作，都缺乏一个优秀作家的主体性，一种大气象，基本都是奴性写作。《废都》里的男—女形成的主—奴结构，造成了小说最大的断裂，也使得小说很难神完气满。黄平在《"人"与"鬼"的纠葛——〈废都〉与八十年代"人的文学"》(《当代作家评论》，2008 年 2 期）一个小注中写到："某种程度上，《废都》的性确实存在着另一个层面的'城乡差别'，庄之蝶'性征服'的过程，内在地受阶级地位所制约，包含着颇为微妙的权力关系。江帆也指出："在小说中，两个女人没有和庄之蝶发生性关系，她们对庄之蝶来说是可望而不可及的一类女人。她们都是大学毕业生，景雪荫又是高干子女。""庄之蝶只能得到小县城来的唐宛儿、农村来的小保姆、下层人阿灿。"①

这种男性妄想症的写作不仅是对农村女子的侮辱与妖魔化，也是作家内心心理不健康的一种反映。因为只有在这些女子那里，庄之蝶才有性的能力，而在比自己地位、素养高的女子那里，性的能力就丧失了。这种描写在一定程度上真实地写出了庄之蝶这类人的性心理，一种可怜的男权思想。但由于作家过于倾向性的写作，给读者的却是吃了苍蝇似的难受而恶心。沈从文在《学鲁迅》里有一段话："于否定现实社会工作，一支笔锋利如刀，用在杂文方面，能直中民族中虚伪、自大、空疏、堕落、依赖、因循种种弱点的要害。强烈憎恨中复一贯有深刻悲

① 江帆：《性爱与自卑》，刘斌、王玲主编：《失足的贾平凹》，华夏出版社，1994 年，第 62 页。

悯浸润流注。”其实，沈从文虽然表面唯美，可其骨子里也有着一种决绝，强烈憎恨中复一贯有深刻悲悯浸润流注。这是贾平凹所严重缺乏的。许多论者将二者放在一起对比研究，我觉得荒唐之至。

沈从文是一位现代化了的作家，有着世界眼光，人类情怀。而贾平去凹缺乏的正是这一点，他最多只是学到了封建末世那些士大夫的一些趣味，一点玩赏心态。贾平凹身上缺少的正是一个作家强大的主体性，他虽然也在挣扎，却像河里的石头，总是被洪水裹挟着走。当然，这不是他一个人的问题，而是当代所有作家的问题，是当代文学的问题。畸形的体制带来的强大奴性，对权力的认同与追求，对名和利的过度关心，是败坏贾平凹创作的最关键因素。而对民间文化的过度迷恋，缺乏批判眼光，缺乏个体独立与觉醒，使得他迷于民间神秘文化而不能自拔。可以说，贾平凹的成功也是因为这个原因，而他的走向《废都》也是因为这个原因。庄之蝶身上就有着浓厚的名利思想与奴性情结。

四

庄之蝶的失败，庄之蝶的无聊，庄之蝶的堕落，等等如此的描写都与作家息息相关。在当代小说里作家与自己的一部作品关系如此之密者尚不多见。我们通读贾平凹作品，非常深切地感觉到他的那种近乎绝望的恐惧感，当然这种恐惧感主要局限在生存的层面，远远没有到达形而上的层次，不是那种存在的恐惧。（如果这样，那他就是大师了）这大概与他早年的经历有关，西北人的生活是很苦的，“文革”时期他的家庭又是那样，而他生来身材矮小，体质又弱，我们看贾平凹的《我是农民》就可以了解这一点。这种苦难记忆、自卑心理、政治磨难，给他从小就种下了一种生存的恐惧感。于是，权力、金钱，甚至女人，都成为了他创作的一种强大的想象，一种动力。我们看他这几年对作协、文联，及更高级别职位的渴求就可以非常清楚地看到这一点。而他的《西路上》那种老男人的心态，真是让人难受得想呕吐。

但贾平凹以衰弱多病之身，能一直坚持写作，并保持着旺盛的写作冲动，正好与这种社会恐惧症有关，而且正是通过这种变态的写作，他释放了许多体内的毒素，保持了肉体与灵魂的平衡。在这个意义上，我们说贾平凹有着一个作家的天赋。但因这种社会恐惧感,使得他的作品总是有一种阴影,给读者带来很多的不愉快。他这几年在家乡,在西安所做的一切,为自己做的一切,什么艺术馆乱七八糟的,都是“名”在作怪。而他喜欢的孙犁、沈从文绝不是如此。他们对“名”的逃避,对权力的厌恶,对女人的美好而健康的心态,都是渗透到文章字里行间,渗透到他们的骨血里的。而贾平凹在这些方面正好与之相反。所谓的学院派把贾平凹与沈从文、孙犁放到一起研究真是滑天下之大稽。一个人永远也不可能仅仅在自身中就找到自己完全的体现,而应该有对家国的关怀,有对人类的深长思恋,如此,才能创作出具备普遍意义的伟大作品。

陕西文学孕育于延安文学,因此,先天地与政治联系非常紧密,那种意识形态的写作思维是非常深地钻到了他们的血液里。而陕西文坛基本被西安周边的农村作家垄断,他们要在文坛立足,就要靠乡党,这种严重宗法性的乡党风气,也是毒害陕西文坛的一个大毒瘤。而农村作家那种先天的生存恐惧感,让他们尚无力做更深的人性思索与艺术探索。他们更多的是把文学当作改换门庭的工具,当作光宗耀祖的手段。路遥如此,陈忠实如此,贾平凹更如此。这一点看看他们的散文,他们的创作谈,就非常清楚了。不过,陈忠实尚有一种正气,所以才有《白鹿原》的突破。贾平凹更多的是一种邪气,而正是这种邪气成就了《废都》,但也让他们几乎没有成为文学大师的可能。因为他们毕竟是乡土文化,而且还是很落后的乡土文化,在他们身上几乎没有现代意识、现代气息,更缺乏一种世界眼光,一种人类情怀。[1]很突出的一点就是他们的创作总是非常企求主流文化的认同,这既成为他们创作的动力,也成为他们的文学难以进入大境界的致命伤。贾平凹说:“从事写作后,一直又与主流文化不协调受指责而又不服气,做顽强的挣扎,所以一会儿自卑,一会儿又得意。”在谈到他更隐秘的精神上的病苦与烦恼,很重要的一点就是“我的创作与主流文化的冲突。”[2]

---

① 杨光祖:《乡土文学如何突破》,《人民日报》2008 年 4 月 6 日。杨光祖:《作家的胸襟与作品》,《人民日报》2008 年 9 月 18。

② 许爱珠著:《性灵之旅——贾平凹的平平凹凹》,团结出版社,2007 年,第 204、第 207 页。

这不仅是陕西的症状，甘肃也是如此。我们翻看晚清历史，那个时候，上海、浙江等地，甚至包括四川都已经送自己的子弟去国外留学去了，而陕甘领导却不愿意走出这一步。这一点甘肃更落后。当人家面临的是全球化问题的时候，我们还固守自己的儒家本位思想。这一点可以读甘肃刘尔炘的文章，就可以看得一清二楚。《白鹿原》里的朱夫子就是这样的人，而这样的人在当地还有着极其大的地方文化影响力。我们再看现代陕甘文学史，本就是从陕甘根据地开始的。可以说中国共产党是陕甘近代化的真正推动者，没有共产党也就没有陕甘现代文学(包括艺术)。中国共产党宏扬的是乡土文学、现实主义，因此，陕西文学一直在当代文学史上地位显赫。可随着近年来消费文化、大众文化的兴起，西方文化的重新进入，陕西文学思考的问题就显得落伍了，而广东、上海、北京又一次垄断了文化话语权。随着城市化、现代化的迈进，中国的乡土文化也会慢慢地退出文坛，而被新的文学所代替。不过，就目前中国的实际看，乡土文学还会生长很长一段时间，只是不会再是这个样子了。[①]

通过《废都》里的女人，通过庄之蝶，我们看到了西北作家的不屈，看到了他们的挣扎，他们的不容易。从某种意义上说，或就从他们的文化底蕴说，以路遥、陈忠实、贾平凹为代表的陕西作家创造了奇迹。但这是在特定的阶段，特定的时期，随着社会的不断正常化、现代化，陕西作家再要创造这种奇迹已经很艰难了。

---

① 杨光祖:《底层叙事如何超越》,《人民日报》2008 年 1 月 17 日。

《带灯》:修辞并不只是一个简单的技巧问题

巴赫金说:“创造并非意味着杜撰。任何创作既受本身规律的约束,也受它所利用的素材的制约。任何创作总为自己的对象以及对象的结构所决定,因此不能允许有任意性,实质上不得杜撰什么,而只是揭示事物本身的内容。”[①] 众所周知,小说靠细节说话。我们知道小说是虚构的,但虚构的小说为什么会获得艺术的真实?关键就是细节的真实。你要用你的细节让读者感觉到真实,而不是用一句话就打发过去。卡夫卡、马尔克斯的小说整体很荒诞、很魔幻,但每一个细节都是经得起推敲的,让人感觉到可信。也就是说:“创造并非意味着杜撰。”

但贾平凹最近的长篇小说《带灯》里却没有过得去的细节,因此,我们感觉女主人公带灯与那个小镇总是那么虚幻,不真实。作品没有“揭示出事物本身的内容”,只是闭门造车而已,到处充满着“任意性”。

一

有论者认为,小说《带灯》从一个女乡镇干部的视角透视当下的中国社会,通过带灯的工作展现当前的基层中国现实,通过她与远方人的通信展示基层干部的精神和情感世界。小说以真实的人与事为创作基础,具有很强的现实性和可读性。这部小说突破了作者以往的创作经验,给文坛带来又一次惊喜。

我认为,《带灯》“通过带灯的工作展现当前的基层中国现实”,这一点倒还说得过去,小说对基层的“展现”确实是不错的,即便这种“展现”主要是以叙述、说明为主,而不是描写。但毕竟“展现”了。比如,小

---

① 【俄】M·巴赫金著,白春仁等译:《陀思妥耶夫斯基诗学问题》,生活·读书·新知三联书店,1988 年,第 104 页。

说中部结尾的沙厂里的打架，描写得就不错，有气氛，写出了底层民众的血性，和他们骨子里的残暴。至于“通过她与远方人的通信展示基层干部的精神和情感世界”，我倒觉得言过其实。《带灯》最大的败笔就是“与远方人的通信”。

莫言《蛙》里的主人公需要一个精神支柱，这个支柱是日本友人。他经常像对上帝忏悔一样给那个日本人（原型可能是大江健三郎）写着一封封的信。贾平凹《带灯》主人公的带灯却是向一位省府副秘书长写信，而且是手机短信。她收到第一个短信，就“嗷嗷地叫，骑了摩托就狂奔起来”。后来就是一个个的短信，小说里出现的短信，叫“给元天亮的信”的，一共26封，可能要几万字呢，文字有长有短，短的也要几百字，长的要几千字，手机里不知能否发这么长的信？

元天亮在小说里一直没有出面，对他的描写也很稀少，就说他是省政府副秘书长，利用权力给家乡办了几件事，家乡人以他为骄傲，其实是羡慕着他。而带灯与元天亮更是没有什么关系，“元天亮那年回樱镇，带灯才到镇政府，元天亮就被人拥簇着，她没有资格能到跟前去，只是远远地看过。”（贾平凹：《带灯》，30页，人民文学出版社2013年。以下所引小说原文均来自《带灯》，不再一一注明，只标明页码）然后，就写到带灯梦到了元天亮，然后就是老梦见元天亮。后面叙述里，我们还知道元天亮也写散文，出版过散文集，但水平如何我们也不知道，小说没有描写。贾平凹的小说里，经常出现这样想当然的情节，似乎读者真是上帝。带灯怎么就喜欢上了元天亮，元天亮究竟有什么水平？贾平凹都懒得交代。但如此一来，小说的可信度和感染力肯定下降了。

第一次发出短信后，元天亮回信了，“复信很简单，说他收到了带灯的来信，说他一直心系着家乡，能收到家乡镇政府的一名干部的信，而且文笔如此精美，他非常高兴。还说，感谢着她为家乡建设而辛苦工作，并希望能常来信。”（34页）——看这回信，很客套，完全是礼节性的。说明他们两人的关系完全是公事公办。可最后来一句“并希望能常来信”，让人生疑。一位省政府副秘书长会给一名陌生的乡镇普通女干部回信吗？会“希望能常来信”吗？以一般的“官场规则”可能性似乎不大。两个都是已婚之人，素不相识，又是异性，差距如此之大，作为省政府副秘书长公务繁忙，而且我们的“官场规则”也需要极其小心，他真的会连续接受她那么多的短信吗？而且那些短信都是那么暧昧？对这些贾平凹都置之不理，他只是写一句话就打发过去了："从此，带灯不停地通过手机给元天亮发信。元天亮的回复依然简短，有时也没回复。带灯知道人家太忙，也一再在每次信后注明不必回复，而她只是继续发，把什么都说给他，越来越认作他是知己，是家人。"

小说 43 页："当知道你要离开镇街走时，我也像更多人一样忧伤。想来想去我想一直在你要经过的路上走就能碰到你。终于见了远远的你，心中惊喜又无措。那天下雨。我怦怦的心跳比脚步声都大。到你身边我把伞严严地罩了自己，想你能看见我的羞涩。然而你走了甚至连正常的招呼都没有。我恼自己罩得太严了。从此我多了点受伤的感觉，走路总好低着头。""我觉得我原本应该经营好樱镇等你回来的。我在山坡上已绿成风，我把空气净成了水，然而你再没回来。在镇街寻找你当年的足迹，使我竟然迷失了巷道，吸了一肚子你的气息。"——素不相识的两个人，就因为对方是省政府副秘书长，就如此"动"情？

107 页："我拨你的电话想让你听，但我想你毕竟是忙人而我又怕你不接了使我饱受打击，所以电话只响了两下赶紧关掉。我不知道我是否能为你做点啥，一手握自信，一手握自卑，两个手拍打着想念你。"——这哪里像素不相识的男女通信？给人感觉似乎是人家的二奶，或情妇。

我们细读这些短信，给元天亮的这些短信，长长短短的，其实，不像是一个女子的口吻，倒像是贾平凹的自怨自艾，和后记里的那个不过 60 大寿而关门自恋自叹的贾平凹语气完全一致。木心说："《红楼梦》中的诗，如水草。取出水，即不好。放在水中，好看。"[1] 这正是《红楼梦》的伟大之处，那些诗词是小说人物所作，所以必须与人物性情一致，你让薛蟠写出柳永那样好的词来，不仅不是成功，而且是最大的失败。《带灯》里带灯的那些信，就与带灯关系不大，与整部小说也没有什么关系，完全是两张皮。

李建军说："伟大小说家在写小说的时候，从不讳言自己对政治、

---

[1] 木心讲述，陈丹青笔录：《文学回忆录》，广西师范大学出版社，2013 年，第 274 页。

信仰、苦难、拯救、罪恶、惩罚以及爱和希望等伦理问题的焦虑和关注。如何表现作者自己的道德意识和伦理观念,如何建构作者与人物的伦理关系,如何对读者产生积极的影响,如何获得积极的道德效果和伦理效果,乃是所有那些成熟的小说家最为关心的问题。”[①]但贾平凹在《带灯》里却极其随意,对自己笔下的人物没有同情之理解,简直视之如木偶。我们知道,一名优秀的小说家,他的优秀就决定于他是否具有严肃的道德态度和高尚的伦理精神。

贾平凹小说里的人物,都几乎不会说“自己”的话,也不会“自己”“说话”,都在说着贾平凹的话。老在那里“贾平凹”“贾平凹”着,让人烦。不管什么人,不管他们说什么话,都是贾平凹的话。带灯这个人完全是贾平凹的臆想人物,或者说是自恋人物。准确地说,人似乎是带灯,可嘴巴却是贾平凹的。36 万字,连一个女主人公都没有活起来,倒是看多了贾平凹。贾平凹所有的作品,“贾平凹”太多,用佛教语说,人相我相众生相寿者相,而没有达到“无”。小说本应该是呈现,契诃夫说,写作应做到使读者不需要作者的解释。但我们如今的作家由于功夫的欠缺和浮躁的心灵,经常跳出来在文本里自己发言。贾平凹一般不在长篇小说里解释,却经常写一个长后记解释半天。

《带灯》里的红线,那个重头戏“给元天亮的信”,就极其不真实,矫情而无趣。就是带灯平时的说话,也是贾平凹在说,带灯只是贾平凹手里的木偶而已,说话的都是贾平凹,作者的自我言说欲望太强烈了,强烈得让笔下人物都无“话”可说。这从《废都》就开始了。从这个意义上,贾平凹真的不适合写长篇小说。陈忠实一部《白鹿原》,那里面作家虽然也时隐时现,比如,朱夫子那里作家就多了,因此也不太成功,但在白嘉轩、田小娥那里,作家完全不见了,我们看到的是活生生的人,活生生的白嘉轩、田小娥。[②]李建军说:“小说是写过程的艺术,小说家必须细致、真实、合逻辑地叙写人物的情感变化过程及性格发展过程。一部小说作品的真实性,就来自于作者对人物情感变化和情节发展的合

---

① 李建军:《论小说伦理与去作者化问题》,《中国社会科学》2012 年第 8 期。

② 杨光祖:《田小娥论》,《小说评论》,2008 年第 4 期。

理、合逻辑的过程化叙写中。”[1]贾平凹的《带灯》基本是作家的臆想，是他的白日梦，他从来不为小说人物设想。他小说里的人物，就像傀儡戏里的木偶，完全由他去掌握。比如，带灯的所作所为，缺乏心理动因和内在依据，无法自圆其说。贾平凹经常把自己的情感、思想、心理活动强加给带灯。

比如，《带灯》196 页，“丈夫回来了就吵架”，写丈夫从省城回来了，“头发留得很长，油乎乎的”，带灯让剪掉去，不剪，说是艺术家，带灯说：“屁艺术家！是小公园了才讲究这儿栽棵树在那儿植一片花的设计哩，秦岭上的草木都是随意长的！”读小说，一开篇，作家就让带灯显得与众不同，喜欢看书，老被镇上干部讽刺为小资，但看了多半部小说，没有感觉到小资，倒是有点分裂。你说小资嘛，她老说脏话，你说不小资吧，她给元天亮的信写得让人酸倒牙。这两个带灯是无法统一的。这个人物，还是死的，活的是贾平凹。比如，上面的话，后半部就是贾平凹的话了，一个再小资的镇上年轻女干部，也不会如此言说。带灯的很多关于政治、社会的言说，其实都是贾平凹的话。在这里，贾平凹始终没有解决好作家、叙述人、小说人物之间的关系，他经常混淆三者的关系。而且这里面对丈夫的描写，也“隔”得厉害，根本没有活现出那个似乎不存在的丈夫。贾平凹刻画人物的“工笔素描”功夫本来就不强，如今退化得太厉害了。

带灯不给省城里的丈夫写信，却经常给省政府不认识的副秘书长元天亮写信，而且那么肉麻，那么醋酸，语无伦次，颠三倒四，既很少涉及乡镇上的具体工作，也没有怎么具体谈自己的情感，就是一些文艺青年的胡乱游丝而已，让人怀疑：带灯的脑子正常吗？这种幼稚的文艺腔，大大削减了小说的艺术魅力。

“你是懂得鸟的，所以鸟儿给你飞舞云下草上，给你唱歌人前树后，对你相思宿月眠星，对你牵挂微风细雨。你太辛苦了，像个耕者不停地开垦播种，小鸟多想让你坐下来歇歇，在你的脚边和你努努嘴脸，眨眼逗一逗，然后站在你肩上和你说悄悄话。”（183 页）

——这是什么话？都不通。似乎是周杰伦的歌词。嫩就是嫩，老就

---

[1] 李建军著：《小说修辞研究》，中国人民大学出版社，2003 年，第 227 页、第 334 页。

是老，不嫩而强扮嫩，就会让人起鸡皮疙瘩。

而且作为小说主线的"给元天亮的信"，与整部小说似乎没有什么关系，完全游离于小说之外，比之《蛙》的给日本友人的信，也很荒唐。细读这些信，与带灯无关，与信之外的带灯又是两个人，完全没有关系，语言表达、口吻、情感，都很游离，甚至让人莫名其妙。这如果只是一个女人的暗恋，写在自己的日记里，倒可以理解，但经常寄给省政府副秘书长，我都怀疑中国有这样的副秘书长吗？现实中是有一名乡镇女干部老给贾平凹寄信，这倒可以理解，贾是作家，而且那么伤感而多情。至于给省政府副秘书长寄这样的信，让人感觉有点玄。

"我有些神经，如幻想中山中不安分的幽灵，惊觉着外面的风吹草动，总想着你现在是在干什么呢，调研、视察、开会，或是伏案写作。伏案写作还戴个眼镜吧，时而抬起头摸摸索索取根纸烟想吸吸？我就看看走了近去，抱抱你摸摸你的手便飘然离去。赚你一个会心的笑……我这样说你高兴吗，你已经是我的神，我要把这种意念当作自己的信仰和真实的假设，不想着是真实的存在，和你没有关系，这样我能轻松一些，也能放开一些，我在生活中也能坏一些野一些。"（85 页）

"读了一本杂志，上面说到佛不问三句话：不问自己在哪里，不问什么时间，无关乎生死。我的心突然觉得我是进了你庙里的尼姑。"（194 页）——喜欢谈佛，这是贾平凹的特点。而且这段话，也是语无伦次。

"我总爱和你说话说呀说呀把我都掉球了。你不会烦镇干部吧，我也自觉凉气。但现在又是咱们交流的重要部分啊。我午后再收一包材料，包括镇党政办的各种工作文件邮给你。"（202 页）——按国家公文处理办法，这样的行为是可以的吗？省政府副秘书长会收或敢收这样的"镇党政办的各种工作文件"吗？

"梦和现实总是天壤之别，像我和你的情感越来越亲近而脚步应该越来越背离。我是万万不能也不会走进你的生活，而冥冥之中也许狐狸在山的深处龙在水的深处，我们都在云的深处就云蒸霞蔚亦苦亦乐地思念。"（202 页）——这段话表述混乱。从小说里看不到元天亮对带灯动了情感，都是带灯的短信，而很少元天亮的短信，即便有，也是从别人的话里头模模糊糊地带出一点。从此可以看出不熟悉生活胡编乱造的痕迹，就如刘心武续《红楼梦》，一到吃饭，就一笔带过。

“我一个人在屋里安静，胡乱地翻开你一本书，双脚搭床边吃包山楂片儿，思想从窗子飘出去了，突然见杨树的一枝随风扑搭来惊觉是你来了。这几天心有些乱，乱得像长了草。”（208页）

“昨晚梦中温暖的一夜，梦中和你走来走去，镇政府在熬大锅草药说谁想干什么行当看你挑哪种草药，我让你给我挑选，你给我捞了金银花。我给你吃黄米馍，一夜的酒乐高兴。我很想念你但我一定要稳好自己。如果我此生一定要忍受刻骨的相思，那一定是我前世欠你的。让我的思念澎湃山地的沟沟凹凹，弥补我们欠缺的山地真气。”（209页）——读着这段话，我常常怀疑自己的眼睛是否看错了，也怀疑带灯的脑子是否健全正常。一个只远远地见了一面的人，就能如此让带灯痴迷，而且说出如此缠绵之语？我似乎觉得我在读常艳的《一朝忽觉京梦醒，半世浮沉雨打萍》。常艳的12万字长文，有着丰富而详实的细节，都是经得起再三推敲的，你只要读上几页，绝对不会怀疑它的真实性。我们知道，细节最重要，不管法律断案，还是文学写作，没有过硬的细节，一切都是纸上谈兵，空中楼阁。而带灯的这段话，却没有扎实的背景支持，没有一定的铺垫，一切都是空穴来风。295页：“我的心喜也罢苦也罢累也罢，我知道你在。我心底的一脉清泉命定流向你。还是想再借别人一句话说：你安好，便是晴天！”

“我喂你一颗。我愿是投进你嘴里的一颗葡萄，你能接纳我的甜我的酸，我的好我的坏。”“前天读报纸，看到你又高升为省委常委了，真是可喜可贺，但我觉得你是那么的遥远了，有些不想跟你要了，我觉得你在我的小村我的身边需要我爱护关心的人”。（315页）——如此露骨的拜权主义，如此肉麻的撒娇，实在匪夷所思，让人无法理解。

二

技术时代让作家胆大包天，剪贴、拼装、流水线，成为了当下作家的基本创作手段。贾平凹看了几次刘高兴，那个打工的早年同学，到西安城郊的民工区跑几趟，就可以写出一部长篇小说《高兴》。这回因为一名乡村女干部的短信，就可以“创作”出一部《带灯》。我记得贾平凹说过：现代科技让文章的腿长，却让文章的命短。这简直可以看做他替自己的写作下得判断。

贾平凹《废都》之后，真的是身心俱疲，库存也到了极限，以后的写作虽偶有出色之处，但基本就是技术产品了。《秦腔》里动不动插一段秦腔乐谱，弄得人莫名其妙。如果改换成多媒体，这时候插入一段秦腔音频，或视频，大概更有意义。我们看电影《白鹿原》里那两段老腔的表演，真是淋漓尽致，酣畅神旺，让人大呼过瘾。我曾撰文认为《白鹿原》里没有“秦腔”，但每个字后都是秦腔；《秦腔》里到处是“秦腔”，却没有秦腔。

贾平凹说：“几十年以来，我喜欢着明清以至三十年代的文学语言，它清新，灵动，疏淡，幽默，有韵致。我模仿着，借鉴着，后来似乎也有些像模像样了。而到了这般年纪，心性变了，却兴趣了中国西汉时期那种史的文章的风格，它没有那么多的灵动和蕴藉，委婉和华丽，但它沉而不糜，厚而简约，用意直白，下笔肯定，以真准震撼，以尖锐敲击。何况我是陕西南部人，生我养我的地方属秦头楚尾，我的品种里有柔的成分，有秀的基因，而我长期以来爱好着明清的文字，不免有些轻的佻的油的滑的一种玩的迹象出来，这会我真的警觉。我得有意地学学西汉品格了，使自己向海风山骨靠近。”（贾平凹：《带灯·后记》，381 页）这段夫子自道，可谓真实无欺了。

贾平凹出道以来一直以婉约清秀而著称，他的文学脉络还是孙犁、沈从文，上至明清小品那一路了。秦腔，我总觉得他是隔膜的，即使他喜欢，也还是无法从骨子里进入秦腔。从中年起他一直喊叫着要学习大汉，从另一种角度看，正是他缺乏的表现。陈忠实从不喊自己要“西汉”，要“大汉”，要“秦腔”，但他骨子里就是大汉，就是西汉，就是秦腔。他的血脉与司马迁、霍去病、卫青等等是相通的。这就是泥沙俱下，酣畅淋漓。秦腔的那种大悲大喜，大喊大叫，那种高亢入云，又婉转千回的东西，是贾平凹没有，而陈忠实具备的。虽然陈忠实从来不说一个字。

《带灯》分为上中下三部，上部“山野”，中部“星座”，下部“幽灵”。上下两部文字都很不多，全书 362 页，上部只有 38 页，下部只有 15 页，重点在中部。还捎带一个后记。这三部的名字，也没有什么深意，小说后记，也干巴巴的，枯燥而无味。最后，顺便提一笔，小说《带灯》后记的末尾引王静安诗，“镜中人”，错为“镜人中”。目录第二部“星座”，正文里则是“星空”。不知原文如此还是责编疏漏?

《带灯》的结构比较特殊,三部之外,文本被分成很多小节,每节都加上了小标题,有的小节比较长,几页篇幅,有的极短,就一行。而且这些小节的安排似乎没有什么深意,比较随意,贾平凹自言受了《旧约》的启发。《旧约》“里面‘创世纪’也是偶然分节,也是穿插了很多生活感悟、智慧的东西”。[①] 这里,就看出了“技术”二字的作用。形式与内容的高度统一,是杰出小说的标志,一部小说能有新的形式,都是新的内容所决定的。但贾平凹只是使用了《旧约》的一点格式,可内容还是老内容,或者说,内容并没有催逼他使用这种形式。这就是典型的技术复制写作。

林散之说,书法家早年比才气,中年比功力,晚年比学问。这话用到作家身上,也很贴切。贾平凹的才情,没有人不承认,写作功力嘛,毕竟写了一辈子,很勤奋,不能说没有。但学问真的太匮乏,思想基本谈不上。但喜欢了他几十年,一直追踪阅读,每次出版新书,即便是鸡肋,也还是要买来放着。

贾平凹《废都》《白夜》之后,就几乎没有什么好作品,《高老庄》还差强人意,《病相报告》《土门》《高兴》基本是失败之作,《秦腔》《古炉》有人评价很高,也得了很多奖,惭愧得很,我真的没有看出“伟大”来。《带灯》2012 年岁末买的,2013 年 2 月末才强迫自己阅读,读完上部“山野”,就很失望。语言倒还通达,不像《秦腔》那么艰涩,但文字没有力量,人物对话汤汤水水,读了 40 页,整整一个上部,仍然没有一个人活起来,没有一句话,让人记住的。

上部里,带灯这个女主人公没有一点活气,像一朵塑料花,在那里摇曳着,但一看就不是一个活物。写作过程中,贾平凹也显得疲惫而乏力,只看那一个个多得让人眼花缭乱的小标题,就已经很无趣了:“高速路修进秦岭”“带灯来到樱镇”“跟着马副镇长”“建议”“三个先进”“新形势”“镇工作重点转移了”“汇报各村寨选举情况”“综治办的主要职责”“本年度的责任目标”“樱镇需要化解稳控的矛盾纠纷问题”等等。读这样的小说,给人感觉不是读小说,而是读国家公文,而且是那

[①]《贾平凹:写“带灯”心情沉重》,http://cul.qq.com/a/20130116/000054.htm 。

种党八股式的公文，一点才华都没有。贾平凹甚至在后三个标题里，真的把文件内容抄进去了。“综治办的主要职责”抄了四条，共6行；“本年度的责任目标” 也是6点，23行；“樱镇需要化解稳控的矛盾纠纷问题”共38点，全文38行。更可怕的是，作家写到“灾情很严重”，却几乎没有描写，而是一组数字，使用的是说明。268页，几间房塌了，谁损失多少万，泥沙覆盖了多少亩农田，多少棵老树连根拔了，云云，完全是政府灾情报告。接下去的标题果真就是“竹子翻阅过去的的水灾材料”“带灯到青山坪了解情况”“上报灾情”。

用公文形式写小说，是不是也是一种创新呢？

下部“幽灵”第一个标题就是“县上来了调查组”，这里没有描写，只是叙述，而且叙述也极其少，共1页，半页是县上对樱镇特大恶性打架事件的行政处理决定，一共3条，10行，完全是公文搬上小说。县上来了调查组，怎么来的，来做什么，如何做的，宣布决定，如何宣布的，场面、人物、背景等等，一概都没有了。302页：“竹子记录了县委书记讲话”，下面就果真是讲话：

> 全面落实……为建设创新开放富裕文明平安和谐生态的县而努力奋斗……高举中国特色的社会主义……以邓小平理论和“三个代表”思想和“科学发展观”为指导，牢牢把握省、市制定的四个重点要领……三具二基一抓实要求……围绕打造秦岭经济区的重要支撑区域合作示范县……

以下就不抄录了，有心的读者自己去看。

我们知道技术时代，尤其这个电脑普及的时代，写作已经成为了技术活，粘贴、组装、剪接，就可以搞定一切。贾平凹虽然声明不用电脑，但他的聪明让他很快就适应了这种技术时代的技术写作。他在《废都》里就开始粘贴民谣，《白夜》里组装目连戏，《秦腔》里粘贴秦腔乐谱，到《带灯》里开始粘贴、组装公文了。大量公文的进入小说，是贾平凹的一大“创新”，其实，也是十七年小说教给他的。那时候是语录，现在的公文，反正都一样。

贾平凹很聪明，他已经很会“经营”小说了，他说过，作家和弹棉花的没有两样。他可以用很多种方法弹棉花了。他在不同的小说使用不同的技法，但是技法必须是服务于思想、情感的。如果没有新鲜生动的思想情感，也就不可能有新技法。[①]

看看《水浒传》，也没有如此写法。所谓的后现代，也不是如此写法。说到底还是童年教育结的果实，用的却是技术时代的手法。

没有大情，没有大学问，没有大思想，而偏要"著作等身"，于是就只有组装了。贾平凹的小说里就那几味东西，后期最多的就是"梦游"，《白夜》就开始了，《带灯》里也用上了。吹埙，动不动就流泪；一个一个疯子（白痴），都是贾氏的典型标志。没有任何铺垫，随意乱写，也是贾氏特色。还有那些肮脏的东西，尿、屎，他后期的小说里比比皆是，太脏，不说了，李建军专门有文章批评。《带灯》里的虱子，从头到尾，铺天盖地，就是没有任何意义，无论是象征意义，还是别的意义。只感觉到一种恶心。我们读马尔克斯，读鲁尔福，他们的魔幻里有情感，有思想，有不平，有反抗。而贾平凹的魔幻里多的是肮脏、萎靡、恶俗、无聊。

《带灯》里《红楼梦》的影子太深了，深得很滑稽。《带灯》下部"带灯大哭"里写到带灯梦见元天亮回樱镇了，然后就有了近一页的滥抒情，酸倒牙的文字："她说，我感言《红楼梦》可我并没认真看过，像路过大花园一样瞟几眼嗅几口而没有走进去受花粉的侵袭和花刺的扎痛。但我记着一句话，"如果没奇缘今生偏又遇上他，如果有奇缘为何心事终虚化"。我曾经悲伤然而今晨我又醒悟虚化是最好的东西，虚化的云雾、花瓣，眼泪都是雨天雨花雨泪……"（349页）后面的文字有心的读者可以自己去读，我酸得无法抄录下去了。而贾平凹写带灯梦游，街上遇见一个疯子，也是如此奇笔："疯子是从七拐子巷里过来的，与其说是过来的，不如是飘来的，他像片树叶，无声地贴在巷子的东墙上，再无声地贴到巷子的西墙上，贴来贴去，每次都斜一个三角，就又贴在了巷口的电线杆上，看着带灯。带灯也看见了疯子。他们没有相互看着，没有说话，却嗤嗤地笑，似乎约定好了在这里相见，各自对着对方的准时到来感到满意……"（344页）读着这样的句子，让人疑心这是《红楼梦》。《红楼梦》里林黛玉得知贾宝玉要结婚，神经一时有些错乱，就有

① 参见杨光祖：《形式与文学的神语》，《西北军事文学》2012年第2期。

对着贾宝玉，两人傻笑的情节。但那里的描写让人泪下，贾平凹的描写却让人恶心。《废都》很多地方完全照搬《金瓶梅》已让人无法容忍，《带灯》又来照搬《红楼梦》，果真江郎才尽耶？

李建军说："其实，说穿了，修辞并不只是一个简单的技巧问题。根本上讲，修辞问题乃是一个意义问题，它决定于作者的价值观和世界观。"[①]而且，一个成熟的小说家必须热爱自己笔下的每一个人物，对他们有一种伦理的情怀。他通过小说人物传达自己对生活、社会、时代的观点，并使自己的小说读者更加优秀起来。就此点来看，《带灯》的过分自恋，疏离了时代，也疏离了读者，作家在过分凸显自我的同时，也扼杀了小说人物。人品决定文品，并不是空穴来风，而是实实在在。

别林斯基说："世界观是文学的根源和基础。"在他看来，对文学来讲"欠缺内心生活，欠缺生活内容，缺乏世界观——这才是真正的症结所在。"[②]我们的作家确实应该多咀嚼这些话。

---

① 李建军著：《小说修辞研究》，中国人民大学出版社，2003 年，第 227 页、第 334 页。

②【俄】别林斯基著，满涛译：《别林斯基选集》第 2 卷，上海译文出版社，1980 年，第 396 页、第 421 页。

张贤亮:罪感的缺失与苦难的倾诉

当代的西部文坛小说家辈出,群星璀璨,其中成就最大,我个人最喜欢的有贾平凹、张贤亮和陈忠实三人。数才力首推贾平凹,而厚实非陈忠实莫属,张贤亮则以自己的血泪经历铸就一座文学之山。张贤亮是一个有着浓厚的自我中心主义和精英意识的当代小说家,他的作品中以富有自传色彩的劳改生活小说和描写下层百姓情感的小说最有影响,艺术成就也最高。

这里我们不妨先看看他的那些失败之作,我想对我们解读他的代表作是有益处的。比如,中篇小说《龙种》写的是国有农场改革,但由于作者对这部分生活并不熟悉,只是靠自己看的几本马克思著作,尤其《资本论》,开始想当然地闭门造车,张贤亮说他的小说都是"政治小说",我想在这两部作品中得到了体现,他本是想为改革摇旗呐喊,却流于空洞空疏。写于 1983 年 8 月的长篇小说《男人的风格》可能是新时期文学中最早的官场小说之一,它具有以后官场小说的一切缺点,或说特点:脱离实际,凭空虚构,对官场的无知,对官员的隔膜,使得小说流于说教和宣教,主人公陈抱帖简直就不是中国的官员,好像在一个理想的真空生活。主题先行、理念先行,小说的运作、发展都是为了表达作家的思想,而不是小说自己的活动,小说和小说里的人都没有活起来,他们只是符号而已,是作家表达自己理念的符号而已。为了显示作者的博学,小说里大量使用中外小说知识,尤其西方小说,甚至复述小说情节,让读者感到别扭、虚伪。总之,就小说艺术而言,这绝对是一部失败的作品。张贤亮本来想用自己的一腔热血为中国的未来描绘一幅蓝图,但由于他对官场的不了解使得这一计划没有得到预期的成功。至于《早安,朋友》写中学生早恋,更是失败之作。

不过,张贤亮的笔触一旦落到自己熟悉的下层生活、劳改生活,他的笔如有神助,满纸云烟,情思充溢,人物活灵活现,直往读者心里钻。

张贤亮在《张贤亮选集·自序》里说:“我只能保证我袒露的是真实的自己,包括自己的缺点和优点,短处和长处。”[1] 我想这可能就是他的这部分小说成功的关键,如代表作《肖尔布拉克》《邢老汉和狗的故事》、《河的子孙》《灵与肉》《绿化树》《男人的一半是女人》《青春期》等,都是这方面的代表之作。我这篇文章主要是针对张贤亮的这几部作品展开,论述他小说里的一个牢固的情结,即罪感的缺失和苦难的倾诉。当然,只是对其小说的一种解读,并不是对张贤亮小说的整体评价。(就整体艺术水平而言,我认为张贤亮确实是新时期为数不多的杰出的小说家之一,他的代表作至今读来,仍有很大的魅力。)

张贤亮的小说大多有他自己的影子,自传性非常强。《青春期》更是把现实中的“我”与小说中的“我”混淆,倾诉的欲望使他无法自制,好像他那二十年劳改(2001 年 3 月 11 日,在北大演讲时,林毅夫介绍说张贤亮曾经下乡劳动过多少年,张贤亮纠正说,不是劳动,是“劳改”,对那段日子记忆犹新。)成了他永远写不完的福克纳的“邮票”,也成了他永远不平永远发泄牢骚的动力。如《青春期》写到“我用古堡废墟建成的影视城是当地文明的窗口,我企业职工享受的待遇在当地也是最好的,为我建影视城而搬迁出去的农民,我对他们已没有任何义务,但我仍答应只要我活着便会资助他们的教育。”“可是在另一些事情上,只要‘青春期’一发作,我仍然会说不想说的话,干不想干的事。”下面便写了附近的农民在基层干部的挑唆下,把持了他影视城的门票出售权。“我得知消息后一人驱车赶到影视城,果然看见乌鸦似的三五成群衣衫不整的人在我设计的影壁前游逛,见我到了,一只只就像谷场偷吃谷粒的鸟雀那般用警竦的小眼珠盯着我。我又感到那股带血的气往上冲,那气就是‘青春期’的余热。我厉声问谁是领头的。一只乌鸦蹦出来嬉皮笑脸地回答他们根本没人领头, 意思是你能把我们怎么样? 我冷冷地一笑:‘好,没人领头就是你领头,我今天就认你一个人! 要法办就法办你! 你看我拿着手机是干什么用的? 我打个电话下去就能叫一个武装连来! ’乌鸦听到‘武装连’,赶紧申明他也是身不由己,人都是‘上面’叫来的。我说,行!既然‘上面’有人你就替我给‘上面’那

[1] 张贤亮著:《张贤亮选集》,百花文艺出版社,1984 年。

人带一句话:我能让这一带地方繁荣起来,我也有本事让一家人家破人亡!……谁都知道我劳改了二十年,没有啥坏点子想不出来!"

这段话由于作家把自己和叙述人有意混淆,而且作为影视城董事长的张贤亮在中国是人所周知的,而且这样的话张贤亮本人在私下也讲过几次,也见诸文本记录,因此,完全可以把它和作家混同。那么,让我们仔细分析这段文字,我们会惊讶的发现这根本不是一个作家的口吻,不是一个受过高等教育的作家所能写出来的。我们在现实生活中,这样的人看的多了,那是典型的地痞、暴发户的口吻。当我们的尊敬的作家面对搬迁出去的农民,不是同情,而是愤怒,是恐吓,他笔下的农民是"乌鸦似的","像谷场偷吃谷粒的鸟雀那般用警竦的小眼珠盯着我","衣衫不整的",面对这样可怜的农民,我们的作家竟然用"手机""武装连""家破人亡"等来恐吓,我真不知道读者读了这样的文本会有什么想法和感情。《青春期》写到"我"到南京参加高级别的文学奖,"我"是南京人,三十年后,重回故地,"我"要去"寻根",找"我"的故园,那么地多情,那么地感慨。因为张贤亮是南京人,经历和"我"完全重合,因此,这里的"我"也完全可以和作家同一。(读者可参看张贤亮的散文《老照片》《我的故乡》)张贤亮对自己的"根"如此看重,可为什么对宁夏农民的土地看得如此轻?"为我建影视城而搬迁出去的农民,我对他们已没有任何义务",这是什么话?不但如此,还用"乌鸦"等如此不堪的词语形容农民,这是一名有良知的作家应该做的吗?

贾平凹出身农村,他对农村、对农民是那么地热爱,虽然憎恨他们的落后,但往往一往情深,读一下《我是农民》就可以看出来。在《我是农民》里贾平凹说,知青到农村生活几年,就有说不完的苦难,那些一辈子生活在农村的农民,说了些什么呢?现代文学的奠基人鲁迅先生,写了很多乡土题材小说,他对农民的"哀其不幸,怒其不争",对闰土、阿Q、豆腐西施等的描写,都渗透着一腔赤诚。更不用说俄罗斯的贵族作家托尔斯泰,终生为农民(准确地说是农奴)流干了眼泪,他多次有意识地让农奴到他的庄园偷东西,他还想把财产分给农民。有如此胸怀,才能写出《战争与和平》《安娜卡列尼娜》《复活》等世界名著。张贤亮对农民、对下层人的无情,对自我的张扬,确实让读者寒心。铁凝的长篇小说《大浴女》(春风文艺出版社,2000 年 3 月第 1 版,第 169 页)写到尹小跳爱上了一位曾经被打成“右派”的名作家方兢,他势力、卑鄙、自私、玩弄女人,仇恨一切,但尹小跳认为他从前受过很多苦难,愿意原谅他的这一切。她的朋友唐菲说:“别拿他受的那点儿苦来吓唬人了。做学问我不如你,你们,我他妈连大学也没上过,可我一万个看不上方兢他们那种人举着高倍放大镜放大他们那些苦难, 他们无限放大,一直放大到这社会盛不下别的苦难了,到处都是他们那点事儿,上上下下左左右右谁都欠他们的。别人的苦难是说不出来的,电影里的小说里的……凡能说出来的都不是最深的苦难你知道不知道。”我觉得铁凝小说的这段话说得太好了,农民的苦难是无言的,因为无言才感人,才深刻。张贤亮的苦难是痛苦的,可是把它作为其一生的文学母题,作为张扬的资本,永远不去关心别人,关心农民,这样的文学还有什么价值?

众所周知,张贤亮的所有小说都离不开两个主题:性,苦难。性是他招揽读者的法宝,苦难成了他换取同情和崇敬的资本。到他后来办了西部影视城后,他甚至可以对员工这样说:西部影视城的主人就是我,是我养活了你们,而不是你们养活了我。(北大演讲)在《出卖“荒凉”》一文里他公然写道:“我明确告诉每个工作人员,你们是国家的主人,但不是企业的主人,企业的法人代表是我,我就是主人,进了我的大门,在工作时间请放弃个人自由,绝对听从我指示,做不到这点,立即‘炒鱿鱼’!”听听这段张贤亮的自白,你会知道中国的文学,这么糟糕的原因!当一位中国的知名作家对职工说“在工作时间请放弃个人自由,绝对听从我指示”,“绝对”二字何等熟悉,何等触目惊心!这和一个暴发户的自白和狂妄叫嚣,有什么区别?经历苦难的张贤亮并没有得到什么有价值的东西,有的只有报复,对社会曾经对他不公正对待的报复。那么,张扬自己的苦难,倾诉自己的苦难顺理成章地成了他写作的一大动机。张贤亮即便写性,重心仍然在自己。他的小说文本里充满着性歧视、性压制。《男人的一半是女人》里非常清楚地展现了这一点。章永璘对黄香久的爱是假的, 对她的性渴求才是真实的,他最后离开她,不是因为她不忠,而是他压根就从来没有瞧上过她。小说最后黄香久说:“你呀你,劳改了二十年还是个少爷胚子,要人侍侯你吃，侍侯你喝。”“你肯定不得好死！因为你亏了心了。”可谓是诛心之论，一针见血。而作家的性描写，完全是一种男权主义立场，是站在男性立场的享受性描写，有一种性虐待的倾向。这种少爷式的小说想象写作，往往使读者感到恶心。尤其小说结尾，“我”已经和黄香久离婚了，她还要和我做爱，并说：“上炕吧！今天晚上我要让你玩个够！玩得你一辈子也忘不掉我！”既让人反感、恶心，更是不可思议的，叙述人还写道：“啊！世界上最可爱的是女人！但是还有比女人更重要的！”我不知道这样的写作是什么写作，这样的理念是什么理念？封建社会的白居易还能写出：“同是天涯沦落人，相逢何必曾相识？”而新时期的大作家却喊出了这样的“名言”，难道这就是我们渴望的所谓知识分子？长篇小说《青春期》里的性描写也是一种性想象，性呓语。而且，苦难带来的性缺失，带来的性异常、性饥渴，导致“我”心理的不正常，这在小说的写作中体现得非常明显。此处不再展开。洪自诚在《问题与方法》第七章中这样写道：

> 猥琐也可以，但叙述者同情这种猥琐，这是很奇怪的。当时我读了《绿化树》，读了《男人的一半是女人》，对章永璘的感觉非常复杂，我觉得很厌恶。最不能忍受的是那种“自虐”和“自恋”。①

张贤亮是城市人，是中国的知识分子，按封建社会阶层分析，属于上层人，但为什么对农民那么憎恨、蔑视，对自己那么珍重？我们封建社会那些伟大的诗人、小说家、戏剧家等，他们的作品里对下层人或者说对农民的感情，即便现在读来都是让我们非常感动的！如李白、杜甫、白居易、苏轼、关汉卿、曹雪芹等等，因为读者或张贤亮本人对他们应该比较熟悉，因此我就不多费笔墨了。我们不妨看看俄罗斯的作家，他们是怎样对待苦难和不公平待遇的。作家王彪说，陀思妥耶夫斯基，“这个病贫交迫的人忧伤的目光，既是人间又非人间的，爱与恨，罪与悲痛，他的所有声音都是人的挣扎，一边是茫茫黑暗，一边则通向光明。”鲁迅在 1908 年说过：“托尔斯泰也……伟哉其自忏之书也，心声

① 洪子诚著：《问题与方法》，生活·读书·新知三联书店，2002 年。

之洋溢者也。"[①] 鲁迅对陀思妥耶夫斯基的理解是中国作家里最到位的。因为鲁迅也是挖掘自己灵魂最彻底的，他说，我经常毫不留情地解剖别人，但我更毫不留情地解剖自己。

《绿化树》的主人公，劳改犯章永璘对监督劳动毫无怨言，最大的苦难就是"饥饿"。为饥饿所驱使，他使用读书人的智慧，欺骗卖萝卜土豆的老农。当然，最终将章永璘从苦难中解救出来的是女主角马缨花(用一个白面馍馍)。黄子平认为："将'才子落难，风尘女子相救'这个中国文学的传统模式，延伸到'文革'前后的政治背景下作一番新的变奏，这无疑是张贤亮对于'文革集体记忆'的一个特别贡献。"[②] 章永璘一边咀嚼白面馍馍，"心底却升起了威尔弟的《安魂曲》的宏大旋律，尤其是《拯救我吧》那部分更回旋不已。啊，拯救我吧！拯救我吧！……"《男人的一半是女人》描写章永璘在艰难忍受多年性饥渴之后，与另一个"风尘女子"黄香久在"文革"期间同居结婚。不料有了女人之后，主人公发现自己陷入了灾难：长期性饥渴压抑导致的性功能障碍。然而，拯救男人"身体苦难"的还是女人。为了表达这种"才子佳人"的陈腐观念，小说在细节上有很多破绽。许子东说："章永璘十几年来一直在劳改之中幻想女人，却没有交代有没有梦遗或任何勃起、兴奋的经验。如果曾经有过，那他在与黄香久同居后便不必如此绝望，他应该知道自己并非生理上的无能；如果完全没有，那他也不应如此惊愕，他早应预感到自己有病。将这一细节破绽放在小说精心设置的象征层面上读解就更有意思了：张贤亮后来在《我的菩提树》中一再比较中国与苏联东欧的劳改犯心理，说中国知识分子的特点是真心真意接受改造，即使被冤屈受迫害也不抗议。"许子东重点指出：

如果五六十年代的知识分子那么容易就被政治环境"去"掉了他的"'精'神能力"，这是否也使人怀疑他们本来是否曾有知识

① 童道明著：《俄罗斯回声》，中国电影出版社，2001 年，第 86 页。

② 参见黄子平：《同是天涯沦落人——一个"叙事模式"的抽样分析》，《中国现代文学研究丛刊》1985 年第 3 期，第 42-62 页。

分子的“能力”(独立思想)?或者他们本来的“能力”也不是根植于自己的“身体”(而是自30年代以来一直由左倾思潮、苏联文化及各种团体组织培养、制造出来)?

所以,《绿化树》的男主人公“我”二十年以后被平反,在省文化厅等官员陪同下坐“丰田”小轿车重回受难之地,他想起了自己“一九八三年六月”,“出席在首都北京召开的一次共和国重要会议”时,当“军乐队奏起庄严的国歌,我同国家和党的领导人,同来自全国各地各界的人士一起肃然而立”时,记起了这些普普通通的给他物质和精神力量的劳动者。(张贤亮身上那种中国传统士人的政治情结,或帝王师情结,是比较浓厚的,他多年后曾说自己的所有小说都是政治小说,并写作出版了自称是“大”散文的长达20万字的《小说中国》,果真开始“参政议政”了。但可惜的是张贤亮是个作家,并不是政治家、经济家,他的那些言论也确实没有多少学术和现实价值,如“当全国政协委员真好啊!”“入党是当今有志之士的明智选择”“树立邓小平的精神领袖地位”“值得‘忧思’的是干部素质”“私有制万岁”等等。)虽然主人公曾经为自己的体力劳动而自豪,但最终他仍觉得自己是不“普通”的。这方面,张贤亮是坦白的:他在语言陈述上已经清楚地表明“我”和他们的不同,“我”的心态的优越:“我”已经是“来自全国各地各界有影响的人士”之一了!受难之后再感谢苦难,这是“文革”小说男主人公们显示他们不同于普通人的关键程序。很多作家如王蒙、戴厚英都是如此。[①]

张贤亮作为“苦难作家”,用自传体美化和粉饰自己,人为地给这种受难加上了某种崇高的“意义”。《习惯死亡》中的“章永璘很大程度上也就是张贤亮”[②] 小说中“我”作为著名作家在80年代末获准到美国,和台湾女导游的同居,去红灯区玩妓女,不是得不到爱情,就是失去了能力。最后,回到了国内,回到了马缨花那里,自嘲地说这是爱国。

---

① 参见许子东著:《为了忘却的集体记忆——解读50篇文革小说》,生活·读书·新知三联书店,2000年,第93–95页。

② 邓晓芒著:《灵魂之旅——九十年代文学的生存境界》,湖北人民出版社,1998年,第4页。

“我”回忆往昔,显然觉得自己是无辜的,本性是善良的、好的,“我”现在变成了野兽、狼,也不是“我”的过错,反而使自己有充分的理由自我炫耀,炫耀本性的清纯和生命力的苍劲。邓晓芒认为:“《习惯死亡》这本书的可贵之处,也就在于提出了问题。但这个人和这本书的糟糕之处也正在于,他在搞清这个致命的、生死存亡的大问题之前,就已经在预先乞求别人的原谅和宽恕,并以主动地自戕和自轻自贱来换取人们的同情和怜悯,来模糊问题的实质了。这充分表现了主人公思想深处的懦弱无力、生命力可耻的颓丧和沉沦。”[①]其实,这一点正中张贤亮要害,也是他几乎所有小说的致命伤。

长篇小说《我的菩提树》是以“我”的1960年下半年的劳改日记和日记的注释组成,小说分上下两部分。上部曾以《烦恼就是智慧》为题发表过。与张贤亮的大多数小说一样,这部小说的自传性非常强烈,而且在有的地方张贤亮自己都跳了出来,可能是感情距离太近,张贤亮对那段日子刻骨铭心,小说写得仓促粗糙,语言也没有了舒缓优美。在下部中张贤亮自己忍不住站出来,为自己上部的没有得到国内读者和批评家的重视而愤愤不平。这部小说如果从艺术的角度分析,有两个致命的缺点,一是过于沉溺于一己之悲苦,而没有陀斯妥耶夫斯基《死牢手记》那样的人类情怀、大悲悯;二是作者自己的议论太多,对政治、法律、制度、劳改、领袖等等发表了大量的见解,使得作品不像小说,更像他后期的《小说中国》了。如果我们把它和杨显惠的小说集《告别夹边沟》相比,这一点就更明显。《告别夹边沟》也是写劳改,但它那种冷静客观的写作,那种追求细节真实的写法,让人读之难忘,让人读之泪下。张贤亮在《我的菩提树》中犯的错误就是对自己的苦难沉溺般的倾诉,而缺乏一种大作家的人类视野,缺乏一种知识分子的反省精神,把一个很好的题材写成了“类调查报告”,正像李锐说的,外国人介绍中国当代文学,更多的是看在它的“调查性”,作为了解中国那段历史或当下现实的活资料。我想《我的菩提树》在国外的被重视和国内的被冷遇,很好地说明了这个问题。

---

① 邓晓芒著:《灵魂之旅——九十年代文学的生存境界》,湖北人民出版社,1998年,第4页。

中国文化一直是知识分子对农民的同情，而俄罗斯文化却是知识分子对农民的“有罪感”，这是俄罗斯的传统。在中国文化人的心理中，很难看到这种浓重的罪感。俄罗斯知识分子献身于改造社会的事业，常常是被这种罪感所驱使。徐葆耕说：“罪感，只是一种情感。对于改造社会现实而言，它的作用很有限。但对置身于不公正的现实中的知识分子来说，它意味着尚未泯灭的良知。在十九世纪俄罗斯的条件下，艺术家们对于罪感的自我忏悔促使他们的笔触突破表层而到达社会与人的心灵深处。对人的灵魂的深层表现，使俄罗斯文学超越英、法、德，成为十九世纪欧洲现实主义文学的勃朗峰。没有这种‘罪感’意识，就不会有《叶甫盖尼·奥涅金》《当代英雄》《战争与和平》《安娜·卡列尼娜》《罪与罚》《卡拉马佐夫兄弟》这样的力作。”[①]中国文人没有这种罪感，因此也没有这样足够深刻的社会批判性作品。中国文人往往把一切过错都归咎于深刻的社会历史根源，每一个错误甚至罪恶后面，往往没有责任人。

许子东在《为了忘却的集体记忆》里认为，在众多的“文革”题材小说里，“文革”或者被描述成一场“少数坏人迫害好人”的灾难故事；或者被总结成一个“坏事最终变成好事”的历史教训；或者被解析为一个“很多好人合作而成的荒谬坏事”；或者被记录为一种“充满错误却又不肯忏悔”的青春回忆。并认为“文革”小说的主人公至少有四种不同的方式来谈论自己过错：第一种主要是干部身份的受害者的自省：“运动前曾有过失，灾难中再无错误”；第二种是“右派”知识分子的自省：“我在受难时也有错，但都是以恶抗恶”；第三种是前造反派的自省：“我犯了错，但别人的错比我的大”；第四种则是红卫兵——知青的自省：“我曾经有错，但我不忏悔！”[②]张贤亮他们面对“文革”，就是这样仅仅停留在个人角度追怀苦难，倾诉苦难，歌颂平反后的苦尽甘来，个人心理的被“拯救”，在歌颂人民的伟大的同时，也觉得自己的更“伟大”。这种沉溺于一己苦乐的心理，这种从不解剖自己，不进行自我反省的知识分子，他们能成为一个民族的脊梁？他们能写出真正流传后

---

① 徐葆耕：《罪感的消亡》，《读书》2002 年第 8 期。

② 参见许子东著：《为了忘却的集体记忆——解读 50 篇文革小说》，生活·读书·新知三联书店，2000 年，第 93—95 页。

代的巨著吗？中国当代的知识分子精神的缺钙确实是太严重了。王彬彬曾经有一篇文章《过于聪明的中国作家》，专门批评这种现象，还引起了当时文化界的轩然大波。我至今仍觉得他写得太好了。

中篇小说《河的子孙》是张贤亮作品中自传色彩不太明显的难得的上乘之作，可惜的是作品还是缺乏一种对人的深入刻画，对人生、时代的追问，尤其小说结尾以“流水的自净作用”来类比“文革”，来说明中华民族的前途似锦，总让人感到别扭和浅薄。按张贤亮的才力，他应该能取得更大的成绩，不过，对灵魂的拷问，对时代的探索，对作家个人也是一种考验，张贤亮先天的不足，使他没法把自己个人的不幸和时代、民族的命运联系起来。说到底，张贤亮不是一个具有宗教情怀及终极关怀的作家，因此，他最后只成为了一位名家，而没有成为文学上的大家。（甘肃作家马步升说，名家就是在一定的时空颇有影响的作家，而大家则是指那些牢笼宇宙，境界高迈，超越时代的作家。）对世俗的张贤亮来说，未尝不是好事，但对文学的张贤亮来说，却不能不说是一件憾事。即便《河的子孙》《肖尔布拉克》这样的作品在张贤亮小说系列中最终成为了绝响。现实情结无可奈何地束缚了他文学的翅膀，知识分子的文化身份带给他的先天的优越感，对女人的功利性情感，使他的小说总是徘徊在艺术的临界点上，而无法出污泥而不染，无法达到俄罗斯那些大师的高度。

张贤亮发表于1980年的中篇小说《土牢情话》，是一篇克服了作家那种苦难的倾诉和罪感的缺失的小说，是一篇二十年后的今天阅读仍然让人感动和回味的佳作。小说写了1968年“我”和一帮难友被关在土牢里“学习”、劳动，被所谓的武装连百般刁难、拷打和摧残的情况，在这人人自危，缺乏温情和信任的特殊时期，有一位在武装连工作的农村姑娘乔安萍对“我”产生了爱情，并冒着生命危险为我们传信，但“我”一直对她保持着怀疑，最后，在军代表的诱导下，“我”竟卑鄙地出卖了她，她被武装连的王富海强奸后，又被迫嫁给了他。小说里描写了农村姑娘乔安萍的纯真感情，揭示了知识分子石在的自私、卑鄙，有着一种反省的力量，带给读者许多思考。“反右”“文革”，知识分子是受难者，但知识分子也应该反思，他们在那时的表现也不是很好，许多知识分子揭发别人，整人、陷害人，甚至也到了可怕的地步。可惜的是这样的小说在张贤亮的小说里并不是很多,而且他也没有在此基础上进一步挖掘下去。如果我们把他与同是写苦难生活的作家,如英国的狄更斯相比,境界高下立见,《雾都孤儿》等作品中那种人类共有的悲悯情怀,那种把个人苦难上升到一个民族的苦难的大视野,是张贤亮作品中少见的。或同 2001 年获得诺贝尔文学奖的英国作家奈保尔相比,这种对苦难的描写差距还是非常大。

公平的说,我对张贤亮的下面三篇小说赞叹有加,或者说叹为观止。小说《肖尔布拉克》以一个汽车司机的自叙写活了一位常年在乌鲁木齐周围跑车的司机形象,他从河南逃饥荒到新疆,坎坎坷坷的前半生,写得非常真实而感人,把一个下层老百姓的酸甜苦辣都写出来了,真没有想到张贤亮如此了得,这是真正的知识分子的写作,真正的小说。而小说的语言也一反张贤亮一贯的抒情风格,用的全是老百姓的话语,朴素、真挚、简单,让人三读犹不能罢休。短篇小说《邢老汉和狗的故事》《灵与肉》也是两篇让人至今激动不已的短篇杰作,在 1978 年和 1980 年,在劳改了 20 年之后,就能写出如此上乘的小说,我们不能不佩服张贤亮过人的才华、才力、才情。这两篇小说都写了下层人民的善良、博大、苦难,及其那种默默地承受苦难的能力、耐力,笔调舒缓抒情,舒缓中有种沧海桑田,融入了很多张贤亮个人的体验、情感和经历。《邢老汉和狗的故事》写了一位孤独的邢老汉的悲苦人生,他和狗的相依为命写得尤其动人。《灵与肉》写的是"右派"许灵均的心灵净化过程,写出了下层百姓的美好情感。小说写道:"而他这二十多年来,在人生的体验中获得的最宝贵的东西,正就是劳动者的情感。"《肖尔布拉克》《邢老汉和狗的故事》《灵与肉》这三篇小说在艺术技法上也有突破,率先学习和融合了西方的现代小说技巧,也是非常成功的。当然,对这三篇小说的解读应该是另一篇文章的事。

只是让我们可惜的是张贤亮没有从这条线上走下去,而落入了自我的苦难倾诉,没有从劳动者的伟大,进而追究知识分子的灵魂,"文革"中大批知识分子的受难,难道知识分子自己就没有责任?现在作为红卫兵的"知青",还是作为整人的知识分子,或者被整的受难的知识分子都认为自己是无悔的,老干部写回忆录也认为自己是受难者,是没有责任的。那么,"文革"是农民的责任,是工人的责任?没有言说权力的他们永远在沉默，作为占据话语权的知识分子都在为自己贴金补粉。干部获得了应有的补贴和地位，知识分子得到了平反，而为国家现代化做出重大牺牲的农民呢？那些饥饿而死的农民呢？有谁为他们说话了？以张贤亮为代表的新时期杰出作家，我想最大的问题之一，就是缺乏俄罗斯那些文学大师的博大胸怀，那种忏悔意识，那种不是为自己，而是为人类、为人民写作的情感。其实我们古代的伟大的作家不是也有“邑有流亡愧俸钱”的情怀吗？

—

中国的苦难如何写出？

——《定西孤儿院纪事》的小说伦理与艺术得失

杨显惠的《定西孤儿院纪事》在《上海文学》连载的时候，我就读过其中的一部分，比如《黑石头》，但没有坚持下去，因为内心的恐惧。后来撰写《杨显惠论》，还是没有读完。2015 年某个晚上，兰州某家茶楼，我们和杨显惠老师喝茶聊天。不知怎么地，说到了我的《杨显惠论》，杨老师忽然说："我的《杨光祖印象》是《杨光祖论》，你的《杨显惠论》其实是《杨显惠印象》，因为你没有读完《定西孤儿院纪事》。我写你那个'印象'，把你的两本书认真地读完了，所以我才敢调侃韩石山。"我默默地点头。旁边的刘春生就笑着说："他在逃避。"

是的，是在逃避。《定西孤儿院纪事》里的那些孤儿，除了三位是陇西的，其他都是我的老家通渭县人，定西孤儿院主要是为通渭孤儿而设的。

我一直在逃避，逃避那段黑色的岁月，逃避那段像钢管一样嵌在我的生命里的记忆。我是 1969 年生人，我生下来后，通渭基本没有再饿死人，但那种黑色的记忆却像晚期癌症一样，一直弥散在通渭人的日常生活中。我小的时候，很少听到吴刚伐桂、嫦娥奔月等故事，老人农闲坐在一起，一谈就说起了 58 年，说起了 60 年。然后，摇头、叹息，一起回忆谁谁怎么死的，谁谁怎么走的。我 5 岁的时候，跟爷爷给农业社放羊，经常路过一片废墟，败壁颓垣，爷爷就会说这里原来是什么村。

当然，我没有亲历过那段黑色的日子，我的父亲是亲历的，当时他才 10 岁左右，他到如今不敢碰那段记忆，我曾经冒昧地也是愚蠢地建议父亲写写那段日子，但父亲一直不写，后来妈妈说，父亲每次拿起笔，就在那里哭，一个字也写不下去。看来，我真是太轻率了。不过，我的童年也是苦难的，我到大学毕业从来没有吃饱过。到如今一直有一种让人难堪的饥饿感觉，一直觉得没有吃饱过。即便吃撑了，心理上似乎还是在饥饿。因此,我一方面感谢杨显惠写出了《定西孤儿院纪事》,一方面又不愿直面它。2011 年 8 月,我陪杨显惠重走定西,在定西市区,他请来了几名当时他采访的孤儿,大家一起吃了一顿家常饭。其中最年轻的已经 60 多岁了,看着他们的白发苍苍,席间谈起当年他们是如何活下来的,我多次黯然。其中一位老人说,他当时就是吃驴粪活下来的,如今给儿女说,他们都说他胡说。

因此,每次看到东部的一些评论家说杨显惠的小说没有文学性,说他浪费了一个很好的素材,我就愤怒。杨显惠有一次给我说:"我要写出中国的苦难。我觉得没有人写出来。我要写出来。"这话一点没有过时,那些赶时髦的作家,谁有这个胆量,谁有这个心呢?杨显惠一直和中国文坛保持着若即若离的关系。确实,在他写作的 1980 年代,正是中国小说进入先锋写作的时期,评论家都在歌颂先锋的时候。他却一个人背离文坛,沉寂了好多年,要知道他那时候已经获得过全国短篇小说奖了。后来,他毅然走向了西北腹地,孤独而坚定地自费调查、访问一个个老人。我很难想象,一位老人是如何走村窜户,翻山越岭,一个个地寻访、记录,然后创作出一篇篇让人无法阅读,阅读必下泪的小说的。

每次看着杨显惠老师,我总觉得他的创作是有某种东西催动着,或者有某种声音呼唤着他。他的创作是有天命的。他某种意义上是代天立命。我很难想象他怎么能吃下那么多苦?我问他,写作中有什么困难吗?感觉坚持不下去,或者想放弃?他坚定地摇头,说,没有。

最近,我终于认真地读完了《定西孤儿院纪事》,读了一个星期。前面一部分读得很艰难,几次想放弃,那种人在死亡边际的挣扎,人性的肮脏、残暴,让我无法接受;当读到后面一部分时,就轻松了,主要写孤儿成年后寻找母亲、弟弟的,有种事后的追忆,没有那么黑暗了。我一直觉得杨显惠在创作中是有自己的艺术追求的,他不仅是要写出那段历史,他更是想创作出杰出的小说。他是有自己的艺术野心的,骄傲的评论家们,可不要被他骗了。我们细读他的作品,那种朴素的文字里是有大力量在,如果用我们的古典文论说,就是八个字:大智若愚,大巧若拙。我认识的一些作家,他们经常说,杨显惠那样的小说我也能写出来,就是我太懒了,不愿意去跑。果真如此吗?这种朴素的创作手法,其实是最难的艺术手法，并不是那些聪明的作家所能达到，或想到的。大象无形，大音希声，大道无言，不要小看了哦。

杨显惠的小说，为了逼近历史的真实，作家基本不介入，而是采取了纪录片式的写法，完全是一种自我呈现，而且不断趋近原生态的。他使用方言对话，就是力图还原真实的历史现场，力图再现那块黄土高坡的真实。他说，我要寻找一种适合那片土地的语言。应该说，他找到了。他对通渭方言的熟悉强过我这个通渭人。在具体创作过程中，他有意地隐退自己，最大限度地把作家藏起来。小说某种意义上有了纪录片的镜头感，就那么原始地本真地记录，作家不议论，不抒情。这是他的苦难叙事能够成功的最大技巧，一种看起来没有技巧的技巧。很多作家这时候就忍不住跳出来大段的抒情、议论，那么，真实的残酷就在作家的"才华"里不见了，无法取得它原有的历史真实的震撼。所以，好多人认为杨显惠没有才华，或者老实，都是被杨显惠"欺骗"了。这才是大才华，真正的才华。而我们的很多作家只有小才华而已。

马库斯·克莱恩则在《二战后美国小说》中这样分析美国小说："第二次世界大战结束以来，美国的小说曾经是虚无主义的，存在主义的，悲观主义的和心理分析的……它在技巧上达到了相当精妙的地步，然而，这种技巧实际上是颓废主义的……小说已经死了。"[①] 在一次闲聊中，杨显惠对1980年代的先锋写作表示了严厉的批评，他认为当中国正需要启蒙，需要反思历史，需要直面现实时，中国文学的主流却一窝蜂地去追逐西方文艺思潮，搞起了先锋运动，这是中国作家集体大逃亡，逃避现实，中国文学走错了道路。杨显惠的说法对与错，可以讨论，但我们必须认识到他沉默十多年，然后义无反顾地回到甘肃，进入河西、定西，先后奉献出《夹边沟记事》《定西孤儿院纪事》，绝对不是一时心血来潮，是冷静思考的结果，他在小说写作中采取什么叙事手法，都是做了深思熟虑的。

李建军说："导致现代小说陷入困境和死亡焦虑的原因，当然是复杂的，但是，从主体精神方面来看，现代小说的危机，其实是一种与主

---

①【美】约翰·霍洛维尔著，仲大军等译：《非虚构小说的写作》，春风文艺出版社，1988年，第11页。

体性相关的伦理性危机，具体地说，是由“去作者化”造成的危机。作为整个小说世界的创造者，小说家居于小说伦理关系最核心的位置，他不仅要在小说中处理伦理性的主题，处理人物之间的伦理关系，而且还要塑造作者自己的伦理形象，要积极地显示作者的伦理态度。所以，轻视作者在小说伦理关系中的地位，否定小说作者的主导性作用，就会造成各种小说伦理关系的断裂和小说艺术的没落。”[①] 由此可以看出杨显惠的选择不是轻率的，他可能对现代小说的困境有一定的认识。他作为作者在自己的小说里，似乎没有出现，他采用了当事人的叙述手法，但从小说伦理上看，他不是逃避的，不是去作者化的。在他的小说里，没有零叙事，作家虽然没有出场，但其实无所不在。我们从字里行间可以看到作家的痕迹，他的大爱，他的眼泪，他的思考。

李建军说：“小说艺术的问题，本质上讲，就是小说伦理的问题。小说家的伦理态度和处理伦理问题的能力，决定了他会写出一部什么样的作品，会塑造出什么样的人物形象，会对读者产生怎样的影响。伟大小说家在写小说的时候，从不讳言自己对政治、信仰、苦难、拯救、罪恶、惩罚以及爱和希望等伦理问题的焦虑和关注。如何表现作者自己的道德意识和伦理观念，如何建构作者与人物的伦理关系，如何对读者产生积极的影响，如何获得积极的道德效果和伦理效果，乃是所有那些成熟的小说家最为关心的问题。”他说：“一个小说家影响力的大小，根本上讲，就决定于他是否具有严肃的道德态度和高尚的伦理精神。”这种小说叙事伦理，与那种作家死了的现代主义，完全不一样。现代主义过分强调客观性，最后导致的结果就是技巧至上论，而忘记了最根本的东西。美国文学批评家特里林认为，小说最伟大的地方，不是别的，就是道德影响力和伦理感召力。杨显惠的小说创作是对现代美学反伦理的一种反动，正是他小说中无所不在的道德力量和伦理价值，打动了读者。

我们应该知道，20 世纪的小说理论开始拒绝作者的抱有道德关怀和伦理精神的介入，他们视此为对小说艺术律典的冒犯，这在某种

[①] 李建军：《小说伦理与去作者化问题》，《中国社会科学》2012 年第 8 期。以下所引李建军文字均出自此文。

程度上，造成了小说艺术的萎顿和读者群的流失。杨显惠的《定西孤儿院纪事》虽然没有成为畅销书，但却成为了长销书，它的读者是连续的、稳定的，小说已经再版了多次。这正好说明这种叙述伦理，是得到了读者的认可的。而那些曾经显赫一时的所谓先锋小说似乎早已经被人遗忘了。小说家在创作人物的同时，其实也有一个对自我形象的塑造。“没有一个成功的作者形象，就意味着一部小说在形象构成上是残缺的，就意味着它很难成为一部真正伟大的小说。当然，小说的虚构特点决定了作者不可能以一种直接的方式来呈现自我，而只能通过对人物形象的塑造来塑造自己的形象。”阅读杨显惠的三部曲，我们可以看到一位富有慈悲之心，真正扎根在大地上的杰出作家。他的道德人品，与他的作品相映成趣，相得益彰。“在这些作品里，作者的内心情感、道德态度和伦理精神，像火焰一样，照亮了小说描写的生活场景，照亮了整个辽阔的小说世界。没有这团火焰，读者看到的，将是一个模糊而寒冷的世界。”李建军的这句话用之于《定西孤儿院纪事》，包括《夹边沟纪事》，是多么地贴切而中肯，似乎就是为它们而说的。

李建军认为：“从与现实和权力的关系看，小说伦理要求作者以积极的姿态介入生活，从政治、历史等多方面发现并揭示生活的真相，提出重大而迫切的问题，帮助读者认识自己所处的时代，帮助读者了解与现实密切相关的历史真相。”杨显惠的《定西孤儿院纪事》不正是如此吗？波兰著名作家布鲁斯则对照着托尔斯泰的经验，来批评 20 世纪的小说：“我们生活在文学上肆意妄为的时代……现代派的风格与托尔斯泰的风格之间有着同样深的鸿沟。‘现代派’拿来一根头发，把它分成十六份，每份极细的头发丝都给缠上名之曰隐喻、换喻、讽喻、夸张等等修辞的破布头——结果它成了像船上缆索那样粗笨的东西，然而它却经不住苍蝇的重量，因为它里面空空如也……”[①]

这里不妨再重温两句李建军的话：“伦理关怀成为小说写作的动力，而伦理性内容则构成了小说最为内在的价值。伦理现实主义的最终使命，就是要让小说成为推进生活的力量，能对读者的伦理道德产

---

① 陈燊编选：《欧美作家论列夫·托尔斯泰》，中国社会科学出版社，1983 年，第 504 页。

生积极的影响作用。”“一个优秀的小说家自觉地承担这样的伦理使命,即通过完美的叙事和描写,用最美好的情感和思想来影响读者的道德意识。”这样的理论,才是有力量的,才是有温度的,才是作家最需要的。而杨显惠就是一直这样做的,他的《定西孤儿院纪事》,绝对是一部优秀,甚至可以说是杰出的小说。他能达到如此杰出的程度,其中一个重要的原因,就是他“自觉地承担了这样的伦理使命”,“就是要让小说成为推进生活的力量”,“用最美好的情感和思想来影响读者的道德意识。”

《定西孤儿院纪事》所述历史的残酷,是如今绝大多数人无法理解,无法承受,甚至无法相信的。那是人类历史上的一段荒唐的残酷,是一次“天问”。没有绝大的才华,没有绝大的毅力,没有绝大的承受力,是无法完成采访的,更何况写作了。为了呈现最大可能的历史真实,杨显惠采取了考古的方式,一种现象学的方式,他小心翼翼地用铲子、刷子清理“文物”周边的泥土、瓦砾,让那个“文物”一点点地自己“呈现”出来。他很冷静,很朴素,很客观,外面看起来,他似乎什么都没有说,没有干,只是将那些讲述的故事写下来。因此,很多作家、评论家有点小看他。其实,他们不懂,“以愚自处”才是最大的智慧。貌似的无技巧才是大技巧。杨显惠在写作那些定西孤儿的故事的时候,绝对不是照搬,而是通过大量采访,然后在艺术上有深入地思考,才创作出来的。每一篇的构思、结构、语言,包括它所生长的方向,都是有通盘的考虑,可以说,是苦心经营的,并不是真的就是原样照搬的。即便是摄像机的镜头,能不能拍出“真实”,也与拍摄者有着决定性的关系,不是一个摄像机那里一摆,然后就可以拍出一部优秀的记录片的。

杨显惠的“以愚自处”是成功的,小说发表,读者关注了所讲述的故事,为故事所打动,而流泪,这是小说真正的成功。大家没有去赞美作家的才华,而关注了所讲述的历史。这不是一位作家最大的成功吗?这不是最大的才华吗?张鑫说:“杨显惠的作品则不会让人觉得有一种高高在上的悲悯,而更多的是一种感同身受的存在感和现场感。”[1] 他

---

[1] 张鑫:《杨显惠的苦难叙事研究》,海南师大硕士论文,http://www.doc88.com/p-917954886228.html。

认为,在《定西孤儿院纪事》里,杨显惠“是以一种平行的视角,贴近地面的视角,近距离地去审视它。杨显惠在写作时不是一位文质彬彬的作家,而是浑身沾满尘土的同行者。多年的采访和调查让杨显惠看到了那种苍茫黄土地上行走着的或坚强或脆弱的普通民众,让他也深切体会到他们的悲凉和伤痛。”这个论断极其准确,看得我很是感动,没有想到一个年轻的硕士能够看得这么深切。我曾经问杨显惠,你采访那些孤儿时,他们有没有提出要求,比如希望文章发表后,能有一点经济回报,或者别的条件?他说,那没有。当然,有一些孤儿不愿接受采访,不愿说那段经历,或者由于害羞,觉得丢人,或者因为太痛苦。这时,旁边一位朋友说,那些人相信杨显惠,愿意和他说话。如果是我们,就不可能了。我觉得很对,我一直觉得杨显惠能够写出这三部作品,是有天命的,非人力所能完成。那么朴素,那么厚重,真如定西的黄土地一样。

“在杨显惠的作品中,我们感受到的是直逼内心的真实。这真实是建立在始终坚持忠实历史的原则上的,对于历史事实不夸大也不回避,以克制的语言描写苦难。以厚实的史料和素材做基础,作品不重技巧,而是以真实的力量打动人、感染人。我们从中可以感受到知识分子的责任感和使命感,同时也没有感到知识分子面对底层时常会出现的距离感和优越感。”[①]这里,“作品不重技巧”也是被杨显惠的大技巧,即大巧若拙所蒙骗,别的都说的很到位。

有一次,在兰州夜晚的茶楼,我们聊到了深夜,杨显惠忽然说,我的写作有两个目标,一个,我要写别人没有写过的,我不重复别人;二,我写了,就写到极限,让后面的人无法超越我,也无法再继续写。在这个领域,我是唯一的。就像一块含水的海绵,我要把里面的水挤得干干净净。当时听到这里,我的心有点颤动。杨显惠老师平时很谦卑,说自己是一个笨人,其实,他内心是有绝大的自信的,他知道自己的分量,他对当代文学有自己的看法,只是他一般都不说而已。我们阅读杨显惠的《夹边沟记事》《定西孤儿院纪事》,不就是如此吗?它们都基本让

---

① 张鑫:《杨显惠的苦难叙事研究》,海南师大硕士论文,http://www.doc88.com/p-917954886228.html。

后人无法说话,更不论超越。他不给后来人任何机会。这一点,他也是继承了《史记》的传统。《史记》写的那三千年,后面的史家都不敢再着笔。

通读《定西孤儿院纪事》,我们会发现杨显惠先生真是大智若愚,他将重点放在了孤儿的日常生活叙事上,似乎没有对这场大饥饿的原因、责任做多少笔墨。可是,你只要认真读下来,就会发现他真的学习了《史记》的笔法,除了互文、春秋笔法之外,那种聊聊几笔的白描,其实什么都说了。小说中偶尔会有那么几笔,写到搜粮队的搜粮,还有积极分子的打报告、批斗,字数虽少,但却像木刻一样烙在那里。还有通过人物对话,说,食堂解散了,村里的人都被赶到引洮工地上去了,或者到靖远等地大炼钢铁去了,小麦、洋芋等庄稼都烂到地里了。那几年,没有旱没有涝,但就是没有粮食吃了。这些话,也只能说到这个地步,但其实已经啥都说了。微言大义,史家笔法,运用得很是纯如。我们要知道,农村作为中国当时最穷的下层,我们不否认,那里有温情、亲情、乡情,但作为穷人,那种为了生存而显露出的骨子里的残酷,也是城市的市侩不能比拟的。而那些一旦掌握一点权力的农村人,那种变本加厉,欺下媚上,更是让人汗毛倒竖。如果再有一种从上到下的政治刺激、鼓励,甚至强迫,那这个情况就更加厉害。某种意义上,这也是农村饿死人巨大的一个内在原因。当然,这样说,也有点残酷,有点不人道。因为政治的高压已经把人变成了动物,人的动物性极大的释放出来,人性早就不见了,所以,在那个残酷、荒唐的时代,母亲吃儿女的反伦理现象不但出现了,而且还不是个案。

第一篇《父亲》通过“我”与何至真的交往,写了一个家庭的灭亡,主体是何至真的讲述。母亲饿死,父亲从皋兰赶回来,家中断粮,农业社也不给粮,他们偷着挖出偷埋在家里后院的一缸苞谷,半夜偷着煮着吃,被农业社积极分子发现,结果被批斗,最后父亲饿死,两个妹妹先后饿死。只有我一个人,艰难地活下来。这篇小说作者太惜墨如金,细节描写不够充分,削弱了感人的力量和作品的深度,比如儿子对父亲的埋怨,儿子当时的心理描写,比较缺乏。小说结尾的那个“月色如水”“残月就在那远方”云云,与小说的整体氛围不大吻合,削弱了小说的力量。

但当读到第二篇《独庄子》，那么冷静地写一家人的死亡，在饥饿中一个一个的死，那么平缓地叙述，真实、冷静、客观，就像纪录片，丝毫没有雕凿痕迹。忽然，我不再质疑作家没有写出深度了。面对如此人间巨创，除了素描，还能做什么？还需要做什么？所谓思想，在这种惨绝人寰面前，有什么重量？其实，素描，最有力量。杨显惠这里的素描，才是大艺术。小说里写黄福成到展家搜粮，面对炕上的两个死人，家里五个奄奄待毙的女人孩子，丝毫没有同情心，依然搜走了那仅余的一点救命粮。兽性也不至于如此呀！《独庄子》真是一篇杰作。

《黑石头》是一篇恐怖的小说，比爱伦坡的惊悚小说还恐怖。相对于爱伦坡，这里的恐怖更真实。小说里写了通渭县襄南乡黑石头的几家人在饥饿里挣扎和死亡。其中写到扣儿娘为了自己活下去，吃了自己的亲生女儿。还有巧儿的母亲为了送自己的女儿进福利院而上吊自杀，都让人毛骨悚然。但这都是历史的真实，并没有一毫的虚构和想象。读小说，我们发现一个很有趣的现象，这些孤儿在农村的饥饿岁月里，基本没有受到家人之外其他人的关爱，我们看到的只是搜粮队，是大队小队干部的残暴、冷漠。但当他们九死一生，终于被送进福利院（其实就是孤儿院）时，那里的院长、大夫、职工却给了他们很大的温暖。这种对比，也是一种值得思考、研究的现象。当然，小说写到亲人之间的那种情感，还是很感动人。《姐姐》写两个姐姐为了弟弟能够活下来，带着弟弟去要饭，吃尽苦头，目的就是为了给家里留一个“后人”。

通读完《定西孤儿院纪事》，我感觉小说集基本可以划分为前后两部分，前一部分篇目多，但两部分间的页码悬殊不大。前一部分写的是后来依然生活在通渭农村的那些孤儿，主要写的是他们大饥饿的那段岁月，很残酷；后一部分是以河西农场，尤其饮马农场的那些农民工人孤儿为主，那里的生活还可以，主要写他们的寻母、寻弟，或别的事件，不仅仅是写饥饿，读起来不那么恐怖，更多人间温情。两部分在氛围、色调上，都是有差别的。《老大难》写王斌母亲在大饥饿时改嫁，本来也要带他去，但爷爷觉得王家需要顶门的后人，不让他去。他后来进了孤儿院，活下来了，回家去不想见他娘，他娘几次认他，他都不认。写出了一个少年的叛逆、决绝，还有娘的无奈、低三下气。后来，他工作了，岁数大了，懂事了，回家认母，小说里写那时候母亲的大哭，还有三两句对话，都极精彩。《为父报仇》情节跌宕起伏，悬念层出，写尽了那个年代农村人家关系的复杂。马家人公报私仇，打死了他的父亲，他一直想报仇，因此也遭遇到很多不公平待遇，但他一直不愿意放弃。1982年，他回村，发现打死他父亲的人都死了，只剩下一个队长，瘫痪在床，儿女都不养活，浑身发烂。“人算不如天算”，他只好就算了。小说颇有海明威的味道。

《寻找弟弟》中，兄弟两人都进了孤儿院，弟弟被人领养，兄弟失散，多年后，三十多岁的哥哥回乡寻找弟弟，竟然找见了。小说结尾写道：“麦换先是怔怔地看着魏志明，听他说话，后来就突然扭过脸去抹眼泪，嘿嘿地哭了起来，并且说：‘哥，我当成这一辈子再也见不着你……”小说就戛然而止，留了很多空间给读者。《定西孤儿院纪事》里，我们能够感觉到杨显惠只是写出了他知道的十分之一，甚至百分之一，惟其如此，小说才富有一种艺术张力。海明威的冰山原则，在杨显惠的小说里得到了彻底地贯彻。这除了与他的沉默寡言的性格有关，也与他关于中短篇小说的艺术追求大有关系。认真读读《定西孤儿院纪事》，这里有文学，也有文学性，并不是如一些批评家所说的只有揭秘性，缺乏文学性。

杨显惠作为一名作家的杰出之处，还表现在对小说结构的安排上。他没有只是罗列资料，或者千篇一律地写故事。这样的作品在他之前，之后，已经有了一些，但为什么没有多少反响？因为只是资料长编而已，甚至连资料长编都做不到。《定西孤儿院纪事》粗看结构大都一致，采用对话和回忆的模式，在主体部分使用的都是孤儿的第一人称叙事，其他部分是叙述人口吻。但细看下来，几乎每一篇都有一个新的变化，开头、结尾，包括中间行文，都力避重复，而且每个细节都不重复。这是很难做到的，他竟然做到了。虽然事件都是饥饿，但细节没有重复，就凭这一点，没有大才力，没有全面的构思，也是做不到的。小说核心部分采用孤儿的第一人称叙事，必然带来真实的残酷，给人有身临其境的感觉。《炕洞里娃娃》里秃宝宝回忆自己一家六条人命换来了他的命。母亲半夜偷着给他吃偏食，而家里别的人都饿死了。当时为了保住家族的根，很多家庭选择了尽力养活男孩，而有意疏忽了女孩。在定西人的文化传统里，儿子才是后人，是一个家族的命根子。在秃宝宝的叙事中，我们不由得潸然泪下。其实，《定西孤儿院纪事》的每一篇，你读的时候，都不得不流下眼泪。因为它太真实了，但这种真实是凭借着作家高超的艺术技巧呈现的。并不是如某些人说的，只要下了苦功夫，谁都能做到。也并不是没有艺术性，或者文学性。只是这种文学性藏得太深了，藏在残酷的生活真实后面，他只是让生活表现自己。但这难道不是最大的艺术性？这种大巧若拙，如今有几个作家能做到？我们的作家太多烂抒情、滥议论，倒是这种冷静的木刻般的手法，才是真正的大艺术。某种意义上，杨显惠真的是继承了《史记》的精髓，包括精神，到叙事手法。

杨显惠的三部曲，被称为“纪实小说”。这是一个容易引起争议的命名，好多朋友就曾当面问过杨显惠老师。其实，我认为，这也是杨显惠的聪明之举，某种意义上也是一种策略。你完全按纪实文学说，恐怕发表都困难，但你要说是小说，就可以了。其实都来自亲身访谈，每个细节都真实。而就《定西孤儿院纪事》来说，我觉得不妨可以称之为长篇小说。大家不必在“纪实小说”这个问题上纠缠，叫什么不重要，关键是写出了什么。杨显惠说，他要写出中国的苦难。我觉得他写出来了。在一次聊天中，他甚至激动地说，结构上就像《儒林外史》，我写的就是这样的长篇小说。

杨显惠的作品并不像某些人所想象的那么简单，就是一个直录而已。他的作品的价值远没有被发现，就如东晋时的陶渊明，似乎被自己的时代遗忘了，或严重低估了。我隐隐的感觉到他在自己的写作中是有野心的。每次说起他的创作，杨显惠总说，我是一个笨人。这句话，他不知说过多少遍，他总说，我是一个笨人，我没有才华。但 2015 年 7 月 20 日的晚上，我直接问他，在《定西孤儿院纪事》的写作中，你在艺术上有什么考虑？或者说有什么野心？那时候，他似乎被什么东西触动了，他说：“我有野心，我的野心就是写一部《史记》。”那一刻，我们都沉默了。老人的话那么有力量，而且字字都砸在石头上。我问他，在小说的结构上，有没有思考？他停了一会，说，“就想写成一篇篇短篇或者中篇，有些故事复杂，就写一篇中篇，有些人的故事无法写成一个故事，就拿另一个人的细节来补充，写一个短篇。所有的作品结合起来，你叫它中短篇小说集，行，系列小说，也行，其实叫它长篇小说，也行。”我又问，故事都是写饥饿，写吃人，有没有考虑重复的问题。他说：“这个考虑了，虽然写的是饥饿，但每篇的故事都不重复，连一个细节都没有重复，而且每篇小说展开的角度都不一样，向着不同的方向扩展向着深处挖掘，这样集结起来，就是一个长篇小说。”停了一会，他说：“就像《儒林外史》，你们看去。”当时，听到这里，我发现我们的一些评论家真的小看他了，他的这种写作某种意义上，就是继承了《史记》的传统，那种互文的艺术手法，那种敢于直面残酷的精神，正是我们如今的作家丢失了的。李建军《<史记>与中国小说的未来》专门谈《史记》的叙事精神，高度肯定司马迁那种实录精神，还有那种敢于批判的勇气。其实，《史记》的叙事手法，也极其高妙，如今看来，当代作家真正能够全面继承下来的，大概唯有杨显惠先生了。后来，杨显惠老师几次要求我删掉“我的野心就是写一部《史记》。”这句话，他说这只是私下聊天，当不得真，发表出来人骂哩。但我还是坚持放在这里。我们知道，他的意思，其实大家都懂的。

那夜，杨显惠先生显然激动了。他说：“其实不怪你没有读完，我如今也不敢读，偶尔读那么一段，眼泪就流个不停。当时采访的时候，经常让他们停停，然后跑出去哭半天。”这时候，我插问，小说的对话、细节都是真实的，还是有虚构？他说，基本都是真实的。我又追问，里面人物的姓名是真实的吗？他说：“那不是，基本都是假的，因为他们怕不好意思，嫌丢人，他们在某个企业或是单位工作，长期不暴露自己的孤儿身份，认为那是丑事。因此他们本来是这个村的，我要把他的故事发生地换到另一个乡另一个村。于是，为了写得真实，我就要熟悉那个村的情况，包括周围的山路、水道等等。你拿着我的书去实地考察，和地图一样准确。”

我问，在语言、叙事上还有什么追求吗？他说：“我当时就决定叙述语言用普通话，但人物对话全部用通渭方言。这是有考虑的。我追求一种适合黄土高坡的语言。”听到这里，我很感动，黄土高坡的语言，在那片土地上，不就是生长于那里的方言吗？这是我一直在使用的语言，一度让我感到羞愧的语言。因为到了城市，大家发现我说的是方言。而说方言似乎是一种落后的象征。

不过，就《定西孤儿院纪事》来说，其中个别篇章就艺术性而言，还是缺乏一种力量，一种穿透力。这可能与杨显惠的缺乏思想力，包括缺乏信仰有一定的关系。索尔仁尼琴、巴别尔为什么能达到那种深厚的地步？就是一种信仰的力量。面对大饥饿这么惨绝人寰的事件，仅仅局限在人道主义范畴内是无法说清楚的。比如，为什么农业社的大队干部、积极分子面对村人的大面积死亡，根本无动于衷，而且还继续加强监督、批斗、搜粮？他们的人性到哪里去了？他们为什么能泯灭自己的人性？小说没有做更彻底地深度思考。《父亲》的细节还缺乏细致，好多地方太简单，比如儿子对父亲的埋怨，儿子当时的心理描写，也比较缺乏。这只要与巴别尔的短篇小说《我的第一只鹅》对比一下，就可以清晰地看出来。《我的第一只鹅》里通过一个短短的杀鹅的情节描写，让我们感觉到哥萨克的残暴，和战争对人性的扭曲。

《定西孤儿院纪事》前后可以分为两部分，第一部分的叙述人，即那些在小说中讲自己故事的定西孤儿，基本都是通渭人，感觉这些孤儿杨显惠不熟悉，可能是采访所得，故事场景也基本都在通渭，或者定西范围。这些小说故事写得很好，残酷、真实，但读起来总感觉有点隔，不是那么亲切。第二部分的叙述人，也都是定西孤儿，大都也是通渭人，但这些孤儿后来大都到甘肃省酒泉市饮马农场和附近的单位工作，小说场景既有定西，还有这些酒泉的农场，甚至辐射到陕西、新疆，有时候叙述的场景也在酒泉。这里是杨显惠熟悉的地方，他在这里工作多年，小说读起来感觉亲切、自然，那些人物不仅是叙述的道具，而且是活生生的人，那种公家人的身份、口吻、性格都凸显出来了。小说写得也开始流畅、摇曳，在艺术上比较成熟。看来，作家要写自己熟悉的环境，不是没有道理。当然，还有一个可能，就是这些在酒泉农场工作的人，见的世面多，口才好，讲述故事的能力也强。而那些后来仍然回到农村的孤儿，他们的表达能力有限，这样讲给作家的细节，也不会太丰富。

杨显惠作为一名兰州市长大的城市作家，作为那个年代的“居民”，对农村复杂的文化生态，农村的那种人与人之间具体而微的微妙关系，当时农村那种与城市天壤之差的地位，缺乏一种亲身的感受，一种从生理到心理的无意识的反应，因此，他更多的只是写出了那个事件，但事件后面的“人”似乎不是很明显。（这一点在《甘南纪事》也有呈现。《夹边沟纪事》因为不是一个具体的村庄，而是一个“右派”劳改营，这一点就不是很突出。)就第一部分来说，人物对话也缺乏个性，没有完全凸显人物的性格、年龄、身份等。《顶针》故事骇人，写莲莲在被送往定西孤儿院的路上，经过华家岭时，找见了自己已只剩下骨头的母亲。但小说里莲莲的对话太像叙述语言，没有突出人物个性，艺术效果不是太好。结尾的景色描写也不大搭配。我发现，杨显惠先生的景色描写都不大出彩，没有很好地与小说氛围融在一起。《蔓蔓》写一个残疾孤儿蔓蔓的故事。她从定西福利院被送到陇西老残院，如何学会走路，如何照顾常奶奶，如何照看被遗弃的婴儿党国爱。小说试图写那种爱，那种善良，但感觉总是有点隔，小说很长，但这个女孩还是比较模糊。《院长与家长》《打到“恶霸”》都有这个问题，写这些真正的农民，杨显惠显得有点吃力，得不上力。但是，如像《在胡麻地浇水》写栾吉泰寻母，就很出色。栾吉泰是从定西孤儿院出来，到酒泉饮马农场工作的。他一直在找自己的母亲，终于从陕西宝鸡的一个村里找到了。家境依然那么困难，连电费都交不起。小说写母子的相见，极其感人，母亲的那句话“我当成你叫狼吃过了”，一直在小说里反复。

我们阅读巴别尔的《骑兵军》，那真是写活了哥萨克。我们读了小说，一下子就能感觉到那就是哥萨克，绝对不是别的什么民族。我们阅读肖洛霍夫《静静的顿河》，那就是顿河，绝对不是别的什么河。杨显惠从文化根子上与农村还是有点隔，所以《定西孤儿院纪事》更多的写出了“事件”，但没有完全写出“人”，写出“通渭”。通渭的风土人情，很模糊。如果把“通渭”换成别的什么地名，也可以。但他写农场就写得很好，因为那里他太熟悉了。

杨显惠说他如今还不敢重读《定西孤儿院纪事》，有时在家里偶尔读几页，就哭得不行了。我一直不敢读完此书，是因为一种恐惧。这次狠心读完，真是一次艰难可怕的阅读经历。真实的残酷，杰出的艺术。朋友刘春生校完杨显惠“三部曲”，他说，我们对杨老师的小说评价还太低，它们是可以留下去的。

挑战自我和艺术的极限

——论马步升的文学创作及其限制因素

甘肃文学从1980年代开始，本土文学或者说现代意义上的本土文学才真正开始。几十年过去了，我们诞生了一批优秀的作家，在全国也引起了一定的反响。但客观地说，产生巨大影响的作家、作品还没有出现。多年前，我曾著文认为，甘肃不缺作家，缺的是大作家。现在依然。这里是有一定的客观因素的。比如，甘肃近代以来文化话语权的丧失，同一位作家，如果在外省可能早就声名大著了，可在甘肃依然默默无闻。雷达说，甘肃作家做出同样的成绩，要比北京等地的作家多付出几倍的汗水。

再比如，甘肃文化界对本省文学人才的冷漠，冷漠的程度超出了一般人的想象。甘肃省的学术杂志基本拒绝登载本省作家、作品的评论。因为在主编们看来，研究他们的文章还不能算学术文章。可我们反观北京、上海、东北等地，他们的学术界，包括学术杂志，对本省优秀作家的扶持、评论、研究是不遗余力的。往往新作一面世，文学报刊、学术报刊，就开始跟上。就西北来说，陕西省、宁夏回族自治区，在这方面做的工作，都是非常优秀的。学术界对研究本省作家的学者，也往往不大重视，从评职称到科研考核，都不被承认。所以，我经常说，在甘肃做评论家，写那些关于本省作家的评论基本上是义务的，既不算科研成果，也不算工作量。而反观陕西的大学，多少大学教授都跟着本省作家跑，从杜鹏程到贾平凹，他们的大学，他们的杂志可以说不遗余力。他们关于本省作家的研究专著一直在出版着，辐射着巨大的影响。在这种情况下，从事甘肃文学研究的人，就越来越少了，因为没有尊严感和成就感，也几乎没有生存的土壤。这也是甘肃评论家很难产生，产生了也很快就消失的主要原因。还如，出版界、新闻界，对本省作家的关注不够，或者说深度关注不够，等等。

甘肃文化生态的恶劣，导致了文化土壤的盐碱化、沙漠化，文化植被、文化大树当然也就难以产生。虽然,近几年有所改变,甘肃省有关部门开始做了一些工作,可仍然没有质的变化,只是量的变化而已。一个地区对本省文化人才的忽视、冷漠,对本地区的发展是致命的。单就文学而言,要想产生大家,也是很难。当然,即便重视了,短期间产生大家也很难,可如果没有这个土壤,那就没有任何可能。

在这个大的背景下,我们再来研究马步升的文学创作,他的成绩与不足,他的局限所在,应该比较客观而公正。我 2003 年就撰文认定马步升是有着大作家潜质的优秀作家,我对他充满了期待。当然很多人对他也充满着期待。但到如今, 他似乎仍没有走到那一步,似乎总是差那么一点点。为什么呢?我一直在思考,我知道马步升非不勤奋,他也在努力;非不聪明,他天资过人。最近他所在的单位——甘肃省社会科学院为他召开了一个作品讨论会,在会上我有一个比较长的发言, 粗浅地谈了自己的观点。现在我把它整理出来,不仅是我为马步升做的一个文学思考,更是对甘肃文学、当代中国文学的一点看法。

一、马步升文学创作的总体成就

马步升是一个以才气见长的作家, 在文学创作领域是一个多面手,从小说、散文到报告文学、文学评论,一直到学术著作、学术随笔,无不涉略,而且都有一定的成绩。但我认为他的最大成就还是在中短篇小说、散文领域,在这里有他的独创性贡献,客观地说,即便放到全国文坛,也绝对在优秀之列。只是可惜没有得到应有的社会承认。这里就有甘肃地域文化话语权的软弱问题,也有他本人不善“经营”的因素。

如果我们把他的散文创作分为两个阶段的话,2000 年以前是激情燃烧的写作,出版有散文集《一个人的边界》;而 2000 年后则是激情燃烧后的冷静写作阶段,有散文集《天干地支》。早期的马步升生活在甘肃庆阳,写作上还没有被全国文坛承认,文章中自有一股郁勃之气,所谓不平则鸣,那种泥沙俱下的文气,排山倒海的句式,是有着巨大的心灵力量的。代表作如《绝地之音》《风雨周祖陵》等。野性与智性的完美结合,是他早期散文的底色。而这种底色的获得,除去个性因素之外,与 30 年底层生活经验的影响可以说有巨大关系, 也与他多年苦读获得的学识有关。那种强烈的人文精神、对民间疾苦的人文关怀、感人肺腑的现实批判精神，是贯穿在其所有散文中的。恣意挥洒的文字里，藏的是深深的悲悯，是人生的苍凉，是历史的忧患。比如，《旷世大井》《雪地上的火焰》《眼睛》等就是这样优秀的散文。

2000年以后，马步升在散文的写作上开始了新的探索，最主要的就是文体的探索，这种探索给他的散文注入了一种新的质素。散文集《天干地支》相对于《一个人的边界》，它的大多数散文，语言更加趋于纯粹，在文体上的探索上，也出现了少有的进展。这在2000年后创作的颇有影响的《人模狗样》《激情燃烧后的碎片》等文中，表现得更加明显。早期的那种热情、混沌、浑厚减少了，冷静的理性思考增多了，文章大都缺少了早期那种烧灼人的激情。除了10多篇长散文依然保持了早期的力量，洋洋洒洒，才力纵横，大多数短章给人感觉是功成名就后的疲倦、悠闲，没有了早期的非凡力量。①

他新世纪前后的中短篇小说，毫无疑问是中国当代文坛的优秀成果，正如李建军所言："马步升是甘肃的一位青年小说家。他很会讲故事，读他的小说你绝不会废然而止。他的语言质实朴素而又生动鲜活，句子简短而富有动感。他的小说一波三折，情节推进快决而巧妙，在叙事上力避拖泥带水的滞涩和累赘。"②如《老碗会》《鱼蛋蛋的革命行动》《河边的证明》《哈一刀》《少年的黄昏》《被夜打湿的男人》等均为优秀之作。《老碗会》是早期的作品，但对乡土与乡人的描写，真是到了一个很高的境界。《鱼蛋蛋的革命行动》反思"文革"时期一个小孩子的"革命"行动的盲目性与残酷性。

《河边的证明》《少年的黄昏》都写的是乡村社会的人情世故，尤其青年人的性萌动，及其这种性萌动在现实中的被操纵，揭示了传统文化的强大力量。《被夜打湿的男人》也反思的是同一主题，不同的是背景放在了省城，乡村文化与都市文化的冲突，通过一个"性"来表现，我们不得不惊叹作家的眼力。这个最隐秘的领域往往最能揭露人

---

① 彭金山：《简论马步升的散文创作》，《飞天》2002年第11期。杨光祖：《绝地的书写，激情的智性——试析马步升散文的艺术特质》，《名作欣赏》2002年第4期。杨光祖：《激情燃烧后的文体探索》，《人民日报》2005年03月31日。

② 李建军：《论西北第三代小说家》，《上海文学》2003年第8期。

性的深处，人在现实中的地位、尴尬、冲突。马步升中短篇小说的成功，除了题材的选择、思想的深刻之外，他对文体本身的追求也是一个非常重要的原因。我有时想别人是把长篇小说当短篇小说来写，他则把短篇小说当长篇小说来写，这种容量巨大的写作无论对作家还是读者，都无疑是一种考验。但也因此给他的小说带来了一种复义效果，增加了文本细读和重读的可能性。李建军说："他努力把小说写得像小说：在他的小说里，故事是有趣味的，人物是会呼吸的，语言是有劲道的。"[1]

别林斯基说："一篇引起读者注意的小说，内容越是平淡无奇，就越显示了作者过人的才华。当庸才着手去描写强烈的热情、深刻的性格的时候，他可以奋然跃起，说出响亮的独白，侈谈美丽的事物，用辉煌的装饰，圆熟的叙述，绚烂的词藻——这些依靠博学、智慧、教养和生活经验所获得的东西来欺骗读者。可是如果要他去描写日常的生活场面，平凡的散文的生活场面，请相信我，这对于他将成为一块真正的绊脚石。"[2]马步升在小说中有时过于强调语言的华丽，情节的传奇，甚至炫耀自己的博学，正像别林斯基所说，并不是一位成熟作家的所作所为。也是从这个意义上，我对他大量的新武侠小说并不看重。

不过，总的看来，我依然认为，马步升的中短篇小说的艺术成就放在全国文坛，都绝对是位优秀之列的。[3]可惜，1990 年代以来的中国，已经不是中短篇小说的天下，单要靠中短篇小说驰骋文坛，似乎已不可能了。这是一个长篇小说的时代，一个消费需求大于艺术需求的时代。于是，无数的优秀或粗劣的长篇小说开始纵横文坛和社会。

马步升也开始了长篇小说的写作。他 2008 年出版了长篇小说《青

---

[1] 李建军：《小说的正途》，《上海文学》2005 年第 5 期。

[2] 转引自王元化著：《清园自述》，广西师范大学出版社，2001 年，第 122 页、第 123 页。

[3]关于马步升中短篇小说成就，参见杨光祖：《高扬人性的艺术探索——论马步升近期小说》，《 小说评论 》2003 年第 6 期 。杨光祖：《民间理念与民间价值的建构和消解——马步升小说<老碗会><哈一刀>的一种解读》，《飞天》2002 年第 5 期。杨光祖著：《西部文学论稿》（山西人民出版社，2004 年）里关于马步升的章节。

白盐》,2010年发表了长篇小说《革命切片》。我个人认为,纯粹从艺术上看,是有很多局限的。《青白盐》作为他的第一部严格意义上的长篇小说,对于马步升个人的意义却很重大。在这里,他的文学创作的优缺点都暴露得非常彻底,以前没有出现的很多元素开始出现,以前创作中的缺点也得到了淋漓尽致的展现。我认为,《青白盐》需要时间,也需要更深的研讨。对马步升而言,《青白盐》未尝不是一个好的尝试,对他下一部的写作是个很好的锻炼和热身。《革命切片》的发表,让我们看到的仍然是一个疲惫的马步升。

二、马步升文学创作的限制因素

马步升的文学创作,在圈内应该说是得到承认的。他的作品被广泛收入许多权威选本、年选也是有力的说明。可是,这几年来,他的创作开始处于一个苦闷而徘徊的阶段。我曾经说过,一位好作家和一位大作家,是有质的区别的。好作家与大作家,相隔一张纸,但要捅破谈何容易?其实,这已不仅是马步升一人的问题,中国当代的很多作家都处于这个状态。他们在创作了一些优秀的作品之后,很快地被市场,包括影视收买,创作开始为市场服务,而不是从自己的灵魂出发。金钱、奖项成为他们创作的唯一动力。

马步升的文学创作出现疲软状态,却与市场没有多大关系。他是一个不大迎合市民的人,在艺术趣味上,他更是小众。我想他的问题,就客观地说,还是与甘肃的文化生态有关系。甘肃作家一般都有一个“45岁现象”;他们基本都在45岁以前创作出了自己的代表作,并在全国有了一定的影响,然后就开始停止或倒退,永远突破不了自己已经跃过的高度。就我来看,甘肃的大多数作家出现这种状况,是才学不足。他们更多的是靠才气为文,写完了,也就什么都没有了。但马步升例外,他缺的不是才华。

可能有一个很大的原因,他的“文运”不佳。在他刚出道,写出那一批散文、小说代表作时,却没有得到应有的承认,没有听到掌声和批评声,尤其有深度有创见的批评文章。于是,时代很快就进入了一个文化消费时代,娱乐至死,文学品质的堕落已是有目共睹。文学界主秩序的紊乱,评价标准的混乱和无序,使真正的创作者得不到尊严感。于是,真正的写作者有了一种无力感、倦怠感,潜力得不到真正施展。而一些粗劣之作却纵横文坛,不仅获得市场的青睐,而且还获得许多大奖。这种文学界的沙化,或者说底线突破,对于真正的创作者的伤害是致命的。这也是新世纪以来,中国文坛很难见大作品的一个重要原因。读者疏离文学,而亲密接触低俗文学,不是没有原因的。这里我主要针对马步升这个个案做点探讨。

1、学问的制约

中国当代作家有学问,或者说有文化素养的不是很多。很多作家凭的就是生活经验和一点天赋,这些写完了,作家的生命也就完结了。所以中国作家往往都短命,才四十多岁就已经写不出作品了,或者说永远都超越不了自己。

马步升的文史素养,是不错的,而且具有丰厚的底层经验。这是他创作的优越条件。但学问既能成就人,也能限制人。他在写作上缺乏克制,写得太多,范围太大,如《走西口》《铁血金城》《刀尖上的道德》等著作,还有乱七八糟的文章,对他的创作心态,包括文字感觉是有很大伤害的。他的写作总是有"游走"的特点,不是步步为营,一步一个脚印。如果他能像聚光灯那样,把平生所学全力"聚集"在自己的小说创作上,余力为散文,不写那些大量的应酬文字,还有所谓的学术著作,我想他的小说绝不是现在这个状况。

傅抱石说,画画时心要空,[①]但有学问的人,如果处理不好,往往就逞才使气,顾盼自雄,主体性凸显,往往阻碍了灵感的降临。中国当代作家喜欢在小说里发议论,解释自己描写的每一个细节,这是让人很反感的主体性太强的表现。作家把自己的作品写得太满,读者读完了也就无话可说了,小说的余味没有了,可解释空间也没有了,小说于是成为了一次性消费品。这是艺术所反对的。

一个作品掩埋的东西越多,读者的阅读兴趣,反复阅读的可能才更多。我一直认为作家就好像高级作案者,一边作案,一边毁灭现场痕迹。而优秀的评论家就如破案者,要从那一无所有处寻找蛛丝马迹,让真相大白。但也可能真相永远不会大白,但这种寻找的过程,不就很快乐吗?我们不妨随便找出一段文字,马步升《天地关》里的:

---

① 傅益瑶著:《我的父亲傅抱石》,上海辞书出版社,2006 年,第 75 页。

老鼠男人随即原地转过身来，向老胡结结实实磕了三个响头。老胡也没有阻拦，一行有一行的规矩，看似有些规矩极其不合理，极其荒唐，在规矩没有废除或修改前，规矩就应该像规矩那样，算不上铁打的，至少也得是石刻的。要不然，要规矩干什么，谁爱咋干咋干多省事啊。不好的规矩也比纯粹没有规矩要好。

我个人觉得有第一句，然后再加上“老胡没有阻拦”，就可以了。至于为什么这样做，让读者去想。可作家却用了很长的两句话解释这个行动的合理性。我个人的阅读感觉，很反感，因为一览无余。

庄子讲的“心斋”“坐忘”，及“逍遥游”，其实对一个作家，很重要。在长篇小说《青白盐》里，作家的主体性就有点过强，作家经常自己跳出来言说，具体表现为发议论，而缺少了叙述和描写，严重破坏了小说世界的完整。最突出的是小说后半部分的牢骚，把自己生活中的牢骚一并发泄到小说里，没有任何艺术化的升华过程。这是作家之大忌。不管怎么样，作品绝不能成为泻私愤的载体，文学是人类的，它的超越性是作家必须重视的。他近年的散文也有此病。我感觉近年来马步升的小说、散文，有以才学、议论为之的嫌疑。

为了反对宋人的“以文字为诗”“以议论为诗”“以才学为诗”，严羽在《沧浪诗话》提出了诗有“别材”“别趣”之说。他认为：“夫诗有别材，非关书也；诗有别趣，非关理也。而古人未尝不读书，不穷理。所谓不涉理路，不落言筌者，上也。”并提出：“大抵禅道惟在妙悟，诗道亦在妙悟。且孟襄阳学力下韩退之远甚，而其诗独出退之之上者，一味妙悟而已。惟悟乃为当行，乃为本色。”本来，“诗者，吟咏情性也。盛唐诸人惟在兴趣，羚羊挂角，无迹可求。故其妙处莹彻玲珑，不可凑泊，如空中之音，相中之色，水中之月，镜中之象，言有尽而意无穷。”我还是倾向于文学创作必须“言有尽而意无穷”，还应该讲究“妙悟”，否则，什么话都让作家说完了，我们还读什么呢？作品还有什么可以玩味的呢？它的艺术性在哪里呢？

2、对传奇的过度喜爱

马步升的传奇心态，使他对金庸喜爱有加，他的类武侠小说在文坛很有名。但我对传奇类小说并不看好,我更喜欢日常生活的描写,就像《红楼梦》那样的。如果是用现代主义手法,当然是另一回事情。但在现实主义小说里,使用一些传奇情节,往往影响了小说的可信度。《鱼蛋蛋的革命行动》的铁沙掌,就是一例。但那时,马步升还是很节制的,可近几年,他似乎管不住自己的笔了,于是粗疏、芜杂成为他部分小说的特色。《子午高义》就是这样的让我很失望的小说。它依然是武侠题材,还加上了革命的尾巴。但是小说写得那么飘忽而不具体。《天地关》也是一样的芜杂而混乱。我看重有细节的小说,我一直认为优秀的小说是由一个一个精彩的细节组成。那一个个日常化的精彩的细节后面是有"道"的,虽然百姓日用而不知。《红楼梦》的伟大,一个重要的原因就在它的细节,和它细节后面的"道"。我们知道,"道"是看不到的,老子说"道可道,非常道",但"道"是可以感知到的。我们要用在场的生活细节描写,呈现那不在场的"道"。伟大的作家都是如此做的。

武侠小说作为类型小说,充其量还是通俗小说的范畴。它与言情小说一起,成为中国人的消费文化,绵延不绝。一个杰出的作家不能把自己掉到这样的窠臼里。《包法利夫人》是反浪漫主义小说,《堂吉可德》是反骑士小说,这一反,就成为了巨著。但这一"反",谈何容易?

3、迷惑于纷乱的文化和社会表象,而无法直指核心

也就是在多与一中,看到了"多",而没有得"一"。于是在创作时就只能跟着时尚之流,而丧失了真我。我认为,这还是与马步升的心太乱有关系。他的任务太多,他的写作范畴太大,他的才华四溢,于是,导致了思想穿透力的缺乏。他在写作《青白盐》之前,我就告诉他,庆阳有一个董志塬,你应该写写,或者用一年时间去蹲点、考察。他不屑地说,庆阳,我太熟悉了。可是看完他的《青白盐》,我感觉他还是与那片土地有疏离感。一直到《革命切片》里,他仍然没有写出一个活的董志塬!司马迁说"究天人之际,通古今之变,成一家之言。"庄子《逍遥游》里说"乘天地之正,御六气之变,以游于无穷。"都是作家应该认真反思的。要写出传之久远的文学作品,并不是那么容易的。

"水静以鉴,火静以朗","静""虚静"是一个作家最好的创作心态。程朱理学也一直讲"静"的功夫。人一忙,心就乱,对某事的专注就受影响,因此也就很难深入。所以说,一个作家必须具有孤独体验,如此才

能通天地人。如果只满足于社会学意义上的交往，那再大的天才都会江郎才尽。古人说"用志不分，乃凝于神"，"收视反听""精骛八极"。美国诗人爱默生说："诗人总是在孤独幽寂中倾吐诗句。"拜伦则更说："交往与天才是不能相容的。在任何时候，交往如不退化就很少与天才有关，它只与机智和才能有关，它们被抵触交往激发起来并进入游戏状态，而抵触交往则既磨钝了机智与才能，又使人敏感。我是根据个人经验来判断的……如果我有任何天才的话……当我生活在纷扰的尘世时，我总会发现天才消逝了，如同阳光下的融雪。每当我失去集中思考或变成另一个人时，我的思想便会显得零散和含混。"[①]心理学家也发现孤独体验所产生的特殊氛围和心境，往往使得艺术家特别容易进入一种创造的幻境，保持一种意象纷至沓来的活跃状态。作家更合适过一种安静、孤独、黑暗、冥想的生活。

我认为，马步升应该沉潜下去，不能老是"走气"，如此，才能写出大作品来。汤用彤说："笛卡儿明主一客，乃科学之道，但做人做学问还需要进而达到物我两忘之境，才有大家气象。"可惜的是我们的作家总是耐不住寂寞，他们在"社会学意义"上的交往，占据了他们人生的几乎全部。那么，我们还能希望他们创作出什么呢？曹雪芹如不是家败隐居西山，他能创作出伟大的《红楼梦》吗？陈忠实如不是避居白鹿原六年，他还能创作出优秀的《白鹿原》吗？

4、作家的创作必须一直要挑战自我和艺术的极限，艺术就是挑战一切可能性。艺术创作就是一条不归路，尼采说：一切文艺，余爱以血书者。其实，文学创作最后拼的就是作家这个"人"！

想起《中庸》的一段话："自诚明，谓之性；自明诚，谓之教。诚则明矣，明则诚矣。唯天下至诚，为能尽其性；能尽其性，则能尽人之性；能尽人之性，则能尽物之性；能尽物之性，则可以赞天地之化育；可以赞天地之化育，则可以与天地参矣。"陈忠实就是"自诚明"，这是他的天性，别人想学都没有办法。陈忠实老师是一位忠厚长者，是当今文坛难得一见的好人了。我几次见他，都有一种感觉：他就是白鹿原上的一株苍然古树。他之所以能最后拼出《白鹿原》，就是因为他的"诚"，让他得

[①] 周宪著：《走向创造的境界》，南京大学出版社，2009 年，第 157 页、第 158 页。

天地之灵气。《中庸》还有一段话:“诚者,天之道也;诚之者,人之道也。诚者不勉而中,不思而得,从容中道,圣人也。诚之者,择善而固执之者也。”这都是非常好的道理,读来真如醍醐贯顶。老子讲“赤子”,李贽讲“童心”,其实都是一个道理。

真诚,是一个写作者成功的关键。作品能够流传下去,关键就是真诚。我的一位作家朋友说:真,一切都有;假,则一切皆无。这话倒很深刻。作家做不到“诚”,做不到“赤裸”,就很难写出好作品。当然,要做到“诚”,是非常艰难而危险的。马步升的创作就是缺乏一点“真诚”,他总是要掩饰什么。这里的“掩饰”没有道德上的意义,而是人性意义上的。他惧怕什么,但又不敢说出来,不敢直面,于是,文字就有了游离感,有了“隔”。我们阅读西方文学史,作家必须直面自己内心的黑暗,勇敢地把它撕破,用笔写出来。这是残酷的,但也是必须的。所以,精神分析学派认为,作家最好不要接受精神分析治疗,因为,如此一来,他们的创作灵感就荡然无存。在贾平凹作品里,我独喜欢《废都》,因为这是他自我治疗的一部书,这里有一个真的贾平凹。他人性的善与恶、优秀与肮脏都在这里现象出来了。对一个作家来说,这是了不得的。

文学创作就如马拉松一样,开始跑很轻松,跑到中途,人几乎崩溃,一点力气都没有,这时候很容易放弃。可是如果继续坚持跑,跑一会儿,力量就又会回来,人感到很轻松,海阔天空似的。可惜绝大多数作家坚持不下去,刚有点成绩,就开始沾沾自喜,做名士去了;或者在创作正遇到坎儿的时候,无法战胜自己,放弃了,于是前功尽弃;或者为路边的诱惑所惑,而忘记了自己原来的目标。为什么呢?因为在这里太难了,这是一个高度,越往上走越难,缺氧!

马步升的创作正到关键时刻,我希望他能直面挑战。因为,创作就是血淋淋的自我战斗,一个不敢把自己撕开的作家,也就成不了伟大的作家。

阿信论

刘小枫在《悲壮的还乡——读荷尔德林》一文中说："实际上，荷尔德林所敏感地觉察到的，正是随着资本主义工业文明的不断扩展而带来的人的灵性的丧失。技术、功利、实用把人引离故土，上天入地，冥思被遗弃了。内在灵性的丧失使人不再能感受到给人以慈爱的神灵。""真正的诗人，应该是在神性离去之时，在漫无边际的黑夜中，在众人冥冥于追名逐利、贪娱求乐之时，踏遍异国的大地，这正是贫乏时代中诗人的天命。他必然在神圣的名字无处可觅时，担当莫大的忧心，给人间引入一线诗意的青光。"[①] 在中国当代诗歌普遍色情化、口语化，甚至下半身化的时候，阿信却"去追寻神灵隐去的路径，追寻人失掉的灵性。"在诗歌之途上坚持着自己的选择，那就是"给人间引入一线诗意的青光"。

几年前，我曾撰文认为，阿信的诗具有一种安静的特质。这种安静可能来自阿信的性格，但更可能来自神性，来自藏族文化。藏族文化与汉族文化中的安静还不太一样。这里有神，有神与没有神，对一个诗人来说，完全不一样。荷尔德林说："神本是人的尺度。""人是神性的形象。大地上有没有尺度？绝对没有。"[②]

后来我曾专门就此书面请教阿信，他回信说："甘南的生活，对我最重要的影响是让我变得宽容和富有韧性，让我更易于理解和接近事物(自然)，让我学会了敬畏和谦卑，学会了享受孤独和领有骄傲(自尊)。"(阿信 2011 年 5 月 11、18 日书面回答。下引阿信文字除特意标

[①] 刘小枫：《悲壮的还乡——读荷尔德林》，http://www.jus.cn/ShowArticle.asp.ArticleID=2166。

[②]【德】海德格尔著，孙周兴译：《演讲与论文集》，生活·读书·新知三联书店，2005 年，第 203 页。

明外,都出自这个书面回答)他说,藏传佛教的书"读得很杂,但缺乏系统阅读(或研究),仅限于汉译著作"并,"偶有会心一笑和醍醐灌顶的感觉"。在回答我的问题:"在你的心中,藏传佛教的地位如何?它是否主宰了你的精神世界?"他说:"谈不上主宰。我是无神(或泛神)论者,但长期的藏区生活,耳濡目染,自然会接触到藏传佛教的一些义理,其实对我更具冲击的是身边普通藏族人的价值观和生死观。道家(老庄)、禅宗和藏传佛教思想都在我身上起作用,这些东西的杂混,形成了我看花看草看山看水看世界的方式。当然,藏文化对我的影响可能更深入一些。"

看来,我的感觉是正确的。如果不了解藏地文化、藏传佛教,对于阅读、理解阿信的诗歌是有障碍的。我对阿信诗歌由疏离到喜欢,也是这样一个过程。在多年甘南藏族自治州的讲学过程中,我对藏族文化有了一定的了解,并结交了一批藏族朋友。然后有一天重新阅读阿信的诗,我忽然有了一种感动。庄子提出的"心斋""坐忘",魏晋宗炳的"澄怀观象",前提都是安静,所谓"火静以朗,水静以鉴"。阿信大学毕业后自动选择了甘南,因为他喜欢那个地方。而这个地方的安静确实也给了阿信不竭的创作灵感,给了他的诗歌一种特有的内在品质。这种"心的安静",是一个诗人的优秀品质,甘南有很多诗人,但能获得阿信如此成就却不多。关键的一点可能就是"心"不静。佛教说的"风动""幡动",还是"心动",倒可以解释这个问题。陶渊明说"心远地自偏",可是身处闹市,又有几人真能做到"心远"呢?

早晨的四章诗

2

我需要一些简单的食物:馒头、咸菜,
一杯烧开的牛奶。这没有问题。问题是
我还需要:来自一座山林的新鲜空气。

一个诗人之所以成为诗人,不是因为那些"简单的食物",而是"来自一座山林的新鲜空气"。阿信说:"我常去寺院,感受那种弥漫和笼罩，并不执意于了解宗教仪规和佛学大意。”这个就是“得意忘言”的境界吧。我曾撰文认为阿信的诗里有宗教，那种“宗教”很细碎，但却很沉潜。有朋友质疑，因为他认为阿信不懂藏语，怎么能接受藏传佛教的影响。但对于一个诗人，这不重要，重要的是那种宗教的直觉。对于一个诗人来说，最重要的可能不是“知识”，而是“直觉”，那种与天地相通的直觉。大诗人往往具有先知的色彩，也就是因为他们超人的直觉。正像阿信说的“我常去寺院，感受那种弥漫和笼罩”。正是这种“弥漫和笼罩”成就了阿信诗歌的特有气质。与读别人诗歌的纷纷闹闹、生猛激烈，或简单的现象描述不同，阿信的诗歌是可以慢慢地渗透进读者的心田，从那里，我们是可以感受到一种悲悯，一种“人生几度新凉”，而且能让我们的心静下去，静到能听见灵魂的气息。

我一直认为，诗歌不需要热闹，它需要的倒是安静。但这种安静必须是从内产生的，而不是由外强加的。这种安静的获得就需要“神”或“道”的介入。在“神”或“道”面前，人算得了什么？我们只能低下自己硕大的头颅，而当你低下你的头颅的时候，真正的“人”才来到你的身。孔子说“若圣与仁，则吾岂敢？”可我们现在的文化界，动不动就封“仁人”“圣人”“大师”。一个不知道“谦卑”的文化人，如何能成“圣”成“仁”？安静，就是在诗歌里，写出自己的“卑微”，写出自己对山河的敬仰，对“人”的惊叹。阿信说：“而我久居甘南，对写作怀着愈来愈深的恐惧。我担心会让那些神灵不安。它们就藏在每一个词的后面。”读到这样的诗句，我的“心”“动”了，我知道这才是真正的诗人。他在《花与寺》一文中还说：“在高原生活得久了，一个人会变得宁静、虔诚、少几分轻佻。按藏族的说法，每时每刻，都会有神灵从你的头顶经过——你必庄重，你必虔敬。我就是这样对待我写作的文字——因为我写作的高原不仅神秘，而且有灵。”[①]读到这句话，我第一个想起的是康德的话：“有两事充盈性灵，思之愈频，念之愈密，则愈觉惊叹日新，敬畏月益：头顶之天上繁星，心中之道德律令。”康德认为，如果要真正做到有道德，我就必须假设有神的存在，假设生命结束后并不是一切都结束了。

[①] 阿信著：《阿信的诗》，新疆美术摄影出版社，2008年，第231页。

不管世界上哪一位诗人,如果只是把“人”或政治当做最高的目标,那他的诗歌绝对经不住时间的淘汰。从《荷马史诗》到弥尔顿《失乐园》、但丁《神曲》、歌德《浮士德》,还是俄罗斯白银时代的那些诗歌大师们,他们的心灵里是有神的。只有在“神”的维度下,“人”才能站立起来,站立于天地之间。这里的“神”也可以置换为“道”。中国古代为什么也产生了那么多的大师级的诗人?因为他们头顶除了“君”之外,还有一个“道”。“君子从道不从君”,这是一种伟大的精神,一种“道通天地”。而真正要“道通天地”,人首先把“自己”要“卑微”起来。中国新时期诗歌是中国当代诗歌的真正开始,但这些诗人却都一个个地自杀或他杀。这是为什么?有学者认为顾城是诗歌天才,我承认他确实是,可他只是一个偏执的天才,我们从他的诗歌里看不到博大、深厚、宽容。他的诗既养不了读者,也养不了他自己。阅读他的诗歌,我们得到的只有“纠结”,可是我们阅读歌德的作品,得到的是人格的净化,精神的升华,和一种大河大海般的博大深厚。

中国当代诗坛一直太热闹,热闹得如娱乐界。1980 年代的热闹是诗歌的时代狂热,是人们把诗歌政治化、娱乐化的结果。还可以说,是诗歌的两代人的诗歌理念冲突,即政治化的诗人,与真正的诗人之间的冲突,最后借助政治的力量介入诗歌的冲突。这是一代老诗人的悲哀。在这次冲突中谢冕、孙绍振作为新一代诗歌的代言人,站在了诗歌一边。而 1990 年代以来的诗歌冲突,更多是一种诗歌圈子里的自慰,或者一种焦虑。随着市场化的推进,诗歌迅速地边缘化,诗人不再是偶像。于是,热闹只是自己的,与别人无关,与诗坛之外无关。这个时候,诗歌界里的热闹更多的是一种可怜的话语权的争夺,是一种内战——而且还与诗歌无关。

这个时候,阿信选择了安静。现在看,这是多么英明的选择。一个诗人,关键是倾听自己灵魂的声音,并把它书写出来。那种社会活动家的热闹,是应该拒绝的。真正的诗人是孤魂野鬼,是孤独者、寂寞者,是灵魂的独白者。当然,我们也需要诗歌活动家。但真正的一个大诗人,是应该对此保持冷静的。

我们读他的《仓央加措》,就很明白此点。“他住在/一具少年的躯体之中/但少年的躯体中/没有他”。结尾:“——大喇嘛仓央加措/那片让其沉没于其中的/高原神秘的夜色/藏起他尘世上漂浮的身子”。藏民族是非常相信灵肉二元的，而且这种“相信”是渗透在他们的骨血中的。看天葬台就能深刻地体会到这一点。《仓央加措》真传六世达赖喇嘛的精神！

阅读阿信的诗，他的题材其实是非常单调的，歌咏对象绝大部分是甘南，剩下一点还大多是藏族地区，如青海、康巴。生养于临洮的他，似乎忘却了他的故乡。但他说：“老家固然缺乏现代生活元素和节奏，但我对它的依恋依然如故，我每年都要抽空去老家住上一段时间。”“老家对我的影响是多方面的：亲情滋养，家族班辈中个人位置的确认，安贫乐道、知足常乐、心怀感恩的乡村哲学熏陶，对星空和外部世界的神秘想象，对自然力量的敬畏，对生命的依恋，等等，都是老家生活给我的教育。”看来，汉文化地区的故乡对他的影响很大，而且很深厚。其实，不管儒家、道家，还是佛家，“知所敬畏是对天人关系的一种理解，在这一点上，儒、佛是相通的——知所敬畏然后大无畏。”只是没有另一种文化的反观，我们往往把自己文化的精髓都丢失了，或者熟视无睹。

阿信说：“道家（老庄）、禅宗和藏传佛教思想都在我身上起作用，这些东西的杂混，形成了我看花看草看山看水看世界的方式。当然，藏文化对我的影响可能更深入一些。”全身心地融入甘南这片土地，为它的文化所化，化得那般美丽而神秘，这是阿信的过人之处。其实说“美丽”只是局外人的想法而已。很多人把西藏想象成天堂，把藏族人磕长头看作不可理解的奇迹。其实，在那片“天上”的土地上，准确点，雪域高原上，没有宗教信仰，人何以堪？我们那些活在低地的人，山青水秀，氧气那么充足，依然因为精神的空虚而出现各种问题。也就可以想象在海拔5000米左右的高原，自然灾害如此频繁的雪域，宗教于人的价值是如何之大了。他们不宁静、安静，又将如何自处？但人之所以为人，不仅在于他的肉身有限性，更在于他精神的超越性。孟子说“人之异于禽兽者几希，庶民去之，君子存之”，这一点“几希”，才是人之所以为人的根本。

今日的甘南，已是汉族文化、回族文化与藏族文化交融的地区，作为历史上的华夏边缘，它本来就是文化多元的所在。那么，作为敏感的诗人，难道阿信就只有安静，而没有一点波动，一点迷惑？这个独特的文化单元在全球化的今天，它的命运如何？我们阅读《外香寺》，就非常明确地感觉到了阿信的迷茫，还有痛苦：

只能在天边
也只能是荒僻的，拒绝着俗客

穿绛衣的僧格对我说：愿意的话，可以到里面看看
但我想：进去之后，又能看见些什么

我就一直站在风中，远远望它
外香，外香，那会是一种什么香

四周的花草我闻不见
这让我痛苦的、折磨我的，它会找见我吗

那会是什么时候，在什么地方
那会是一种怎样的解脱

他是一位反现代派的诗人，一位现代性之外的诗人，一位有神的诗人，当然，理所当然地，是一位好诗人。好诗人，都是痛苦的，灵魂总在煎熬之中：

雪地上已有践踏的痕迹。是谁
比我更早地来到了高地？比我更盲目
在一片茫茫中，把自己交给荒原
而没有准备返回的路

我阅读阿信的诗，那洁净的宁静里，隐隐地也有一种狂放，甚至放肆。那是一种无声之声，一种大音希声，一种大象无形，一种从天上看见深渊，一种无声处听惊雷。

一脚踏两省:左边四川,右边甘肃。
寺院、沓板房、古老的水磨,甚至
乡镇府:维持着复数简单的平衡。
两个裁缝,一边一个。
两个鞋匠,隔河相望。
两个喇嘛,仿佛遇见轮回中
自己的前生:一阵恍惚和晕眩。
头顶的云团营垒分明。
奔腾的白龙江,有一条
隐约的中轴线。我变幻着
两种心情。
惟一不能确认的是水中的游鱼
它自由穿越,不带一点俗念;
它把我带到云雾初生的源头,在那里
一株巨松的根,暴露着,向四下延伸。

《郎木寺即兴》

在这里,我们看到藏文化在全球化、现代化下的命运,他们的焦虑、痛苦与彷徨。其实,这也是人类目前的困境,只不过在藏族那里更深刻而已。我去过郎木寺,我也看过许多描写郎木寺的散文、诗歌,可猎奇的多,不痛不痒的多,发点小情感的多,胡说八道的多,真正能一语中的,直指人心的,唯此诗而已,而已。“两个喇嘛,仿佛遇见轮回中/自己的前生:一阵恍惚和晕眩。”我读到此处,也有点恍惚和晕眩,甚至深深地感动。

藏歌为什么会唱得那么辽阔而高?因为那片高原是世界屋脊。就像蒙古民歌的辽远深沉与那片广袤的草原,黄土高原上的信天游之苍凉如光秃的山塬沟壑,江南小调的甜软无力,如那里的西湖,荷叶多田田。从文化地理学上说,一方水土养一方人,也养一方文学艺术。阿信就是属于甘南的诗人,一位从那片土地里长出来的诗人。他还不属于西藏,也不属于青海,他就属于甘南。对一个诗人,这就足够了。海德格尔晚年住在黑森林的小屋里,他与附近山民保持了一种“邻近”关系。

他说的邻近指的是摆脱了计算性思维、主体客体相互对立的思维模式时，重新去敞开无所欲求、无所执着的心境。这样才能让万物毫无障碍地契入，让万物不是作为什么，而是作为自身显露着。阿信关于甘南的诗歌，就是一种邻近关系的呈现。海氏认为，他的全部工作是由这山岭和山民维持和导引着的。他从根子上认同和尊重山民的生活方式，认同多少世纪以来一直生活在这片土地上的人民。他说："（山中的）孤独将我们的全部生存抛入一切事物的存在的寥廓的近邻之中。"①这些话同样适合于阿信之与甘南。

人活在世上，有时候是非常绝望和无聊的，而最可怕的是连无聊都没有的日子。我说过，我用文字救自己，文字有时候是有这个力量的，自己的或别人的。我读阿信的诗就有这种感觉。

大地的乳突：一座祭坛。
一堆
肉色、神秘、静静辐射的石头。
一座时间的仓库：光芒贮存，寂静敞开。

飞鸟在其间刻下淡淡的影子。
大风吹灭一堆堆柏枝。

旋转。
神秘旋转。
群山奔走环列，村庄浮若星辰。
低处，一片奔腾的青稞地
离开地面，终又
稳稳飞落。
一队马匹，无声趟过河水。
我麻木，冷静，混合着泪水
环绕祭坛而行。

---

① 张祥龙著：《海德格尔传》，河北人民出版社，1998 年，第 131 页。

宿命的感觉如此真切:即使一阵最轻的微风
也能把我这空空的躯壳吹散。

《山顶的祭坛》

这是一位汉人,一个汉族诗人的真实感觉,在那神秘的地方,我们最好的结果就是:宿命的感觉如此真切:即使一阵最轻的微风/也能把我这空空的躯壳吹散。当年我爬上临潭县的冶海,那个早晨很冷,看着绿绿的海,飘飞的经幡,我就有这种“空空”。我也曾想把自己交给神,五体投地,但做不到,不知道为什么。这首让人心痛的诗哦。

大地依次隆起
把你推向山巅
哦,向上,向上——
一座春天的祭坛
诸神的餐桌
高不可攀
星辰在其上编织神秘的图案

不能再高了……村庄在低处……私语
几不可闻
月光唤醒野花
流水带走鸣虫。你倾听:先是俯向大地的耳朵
然后才是秘密言说的
嘴唇

你缄默。褴褛其身
石质的岁月在柏烟中迎送
仰望:
那生者和死者
那民间和泥土的风
眩晕。怎能不感到眩晕

当你被推向山巅
那来自神界的垂讯
那俯身人世的回答
石头呼吸,布幡显示
——你果能一一胜任?

《春天的祭坛》

"——你果能一一胜任?"我们能回答吗?我不能,我只有缄默。但眩晕却无处不在!

阿信是单纯的,阿信是痛苦的,"十万信徒,心旌摇动。十万具匍匐在地、皮袍裹覆的肉身。其中有我遍尝苦痛、需要安顿的灵魂。"(《大法会》)但阿信在某种程度又是自足的,《如来八塔与十二美少女》"造就了一个俗人/内心最初的宗教。"他说过:"在高原生活得久了,一个人会变得宁静,虔诚,少几份轻佻。按藏族人的说法,每时每刻,都会有神灵从你头顶经过——你必庄重,你必虔敬。我就是这样对待我的写作的文字——因为我所处的高原不仅神秘,而且有灵。"

海德格尔说,诗人行进在郊野风光中,不仅诗人的疆域,而且远古女神即古老的命运女神的居所都归属到这片郊野风光中去,远古女神居住在诗意疆域的边疆……词语、语言归属到这个无限神秘的郊野风光的领域中,在这个领域中,诗意的道说比邻于语言天命般的渊源。阿信的诗正好找到了这种吻合高原神秘而有灵的形式。文学创作的高妙不是在它的观念,而是在它的语言,它的形式。[①]"文学"其实最后拼的就是一个"我"。而这个"我"要通过"文学"的方式呈现出来,就必须用适合"我"的"形式"。中国古典诗歌的伟大就在于他们终于找到的"形式",而且到达了"形式"的极限。所以鲁迅说,"我以为一切好诗到唐代都做绝了。"现代汉语诗歌就"形式"来说,到现在仍未成功,我们还没有诞生伟大的现代汉语诗歌,不管是新格律诗、自由诗、口语诗等等。当然,从某种意义上来说,这也是难得的机遇。它给了诗人大展身手的

---

① 参见杨光祖:《文学与形式》,《文艺报》2011 年 1 月 10 日。

机会，可以在现代汉语诗歌的发展史上，留下自己重重的一笔。康德说："天才为艺术立则"，一种文学形式的成熟，最后需要的就是那个天才级的诗人，就如杜甫之于律诗，李白之于古风，柳永、周邦彦之于宋词。只是可惜的是，中国现代汉语诗歌的创作，大多数诗人仍然停留在"内容决定形式"的阶段，真正有意识地在进行"形式"寻找和探索的诗人，太少了。法国学者福西永说："艺术作品是就它本身是形式而言才得以存在的。""形式绝不是内容随手拿来套上的外衣。"[①]他认为在创造者的心中，一切皆是形式，包括了情感生活的不同形态。"形式是感觉最内在的活动。形式刺激感觉并使之活泼起来……我们可以这么说，艺术不仅给感觉力披上了形式的外衣，而且也唤醒了感觉力中的形式。"[②]阿信是昌耀的诗歌弟子，他从昌耀那里学到了许多东西。他说中国当代诗人他最喜欢昌耀，因为他的"作品经得起反复的品读"。但在昌耀影响的众多诗人中，他是能够走出来的诗人。昌耀的诗粗砺、壮美、奇崛，这种奇崛与他选择的词汇、句式有关，与他的引古汉语词汇入诗行，或者说与他选择的形式有关。燎原在《昌耀评传》里说，昌耀与鲁迅在语言文字和行文风格中有某种契合，譬如共同的文言文、民间方言的生僻语词色彩，正常语词顺序的倒置，由此形成的语体风格的枯涩、古奥和大树之根的那种抓着力和奇崛感。昌耀晚年的自我放逐，主动将自己流放于街头流浪汉之列，是一种遁世，也是一种自救和超越。而随着这种"自我放逐"，他的诗歌创作在"形式"上也有了一个巨大的变化。那就是"非诗"的写作，[③]他大量吸纳了鲁迅《野草》的营养，他说："鲁迅先生的《野草》尤其值得一读，非常深刻，非常富于引爆力，汉语文的韵味隽永之至。"正是这种"形式"的寻求、探索，成就了昌耀"诗人"的非凡成就。这时候，他的诗歌成为了"音乐"，我的朋友春生君说，诗歌的最高境界是音乐，是那种旋律、韵律。昌耀的诗是可以朗诵的，而且朗诵的音调与青藏高原非常吻合，是能一下子就抓住人

[①]【法】福西永著，陈平译：《形式的生命》，北京大学出版社，2011年，中译者前言第12页。

[②]【法】福西永著，陈平译：《形式的生命》，北京大学出版社，2011年，导论第31页。

[③] 燎原著：《昌耀评传》，人民文学出版社，2008年，第413-417页。

的那种。只是可惜的是他骨子里的精神杂质,影响了他最后的一搏。这是当代优秀诗人的普遍现象。歌德说,一个人能够超越时代半步就已经非常不易了。看来他说得很对。

阿信对昌耀的“语言革命”有着敏锐的感觉,昌耀说,我创作一首诗的时候,首先不是考虑它的内容,而是如何去寻找新奇事物的刺激,也就是他首先考虑的是语言。并极力在民俗学意义上使用土著经验元素和物象。我们阅读阿信的诗歌,他的那些甘南土著经验元素和物象,他对语言的关注,都是对昌耀的心心相印。布罗茨基说:“诗中最重要的东西就是结构。不是情节,而是结构。”[①]而我以为中国人不擅长写长诗,也还是掌握不了结构。这里的“结构”不仅是一个技术问题,它的后面是有神的存在。或者说,有神的就成为立体几何,无神也只能是平面几何,甚至只是一条线而已。具有时间、空间的三维空间,或多维空间,也才可以谈结构。昌耀在“结构”上已经做了努力,他的长诗虽然不是很长,但还是出色的。

阿信的诗在句式、用词上与昌耀仿佛,但却是安静的,谦卑的。真正的大诗人都是谦卑的, 为人不妨轻狂, 但诗歌创作却不能轻狂, 诗歌中是有神的, 一个诗人必须谦卑地把自已伏在苍茫大地上,他才能写出伟大的诗行。我们从阿信的诗中能感觉到一种原初的生命仪式,一种舞蹈,听到那种让人心动的远古声音。昌耀的诗风是粗粝的,雄强的,而阿信更接近禅宗,他是安静、平和。阿信更喜欢短章的写作,他在意的是短诗的结构,刻意经营,颇具特色。但对长诗的写作,他倒没有什么兴趣。他说:“就我个人而言,受《诗经》、唐诗宋词、元明清山水画的影响大一些,而受屈骚汉赋的影响小一些。读屈骚汉赋需要一定的储备和能力,唐诗宋词小学生就可以读。但我不认为人人都要写长诗,在一定程度上,短诗比长诗更难写。比如陈子昂的《登幽州台歌》,四句足矣,又何必长?”但是诗人、宗教哲学学者周伟驰说:“持专业态度的人会意识到长诗对于自己综合能力的极大挑战性,衡量一个诗人真正才能的,使一个诗人优胜于别的诗人的,也许只有长诗。因此 20 世纪的大诗人,几乎

---

① 【美】列夫·洛谢夫著,刘文飞译:《布罗茨基传》,东方出版社,2009 年,第 125 页。

都有长诗问世。”“长诗与哲学(世界观)有着天然的血缘,一个作者,不管是自发的,还是刻意的,长诗写下去,都必然会触及根本的哲学问题, 也必须会就根本的哲学主题展开诗的旅行。”[①]我觉得他说的似乎也有道理。

在天水,我遇到一群写作者——
“写作就是手指在键盘上敲打的速度。”
在北京,我遇见更多。

遥远的新疆,与众不同的一个:
“我愿我缓慢、迟疑、笨拙,像一个真正的
生手……在一个加速度的时代里。”

而我久居甘南,对写作怀着愈来愈深的恐惧。
“我担心会让那些神灵不安。
它们就藏在每一个词的后面。”

《速度》

“我担心会让那些神灵不安。它们就藏在每一个词的后面。”读到这句诗,是在一个午夜,我的灵魂不由一惊。在这个写作加速度的时代,大多数作家开始以数量估量自己的水平和地位,像阿信这样有如此清醒认识的,真是凤毛麟角了。我们知道,这是一个商品化、技术化、产业化的时代,现代化、全球化的迅猛发展,让许多人,包括诗人,把自己误认为神的时代。当上帝死了,人的主体性开始膨胀,渐渐地就取而代之。我们看多了以真理自居,以上帝口气说话的诗人,我们阅读了太多的垃圾诗、口水诗,忽然碰到一个诗人,“我担心会让那些神灵不安。它们就藏在每一个词的后面。”说实话,真有点不适应。但我们很明白,这才是真正的诗人。在这一点上,他更接近荷尔德林,而不是昌耀。就这个问题,阿信回答我说:“你的感觉也许是对的。我一度迷恋昌耀的

---

① 周伟驰著:《旅人的良夜》,浙江大学出版社,2009 年,第 106 页、第 107 页。

语言,但他语言背后的人生历练与我是完全不同的,认知方式也大相径庭。”

阿信对语言的感觉之好,那是先天的,在他那里,词语,犹如花朵,从甘南的大地上涌出。海德格尔认为语言不是对万物现象和本质的表达和表象,而是天地人神融契为一体的原语言,诗把人带进大地之上,让人归属于大地,并让人如此这般地进入栖居。[1]阿信就是这样的诗人,一个最接近大地,或归属大地的诗人。他说:“诗歌确实是唯一能够让我回到自己的一种方式。”

有一种独白来自遍布大地的忧伤。
只有伟大的心灵才能聆听其灼热的绝唱。
我是在一次漫游中被这生命的语言紧紧攫住。
先是风,然后是让人突感心悸
四顾茫然的歌吟:
“荣也寂寂,
枯也寂寂。”

《小草》

[1] 那薇著:《天籁之音,源自何处——庄子的无心之言与海德格尔的不可说之说》,商务印书馆,2009年,第153页。

暧昧、混乱里的反抗绝望

——尔雅的城市女性系列小说

我这里说的“尔雅”是指作家张哲，他的笔名是“尔雅”。我不知道他为什么给自己取这样一个笔名，中文系毕业的人都知道，中国古代有一本很有名的辞书就叫《尔雅》。

尔雅最早写诗，他的诗歌写得不错。当年是西北师范大学的校园大诗人，《我们》诗刊的主编，要知道，西北师范中文系是甘肃诗人的摇篮！新世纪才开始创作长篇小说，《蝶乱》，然后《非色》，都很出色，很后现代，很暧昧、眩目。一下子在甘肃文坛就红了，接连获得了甘肃黄河文学奖一等奖。

他写散文的时候，我劝他多写一点小说，因为他的散文很有小说的元素。等出版了长篇小说，我又劝他多写一点中短篇小说，在全国有影响的刊物发表一下，把自己的声音弄大一些。说了几年，他才决定写了。他是一个懒散的人，很会享受生活，有点小资，根本不像农村出来的，比城市的青年更城市。这一催，了不得，他一写就不可收拾，才短短两三年，已经在全国重要刊物发表了城市女性系列、许镇系列 10 多篇。他的许镇系列，虽然也有若干篇不错的，但我不大喜欢，可能不合我的审美趣味吧。他的城市女性系列小说，却不可小视。一发表，就先后被《作品与争鸣》《中篇小说选刊》等转载，影响比较大。

这里可能还有一个作家文学史的问题。我认识许多陕甘作家，一说起柳青大都很崇拜。他们的阅读兴趣基本都在革命现实主义文学那里。因此，他们的创作基本还是乡土文学。而尔雅绝不是如此，他的阅读兴趣从 1980 年代就快速地欧美化了，而且是欧美的现代主义派。我们知道，很多作家的文学史是残缺的，他们平生只读那么几个作家，一遍遍地读，似乎永远也读不完，宛如卡尔维诺的《寒冬夜行人》。这一点与批评家不太一样，优秀的批评家是有自己的偏好，但基本上阅读量都是很大的。只有具备文学史的视野，才可以做一个合格的批评家。因为如此才有能力对比，面对一个新作品很快就有一个坐标系在那里。当然，那些从概念到概念的批评家是很少读作品的，他们玩的是概念游戏。

从作家自己的文学史，完全可以进入他们的精神幽暗之处，领会其作品的味外之味，象外之象。从一位作家喜欢的作家系谱里，是可以看出一位作家的创作基点的。尔雅喜欢的作家都是比较暧昧的、混乱的，而且很个人化的，如福克纳、博尔赫斯、卡夫卡、杜拉斯、张爱玲、《金瓶梅》等等，从趣味上说，他们是投缘的。

暧昧、混乱与内在自由

E.M.福斯特说，艺术家具有两种人格，一种是公众性的，另一种则是私人性的，艺术家就是从这隐私的深处产生出来的。[①]我们当代的很多作家只有公众性，所以我经常说他们更多的是宣传部干部。尔雅的写作很少有公众性，他很痴迷私人性，他的写作是从他内心深处的幽暗处流淌而出的。这从他的文字就可以看出来。

尔雅的文字从一开始就显得摇曳、暧昧，他的《哑巴的气味》《南方》等小说里已经出现了这种暧昧和混乱的美学特点。尤其发表在《飞天》上的《南方》更是如此，它可以说是这一组城市女性系列小说的代表之一，体现了这一组小说的独特风格。《南方》写了小姐，他比较喜欢写小姐，或准小姐，可能这些女性更带有暧昧和混乱。读者阅读《南方》，开始会觉得它是一篇色情小说，确实写得很色情，很生猛，甚至让读者产生某种生理反应。可读到后半部分，尤其接近结尾，那种感觉变了，读者似乎从高峰掉了下来，掉向深谷，有一种透凉的感觉。在这里，作家用一种人性的视角写出了妓女的内心世界，写出了她们的隐忍，他们的挣扎和他们的无可奈何。也因此让读者对人生、人性有了更多的体悟。利昂·塞米利安说："一部真正的小说，就在于它所描绘的事件本身的意义。""一个富有洞察力的作家，总是力图去探索那些隐藏在

[①]【英】林德尔·戈登著，伍厚恺译：《弗吉尼亚·伍尔夫——一个作家的生命历程》，四川人民出版社，2000年，第249页。

人类社会事件深处的意义，从而围绕这些事件的意义去构建他的作品。”[①]我们很多作家一写妓女，似乎天然地就有了一种道德优越感，一种批判视角，一种高瞻远瞩，似乎他多么正派，多么正人君子。其实，这还是没有进入真正的小说创作，他们还在那里“装”，用金庸的小说人物类比，那就是岳不群。或者用一种完全的商业眼光，在他们的眼睛里，写妓女可以赚钱，可以打开市场。于是，他们在小说里写尽了妓女的不堪，其实反映的是自己的不堪。这种猎奇的心态也是很可耻的。对这样的两类作品，是没有必要进行艺术的分析的，因为它们还不配。塞米利安认为，从揭示人物内心世界入手来塑造人物，一般可避免平庸呆板的弊病。其实，不仅如此，它也是真正进入艺术的法之门。

城市女性系列之二的《谁的身体更柔软》也是这样一篇优秀的小说。它描写了两位年轻女子：莉莉和刘美丽。她们都算城市白领，是公司副总裁或画廊老板，她们都喜欢“我”，可是也与别的男性有来往，甚至发生肉体关系。“我”是一名公务员，但精神层面更像一个混混，无所事事，对情感似乎无所谓。我们知道，城市相对于乡村，它最大的特点就是诱惑和欲望，因为城市没有农村的田野和庄稼，也没有那么辽阔的蓝天、碧绿的河流，当然还有漫漫的黄土。乡村相对来说简单、朴素而接近原生态。农村的人活得比较真实，或者因为接近大自然，有了天地的气息，诱惑相对来说很少。而城市，这个钢筋水泥的世界，有着更多的灯红酒绿、红男绿女，有着更多的人口，更多的货币，欲望就如野草蓬勃生长，性当然是最大的一种欲望，它与金钱紧密结合。人在大都市，很容易迷失自己的本心，色、钱，都是腐蚀剂，人性在空前地接受考验。尔雅的小说正好反映了城市的这种欲望，和欲望后面的绝望和虚无。他作为一名优秀的作家超越普通人的地方，是他看到了城市欲望和奢华后面的无耻和虚无。而且也用自己的文字呈现了这种绝望与虚无。这是一般作家很难达到的。他们只是迷失于外表的繁华和奢靡，还停留在比较原始的层面，甚至更低级的猎奇层次。他们的小说给读者的也仅仅是感官的刺激。中国现代文学史上的新感觉派主将穆时英的

[①]【美】利昂·塞米利安著，宋协立译：《现代小说美学》，陕西人民出版社，1987年，第2页。

小说，在表现上海的繁华和糜烂方面有很优秀的表现，可没有再往前走一步。尔雅比他就多看了一眼，可能与他来自农村有关系。农村的人更能接近地气，更难被欺骗，他们有一种真诚的文化元素，有一种大地的坚实和朴素。

《谁的身体更柔软》的写作，在他一贯的暧昧、混乱里，还有一点诙谐、幽默，这是非常难得的，说明尔雅作为一位作家的成熟。一般来说，成熟作家的写作都是优容而诙谐的，不是那么紧的，像屁股后面有狼追着似的。很多作家的写作是混乱而无根的，当代作家的写作更多的是无根的写作，作家写的是迷失、堕落，自己也早已经迷失和堕落了。杰出的作家应该像一条大河，不管怎么流，它总是贴着坚实的河床，河床是一位成熟作家的象征。尔雅的小说里经常拿爱情、性调侃，甚至解构，他的无所谓甚至无耻的写作里，其实仍然有着顽固的坚持。《谁的身体更柔软》里那两位女子很爱“我”，但“我”不相信，而且“我”确实有不相信的一面，于是，“我”无耻，“我”无所谓，“我”被人追杀。但到了最后，“我这时发现，我哭了。我知道，我真的爱着刘美丽。”

我们现在的 80 后作家多的是解构和不相信，这是西方现代主义文学的主要特点。不过卡夫卡的虚无里也还是有着坚持，有着对人性的向往，他没有完全绝望。鲁迅也是如此，他说了他是“反抗绝望”。在这个意义上，尔雅的小说也是如此，他在奢靡妖艳的文字里，仍然有着对人性的强烈追求，他仍然在欲望、诱惑、堕落里挣扎。《谁的身体更柔软》最集中地表现了他的这一美学特征。

而且，尔雅的城市女性系列小说有一种变形的浪漫主义，这可能是他内在自由的一种扭曲呈现。农裔作家一般都比较现实，如路遥、陈忠实等，他们笔下的女人都是乡土里长出来的，或健壮或愚昧，那么摇曳多姿的女人，那些城市女郎，非他们想象中人物，也很难出现在他们的笔下。但尔雅对城市女性是熟悉的，一颦一笑，举首投足，都写得细如毛发，尤其在情感的描摹上，更是相当出色。这可能与尔雅天性中的女人化有关系，他是家庭里唯一的儿子，从小娇生惯养，造就了他对自由的异乎寻常的渴求。他善解女人心，也很容易与女性发展出不寻常的友谊。他可以与女性聊上一天而不疲倦，但很难与一个男性聊上一二个小时。就这一点而言，倒很接近萨特。尔雅骨子里，有着对自由的一种奇特的呵护和向往，甚至这种“自由”有时候显得那么的残酷。

尔雅的城市小说，故事都有点暧昧不清，背景恍惚迷离，人物如梦似幻，极其符合都市生活的那种灯红酒绿或无聊虚无。这主要靠他出色的文字表达了，他的文字非常之旖旎，多汁而饱满，很像青春女子丰满的身子，把衣服都崩得紧紧的，很能充分表达他的那种怪怪的情绪。不过，这几年他的文字明显地苍老了，少了当年的旖旎。这一方面，明显是受到现代主义小说的影响，尔雅非常痴迷欧美现代派，如福克纳、博尔赫斯、卡夫卡、杜拉斯等，他几乎是第一时间阅读并喜欢的。在这方面，他有深刻而独到的体悟，长篇小说《非色》《蝶乱》里都有出色的表现。当然，这种暧昧也与尔雅的不成熟息息相关。从情感上看，他小说中的人物都是情感上的不成熟者，基本都无法掌控自己人生的航向。

他写的基本都是一个个女孩的成长发育过程，似乎还处于青春叛逆期，虽然有些岁数已不小了。加之他本身内在自由的强大，使他的小说具有了一种很强烈的反叛色彩。这在我们 60 年代末一代人中比较罕见。在这一点上，他与 80 后几乎是一代，而他确乎与 80 后的女作家或一代人，关系甚是密切。

《上海的妖夜》虽然不能算一篇很成功的小说，但小说里的那种暧昧、迷乱、绝望和对生命流逝的描写，仍然是非常到位，甚至非常残酷的。西安某大学的一位 35 岁的数学博士、副教授，与一位 25 岁的江南女子网恋了，于是，这位王三元博士就拿着自己的一万元课题费跑到上海去幽会。小说一开始就写了他们在东方大酒店的销魂一夜，那种上海的“妖”，女子的“妖”，那种魅惑妖艳的气味，描写的非常成功。在这里，作家施展了自己最擅长的比喻手法，一个一个奇妙而新鲜的比喻，有力地烘托出了那种都市的奢靡、堕落、暧昧气味。比如，“上海下着雨，接站的人都举着伞，像是很多只运动的贝壳。”“她新鲜得像一颗刚刚洗过的草莓。”“早晨醒来之前，这个城市是奢靡和艳丽的，它的气味就像夜晚的李红菲完全绽放的身体。”通读尔雅的小说，他对都市气味的描写是最成功的，也最见个人特色。这是他城市女性系列的一大成功处。接着，情节就有点了老套，这个李红菲半夜逃走了，卷走了王三元的所有钱款，只留了 300 元，够买一张上海到西安的硬座火车票。

接着小说叙述了王三元对李红菲的寻找，从侧面又描写了上海的“妖”。后来无路可走，王三元只好向自己的师姐穆小芸求救，在上海工作的她就来到了酒店，他们在读博期间曾经有过恋情。这里，在写王三元与已经见老的穆小芸的描写，就比较残酷，写出了女性衰老的必然命运和她们在男性眼睛里的可怜地位。在穆小芸的要求下，他们到了酒店房间，她很快地脱去了自己的衣服，把自己赤裸在床上的时候，王三元突然没有任何感觉，而且他又闻到床铺上李红菲的气味，他“迅速地变软”，而敏感的她也“逐渐地冰凉”，“最终就像一块冰”。这个时候，作家又写了一笔，这一笔见出他的不凡功力：“穆小芸在床上躺了一会。有一颗眼泪从她的眼睛里涌现，然后迅速地滑过脸颊。”她走后，他一直陷于某种说不清楚的感伤。“也许，他们永远都不会见面了。穆小芸的一颗眼泪一直在他的眼前晃动，那情景特别的清晰。那颗泪水越来越大，最终把王三元完全浸泡了。”这里就有一种对生命流逝的伤感，一种对美丽和脆弱的感叹，一种对人性的挖掘。

尔雅对中国古代情色小说和西方情色电影，有着超乎常人的阅读，也有着自己深入的研究。但他在自己的小说创作中并没有照搬，他更多的是“运用脑髓，自己来拿”。他的小说里，几乎没有猎奇的心态和对女性的俯视视角。他的性叙述的度，也掌握得比较恰当，有着良好的伦理观，表现了一个作家的优秀人格。

懒散、逃避与叙述学

尔雅的懒散是大家都知道的，整天萎靡不整，游来荡去的，但一进入写作，却是很勤奋的。为了创作新的长篇小说，他几乎跑遍了西北五省，花去的钱多了，看来稿费或者版税都是挣不来了。这就是尔雅，一个很艺术的人。不过，他骨子里的懒散还是很强烈的，这一点严重影响了他小说创作的质地。小说，就是挑战一切可能性，在绝境展示作家的才华，所谓蜗牛角上的战斗，螺蛳壳里做道场。但是，尔雅到了小说的关键地方却总是掉链子。比如，说写一个女的，同一个男的，到了一定的程度，然后就分手或怎么了，他就懒得细细描写，一句话打发了，一般是用“不管……”或“总是……”或“反正……”，他们怎么怎么了，诸如此类的句式。这是作家跳出来收拾残局,或者强行结束故事的进程,或者掩饰自己的无能为力,而不顾小说自身逻辑的发展。比如,《上海的妖夜》里,他写王三元与穆小芸相爱了、做爱了,然后就开始吵架,关系僵化。这个时候其实最能凸显一个作家的功力,而且也是小说能够出彩的地方,可是我们可爱的作家不耐烦了,他用一句话就打发了:“就像所有的言情剧里的情节一样,他们起初是甜蜜和放浪的,之后就开始争吵,赌气或者深夜出走”,云云,一句话就仓促地结束了。接下来,又把穆小芸送到德国去,一段情感纠葛似乎就过去了。正因为这个地方的仓促、不负责任,后面王三元和穆小芸的见面虽然写得很精彩,可还是影响了读者的阅读效果,大大减弱了小说的艺术力量。更让人不能接受的是,这样的手段他竟然在同一篇小说里用了两次。第二次,是在王三元与穆小芸重新相见,在商场买衣服,然后她很想做爱,他们就跑到了旅馆。这时候,作家又写道:“接下来的事情很像某一出言情电视剧里的情节。”云云。应该告诉作家,这个时候,作家不能如此偷懒,这是对艺术的高度不负责任。

在这样的关键地方,方显示一位作家的才华和他的过人之处,一般应该由叙述者叙述出来,或者小说人物自己行动出来,或呈现出来。作家这个时候不能跳出来的。就比如《红楼梦》林黛玉焚稿那一段文字,就完全是呈现出来的,而不是曹雪芹叙述出来的。在这里,作家退隐了,小说开始自己说话了。这是小说艺术的最迷人之处。如果曹雪芹用一句话,怎么怎么了,反正林黛玉就那么死了。这样小说的艺术性就几乎丧失殆尽了。福楼拜《包法利夫人》的伟大之处,就是作家的无处不在,又无处没有,他完全是呈现出来的。“写作角度不仅是小说创作中的一个技巧或美学问题,在作为叙述方法的写作角度背后,存在着一个道德角度。”[①]这是尔雅在以后的小说创作中应该注意的。

小说里的叙述和描写,我个人认为,在塑造人物或烘托气氛方面,描写要更重要一些。长段的叙述,会产生严重的隔离感,是应该避免的。即便伟大如托尔斯泰,他的长段议论也不能说不是一个缺点。但尔

---

① 【美】利昂·塞米利安著,宋协立译:《现代小说美学》,陕西人民出版社,1987年,第70页。

雅小说有时候不太关注描写。这也是他随便打发故事的一个原因吧。正因为描写的弱化，使得他的小说人物很难立体起来，也就是说“活”起来。他的故事讲得很好，多趣而摇曳，气氛也烘托得比较到位。就是在人物塑造上，缺那么一点。读了他的小说，似乎还没有一个女性人物让人忘不掉，或者经久弥新。我们记住的往往是那种小说氛围，那种暧昧的气味。《小薇的身体》就是一篇不太成功的小说，小说几乎是靠叙述推进，而且这个叙述很凌乱，缺乏耐心。这个叙述者“我”极其可疑，他不是小说中的人物，但又在那里“叙述”，作为第一人称叙述，那就只能是作者了。而作者全篇的进入，严重影响了小说的艺术，可信度也几乎没有。到后半部分，叙述者也没有耐心了，其实是没有能力叙述了，从 12 节开始，到 16 节结束，才 2000 字左右。完全是梗概式的蒙太奇的闪回，嗖嗖地就过去了，仓促而混乱，明显表现出了作者的无力掌控。原因就是叙述者的残缺，这个叙述者不成立。

在小说叙述学上的不成熟，或者说小说技术的使用不当，导致他的部分中短篇小说出现许多问题，比如结构，在他的有些小说里就出现裂隙，甚至失败的现象。《轻浮》就是一个显例。一个短篇小说用人物来分开叙述，断气是不可避免的。其实，长篇小说使用这种办法我都觉得不是很好的选择，是一种偷懒。尔雅的部分成功的短篇小说，全在于他的灵性、敏感，他的感觉的优秀。可是小说技术层面，或者叙述学上的不成熟，对他短篇小说的发展影响巨大。杰出的文学作品都是非常讲究文体的，优秀的作家都是文体家。他的小说在叙述视角上的单一、重复，几乎都是第一人称，而叙述者又模糊，难以站立，很大程度上削弱了作品的艺术性，应该是以后改进的方向。

这种不大关注描写，或者在最关键的地方，放弃描写，而用一句叙述带过，或整个作品用叙述来推进，及叙述视角的选择不当，说到底，还是功夫不到的表现。当然还有心理原因，那就是懒散与逃避。尔雅虽然深受现代主义小说影响，可他本质上还是一个浪漫主义者，他的创作有时候与乔治·桑一样，是主观的，情感的。他对自己的人物缺乏一种客观描写、研究的欲望，对他们的内心世界不太关注。用伍尔芙的话说，他那里太多物质主义。他小说里的女主人公都几乎没有心理的细腻呈现，即便那个著墨较多的“我”也是比较模糊，他很少进行深入的心理刻画。尔雅关注的可能还是故事、故事的推进或编造，还有气味的营造。

尔雅的中短篇小说的结尾，一般都比较好，但也有例外，比如《上海的妖夜》，就有一种逃避。王三元渴望李红菲回到酒店，可到最后她要回来了，他却提前回西安了。然后最后一段又说他们在电话里继续来往，已经在商量结婚的事情了。但结不结婚，其实王三元还不清楚。这里就是一种典型的逃避。他无法面对李红菲回来的事实，因为他似乎无法写下去。只好就这样逃避了。小说的最大出彩处其实就在结尾，作家应该勇敢地面对这个挑战，写下去，写下去。这里尔雅面临的不仅是写作问题，更是自己的心理问题。我曾说小说创作最后拼的就是作家这个人。如果尔雅不能解决这个问题，他的小说创作往往容易行百里者半九十，功亏一篑。当然，这很难，正因为很难，他才要去面对，去直面。

多少优秀的作家因为逃避，而失去了与杰作的相遇！

当“文学”成为“我”

——《<飞天>60 年典藏·我与文学卷》读后

《<飞天>60 年典藏·我与文学卷》是一册好选本，里面所选文章大都为名家所作，而且大都为 1980 年代文章，读来有一种恍如隔世的感觉。1980 年代虽然已经成为了历史，但毕竟还带着残留的体温。

徐光耀是我很敬重的革命作家，他的人格让我折服。《<小兵张嘎>的奇异出世》叙述了创作《小兵张嘎》的艰难过程，如临其境，令人体会到了革命作品产生之不易。杨争光《如果我能够》让我们分享了他写作的乐趣。徐小斌《炼狱之门》写出了一种创作的“癫狂”。 毕淑敏《昆仑山注视着我》回忆了早年的阅读经历，也引用丘吉尔的话进行了反思：“年轻人不应该过早地接触名著，这将使他们不求甚解。”阎欣宁《人生有梦》的“要当官就别写小说，要写小说就别当官”，不仅让作家“刻骨铭心”，也让我们感慨万端。“文章憎命达”，古来如此呀。

王家达《哦，我那土拨鼠一样的童年》用诗一样的语言回忆了自己创作《清凌凌的黄河水》的过程，读来倍觉亲切。邵振国《我的文学自白》，是一篇关于“文学”的思考，其中对现代主义多有研讨。看发表日期，是 1988 年 4 期。在那个年代，他已经开始了对现代主义文学和“文学”的深入思考，这是多么地不易。当然，其中的观点，还是值得商榷，虽然他到现在依然坚持。曲子贞《我的编辑生活》回忆了《工农文艺》的历史，让人回到了甘肃文学的发生期。还有陈忠实、昌耀、涂光群、古华、林斤澜、邓友梅、陆星儿、周涛、方方、唐祈等人的文章，都是结合自己的创作谈文学，读来亲切自然，文字风格各有千秋，不但对文学研究者，而且对文学爱好者都是很好的读物。

这里，结合其中的文字，谈谈我的一点读后感，也包括我个人对文学的理解。

一

新世纪以来，当代文学自先锋派更加“进步”到私人化、隐私化。似乎文学就是写作自己的那一点“私事”，而且这个“私事”还是非常之隐秘的那点“私事”。陈染、林白就是其中代表。这样的写作在一个阶段确实也掀起了一点儿波澜，在中国这样的国度，女人的那点“隐私”由女人自己说出来，以前还是很少见的。“窥隐”毕竟也是人类的共同爱好。不过，书写“隐私”还算文学，只要你写得好。因为从此还是可以以小见大的。但是，随着市场经济的不断发展，文学也开始“发展”为“商品”，于是“技术含量”不断增加，“三聚氰胺”越加越多，而有关人性、人文、民族、情感等却越来越少。为了市场份额，为了码洋，为了版税，我们的作家越来越疯狂。鲁迅在《论睁了眼看》里说：“中国人向来以为不敢正视人生，只好瞒和骗。由此也生出瞒和骗的文艺来。由这文艺，令中国更深陷入瞒和骗的大泽中，甚至于已经不觉得。”

但是，人类之所以成为人类，并不完全是因为个人的那点隐私，人类之所以成为人类，还有某些共同的东西。文学之所以成为文学，也不完全是因为它的商品性，读者更看重的是它的艺术超越性。到现在为止，还有很多人怀念 1980 年代的文学，我想，一个很大的理由：那个时候的文学是大家的文学，反映的是一个民族的思考、情绪、冲动、激情，还有那种生命的张扬。

我读《<飞天>60 年典藏·我与文学卷》就很有这种感触。拿到书的第一时刻，我就先读了刘宾雁的《我停留在艺术门外》，文字之美，之雅，文字里滚动的那种力量，真的是久违了。他自称“我从来不认为自己会成为一个作家。”他说：“从中国进入二十世纪以来，任何一个肯思考的中国人都很难躲得开政治。它就在门外站着，还常常破门而入，使你不得安宁。”文学不是政治，这丝毫没有问题，可是文学如果不“介入”政治（我们这里取最广义的政治概念），那“文学”“纯洁”得还能剩下些什么？

文学，成为一种商品，仅仅是一种商品，就如拖把、扫帚，或者马桶，那“文学”存在的意义何在？文学界近年一直在研究八十年代文学甚至有人提出“重回八十年代”。那么八十年代的特殊性在哪里？遇罗锦的

《关于<一个冬天的童话>》,张贤亮《满纸荒唐言》其实已经回答了这个问题。《<飞天>60 年典藏·我与文学卷》其实也是“回到八十年代”的一个优秀的文本，读着那些 1980 年代的文字，虽然只是一些文学创作谈,可那种“气象”“力量”真是我们当下文学所缺乏的。

当然,文学之所以成为文学,就是因为它的文学性或者说艺术性。也就是我一直谈论的“形式”。同是歌颂爱情,藏族民歌和蒙古族民歌是不一样的,花儿和信天游也是不一样,昆曲、越剧又是一种形式。这里的关键就是“形式”。这个“形式”既是民族、地域的,也是个人的。而且只有在“个人”意义上才真正进入“艺术”。

我们阅读《<飞天>60 年典藏·我与文学卷》，就有很多这样的感慨。那么多的作家谈自己的创作,谈他们创作某部(篇、首)作品的过程,这里就才进入了“艺术”的领地。叶蔚林《给一位青年作者的信》,就直接谈论了艺术风格、特色的形成,1981 年就有这种意识,真是让人佩服。汪曾祺《两栖杂述》更是难得的精彩之文。汪曾祺的文字,我一直爱读,虽然“小”却“好”。他的《两栖杂述》就是一篇美文,不是一般作家能写出的。他真是一位好作家,懂艺术的作家。在文中他从艺术的相同性谈了自己的观点,他说写小说的不妨从戏剧、民歌、美术里吸取营养,这确是经验之谈。他还提出:“我以为‘文气’是比‘结构’更为内在、更精微的概念,和内容、思想更有有机联系。这是一个很好的、很先进的概念,比许多西方现代美学的概念还要现代的概念。文气是思想的直接的形式。”他从中国古代文论里拈出“文气”二字,确具独眼。我多年来也一直思考这个问题，可是一直不得其解。“我希望评论家能把‘文气’引进小说批评中来,并且用它来评论外国小说。”这是先见之明,可又有多难呀。不过,汪曾祺老先生能提出这个问题,已经了不起了。可见他是真懂艺术的。《两栖杂述》真是一篇当“文学”成为“我”的佳作,不像我们有的作家谈了半天创作心得,却连一句像样的句子也写不出来。

二

“文学”,现在真应该加一个引号了,否则很容易被自以为是的人就误解了，或歪曲了。我们很多年来，一直把“观念”当文学，而且还是别人的“观念”；我们一直把宣传当创作。鲁迅说过，文学有宣传，但宣传绝不是文学。我曾经撰文认为，公文语言不能用于文学创作，其实日用文书语言也不能用于文学创作。“文学”自有自己的语言，这种语言有它特有的节奏、腔调、句式等。我们一直把“形式”看成“内容”的附庸，因为内容决定形式。其实，“形式”本身就有趣味，本身就有它自身的意义。佩特说，一切艺术都渴求达到音乐的境界，在这种境界里，形式与内容是如此微妙地纠缠在一起，以至没有一个批评家能在它们之间划出一条界线。

当然，任何“形式”，都无法逃脱“意识形态”，但所有的“意识形态”如果没有“形式”，那还是宣传品，还无法成为“艺术”。而且，这种“形式”还必须是属于“我”的，才可以称之为“艺术”。很多作家写了一辈子文学，其实何尝进入“文学”之门？他们使用的“观念”“思想”是别人的，他们使用的“语言”是别人的，他们使用的“形式”是别人的。阅读他们的作品，我们能看见的他的劳作，只是机械劳动。

也就是说，他们写作了一辈子，其实做的不是“文学”的活儿，他们做的是匠人的工作。他们的身份还不是“作家”，而是别的什么身份，可能更靠近古人所说的“百工”。

新马克思主义认为，一切艺术和一切批评都是“政治的”。这话也不能说错。他们说出了“文学”的尴尬。可是，如果只有“政治的”，也就没有“文学”。因为“政治的”，可以用很多方式表示出来，比如公文、领导讲话等等。

当然，这里说的“我”必须是一个大写的“我”，一个博大仁慈的“我”，不是一个冷酷的自私的“我”。否则，依然没有“文学”。所以，“文学”其实最后拼的就是一个“我”。而这个“我”要通过“文学”的方式呈现出来，就必须用适合“我”的“形式”。

所有的伟大作家都是如此。

巴赫金研究陀思妥耶夫斯基，提出了“复调小说”，认为是陀氏的独创。如果没有这样的复调小说，所谓伟大的小说家陀斯妥耶夫斯基也就不复存在。王尔德说艺术家陀思妥耶夫斯基的主要功绩在于他“从来没有充分地解释过自己的人物”。按王尔德的说法，陀思妥耶夫斯基的主人公总是使我们感到震惊，因为他们说话或者行动，却直到死都保持着生活的永久秘密。这是陀氏复调小说的伟大之处。

我们当代文学的滑坡或颓靡，也是与我们的文学教育有关的。阅读《钱理群中学讲鲁迅》（三联书店 2011），可以看出如今高中生的文学修养是无法与民国时期的中学生相比的。而钱理群的讲鲁迅，也是无法跟曹聚仁、王瑶的讲鲁迅相比的。这是为什么呢？“第一口奶”的原因。一个人的生长中，第一口奶是非常关键的。康有为说的“入门须正”也是这个道理。看看作家的少年读物，对于理解他们，理解文学大有关系。公刘的《我与唐诗》，给我们很多的启发。可惜我们离我们的文学传统太远了。我们多的是邯郸学步，而少中西贯通。宗璞《也是成年人的知己》谈了童话对作家的重要性。她说，读文学作品需要“神会”，需要一点傻劲。而且还认为“每个正常的成年人其实都该有一点儿未泯的童心，使生活更有趣更美好。”我曾经撰文讨论中国当代文学为什么没有想象力了，其实一个很重要的原因就是我们的童年教育出了问题。

通读《<飞天>60 年典藏·我与文学卷》，我们发现这么多当代的优秀作家，他们的早期阅读其实是很可怜的。当然，这不是作家的错，是时代的荒谬。因此，也就理解了中国当代文学低迷的一个原因。吃的是草，挤出的是牛奶，但必须是新鲜的草呀，不能是三聚氰胺！中国传统的“家学”断绝了，西方文化只是懂一点皮毛，如此“修养”，又如何能创作出杰作呢？尤其市场经济浪潮汹涌而来，更是没有了“文学”的土壤。就那么一点点可怜的库存，却偏“制作”着一部一部的长篇小说，大家都拼命着“著作等身 ”，可没有时间认真读一点儿书。这几年还能继续创作的那些作家，还保持着一个水平线的那些作家，其实他们的秘诀，还是两个字：学习。

三

朋友说，汉语写作必须要进入汉语，鲁迅就是进入汉语的作家。如果连这都做不到，只是一些观念，那非常可怕。观念人人有，可思想只有从文字产生。那时在书立方的咖啡馆里，他说的这一番话。当时那个隔间，很幽深，很清净。

我不由得想了许多，一位作家之所以成为作家，“是”一位作家，而不是思想家、哲学家，或别的什么家，首先的不就是他的文字，他的语言吗？如果他的文字与他的生命没有任何关系，他的文字没有生理与心理的疼痛感，那他这位作家就值得怀疑！

作家“是”作家，这个“是”，首先就是他与语言、与文字的这种感觉。

诗人保罗·策兰说：“它（语言）必须穿过它自己的无回应，必须穿过可怕的沉默，穿过千百重死亡言辞的黑暗。它径直穿过并对发生的一切不置一词，它只是穿过它。它穿过这一切并重新展露自己。”这就要求作家进入母语，进入母语深处。

王家新《词语》中写道：“你只有更深地进入到文字的黑暗中，才有可能得到它的庇护：在把你本身吞食掉之后。”“甚至诗歌也不存在：存在的只是那在黑暗中发光的声音的种子。”一位作家不管他写作的目的是什么，赚钱、养家活口、还债、送给情人、闹着玩、应付约稿，都可以，但是当你拿起笔，真正进入写作时，你要老实，要诚，这个时候你不能“闹着玩”，你要用心写作，用你的生命写作，这才是真正的作家。否则，一边写作，一边想着能否畅销，能否多弄点钱，那就堕入可耻。严厉地说，那只是一种魔鬼写作，无人性无个性，更无神性。

苏州大学季进教授认为：中国当代文学放在整个世界文学的框架中来看，它的总体成就还是有限的。至少在引领二十世纪文学潮流方面，中国作家从来没有走在前面。（《当代作家评论》2009 年 6 期与葛浩文的访谈）这是因为中国作家根本就没有“生命”，他们只是一种技术写作，扮演着一种技术员的角色。他们的文字里，根本没有这个民族的声音、痛楚、撕裂，他们有的只是个人的私欲。他们是过于聪明的中国作家。有作家说库切是三流作家，《耻》那样的作品中国当代文学里多的是。我为这个作家的无知感到一种羞耻。《耻》那种题材，中国的作家根本碰都不敢碰，你还有什么资格说人家是三流？

美国中国文学翻译家葛浩文说，中国文学还没有走出自己的道路，连作家自己都不太清楚要走向何方。我认为技巧不是最重要的，最重要的是要找到自己的声音。

这里葛浩文提到的“声音”，我觉得很到位。这就牵扯到汉语的写作问题，文字，不仅是表意，它还有自己的“声音”，找不到这个声音，尤其属于作家的这个文字的声音，那文字就没有生命，与作家自己没有任何关系。我们不能把这个“声音”理解成“观念”，中国作家多的是“观念”，可是少的是文字的声音，那种天籁之音。“观念”不是中国作家的长项，即便是写“观念”，也应该是与自己的生命有切肤感觉的“观念”，而不是生搬硬套来的所谓“观念”。

葛浩文说自己的文学感觉太差，所以文学批评做得不好。得承认这个，不行就不行，于是他去翻译，那是他行的。看了他们的这个访谈，我倒喜欢上这个葛浩文了，起码他真诚。文字的感觉，是非常重要的，它与作家的生理有关，与生命有关，也与心理有关，说到底，它与一个作家的最根本的命脉相连。

我曾经说，一位普通话说得很好的作家，他的文学创作绝对不会太好，因为他是无根的。语言与土地是血肉相联的。历史上的很多大作家都是口吃，或南腔北调，因为他们与土地在一起。

希望《飞天》能恢复这个名牌栏目，继续发表一些优秀的“我与文学”之类的文字。其实，从这样的文字里，我们更能进入“文学”，进入作家的创作隐秘之处，深入思考“我”与“文学”的关系。

“文学”不在别处，它就在“我”这里。

素描，最有力量

——读雷达散文《黄河远上》

从事文学批评十多年，读了很多作品，也读了很多文学理论著作，越来越服膺老子的四个字：道法自然。我认为，自然，才是文学的最高境界。我很反感那种炫技的文字，朋友春生说，马原、格非那些1980年代的先锋之作，现在看还是很轻飘。我喜欢杨显惠的三个"纪事"，就是因为它的自然、朴素。而大力量、大艺术正来自这种自然、朴素。多少年后，那些一时的风云之作，那些为技巧而技巧的作品，可能烟消云散了，但杨显惠的作品还会留在那里，像河里的大石头，任怎样的泥沙都冲不走。而这正是一种西部的力量，一种似乎落后、老实，但其实是真正的力量，一种沉默的大力量。

雷达也是从甘肃走出去的大批评家，他的文字里的那种风骨，那种硬朗，就是这片土地给予他的。他早期的散文，大气、雄浑，真有《史记》那样的泥沙俱下的气概。众所周知，雷达是以评论立身扬名的，其实，他的散文也很优秀，而且他的很多评论本身就是美文。但通读他以前的全部散文，我还是感觉到一丝遗憾，总是感觉在语言上略有生硬，写作之中藏藏掖掖，不是很过瘾，比如《还乡》《皋兰夜语》。不过，隐隐之中觉得他散文创作的空间还很大，应该还能写出更好的散文来。多年前，我给他写信，建议他应该减少评论的写作，而专力于散文创作，尤其是自传体的散文。他回信说，兹事体大，容慢慢考虑。

去年，他说，我要写一组西北往事的散文，在《作家》连载，希望我关注。我的单位没有订这家杂志，无法看到文章。后来从他的博客，还有别的地方看到了他写妈妈的一篇《多年以前》，文章前半部分，真情写来，动人心魄，其中写到母亲和自己的痛苦经历，让人泪下。父亲英年早逝，留下孤儿寡母，日子极其艰难，倍受欺凌。"每当母亲一手拉着我，一手拉着姐姐到兰州农校后面的旷野地里，面对黄昏时苍茫的皋兰山时，我就害怕极了，我预感到母亲又要哭了。果然不一会儿母亲大放悲声。对她,也许是生活重压下的一种宣泄吧。那是我童年最恐惧的时刻,父亲离开的那个傍晚的恐惧也在这时一并袭来,我不由浑身颤抖。”

但是,我感觉《多年以前》依然没有完全放开,很多东西藏了,他似乎还是有点怕,不敢碰似的,文章后半就躲避了,开始引用了别人的文字,仓促结束了文章。《新阳镇》写的是他的老家,和老家的人,《新华文摘》也转载了,粗读之下,略觉琐碎,仍然觉得无法代表他的最高水平。不过,其中大嫂的形象极感人。

2014 年 7 月 26 日夜,在微信上偶然读到了他的新作《黄河远上》,写他少年时在兰州的日子,很长,万字吧?我细细地读完了,唯一感觉是无语,隐隐之中有一种大力量穿透了我。给雷达老师发了一个短信:这是一篇杰作,其水平可能在您《皋兰夜语》之上。我认为,在这篇散文里,他终于打开了自己,没有顾虑,没有忌讳,真实地书写了一个少年的成长中的内外压力、隐痛、受伤害,雷达给我短信说:“也想还原西部历史人心的真实。全真实的,包括每个细节。”

《黄河远上》不仅是雷达的散文代表作,也是当下中国散文界难得一见的有风骨的文字。既有历史的苍茫感,也渗透着个体的生命体验。文字较之雷达以前的散文,更加精炼,更加丰富,更加有一种人世沧桑。读这样的文字,我不由想起了一个古语:人书俱老。也想起了杜甫的名句:庾信文章老更成,凌云健笔意纵横。雷达以前有一篇写兰州的名文《皋兰夜语》,我觉得《黄河远上》一文,不下于《皋兰夜语》,甚或超之。

鲁迅说,中国多的是瞒和骗的文学。此话虽然刻薄,但却极有道理。这也就是中国很难产生大师级作家的一个原因,因为作家在写作的时候,都做不到坦诚,都要假声写作,都要装腔作势。比如余秋雨的散文,就有这个毛病,猛一读,似乎很有文化,文辞也颇华丽,但经不起反复阅读。因为,他不真实。我们知道,每个人都是不完美的,我们要接纳不完美的自己。心理学家说,将内心呈现出来,它将拯救你;如若不然,它将摧毁你。不过,将内心呈现出来,对一个中国人来说,太难了,有时候是难于上青天。西方作家有上帝,他们在追问人性的黑暗,直面人性之恶时,可以那么残酷地去面对,因为他们有上帝。在神的力量下，他们才可以走到那么远。而中国人没有上帝，我们连人都不相信，所以，见人只说三分话，未可全抛一片心。在这种心情下写作，肯定是一种虚假写作，或者浅尝辄止的写作。

《黄河远上》，可以说，就是一篇“将内心呈现出来”的散文。这是中国作家很难做到的。鲁迅、张爱玲的伟大，就在于他们敢于揭开自己的内心。鲁迅说，我严厉地解剖别人，但我更严厉地解剖自己。他的《呐喊自叙》，就是一篇解剖自己的散文，每次读之，都心魂几惊。

我曾在《雷达论》里说过，雷达写评论，就好像走钢丝，极其小心。其实，他写散文，也很小心，他内心的很多隐痛，他不敢深度去碰。但这次他开始撕开写了，越写越好。他敢于直视自己早年的创伤，这是散文的最高品质：真实。

《黄河远上》开篇就是1949年的兰州战役，“我六岁那年，1949年8月，亲历了解放战争中西北战场最著名的恶战与决战——兰州战役，其时我只是一个孩童，却始终没有远离火光硝烟的现场，亲见了尸横街头，血流如注，这也算我人生的一大奇遇吧。与我经历相似者恐怕少有。”甚至，他在农校的操场上玩，差点被国民党的飞机扫射而死。“我在路边，望着‘垛’满人肉的卡车，一路滴血而来，缠满绷带的血头颅和断了手脚的白骨一齐撑在车外，血红撕拉地赫人。接着的几天，马步芳最精锐的骑兵日夜不息地绕皋兰山转移，不时有马匹与人从高山上滚落下来。”对一个六岁的孩童来说，这样的遭遇太过酷烈。

兰州战役，从一个孩子的视角写出来，既残酷，又真实，这是我第一次阅读真实的兰州战役的回忆文字。“8.26清晨，天亮了，红旗插上皋兰山主峰，从山顶到城里，到处是‘缴枪不杀’的喊声，口音多是外地的，有点侉。我胆子不小，曾偷偷跟着大人们溜进城里看热闹。沿途可见沟壑里倒着死马和马军士兵尸体，血水沿着沟渠潜流着。没有枪拴的枪、未爆炸的手榴弹、各式刺刀、榴弹炮的炮弹、子弹袋、军用水壶，满街都是，要捡多少有多少。在水北门的城边，我看见一个年轻的马家军伤兵面色苍白，浑身筛糠似的抖，极痛苦的样子，抬头欲起复又趴下。其时，解放军虽控制了全城，但一切还来不及清理。这就是我亲见的兰州之战。”

十多年前，我在兰州某医院住院时，同病室有一位老革命，参加过兰州战役,说起狗娃山战役,那个死人,一团一团的,老人叹口气,太惨了。然后就望着窗外,不说话了。《黄河远上》如此说:“我的一个朋友上世纪 80 年代在台湾偶遇马继援,席间,马说,‘我们实在是打不过,我们机枪的枪口都打红了,人还是一层一层往上冲’。”

“那年我已经上小学一年级了。记忆中天总是黑的,人总是冷得打颤”,《黄河远上》第二部分开始写他兰师附小的经历。主要写了解放前血洗邱宅的灭门大血案,邱氏乃新疆盛世才的老丈人。详细描写了听来的血洗过程,让人零距离感触了那个时代变化之际的血与火。还有那个天主教堂,在镇反中的遭遇,“只是大门关得更紧了”的描写,也颇有力量。

第三部分,回忆自己在兰师附小时的游戏,踢毛旦、叠罗汉。“叠罗汉”也是我儿时熟悉的游戏,但踢毛旦,我却不知道。还写了自己被同学欺辱,与他单斗的经历,“当晚在空操场上我们打得天昏地暗,没有观众,双方衣服都撕破了,脸上都挂了彩,他眼窝开了花,我鼻子大量流血——多年后诊断鼻梁骨骨折过。为此我鼻窦炎了一生。我耗尽了所有力气,他略胜一筹。他走了,不再趾高气扬,我垂头坐在台阶上。月亮上来了,有一人气咻咻找来,是姐姐。她带着哭腔说,有一天你叫人打死了我们都不知道。我至今记着姐姐眼角的泪。”这段文字,写尽了在那个时代,作为一个孤独少年的为尊严而战的惨烈。某种意义上,也是时代的模糊的影子。

至于斯大林逝世纪念大会上,他的不由自主的大笑,写来真实,但也让人无法理解。这可能就是人的一种奇怪的生命现象。可能是压抑过多的缘故吧?“早有同学提醒我,说我在上学路上,也经常自言自语,嘴唇动得飞快,有时还笑,看上去怪怪的。这种莫名其妙的笑,突如其来的笑,以前也有过。”“我实在无法解释自己的这些行为,我只知道,随着年龄的增长,成熟,我在渐渐丧失笑的能力,我能完全控制住自己了。像这种无意义的笑,永远也不会再有了。”

第四部分,文字较少,写自己的附小生活,还有那次彻底考砸了的中考。“我承认我愚顽、敏感、淘气、怪诞,但我也有小孩子的天真、透明,可爱和不时恶作剧的念头,我是既单纯又不单纯,我的心头似总有隐隐压力,我无法做到彻底放松地纵声大笑,我有一种天生的自卑感、自负感，还有一种自卫感。多年来我一直在想，是因为我过早失去了父亲的保护和爱，还是母亲的忧郁传染了我？我多么希望我能和别的孩子一样。”这段文字，让我感动，雷达终于可以直面自己了。“我的心头似总有隐隐压力”，“我有一种天生的自卑感、自负感，还有一种自卫感”，这在我阅读雷达以前散文时，就可以感觉出来，但他藏得很深，我只是隐隐感觉到，在评论《雷达散文的青春气象》里也曾论及。后来，我一再说，你应该撕开写，你可以写写您的母亲。但雷达总是摇头。这几年，他终于在访谈里可以涉及了，这次的西北往事系列散文里，他终于可以直面了。在写《多年以前》的时候，他虽然还有遮掩，但基本上写出了自己真实的母亲。他终于可以直接写他的母亲了，这对雷达来说，太艰难了，走到这一步，非常不容易。他曾在一次访谈中说：“我的母亲对我影响最大。我三岁父亲去世，母亲守寡一生把我抚养成人。上小学前，她逼我每天认三个字，记不住不准吃饭。她是音乐教员，性格忧郁敏感甚至暴躁，但她对古典文学和书法都有很好的感悟力。她对我的影响主要是性格、气质、爱好上的。”

第五部分，写自己没有考上母亲希望中的兰州一中，被划拨到兰州西北中学。这段文字的幽怨，我能清楚地感知。我也能感觉到雷达母亲的失望，这种失望对少年的他影响至巨。“西北中学位于兰州西郊七里河，又称回民中学，对我们这些生活在兰州东部的学生来说，那近乎兰州的西伯利亚；意味着必须住校，必须适应与回族师生打交道，必须只能一周回一次家，有点流放的味道。我只有十一岁。我并非回族，何必要把我“拨”到那里去？难道管分配的人特意要治一治我吗？”这可能是雷达人生选择的第一次挫折。这段文字主要写了班主任女老师 R，“小矮个，南方人，声音尖高，浑身有使不完的劲儿。没有同学不怕她的。当时她也就二十来岁吧。她有绝招。”那种特务式的管理方式，和阶级斗争的揭发方式，在“果子事件”里表现得更加突出而露骨。雷达他们去黄河游泳，然后摘吃了农民的梨。于是，被批斗，痛哭流涕地检讨，上纲上线到阶级斗争的高度，要果农来声讨。果农却说，“娃们吃几个果子是多大的事嘛，那就不叫个事嘛，你们做撒哩沙，家算劳沙！”翻译成普通话就是：孩子们吃几个果子是多大的事嘛，那就不是个事嘛。你们做什么吗？算了吧！可是学校有人依然不依不饶，检讨持续了很长时间。“回想起来又觉得，那时的氛围，一面是社会主义建设新高潮，一面却丝毫没有松动‘人整人’的螺丝扣，在成人领域这种“整人”一刻也未停，以至当时和以后演变出了反胡风，反右派，反右倾，文革等等惨剧。它甚至也曾蔓延到了少年儿童的世界。”

这时，回族同学安映魁帮助了他，给他温暖。但是，那种对人生的荒凉感、失败感，却从此烙印到他的心里。“在我销沉之时，我常一个人到学校四周去转，有一天中午我翻过几座土山，来到现在大约是兰州西站附近的位置，向南望去，眼前猛然显现出上千个甚至上万个坟墓，丘墓间还建有门楼，罩在一层雾霭中，一直铺向天边；四野岑寂，无一人，无一声，时间仿佛凝固了，但坟场本身似乎又在动，在发出一种声音或信息，好不瘆人！我在想，每个土馒头下必有一人，他们是谁，是男是女，他们都有些什么故事。大约从明清以来兰州的逝者都埋葬于此吧。十二岁的我，有一种莫名的悲悼与伤感之情涌满心头。它是什么，我不明白。我至今也不能忘怀当时的震惊。”

当然，生活并不都是痛苦，老师里面也有善良的。第六部分写了M老师，M老师也是回族，美丽，颇有艺术素养，她在课堂上公开表扬了雷达的作文，“这件事情极大地改变了我，我开始对语文产生浓厚兴趣，并开始大量阅读文学作品。”“这个时期，也是我在大自然的怀抱中最初体味自由的时期。我家住小西湖，房子紧贴着黄河边，能听到黄河的涛声。春天‘开河’时，能听见河冰爆裂的砰砰声。三初中是所新建学校，新调来的老师和家属，互相都很生疏，没人跟我玩，我很孤单。我烦了闷了，就到黄河里游泳。假期有时一天游好几回。当时的黄河非常宽，水流湍急，十多岁的孩子游泳是很危险的，每年夏天都出事，但我不怕。我天生对水有一种亲近感，从没感到危险，只是体会游泳的快乐，和人在水中无法言说的自由感。黄河是我最亲近、最不会背弃的亲人。 我家旁边，有一条支流，游过去，就能上到一个河心小岛，岛上一个人也没有，沙滩质地细腻，小树林幽美，小鸟儿格磔其间。我把它当成我的鲁滨逊小岛，流连忘返。”

这段文字内涵丰富，既写了他的幸福、自由，终于找到了自信，也无意中依然渗透着那种让人难受的寂寞、绝望。“黄河是我最亲近、最不会背弃的亲人。”

但这位美丽的M老师最后也被打成了“右派”，不知所终。

雷达在西北中学的经历，其中可以看到许多隐痛。这种少年的创伤给了他毕生的影响。我们从他以后的文字里，还是可以感觉到那种痛的。文章结尾写到那个女孩J，字数不多，信息量很大，其实可以扩充写成一篇长文。但在此文作为结尾，颇有力量，余味悠长。“她小我两岁，性格腼腆，说话声音细弱，她的身姿和面相在我看来都非常美丽。我们的家长都是教师，我家在小西湖南坡上面，J的家在坡下的一处独院内。那时候兰州人生炉灶要用柴火，J常常去河边帮母亲拣柴，我就帮她拣，两个人都不说一句话。秋天湖上刮大风，树上摇下来好多干枝，我们仿佛约好了一样，一起到湖边拾柴，捡了的都归她，但她还是只笑一笑，不说一句话。有一次我去她家，她看见后赶快藏起来。”

“秋天湖上刮大风”，这段文字非常富有画面感，是这篇散文里难得的温暖之笔。“终于有一天，我鼓起勇气写了一封信，当面交给了她。经过好多天忐忑不安的等待，她仍无任何表示。我绝望了。她却用邮寄方式把回信寄到了西中。让我惊奇的是，她的字写得竟那么好。在那样的年代，那样的年龄，信中除了表达友谊，就是鼓励好好学习。我珍藏她的信，一直装在棉裤的口袋里，晚上睡觉时都不脱棉裤。这反常的举动引起了母亲和姐姐的怀疑，她们在我熟睡后终于发现了秘密。但母亲并没有发怒，似乎连母亲也是喜欢J的。”这里一个小男孩的情感萌动，写来那么真切动人，而母亲的慈爱，也活现笔下。

《黄河远上》最后一段文字：“当时，我没想到，她成了我此后十年间的挚友，最亲的人，更没有料到的是，这个才貌超群，善良温柔的女孩，在那个年代的狂风暴雨的摧残下，像一颗流星过早地殒落了。”

这样的结尾，让人遗憾，令人痛惋，却又无言无语，这就是那个时代。在时代的洪流里，个人算得了什么呢？但为什么老是美丽善良的遭殃，而假恶丑，却可以纵横驰骋？当然，雷达的《黄河远上》没有这么直接的追问，它只是描写，却从不发问，也不抒情，亦不议论，就那么素描下来。

素描，其实最有力量。

李建军:捍卫文学的尊严和价值

别林斯基在《给果戈理的一封信》的开头部分,说过这样一段话:"自尊心受到侮辱,只要一切问题都局限在这里,我在理智上还是能对这个问题沉默不语的,然而到得真理与人的尊严受到侮辱,这却是不能忍受的:在宗教的庇护下和鞭子的防卫下把谎言和不道德当作真理和美德来宣传,这是难以使人沉默的。"[①]

所以,求真是文学批评家的天职,但求真这种文化却是我们的文化传统所反感的。"为尊者讳,为贤者讳,为长者讳",这是我们的文化,而你偏要做那个孩童,说出皇帝原来没有穿衣服,这就非常危险。即便政治民主如古希腊,苏格拉底不是也被公民大会判决了死刑?柏拉图也被送到了奴隶市场,亚里士多德不是跑得快,可能也被送上断头台了。所以,柏拉图一生都在研究如何既说真话,又不被判处死刑。20世纪,施特劳斯撰写的名文《迫害与写作艺术》提出的"隐微写作",一时广为流传。中国的一些智者,其实早就知道了隐微写作,"道可道,非常道",即此之谓也。司马迁不知变通,最终下了蚕室。所以,求真,是一种优秀品德,但也是一种危险的选择。

一

我与李建军曾数次相遇于研讨会,散步于兰州黄河之滨、京城小巷,震慑于他记忆力之惊人,读书量之巨大。他吞吐图书的能力,有如鲸鱼。有时刚刚上市的书籍,我刚看到,他在文章里却已经信手拈来了。我曾说,李建军言则不离文学,行则读书不辍。他真是天生的一个

[①]【俄】别林斯基著,满涛、辛未艾译:《别林斯基文学论文选》,上海译文出版社,2000年,第581页。

批评家,一个读书人。他似乎就是为文学而生。文学于他,有宗教般的意义。他嫉恶如仇,容不得文学领域的任何肮脏,对一些垃圾文学,或历史观、价值观错位、扭曲的小说,痛下杀手,不遗余力。

他的那些高头讲章,非常厉害,理论功夫不同凡响,洋洋万字,读之让人神旺。不过,引文过多,仍然让人感觉不爽,总觉得文气不畅,略有呕哑嘲哳之嫌疑。复旦大学出版的《文学还能好些吗》,所选文字,却很流畅,几乎都是美文。其中的很多文字,发表在《文学自由谈》《南方文坛》《上海文学》诸名刊,没有那些繁文缛节的所谓学术之规范,肆笔行文,浩浩荡荡,一波三折,风骨凌然,是我非常激赏的文字。从中你可以看出李建军高超的文笔,不输于他批评的那些名作家,甚至还有过之。《武夷山交锋记》记叙与莫言武夷山的"交锋",文采出众,行文摇荡,柔软中有刚硬在,可谓百炼钢化为绕指柔,不愧一篇绝佳散文。《文学批评:若无盛气会怎样》,韩潮苏海,望洋兴叹,当今文坛能写出如许文字者,多乎哉?不多也。

《文学批评:求真,还是"为善"?》《关于酷评》《文学批评与媒体批评》《批评与创作:失去对称的两翼》《猎舌检察者与批评豁免权》《驳庸俗的血亲主义批评》,深入反思文学批评,面对当代文坛,乃至社会对真正的文学批评的误解、嘲笑、侮辱,做了清醒而深刻的反思(驳)。这些文字告诉读者,什么是真正的文学批评,而什么不是文学批评。在这个众饮狂泉的时代,黄钟毁弃,瓦釜雷鸣的时代,这些文章的面世,非常及时。虽然也有一些人思考了这些问题,但就深刻度、穿透力而言,几乎无人能企及。《批评家的精神气质与责任伦理》曾演讲于第五期鲁迅文学院高研班,那也是首届文学批评理论家班,我有幸作为学员聆听了李建军的这次演讲。此文后来刊发于《文艺研究》。这篇文章的理论思辨力非常严密,所谈必中,值得诸君研读。

李建军一直被人误读为酷评家,似乎他是专门捣乱的,用有些人的话说,只知道骂人。其实,你只要认真阅读他的文字,他肯定的作家也还是很有一些,并不只是否定批评。《穿越黑暗的文学远征》《在大地和苦难中孕育的哀愁之美》《如此感伤,如此温良,如此圣洁》,不读正文,只这标题,就很让人心弦为之一动。而他论述的对象《刘氏女》、《巨流河》、迟子建,就那种人性之光,那种文学精神而言,值得为她们写出如此文章。《再读<百年孤独>,重温现实主义》,确是一篇值得三读的文字,对于当下中国文学不啻一声棒喝。对现实主义,我们误解得太深太久了,在这里,李建军给我们呈现了真正的现实主义。他认为现实主义就是真实地反映社会,"一切伟大的文学都必须建立在具体的现实之上"(马尔克斯)。他指出,作为优秀的作家,必须具备清醒的批判精神,而且,是否有勇气面对权力,意味着一位作家能在多大程度上诚实地写作,决定着他的写作有多大的力量和深度。并一再指出优秀的文学可以改变人类的精神和生活,自由、善良、理想、权力、爱等,都应该是文学的核心主题。他对《百年孤独》的细读,非常成功,解蔽了一个被很多人误读的马尔克斯, 是我目前看到的关于这篇小说最好的评论之一。

李建军的批评文章,最大的特色是那种无法反驳的强大的论证力量。你可以不同意他的观点,但你很难驳倒他,不愧是文艺学的博士生,他的理论思维能力,极其了得。文笔之清俊通脱,风骨棱棱,已让我辈屈服,而那种严密的逻辑推演,概念辨析,深度思考,更是令人望尘莫及。中国当代批评界,具备如此理论辨析能力的,极其罕见。而且,他的辩驳文章,语言之诙谐、幽默,理论辨析之兴味盎然,津津有味,亦为批评界罕见之才。

如果我们认真阅读,李建军对他严厉批评的那些作品、作家,也并没有一棍子打死,也还是以说理为上,好处说好,坏处说坏。而且,在批评中,一直闪现着他的人性之光。中国文化讲究知行合一,李建军是以自身的光芒试图去照亮那些黑暗的或者肮脏的文字,这真是鲁迅说的"盗别人的火,煮自己的肉"了。可这种先知式的做法,并不是大众所能很快认识到的。鲁迅笔下的夏瑜,他的生命之血,不是被他救助的对象华老栓给儿子吃了人血馒头了吗?

《怎可如此颂秦皇》,深入全面批评《大秦帝国》,发人深省,启我不少。《大秦帝国》多达 11 卷,500 多万字,我只在书店翻过几卷,非常反感,深为痛恶,弃之不顾,恶心至极。而李建军竟然用了十多天,仔细地读了一遍,我真不知道他是如何忍耐下来的。这真是一种献身精神,让人佩服惊叹。而他由这部小说,"看当下历史叙事的危机",更是跳出三界外,高瞻远瞩,让人想到了王国维的一句诗:偶开天眼觑红尘。

二

李建军写过一篇文章《小说的纪律》，强调小说的纪律。其实，文学批评也需要纪律，“乡愿”之辈是不配从事文学批评的。他说：“纯粹意义上的文学批评，意味着对文学的一往情深的爱，意味着为了捍卫文学的尊严和价值而表现出来的勇敢而执着的精神。为了说出自己的感受和判断，为了表达自己的愿望和理想，那些真正的批评家的内心充满了难以遏抑的激情和冲动，很少考虑直言不讳的坦率会给自己带来什么不利的后果。”[①] 说这是夫子自道，也不为过。

纪律，是任何行业的底线，本不用多说什么。只是现在这个时代，什么都被“解构”了，一切固定的东西都烟消云散了，一切神圣的东西都被亵渎了，于是在一个“无所谓”的时代，坚守纪律，才这么艰难而伟大。李建军的优秀，不仅是坚持一个底线，虽然这也非常难得，更是一种眼力，判断作品优劣的眼力。这是一个优秀的文学批评家最重要的素质。

由于中国文坛的芜杂、功利，作家急速地市场化、世俗化，伟大的作家、作品还没有产生。于是，李建军主要担当了文坛清道夫的角色，以他的火眼金睛把那些文学垃圾清理到它们应该去的地方。这个活儿不仅很累，也很得罪人，因为没有几个人会认为自己的东西是垃圾，他们都认为自己是天才，是没有被发现的文学大师。

但李建军依然故我，从不言退。就他的著作来说，很多篇章都在继续这种探索和坚持，如《文学批评：求真，还是“为善”》《文学批评的绝对命令》《文学之病与超越之路》《真正的大师》，都在摆事实，讲道理，可谓笔锋如刀，让一些人清醒，让一些人汗颜。他的另一些关于经典大师的文章，如《契可夫：一只低掠水面的海鸥》《美好人物及其伦理》《忏悔精神与精神复活》《站在恺撒的对立面》《朴素而完美的叙事经验》等文，对以俄罗斯为代表的伟大文学传统，进行了深入而细致的剖析，确实发人深醒，启人甚多，也呈现了他优秀的眼力。

他从来不苟且，这种不苟且是学术的不苟且，也是为人的不苟且。

---

① 李建军：《批评家的精神气质与责任伦理》，《文艺研究》2005 年第 9 期。

某一年,《文艺报》约请众批评家推荐一年来的优秀小说,人家都是一大堆。他只有一句话:从来没有发现过,因此,也无法推荐(大意)。让人看出了他的决绝。我们知道,李建军对19世纪俄苏文学有很深的研究,在文学批评方面,他对别林斯基可以说情有独钟,有着非常扎实的研读。这也是许多"著名"作家得到他的批评后,恼羞成怒,而又无话可说的原因所在。

这种不苟且就是一种道德坚持。他说"在我的批评话语中,伦理尺度无疑具有至关重要的意义。"[①]有人非议他的这种批评尺度已经过时了,其实,不是这种尺度过时了,而是我们的作家太"超前"了。人类只要存在一日,基本的道德标准就不能丧失。管子说:"四维不张,国乃灭亡",就是这个道理。而作为人类精神象征的文学作品,它在本质上是伦理性的。约翰逊博士说:"人只要用理性来思考,就会思考道德问题。""一个作家永远有责任使世界变得更好,而正义和美德并不受时间和地点的限制。"当下文学界的恶骂鲁迅,就是一种道德沦丧的表征。当大多数作家失去起码的道德约束时,鲁迅就是一个让他们非常尴尬的巨大存在。而文学界、文化界的低俗化、委靡化,也是道德碎片化的结果。

在文学界大谈"技术"的时候,在作家高呼我们就是"匠人",并以此为荣的时候,李建军站出来,告诉人们,他们这是一种逃避,一种渎职。而对那些颠倒人类价值观,"创造"反人类作品的所谓著名作家,李建军毫不留情,痛加针砭,直言他们这是一种卑鄙,根本不是他们以为的"伟大"或"优秀"。可以说,在这样一个"技术"的时代、市场的时代,文学的世俗化、低俗化,乃是必然的归宿。李建军的道德坚持,他关于文学的道德思考,是当代文坛罕见的,也是必要而杰出的。

不过,伟大的批评家与伟大的作家是同步诞生的,没有巴尔扎克、司汤达、雨果,哪里还有圣伯夫?没有英国近代那些伟大的小说家,哪里还有利维斯?没有唐宋伟大的诗歌,哪里还有严羽的《沧浪诗话》?再往小里说,没有现代文学三十年的百花齐放,哪里还有胡风、李健吾、茅盾、沈从文、李长之?你批评的作家、作品本身就是不入流的货色,那

① 李建军:《文学也是有缘故的》,《文学自由谈》2007年第5期。

你的批评文字又承载在何处？又如何能对后世产生良好的影响？

我曾多次给他说，你去批评某些作品，真是不该，那是在浪费自己的生命。他告诫我要有耐心，他说，我不能容忍这种赤裸裸的谎言和欺诈。一个社会的文化如果想有一个正常的环境，就必须有人站出来说出真相，指出问题。我之所以总是批评他们，实在是不能已于言，实在是觉得问题太严重了，到了不谈不得了的程度了。这时我总是想起叶公超的一句话，他在鲁迅去世后，在怀念文章中说，鲁迅生前骂过的人真的没有一个配他去骂，那些人真的不值他的一颗子弹。

很多所谓的文学大师们，面对李建军的凌厉批评，无词以对，而又恼羞成怒，于是开始编造各种谎言，比如李建军是报私仇啦，是想出名啦，而且是骂名人来出名，动机不纯啦，等等。有些作家甚至极其失态，恶语伤人，人身攻击，在报纸上大骂李建军是“疯狗”，真让人大开眼界。李建军不就是批评了你的小说，何苦如此失态呢？李建军说了：“我希望那些因地缘、学缘、血缘而结成神圣、牢固的精神同盟的人能够明白，靠嘁嘁嚓嚓的流言蜚语和鸡毛蒜皮的闲言碎语虽然能够有效地实现对论敌的精神杀伤和人格羞辱，但却无助于我们追求文学批评的理想境界，无助于我们克服文学写作中存在的问题，无助于我们解决我们所面对的困难。”①

很多作家虽然敬佩李建军的人，可还是有许多误解。他们以为李建军是一个没有温情的人，只知道刻薄的批评。其实，倒不是如此。他是以出世的心，做入世的事而已。面对文学，他真有一种宗教般的虔诚。2007 年 8 月我们在兰州观看舞剧《丝路花雨》，他感动地眼泪都下来了。我们去看甘肃省博物馆的出土彩陶，那些精美的藏品，让他流连忘返。明代李贽倡童心说，真是一针见血，一个世故的人是无法从事文学艺术工作的。那些所谓的大家对李建军的猜测只是自己内心的反映而已。李建军即使是在朋友的聚会上，经常也会因为观点的不同而激动，而拍案，而骂娘。有时从旁静静地看他的激动，真的很感慨呀，如此一个富有童趣，毫不知人情世故的批评家，真的让人很温暖。

① 李建军：《贾李之争："事件"之外还有"文学"》，《中国图书商报》2005 年 6 月 17 日。

毫无疑问，李建军是一位优秀的文学批评家，他有着过人的眼力，也坚守着文学批评的纪律，高扬着道德的大旗。疲弱而沦落的中国文坛需要这样的批评家，也需要他那些让人感到温暖，让读者明辨是非的著作。

三

中国的文学批评，一直以诗论、词话形式存在，都是一句中的，点到为止，从不展开论述。那种“不能把某种个人威信或宗教威信的力量强加于人，而必须通过论证的方法来证明自己的正确性”，是来自古希腊的批评传统。中国自“五四”以后，西方文学批评的进入，某种程度上改变了我们的文学批评方式，比如胡风。但论证的方式依然不太流行，比如李健吾、李长之、茅盾等基本还是中国式的，印象批评为主。新时期以来，我们的文学批评风起云涌，人才辈出，但基本还是说好话的多，严厉批评的少，而严厉批评还详加论证，富有逻辑，推理严密的批评家，更是凤毛麟角。

这个时候，李建军出来了，严厉批评当红的中国名家，但不是乱打棍子，乱扣帽子，而是采取了西方式的推理、论证。他的文章不仅有了说理的技巧，还有着严格的论证规则，本着求真的逻辑。这是亚里士多德当初确立的言说方式，是一种古希腊逻各斯的艺术。我们要知道，李建军的文学理论功夫那是中国文坛少见的，他对西方文学叙事学的研究颇有深度，专著《小说修辞研究》出版后得到业内人士的高度评价。在这部著作里，他从小说修辞角度，对现代小说的批评，是振聋发聩，引人深思的。

《<蛙>：写的什么？写得如何？》《直议莫言与诺奖》《2012 年度“诺奖”<授奖辞>解读》，严厉而认真地批评莫言的小说，不因为他获得了诺奖而有丝毫的手软，或如某些人立即屈膝歌颂，而忘记了自己早年的言辞。在文中，李建军写道：

> 莫言的写作经验，主要来自对西方小说的简单化模仿，而不是对中国“传统文学”和“口头文学”的创造性继承，或者，换句话

说,“传统文学”和“口头文学”只是其装点性的外在表象,从西方文学趸来的“魔幻现实主义”才是他叙事的经验资源。

莫言的创作并没有达到我们这个时代精神创造的最高点。他的作品缺乏伟大的伦理精神,缺乏足以照亮人心的思想光芒,缺乏诺贝尔在他的遗嘱中所说的“理想倾向”。他的获奖,很大程度上,是“诺奖”评委根据“象征性文本”误读的结果——他们从莫言的作品里看到的,是符合自己想象的“中国”“中国人”和“中国文化”,而不是真正的“中国”“中国人”和“中国文化”。①

在莫言已经获得了诺奖之后,他还能够以严格地文本细读提出自己的如上见解,是需要过人的胆识的。中国文学究竟如何,莫言的小说究竟如何?真的需要深入的研讨,而不是盲目的歌颂。郑板桥说“隔靴搔痒赞何益,入木三分骂亦精”,此话说得甚好。

李建军在《文学批评的伟大典范——写在别林斯基逝世165周年之际》一文中写道:“他被称为‘冷评家’和‘酷评家’。有人则编造谣言侮辱他的人格,试图从道德上击垮他。他一如既往,毫不畏葸。”“以平等而自由的姿态向作家说真话,一针见血而又有理有据地指出问题,是别林斯基文学批评的基本原则。在别林斯基心目中,没有哪位作家是不可以批评的,也没有什么问题是不可以谈论的。他绝不讨好任何作家,无论他社会地位有多高,无论他曾经享有多高的文学威望。”②他评价别林斯基的这两段话,也几乎就是他自己的写照。

现在我们很多批评家的标准只剩可怜的奖项了,似乎获得了诺贝尔奖就已经获得了批评的豁免权。周作人在《苦口甘口》一文说:“要读外国文学作品须看标准名作,不可好奇立异,自找新著,反而上当,因为外国文学作品的好丑我们不能懂得,正如我们的文学也还是自己知道得清楚,外国文人如罗曼·罗兰亦未必能下判断也。”③

---

① 李建军:《直议莫言与诺奖》,《文学报》2013年04月10日。

② 李建军:《文学批评的伟大典范——写在别林斯基逝世165周年之际》,《文学报》2013年5月30日。

③ 周作人著,止庵校订:《苦口甘口》,河北教育出版社,2002年,第10页。

别林斯基在《论〈莫斯科观察家〉的批评及其文学意见》中说:"批评才能是一种稀有的、因而是受到崇高评价的才能……有人认为批评这一门行业是轻而易举的,大家或多或少都能做到的,那就大错特错:批评家的才能是稀有的,他的道路是滑脚的,危险的。事实上,从一方面说来,该有多少条件汇合在这个才能卓越的人的身上:深刻的感觉,对艺术的热烈的爱,严格的多方面的研究,才智的客观性———这是公正无私的态度的源泉——不受外界诱引的本领;从另一方面来说,他担当的责任又是多么崇高!人们对被告的错误习见不以为怪,法官的错误却要受到双重嘲笑的责罚。"①

"批评家的才能是稀有的",这话说得多好呀!对批评家来说,要对批评道路的危险性有深刻认识;但对社会来说,对自己的优秀批评家能否宽容一点呢?

①【俄】别林斯基著,满涛译:《别林斯基选集》第一卷,上海译文出版社,1979年,第324页。

勇于审美判断的批评

——论刘川鄂的当代文学评论

刘川鄂以中国现代文学研究崛起于学术界,他的《中国自由主义批评论稿》《张爱玲传》都已经是名作了。他对中国现代自由主义文学的研究,开历史之先河,体现了他不俗的眼光和惊人的胆略。《张爱玲传》则突出表现了他过人的审美感觉,还有对个案研究的强大能力。1990年代末,他忽然转向当代文学研究,一反常态,尖锐批评当代知名作家,一下掀起文坛风云,让很多作家不得安宁,其中以《小市民,名作家——池莉论》一书为代表。其实也不难理解,就他的个性来说,本来就具有攻击性气质,而这是成为一个优秀批评家的前提。而他的丰厚的学养又给他的批评以极大的智力支持。从现代文学一路研究下来,一直到当代文学,那眼界、识力,自然是游刃有余,手到擒来。他说:"读过较多中外文学经典,见过奇骏深沉的高山大海,很容易看出中国当代作家的'浅'和'矮'。"①

他新近出版的《从现代到当代——刘川鄂自选集》(中国社会科学出版社,2015年),可以看做是他对自己半生文学研究、评论的一次总结,收入了他此前发表的代表文章43篇。仔细读下来,虽然是重读,依然感觉到那种文本的力量,文字的美感,批评的锐利,这都是当代文坛、学界少见的。这里,限于篇幅,我只谈其中关于当代文学批评的部分。

不熟悉刘川鄂的人,只看他的学术成果,会错以为他是一位老学究。其实,他才不是呢。他的爱好太丰富了,他说,他热爱生活,这倒没有错。其实阅读他关于婚恋、足球、大众文化方面的散文,也就知道他的才华和不羁的性情了。他在此书的自序里说:"不要把文学当'知识'。文学就是人生,审美的人生,只有热爱生活、热爱美、热爱异性的人才会真正热爱文学。"

① 刘川鄂著:《从现代到当代》,中国社会科学出版社,2015年,第375页。

刘川鄂对时代风云的敏锐是惊人的。曹雪芹说,世事洞明皆学问,人情练达即文章。他是做到了。我们知道,中国现当代文学与时代的关系太密切了,如果不了解这个时代,研究这段文学往往容易流于皮毛。比如现代文学与自由主义、左翼思潮等的关系,就极其紧密。他研究中国自由主义文学,是入得进去,并能出得来的。这点以后可以展开说,此处不赘。他研究当代文学,对流行文化下的1990年代文学的批评,是在场的,及时的,更是及物的。因此也对那时候非常火爆的一些作家产生了警醒作用,当然,也引起了他们不同程度的回应。比如《作家明星化——90年代流行文化背景下的一种文学现象》《"池莉热" 反思》,就是这样的好文章。在后一篇文章里,他讨论了池莉小说为什么热,指出叙事策略的媚俗化,和对市井生活的精细描写,及对时代变迁中人们心态的迎合,是她小说畅销的主要原因。但同时也毫不客气地批评了她的不足,而且这个不足却是致命的,让她只能成为一个明星作家,无法成就为一位大作家。比如,缺乏现代意识,拜金主义、拜权主义思想严重,缺乏批判精神,过多地认同市民生活的价值观,"只有写实而没有价值支撑,中外优秀现实主义所开创的批判精神,在这个文学潮流中尤其是在池莉小说中缺乏。"最后,他指出,就其艺术和生活准备而言,池莉是一个既无"传统"之根又无"现代"之境,只会感知"当下"的作家。这篇文章发表于2002年,如今10多年过去了,池莉热早就烟消云散,甚至作为作家的池莉已经被人淡忘了。我们重温这篇文章,还是佩服刘川鄂的眼力。

中国当代文学为什么总是被人诟病,很大的一个原因,就是没有产生真正意义上的优秀文学作品,或者说,没有大师。虽然也有一些学者认为有大师,甚至大师林立,其实连他们自己说话时都不好意思。那么,再追问一句,为什么没有产生大师,没有产生真正意义上的文学杰作呢?当然,原因很多,其中一个很重要的原因,就是制度限制。对这个问题,刘川鄂也做了深入分析,《从"自由人"到"官人"——作家身份与可持续写作》《创作自由:文学制度的指归》等文,就提出一些很有见地的观点。当然,兹事体大,有些问题还不到深入研究的时候。但由体制而带来当代作家普遍的文化修养低下, 却是刘川鄂念兹在兹的问题。《对当代文学中国经验的思考》一文,就严厉批评了"中国当代作家普遍缺乏全球视野,缺乏人类胸襟,太局限于当下性、地方性、民族性,或曰太局限于'中国经验',是致命伤"。[①]

他对当代中国作家的地域性写作做了反思,认为是一种退步。他说:"我一直认为,当代中国作家跟现代作家的差距不在单纯的文学技巧方面,而在精神向度方面。现代作家视野更高远,胸襟更开阔,人文修养更深厚。他们对中外文学、文化有更深透的理解与把握,因而不会局限在'本土''中国''民族化''地方性'的层面理解文学、展示文学性,因而出现了许多在审美创造上接近 20 世纪世界优秀文学的佳作。"[②]最后,他说:"人类的共同进步比民族主义的自卫与自慰更重要,文学的人性探寻和审美创造比地方风习展览和方言比拼更重要。因为在全球化视野下,任何文化的受益主体是个人和人类。"如今的文学评论界,有如此通达见识的恐怕不多了。

其实,1990 年代以来文学创作的变化,也与当前的社会文化思潮有关系。思想界的混乱,带来了文学创作的混乱。因为当代作家基本没有自己的思想,他们大都是知青出身,甚至连完整的教育都没有接受。他们很容易被思想界的那些奇谈怪论所迷惑。比如对"五四"、启蒙、现代性的质疑,就是一例。尤其随着海外华人的一些著作进入大陆,比如林毓生等人的观点,严重搅乱了当代作家的心。林氏等人长期身居海外,对国内真实情况一无所知,完全是想当然而已。但可惜的是王元化先生晚年也深受他的影响,和他有一个长篇访谈,否定"五四",否定鲁迅,让人不无痛惜。刘川鄂在《对当代文学中国经验的思考》一文中,批驳了这种错误观点,但他还往前走了一步,提出了一个很新的思想:"说'五四'在整体上是反传统的,并形成了新的传统:反传统的传统,我是认同的,并认为这是 20 世纪中国最宝贵的'中国经验'。"[③]"'五四'反传统的传统孕育了现代中国人的民主自由意识。""'五四'反传统的传统觉醒了现代中国人的个人个性意识。"[④]他最后说:"这个伟

---

① 刘川鄂著:《从现代到当代》,中国社会科学出版社,2015 年,第 319 页。
② 刘川鄂著:《从现代到当代》,中国社会科学出版社,2015 年,第 318 页、第 319 页。
③ 刘川鄂著:《从现代到当代》,中国社会科学出版社,2015 年,第 321 页。
④ 刘川鄂著:《从现代到当代》,中国社会科学出版社,2015 年,第 323 页。

大的文化传统是充分地渗透在中国现代文学中的，中国现代文学亦是这个伟大经验的建构者。”(324页)这篇评论真是酣畅淋漓，高屋建瓴，体现了刘川鄂深厚的思想素养和过人的思想力。相对而言，当代文学的迷惑、低迷、混乱，也被说清楚了。

中国当代文学为什么低迷，没有产生真正的大师？我一直认为与当代作家所受的教育有关，他们大都是知青，或者是在荒寒的农村长大，童年、少年、青年时期，没有接受严格的或者说良好的文化教育。但农村的生活，或者农民的生活，却给了他们丰富的生活经验和人生阅历。他们最初的写作目的基本上只有一个：改变自己的社会身份，出人头地。这一点只要读读莫言、贾平凹他们的散文，或者自传，就极其清楚了。那么，对他们来说，他们和鲁迅一代不同的，或者说他们比鲁迅一代优长的就是农村生活经验，或者说民间经验。于是，他们开始大写特写民间，并且有一种“圣民间化”的倾向。而由“民间”带来的那种暴力、色情，那种泥沙俱下的肮脏，那种落后的文化观，他们视而不见，反而认为是他们的贡献，津津乐道于其中，乐而忘返。刘川鄂在《“除渣”与“去蔽”——关于文学与民间记忆的思考》一文中，对此作了深入、全面的讨论。他认为对“民间”的追捧，或隐或显地是对“精英价值”的贬抑，是一种反智情结。他说：“不论这种认同最终指向的是以传统农村文化形式为主体的民间俗文化还是商业模式制造出来的都市大众文化，都不可避免地会使知识分子的独立精神和批判性受到伤害。”“完全认同‘民间’的结果只能是知识分子自我人格的‘侏儒化’。”[①]刘川鄂由此而展开了对当代一些名作家的批评，如张炜的醉心“民间世界”，莫言对暴力美学的过度迷恋，并认为鲁迅在处理作家与民间的关系上，仍然是当代作家的榜样。比如鲁迅对绍兴民间记忆中“无常”“女吊”的喜爱。可以说，民间文化是鲁迅对封建正统文化进行评判的镜子，但也是他批判的对象。

一位文学评论家有时似乎也有义务关注本省的文学创作，但经常让人尴尬的是，由于面对的文学文本的先天或后天的不足，使得评论家很难言说，又因为都是熟人，甚至朋友，更是言说起来极为艰难。由

[①] 刘川鄂著：《从现代到当代》，中国社会科学出版社，2015年，第327页。

于下笔的犹豫、摇摆，评论文章也就很难写好。我们阅读刘川鄂的文章，他对湖北文学也写了一些评论，甚至专著，除了个别如池莉这样的市民作家，批评得很是过瘾，文章也非常精彩，其他的都有点让人失望。比如谈到湖北作家群、湖北诗人等等。研究区域文学，尤其自己本省的，尤其又是自己工作的本省，这文章就真得比较难写了。他的专著《世纪转型期的湖北诗歌研究》，相对于他的《中国自由主义文学论稿》《张爱玲传》就逊色多了。这与刘川鄂的水平无关，是研究对象的水平决定的。当一位优秀的评论家面对的是一个优秀的文学文本的时候，他真的可以尽展才华，十八般武艺都用上，文章自然也就虎虎生气，风生水起。可是，当你面对一个早知道它的诞生就是它的死亡的文本，你又不得不说话，那真是极其难为之事。不过，刘川鄂毕竟是评论大家，这部分文章虽然写得没有其他文章那么精彩，但依然可以看出他的才华和他的勇气、胆识。他说："湖北有很多有建树的著名作家，但缺乏大家。我个人认为，与家国天下情结浓厚、个人本位意识薄弱相关。"[①]他希望湖北作家在屈原的"家国天下"之外，应该多一点李白的"个人情怀"。应该说，他的这个观点是有道理的，而且是比较切中肯綮的。

作为一位有声誉的评论家，对文学批评的反思自然是应该的。新世纪以来，随着文学的市民化、世俗化、商品化，随着名作家的明星化，一批有良知的批评家站出来了，勇敢而深刻地表达了自己的"不"，对这些作家、作品做了严厉的批评。于是，一时间，就被戴上了"酷评"的帽子，被那些已经被市场、资本绑架，已经深得商品之利的作家恨之入骨。刘川鄂一连写了好多文章，为"酷评"呐喊，为真正的文学批评鼓与呼。《新世纪文学批评的新策略——批评名家的理由》，就是这样一篇好文章，他说，批评名家，就是批评由他们所代表的种种不良的文学倾向；批评名家，就是批评由他们所代表的种种不良的文化现象；批评名家，是对大众审美趣味的挑战。《"狂妄"的作家与"坚守"的批评家》《呼唤有胆有识有良知的批评家》都是关于谈论文学批评的好文章，当年发表的时候就产生了良好的反响，如今看，也还是很启发人。他说："文学批评家应该举起左手来指出作家的描写特点包括缺点，应该举起右

---

① 刘川鄂著：《从现代到当代》，中国社会科学出版社，2015 年，第 345 页。

手指导和提升读者的审美趣味。”这话是说得简洁，而有力量的。《当好作家遇上好评论家——陈忠实<白鹿原>创作手记的手记》更是一篇具体讨论作家和评论家良性发展的文章。刘川鄂从《白鹿原》创作手记入手，从理论素养与长篇小说创作、文化心理结构理论与《白鹿原》、陕西评论家与陈忠实三个方面，分析了陕西评论家对陈忠实《白鹿原》诞生的影响，具体分析一部经典的诞生过程中评论家的作用。

李建军说：“批评家从作家那里收获的仇恨越多，越能证明他是一个真正的批评家，越有资格享受明达之士的称赞和感谢！”[①]法国茨维坦·托多洛夫在《批评的批评》中说：“批评是对话，是关系平等的作家与批评家两种声音的相汇。”“文学与批评无所谓优越，都在寻找真理。”[②]这话已经说得很到位，很精辟了。但那些已经商品化、明星化的所谓作家怎么能够听懂呢？

刘川鄂的文学评论不仅界内认可，而且在社会上也有很大的反响。他的批评不仅是一种现象描述，更是价值判断，尤其是审美判断。他是以艺术之眼批评当下文学文本，从不因为他们市场的成功，而产生批评的不自信，或像有的评论家那样做吹鼓手。他的文章有锋芒，有见识，是在一个高度说话，不是作为作家的附庸存在，而是作为一个独立的评论家说话。这里还有一个不容忽视的原因，就是他的文字非常干净，有味道。可以说，阅读他的评论文字，就是一种审美。罗兰·巴尔特说，评论也是一种创作。车槿山在《结构与符号——罗兰·巴尔特传》一书的代译序里说，“批评家也是作家，这个原本天经地义的道理，许多人却并不认可，相反认为批评家和作家是冤家对头，至少断定批评家算不得作家。巴尔特以文学批评开始他的文学生涯，然后他不满足于当一名批评家，他要使文学批评成为一种真正的写作，即与文学创作等值的活动，使文学批评成为文学的一部分。这是他毕生的追求。应该说，他成功了。”“他的成功，更得力于他的一个持之以恒的信念：批

---

① 李建军：《文学批评堕落时代的批评主义立场》，李建军著：《时代及其文学的敌人》，中国工人出版社，2004年，第318页。

②【法】茨维坦·托多洛夫著，王东亮、王晨阳译：《批评的批评》，生活·读书·新知三联书店，2002年，第185页。

评也是文学创作。”[1]这种信念在刘川鄂身上也有着酣畅淋漓地体现。他的文字，比很多知名作家的要好很多，所以，他批评池莉小说的语言毛病，就极为容易，手到擒来，让对方无言以对。他在写作评论的时候，真的是按文章来写，很讲究评论文本本身的审美，注重评论本身的文体。

黄遵宪说，我手写我口。刘川鄂的文字，和他平时的发言一致，读来如听其言，很有现场感，比较口语化，但却从不缺乏理论穿透力。如今很多评论家食洋不化，生搬硬套，貌似很有学问，其实都是假学问，并不是真正懂了。刘川鄂的文字好像平易，但平易后面的艰险，却是明眼人一眼就能看见的。所以，他的文章就有很多读者，大多数看到的是他的平易，但也有不少的人看到了他的艰险和深厚的功力。

如他在《对当代文学中国经验的思考》一文中批评方言写作时说：

> 在方言式微的今天，方言写作又能走多远？如果为了突出乡土精神、地域特色，便把方言生拉硬拽进来，把普通话词汇改成不顺溜的地方话词汇，那么所谓的乡土精神、地域特色，可否便只剩下方言这张皮，方言不是文学地域性、民族性的灵丹妙药，也体现不出完整的“中国经验”。

还比如《消费主义语境中的张爱玲现象》在论及1990年代对张爱玲的接受时，刘川鄂写道：

> 90年代以来，对张爱玲的“反向吸纳”，可以说是全方位的：抽空其深刻的悲观主义人生态度，夸张其对世俗的迷恋；埋没其解剖人性的深度，渲染其故事的戏剧性；忽略其艺术表达的创造性，满世界套用她的奇言妙语。一个探寻人性的大师变成了通俗言情小说名家，一个顽强活在自己世界的个人主义者变成了小资的榜样，一个严肃的作家变成了一个文化明星、消费符号。过分消费张爱玲的结果，是真实的严肃的深刻的张爱玲被消解。

---

[1]【法】路易·让卡尔韦著，车槿山译：《结构与符号——罗兰·巴尔特传》，北京大学出版社，1997年，代译序。

读读这两段话，绝对是美文，但谁能说里面没有理论呢？那种如盐化水的理论穿透力，是多少西方文学理论搬运工式的评论家望尘莫及的。

当然，刘川鄂作为一位有影响的中国现代文学研究者和当代文学批评家，可能也是人为才累，他的评论也自有他的不足，比如他评论韩少功，我感觉就有点评价过头了。韩少功的小说，自有他的贡献，但过于理性，甚至偏激，也是值得思考的。前几年他的那篇关于革命的宏文发表，让很多人大吃一惊。其实阅读他中期的文章，是可以感觉到的，包括他当年主编的《天涯》，某种气息是一直存在的。所以说他是“公民写作”的“伟大实践”，我觉得颇为不妥。他写刘醒龙的长评，语言也不是很出色。后来发现是与弟子合作的，这才明白了原因。其书中有好几篇与弟子合写的文章，都质量不高，而且语言啰嗦，表述拖沓。当然，这里面可能也有对弟子的提携之虑，那就不多说了。

刘川鄂在《从现代到当代》一书的自序里说：“作为一个受‘五四’新文化滋养的知识分子，我认为人文知识分子从事学术研究，要出于对人类的关切和热爱，要有探寻真理的热情。至少要把学问和人生志趣结合起来，在研究中体现人文关怀。真学问来自真兴趣，真兴趣激发真问题。”这段话可谓夫子自道，用来观照他的学术研究，太恰当不过了。他早年研究中国自由主义文学，成绩斐然，他说了：“研究自由主义文学源于我的自由梦。”后来研究张爱玲，撰写多次再版的《张爱玲传》，因为惊异于其人性探寻之深刻和审美创造之奇妙。至于批评池莉，是因为她的小说太世俗，太认同市民价值，缺乏人性的含量和审美的含量。至于对当代文学的研究、评论，也是在这个路径上，是一种自觉的选择。他说：“只搞现代不搞当代，不知新文学的走向。只搞当代不搞现代，不明新文学的起源。”

总之，刘川鄂的当代文学评论，和他的现代文学研究一样，都在追求一种大境界。可以说，他做到了。

文化是一点一点养出来的

——读《陇上学人文存》

一个地区，或者说文化单元区，不仅需要学者，更需要大学者。我认为，学者就是学问搞得好的人，而大学者不仅学问大，更是气量大、视野大、胸怀大。他们既能闭门研究学问，著书立说，更能海纳百川，提携后进，改善本地区的文化生态。我们去江南，比如浙江，就可以感觉到大学者的存在，不说别的，单在西湖周边，就有那么多的名人故居。2007 我去杭州，曾沿湖拜访那些古旧的房子，一一拜访下来，感慨万千。俞樾、章太炎、黄宾虹、潘天寿、马一浮等，再到杭州周边走走，鲁迅的绍兴、茅盾的乌镇，都人涌如潮。再想想我陇原大地，竟是何等寂寞。在外地人的印象里，除了黄尘蔽天、万里黄沙，就是愚昧落后，似乎与非洲可有一比。

我曾在《文艺报》撰文说，想我汉唐盛世，丝绸之路直贯中亚，逶迤欧洲，那时候的甘肃文化并不落后，我们有的是人才，从西陲的敦煌，到陇东庆阳，一路是人才。敦煌、武威当时几乎是国际性大都市，敦煌的张芝、索靖，就是文学史上著名的书法家，我的老家通渭，秦嘉、徐淑夫妻诗人，是中国五言诗成熟的标志，庆阳市镇远县的王符的《潜夫论》，是中国文化史不可缺少的著作。至于期间星罗棋布的人才，那是一下子数不完的。

明清以后，外来文化从海上来，丝绸之路几近断绝，甘肃遂迁变为边陲地区，似乎成为了化外之民。而甘肃文化人的地位一落千丈，几乎没有什么发言权，偶尔有那么几个，也是“独善其身”，而难以“兼济天下”。至于在近代中国文化大巨变中，甘肃则几乎没有任何声音。

新中国以来，甘肃接纳了一些东部学者，本土学人也在艰难生长，抗战时北京师范大学西迁，也为甘肃文化的生长播下了种子。可是，改革开放以来，我们对本土学人的疏忽、冷漠，使得甘肃学人处境艰难。我们在宣传自己的优秀学者方面，做得极其不足。甘肃要建设文化大省，首先必须重视本土文化的建设，尊重本土学者的成就，努力争取文化领域的话语权。一个城市，应该有那么几个大学者，就像参天大树，维护和保持本土的文化土壤，或者像大鱼，引领小鱼，游于大海，儒家文化的传承其实就一直如此。上海的当代文化，繁花似锦，与王元化、贾植芳、钱谷融、施蛰存等前辈的大力扶持，竭力揄扬，关系甚大。

范鹏先生，专力研究儒家文化，尤其于冯友兰颇有独见，他的《冯友兰传》多次再版，闻名遐迩。这几年，他主政甘肃社会科学院，主持编辑几套丛书，对甘肃文化生态有积极作用。最近由甘肃人民出版社出版的《陇上学人文存》首批 10 卷，硬皮精装，装帧典雅，大气堂皇，确实让人耳目一新。按范鹏院长的设想，拟以 10 年之功，出版 10 批，共 100 名学者。他说："《陇上学人文存》精选中华人民共和国成立以来，甘肃人文社会科学领域成就卓著的专家学者的代表性著作，每人辑为一卷，或标时代之识，或为学问之精，或开风气之先，或补学科之白，均是编者认为足以存当代而传后世之作。若经努力，这 100 卷终能完整问世，则从 1949 年至 2009 年 60 年间陇上学人献身学术、追求真理的学术轨迹和思想脉络或可大体清晰。"如果确能完成，这真是一个很有价值的文化工程。

首批 10 卷分别是《赵俪生卷》《支克坚卷》《赵逵夫卷》《刘文英卷》《段文杰卷》《王沂暖卷》《马通卷》《洪毅然卷》《吴文翰卷》和《颜廷亮卷》。这 10 人也不能说都为大学者，但大多数还是可以称之为大学者的。其中 7 人已经作古，翻阅他们留下的文字，真是感慨万端。如名闻遐迩的赵俪生，那是绝对的大学者，听说他还留下大量的日记、书信手稿，都没有整理，我一直很期待。想想当年太幼稚，知道赵俪生先生，却没有登门拜访。听他的弟子说，先生是一个怪人，我想这话没有错。傅山说，人奇字自奇，王羲之还"东床快婿"呢。我们很难想象一个晓于世故的滑头，会真正成为一位大学者，并被后人不断怀想。翻阅他的书籍，那种气象，真的很动人。其实，只看他的相片，就很有一股大气象的，绝不是一般的一个教授而已。手头有他的几册书，经常翻阅，他的历史巨著，关于农民起义、土地制度史，我看的遍数不多。他的散文、序跋、回忆录、思想文化类文字，都是爱不释手，一遍遍看的。2000 年在北大学习时，还见过先生的得意弟子秦晖教授。当时他是做一个报告，穿着一双拖鞋就来了。报告结束后,我还单独与他说了几句话,他听说我是兰州来的,很高兴。此后再没有见过,他在清华的家,他是告诉我的,但未敢造次。印象里,他是属于魏晋间人。

《陇上学人文存抱》回家,放在桌子上,很有气势。陆陆续续地,用了一周时间,把这10卷翻阅了一遍,只是"翻阅",细读还需时日,因为这里选的基本都是他们的代表作,不是一下子就能消化掉的,何况很多又是我不熟悉的领域。就我粗翻的感觉,这批书不仅装帧漂亮,大多数选编得也很优秀,虽然也有个别的选编还有一些瑕疵,并没有选入真正的代表作,或偷懒,只把一本书搬进去,没有做任何意义上的"选编",让读者看不到一个学者的"整体",还如个别选编者的序言,也问题多多,诸如评价过高,以"三不朽"来评价时人云云。但话说回来,给这些前辈大学者写序言,佛头着粪也是难免的。

这10位学者里,我真正亲炙教诲的只有支克坚、赵逵夫两位先生。支克坚先生我只见过一面,那时他还在甘肃社会科学院院长任上。我去了他家,家里四壁都是书,而且很多是线装书,这给我很深的印象。我们现在的学人没有这个福分了,到哪里找那么多线装书?即便找见了,也买不起。那次因为是公事,事办完了,也就出来了,没有敢请教学问。2009年,我写一篇文章涉及到他,于是冒昧去了电话,他说在四川,刚从医院出来,听声音气息很弱。并非常谦逊地说,我没有什么值得写的,要不,我给你信箱寄去我的近作吧。我惶恐地唯唯。第二天,他就寄来了他的资料,及几篇近作。过了不长时间,听说他去世了。我很恻然。

因为2000年后,我也开始转到中国现当代文学研究,对支先生的专著、论文比较关注,读得也多了一些,包括别人的研究文章。私心感觉支先生一直在进步,或者说变化,而且文章越来越老辣。他的《周扬论》我买了,也仔细读了,他的一些观点对我很有启发。因此,由刘春生选编的《支克坚卷》也就是我最关注的了。用了一个下午读了一遍,春生兄的选编非常精彩,基本包含了支克坚先生学术研究的各个方面。我尤其激赏的是他的编选前言,不仅结构特异,而且确实富有见解,不啻是一篇优秀的支克坚论。毕竟是搞哲学的,文字的绕口、晦涩,都让人有读西方哲学著作的感觉,而他自己喜欢的那种结巴,也极其突出。

可能这种文风吻合于支克坚先生的文字吧？尤其他指出支老爷子晚年的自我超越，并不局限于自由主义与左翼之中，而是能够“超越”，以同情之了解，独具只眼地指出了左翼文学的局限，还有他们的艰难挣扎。这在《周扬论》和他晚年的论文里，有着清楚的痕迹。可以说，在这个意义上，他是优秀于当下的很多所谓的自由主义者的。他们还处在非常狭隘的二元对立之中。刘春生的这个选编前言，是这10册书里，最有学术水平，也是最有眼界的，文字的精炼老道，也是唯一的。看完这个选本，我再三劝他，高尔泰卷我希望你能争取选编。因为我知道他对高先生的美学有自己的独到见解，我期待阅读。

赵逵夫先生，是我的老师了。我曾说，我不是赵先生的弟子，我只是赵先生的学生。他笑了，说都一样的。其实，大不一样，弟子是要登堂入室的，我只是在大教室里，与30多名学生一起听他的课。听的是大堂课，没有“入室”，所以只能是“学生”。那一年，赵老师讲授《楚辞研究》，是选修课。说实话，其时，我对楚辞没有什么兴趣，所以，后来赵老师给我的成绩也比较低，好像只有86分，而有好几位是上90分的。毕业后，一直未敢冒昧造访，但先生的书却是一直在拜读的。这次看《赵逵夫卷》我倒很喜欢他谈《红楼梦》《庄子》的几篇文章，可以看出赵先生学问的淹博，并不是一个楚辞就能限制了的。记得，去年我曾去拜访先生，那是我毕业之后唯一的一次。在先生的那个装满书的书房兼客厅里，先生与我谈了他对鲁迅的看法，还有对我文章《庄之蝶论》的感想，让我大吃一惊，未料到先生对现当代文学的认识，也是如此的深刻。

赵俪生先生的作品此前也是多次读过的，家里也藏有好几册，可惜一直无缘拜会。赵俪生先生不仅学问好，人品好，他的文笔也是了得，究竟是老辈学者。《篱槿堂自述》是我经常翻阅的书籍之一，清华老学生，确实得了真传的，不服不行。王玉祥选编的《赵俪生卷》，是一册不可多得的选本。首先，书后有赵俪生论著目录，很便于查寻，而且王玉祥先生很懂赵俪生，他不但收录了赵先生的专著、论文目录，还收录了赵先生的创作，包括小说、散文、诗歌、杂文、回忆、自传、序跋、书评之类的目录。不要小看这一点，在现在的学术界，能够做到这一点的已经很少了。而如果没有这些，赵俪生无疑是不完整的，更何况对于一个优秀的学者来说,那是片纸可珍的。对大学者而言,根本不是只有论文专著才是学术,他的书信、日记、小文章,都是学术,从那里我们可以体味到一种气象。只有半吊子学者,才只能读他们的“专著”“论文”,其实,这样的“学者”,不读也罢。论著目录只是引子,这册书编选的最好的还是正文,所收文章既有赵俪生先生的学术代表作,也有他的散文,这更让我对王玉祥先生刮目相看了。比如《私人三记》《一个绝顶聪明但被扭曲了的人——为童书业逝世二十周年而作》就是非常优秀的散文,尤其后者,对童书业的描写真是惟妙惟肖,活灵活现,而感情又是那么真挚深刻,放到当代散文里,绝对是上上品。从此可以看出赵先生文字的峭拔、恣肆,体现了他不苟且的正直,还有难得的真诚。行文之间不乏幽默和讽刺,隐现鲁迅之风。当代学者能有此骨气者,已经不多了。

赵俪生先生确实颇具民国学人气象,才大、气高、学问精粹。他虽然以史家留名,其实,他是打通文史哲的,早年从事文学创作,中年转向史学,但情之所钟,却在哲学。正是这种全面的修养,凸显了他的风骨、气节,及不凡的才情。最后,要说的是,王玉祥先生的编选前言,写得真是好,字数虽不多,但几乎全面介绍、评价了赵俪生的所有成就,着力在他的史学上,主要讲了三点:农民战争史、土地制度史、思想文化史,还有赵俪生先生倾力的顾炎武研究、地方史研究、记录当代史,及培养学术人才。文字要言不烦,切中肯綮,不是那种简历式的罗列,也不是那种唯唯诺诺的教条主义,更不是一味吹捧,既指出了赵俪生先生的功绩,也毫不隐晦地说明他的缺陷,比如论著难免还打上了时代的烙印等,既显示了选编者的水平、涵养,也是读者很好的入门钥匙。

《刘文英卷》仔细读来,他关于梦的哲学思考,确有创见。因为我对精神分析只是业余爱好,也就不好置喙。但他的《庄子蝴蝶梦的新解说》却是我看懂了的,并深为赞同。我们现在的很多搞哲学的,对庄子的“物化”经常做错误的解说。刘文英在文章中说,按庄子的哲学,“物化”有三个意思,最一般的意义,就是万物的自然变化;其次,物化有一种特殊的意义,专指人的死亡,即人在死亡过程中所显示的“物化”;第三,指梦中主体化为外物,“梦蝴蝶”就是一个典型。并明确指出,为什么庄子通过蝴蝶大讲自我“物化”的体验，因为这是道家修道的一种基本功夫。只有获得了这种体验，才能真正感悟到自由快乐的“逍遥”之义和消解物我的“齐物”之义。我觉得谈“物化”到这里才真正“通”了。其实，对于庄子，真的应该具有一种特殊的眼光，否则往往南辕北辙，不得其义。比如，他的“心斋”“坐忘”“天籁、地籁、人籁”，很多学者的阐释是错误的。这里，是需要体悟的，古人说的“体道”。如果我们用科学的眼光，知识的体系进行概念的辨析，逻辑的推理，那就不是庄子了。其结果用王国维的一个字概括，就是“隔”。但这种话给现代的学者说来，是很难理解和接受的。套用尼采的话说，他们现代了，太现代了。

还有《马通卷》《王沂暖卷》《段文杰卷》《洪毅然卷》和《颜廷亮卷》，一一读下来，只有感叹自己的无知。在这些很专门的领域，他们孜孜矻矻一辈子，真的是成就卓著。可是又有多少人知道呢？我们真的需要大力挖掘、整理、出版我省优秀前辈学者的著作了。也很感谢范鹏院长的独具只眼，否则，要找这些学者的文章，一一读下来，那有多难！优秀的学术著作，不应该被埋没。我们现在一直讲文化产业，似乎能挣钱的书，就是好书，不能挣来钱的书，活该消灭。这种看法非常可怕。我们是需要文化产业，但不是所有的文化都是可以，或必须产业的。真正的文化是秘传的，永远属于少数人，它需要的是伯乐、知音。如果没有曾国藩，王船山的著作可能也就淹没无闻了。

阅读赵俪生 1987 年的游美日记，那种被美国学术界拒绝的冷落，对于一位 70 多岁的老人、学者来说，真的太残酷。但赵先生毕竟是赵先生，他还是冷静地把它写了出来，没有像我们现在的有些学者，出国找几个家庭妇女，讲上两句话，回国就开始大肆吹嘘。这里面，是有先生的大自信在的，字里行间，也可以看出赵先生的倔强和不屈服。他甚至与美国华裔学者探讨自己为什么不受欢迎， 人家说你来自兰州大学，美国人不知道兰州大学。看来，甘肃不是没有大学者，只是没有宣传出去。西晋诗人左思说：“郁郁涧底松，离离山上苗。以彼径寸茎，荫此百尺条。世胄蹑高位，英俊沉下僚。地势使之然，由来非一朝。”左思说的是门阀制，我们现在却是地域限制，还有缺乏眼力。

那么怨天尤人，是没有用的，“等靠要”是无能的表现。甘肃的文化人应该有自己的尊严，自己的追求，自己的道路。范鹏院长的这种登高一呼,在这个时候出现,正当其时,功不可没。文化是需要滋养的,一点一点的,政绩工程需要,但更需要有心人的蚂蚁搬家。

“何世无奇才,遗之在草泽”,甘肃的文化需要发扬光大,甘肃的学者需要走出去,除了学者自己的努力之外,社会、政府、有心人的大力扶持,也是一个不可忽视的关键因素。我们期盼着《陇上学人文存》的不断问世,它对甘肃的文化生态必将起到“春雨润无声”的作用。

庄子传记的新尝试

——读王充闾《逍遥游——庄子传》

王充闾先生新著《逍遥游——庄子传》,是作家出版社"中国历史文化名人传"丛书之一。作家写这类传记,最大的问题就是乱说、瞎说,原因皆在于学养之不足,至于用小说写的名人传,我基本都不看。王充闾先生乃著名散文家,曾获过鲁迅文学奖,文笔清丽,风流蕴藉,其干净隽永,是当下作家中不多的。他还曾担任过辽宁省委常委、宣传部部长,省人大常委会副主任。这种阅历让他在书写庄子时有了一种高度,眼光自是不凡。我在书店一看到此书,不胜欣喜,立即抽读了书中两章:"哲人其萎""身后哀荣"非常喜欢,一读起来,就无法释卷,文字之美,材料之富,见解之深,都让我极其歆羡,并心生喜悦。于是,买了一册回家慢慢细读。

阅读这部传纪,我们会发现一个不同于以前的庄子传;在这部传记里,王充闾把庄子放在了世界范围里谈论,有了一种博大的眼光,虽然这种视角还不是很成熟,但已经不错了。王充闾先生幼承家学,束发受书,即有展卷初读《庄子》之幸,"于今已过去了半个多世纪",他说:"应该说,对于《庄子》这部书,我还是充满了感情、倾注了心血的。"接受了写作任务之后,他重新把卷研习,大量阅读资料,又实地采访,走遍庄子生前经历之地。"日夕寝馈其中,凡十六阅月,心无旁骛,亦未敢稍有懈怠。"比如,第二章乡关何处,通过文献梳理,实地调研,层层写来,条分缕析,其精彩不亚于一篇侦探小说,趣味性、学术性并存,而最后得出的几点结论,亦为持平之论,颇有见地。第一,庄子生前活动范围,主要在宋、魏之地,以商丘为中心,南到淮河,北至邯郸,东止于鲁国,西到过大梁,向南北东西四个方向呈椭圆形展开。第二,其国属为宋;世居蒙地。第三,其故里所在,当为宋国都城商丘的东北部,但具体地点暂时尚难指认。

第三章,"遥想战国当年",试图呈现战国社会文化氛围,虽有现代人难免的实证主义之嫌，但所谈对于理解庄子以及《庄子》一书的诞生，还是有所助益的。本来，“庄子之文，如空中捉鸟，捉不住则飞去”。而言说者却偏要“捉住”，这也是一个悖论，二难选择做到这个程度，对于一般读者而言，已足够了。第四章，“不做牺牛”，言及庄子的散木情结，对庄子那种高远绝尘的理解，是很多庄子研究者无法企及的。古人说，人必须经高位而后得道。这是有道理的。再大的天才，不有一定高度的历练，总是冒着一种穷酸相，让人小视。为什么曹雪芹能写出《红楼梦》？用阿 Q 的话说：“我们先前阔过。”阔过，和没有阔过，还是大不一样的，表现出来的气象，就很有差异。王充闾曾担任过副省级领导职务，这个位子对他理解庄子，不是没有好处的。当然，有些人到了这个位子，也不见得就能理解庄子，这里面还有一个文化素养在。他在给我的信里说：

> 不过，解读庄子也并非易事。它类似佛禅，不是学术性的、理性或者知性的，靠灌输不行，必须依靠心性解悟，有赖于生命体验，和人生阅历有关，一般都是过来人，像《红楼梦》中说的“翻过觔斗来的”。我呢，从小受父亲、叔父的影响；后来又遭遇过挫折，得过大病；个性淡泊，所谓“鸥鹭不争车马道”。应该说，解读《庄子》有些便利。

对于庄子的处世立身态度，王充闾先生虽有怀疑，但基本上是认同的。他说：

> 我不主张避世，所以，事也可以做，官也可以当，书也可以写；但不热中躁进，更不同流合污，保持自性，坚守人格。至于生活情态，也许宋人诗句庶几近之：“睡起莞然成独笑，数声渔笛在沧浪”，“清斯濯缨，浊斯濯足”而已。

看来，当初丛书委员会邀请王充闾撰写庄子传，真是颇具慧眼。

王充闾先生信中还说：

> 历史上，庄子不断地现身，这次是在他没世两千三百年后。《庄子传》也可以说是特定时代的产物，它也赶上了剧烈的社会转

> 型期。说得不见得准确，我觉得现在恰逢三个大的气候：一是在市场经济的推动下，工具理性盛行，文明出现异化；二是“反者道之动”，传统文化遭遇过最大的困厄之后，现出复甦的势头，出现了“国学热”；三是处于反贪腐高潮，“官场大地震”，“眼见他起高楼，眼见他宴宾客，眼见他楼塌了”，引起了各色人等的反思、清醒和警觉，进而引起对庄子的关注与青睐，想到了庄子的“做减法”，觉得如果早一点听他一句话，也许不致覆亡，不致翻车。

这里，看见王充闾先生的古道热肠和高远的眼力。他读书，不是那种学究式的死读书，读书死，他撰写庄子传，也不是简单的挖古坟、卖隐私。他那里，是流着司马迁、班固、司马光那样的士大夫血脉的，“究天人之际，通古今之变”是他的撰文理想，“资治通鉴”那样的想法，现在看虽有点不合学术规范，但有时候“规范”二字，也很害人。所以，我们阅读《逍遥游——庄子传》，从文字，到气象，甚至作者流动于字里行间的火热的情感，都让我们有“与古为徒”的感觉。久违了，这种直接古典历史家的笔法、感情、格调。

其实，说彻底一点，庄子的传记就是《庄子》。这是我一贯的观点。对那些想象、夸张，并做小说化的庄子传记，我不以为然。那与当今的娱乐八卦，没有什么区别。最早记述庄子生平的是司马迁，在《老子韩非子列传》里作为附传，只有234个字。这是目前最权威的关于庄子的传记文字。谁还要在这之外做文章，那也基本就属于小说笔法了。所以，我一直认为庄子的传记就是《庄子》。庄子能够让我们记住他，就是因为这部书。谁把《庄子》讲清楚了，庄子也就清楚了。

而庄子偏又不是那种可以随便讲清楚的思想家，《庄子》是非逻辑，非推理的，它是需要体悟的。很多撰写庄子的著作基本都是门外谈，甚至是臆说而已。比如王蒙、于丹，谈的不是《庄子》，其实他们谈的只是“自己”。他们把自己当成了庄子，顾盼自雄，顾影自怜。王充闾先生以散文名世，兼之生性淡静，不喜夸饰为文，他的《逍遥游——庄子传》基本就是实事求是，以《庄子》为本，以庄解庄，所谈大皆中肯，而且视野广阔，纵横十万里，上下五千年。第六章，“善用减法”，洋洋洒洒，中西古今，都在谈一个字“忘”。牟宗三说：“道家智慧是‘忘’的智慧。”

但这个“忘”最难谈，王充闾以自己一生的阅历和对《庄子》文本的谙熟，以庄子文字，世界大师之言行，腾挪跌宕，硬是在螺蛳壳里做成了道场。读完此章，让人不胜三叹，难以释卷，“无端凿破乾坤秘，祸始羲皇一画时”。读者再面对“虚室生白”这四个字，应该有所悟了吧？

当然，王充闾先生依然将庄子思想视为相对主义，并划归“哲学”范畴言说，这不能不说是一个遗憾。我一再说，庄子思想不是“哲学”，西方意义上的哲学，它某种意义上也是中国古代士大夫的宗教，如果还是用西方话语来言说的话。其实，我们就说“庄子思想”，这样最好。一用“哲学”“宗教”这些词，往往遮蔽了庄子本身的丰富性和特殊性。至于相对主义，也是一个西方概念，虽然我们如今舍弃西方话语无法言说了，但当遇到我们的古典时，还是慎用为佳。比如“道”，在中国，它不仅仅是一个哲学概念，它是需要去体，去悟，去修的，最后是“得道”。也就是说，道，对中国古人来说，是需要用生命去感知，去领悟的。这也就是“道可道，非常道”“道不可言”之理。当年熊十力说，良知是当下体悟的，它不是一种假设。我想，晚年的冯友兰应该会有所体悟了吧？

《庄子》一书，“以谬悠之说，荒唐之言，无端崖之辞，时恣纵而不傥”。鲁迅说：“晚周诸子之作，莫能先也。”他特别善于讲故事，文字结想无端，触笔生妙，而且读他的文字，让人陶醉。他是一个喜欢敞开自我，袒露胸襟的人，没有老子那么的奇谋妙算，让人生畏。而王充闾先生的《逍遥游——庄子传》触笔成妙，性情灿然，亦颇有庄子之风。文字里随时引用的历代关于庄子或类似思想的精彩诗词，为传记生色不少，也方便了读者对庄子艰涩思想的理解和进入。顺便说一句，书里在引用庄子文字的时候，基本都是白话译文，尤其在大段地征引的时候。当然，如此做也是考虑到了普通读者的接受程度，但还是让人感到遗憾，因为庄子之魅，思想之外，文字是一个很主要的因素。如今全变成了白话译文，我就很难读下去，那种感觉荡然无存。是不是可以先引用原文，后面再附上译文？

第八章，“故事大王”，第九章，“拉圣人做‘演员’”，是对《庄子》文本很精彩的阐释，《庄子》一书，确实是故事会，庄子也确实是一位伟大的故事大王。而《庄子》里的孔子，其实就是一个演员而已，代庄子立言，由此而来的助孔子或贬孔子之争，也就由此而消失了。第十章，“出国访问”，第十一章，“失去对手的悲凉”，第十二章，“讲道授徒”，娓娓道来，韵味无穷，既言之有据，又不乏深情，这几章文字，让读者看到了一个物质生活极度匮乏，但精神世界高度丰富的知识分子，他的平常生活和他应对这些的态度。庄子才华绝伦，却甘于清贫，绝不趋炎附势，而且根本与政治绝缘，但与当时的老百姓，还有惠子这样的高人却从不拒绝来往，甚至乐在其中。他僻居一隅，却从不固步自封，画地为牢，经常步行出去游走，第十章，出国访问，详细记述了这些过程，很有意趣。尤其第十一章，失去对手的悲凉，写得文情并茂，亦寄慨遥深。“堪怜举世嫌疏阔，谁与斯人慰寂寥？”文章写了庄子与惠子的八次论辩，这八次论辩，都发生在庄子的五次出游之间。那种高手之间的对招，是人间难见的顶端文化奇观，非常幸运的是这八次论辩都记录在了《庄子》一书中。《徐无鬼》里写到庄子给亲友送葬，路经惠子之墓，讲述了一个郢人斫垩的故事，最后说：“自夫子之死也，吾无以为质矣，吾无与言之矣！”汉代刘向在《说苑》中也有记载：“惠子卒，而庄子深瞑不言，见世莫可与语也。”

第十五章，“千古奇文”，第十六章，“文化渊源”，基本就是尾音袅袅，曲终奏雅了。可能写到这里，作家也有点累了，我觉得第十章，没有写足。按理说，王充闾也是散文家，他写这一章，最有发言权，也能够说足说透，但除了大量引用其他学者的观点外，自己基本没有什么新东西。这不能不说是极为遗憾的。第十三章，“‘道’的五张面孔”，第十四章，“十大谜团”，这两章涉及到庄子的核心思想，也最见作者的功力，但依然让人遗憾了。我总觉得在写到庄子的思想时，王充闾先生有点不自信，很少自己去说，谈自己的感悟，自己的领会。他总是一再地去引用别人的文字，古代那些大家的只言片语，当然需要引用，他们说得太好了。但当代那些庄学家，或者一些稚嫩的硕博士论文，他都不厌其烦地一再征引，丝毫不顾及这些引文之间的矛盾，还有它们自身本来的矛盾。这不能不说又是本书的一个遗憾。

当然，庄子思想迷离恍惚，很难把握，朱熹说：“庄子，不知他何所传授，却自见得道体。”这里“自见得道体”数字极为关键。我总觉得王充闾先生对庄子的“道”的理解，还有一点隔膜，可能与我前面说的，用了现代的“哲学”来理解庄子，有隔膜也就不奇怪了。或者，隐隐之中，还有唯物主义认识论的色彩,隔膜更是必然了。他概括的“道”的五个面孔,都比较形而下,似乎与庄子之道,还有很大的距离。他说,“在庄子哲学中,美具有核心地位”,这完全是现代人之见。用尼采的话说,太现代了。庄子是道通为一的,是齐物论的,他哪里会有美丑之分,会有现代意义上的美学之说?“以道观之,物无贵贱”,而王充闾先生有时候将“自然”解释成大自然,似乎也有问题。王阳明说:“道不可言也,强为之言而益晦;道无可见也,妄为之见而益远也。”

王充闾先生自己在文章中说,道家的传承,着眼在一个“悟”字,这一点有些类似后世的禅宗。它的路径,主要是强调依靠自己去领悟、去体验、去发现,而并不看重逻辑分析与知识传授。但当他谈论庄子思想时,却似乎忘记这一点,而他大量征引别人的观点,我觉得期期不可。其实,以他的庄学修养,完全可以谈自己的“体悟、领悟”,还有“发现”。引用的那些大量的时人观点,很多其实是有问题的。任何国家、民族的文化到了一个很高的境界,都是无法言说的。怀让禅师说:“说似一物即不中。”德国大诗人里尔克说:“沉默吧。谁在内心保持沉默,谁就触到了言说之根。”维特根斯坦《逻辑哲学论》结尾的名句是:“凡是不可说的,我们必须保持沉默。”他在晚年的札记里,还如此写道:“上帝也许对我说:‘由于你的嘴,我要来审判你……’”

王充闾先生不仅对庄子思想颇为熟悉,他对庄子传人,或后世深受庄子影响的那些诗人艺术家也极为谙熟。第十九章,“文脉传薪有后人”,其中谈到阮籍、嵇康、陶渊明、李白、曹雪芹,只言片语,皆很到位。苏轼说:“秀句出寒饿,身穷诗乃亨。”从古到今,那些身居高位者,染指文学艺术,极少达到艺术的境界。当然,这种附庸风雅,我们也赞成,但要清楚,附庸风雅与文学艺术,还是两回事情。但很多高位者往往忘记了这点。为什么那些潦倒之士,才能创作出惊世杰作?一个很重要的原因,他们真正自由了,他们“见道”了。

王充闾自作诗曰:“逍遥齐物葆天真,喜见蒙庄有后身。呼马呼牛随世态,无功无己做神人。千秋帝业今何在?一代天骄早化尘!唯此布衣贫叟健,悠悠文脉久传薪。”作为省部级领导,他能体味到这个道理,亦属不易。我一直感觉王充闾的散文,总是没有找到自己的言说方式,他的散文依然有八股嫌疑,在知人论世方面,无法见到真正属于自己的见解，比如他关于王勃、曾国藩的散文，我就很不以为然。那里，没有他自己，有的只是“别人”。我颇遗憾于王充闾没有写出真正属于自己的东西，他的心一直没有打开，其实，他的心里是有宝贝的。终于在这部传记里，他打开了自己的内心，他是用自己的“心”去感悟庄子，用自己的“心”去书写庄子。师徒传灯，最讲究心心相印，写人物传记，也是如此。在《逍遥游——庄子传》里，王充闾终于打破了自己身上的枷锁，他接近自由了，文字也飞扬了起来，灵动、高贵、蕴藉、深厚。王充闾终于成为了王充闾，一个真正的散文家，一个真正的作家。孔子说，七十而从心所欲不逾矩。已近八十的王充闾，可以说接近了。庄子说：“物之所以累人者，以吾有之也。”

《逍遥游——庄子传》之所以是一部优秀的传记，还有一个不可忽视的因素，那就是语言。古人论六朝骈文均以“气韵”为准的，如“六朝之文其气疏缓”，“六朝文中往往气极遒炼”。从事汉语写作，如不入魏晋，终为俗格。这也是当代中国文学格调不高的一个关键因素。白话文写作，不是完全的市井语言，作为文学创作，毕竟需要一种高贵的气质。鲁迅文字得益于魏晋者实多。王充闾先生古典文学修养极深，文字遒劲而练达，深得骈文之精髓，这也是此传的一个亮点。不说内容，只读那一段段文字，就有一种艺术的享受。写庄子，而有如此之文字，可谓得其人矣。

庄子:旦暮遇之也

《庄子》是中国文化的一座珠峰。大家知道,爬我们兰州的五泉山是非常容易的,不需要任何准备;但要去珠穆朗玛峰,则是很危险的,因为那是雪域高原,是缺氧的。那么今天呢,我就冒些风险,带大家去看看庄子这座“珠峰”。

庄子故里的人不知道“庄子”

我们看春秋战国地图,最西面是秦,陕甘当时就属于秦。最东面是齐国,齐国下面是鲁国,大家看鲁国等于一个内陆诸侯国,齐国是濒海的。按文化地理学来说,你要了解一个思想家,一定要了解他的地理位置,这个非常关键。齐国濒海,因此齐人非常富有想象力。鲁国是一个内陆的诸侯国,左下面是宋,宋是庄子的老家,大致就是现在的河南省商丘市。

庄子故里在民权县顺河乡青莲寺村。2013 年 7 月,我和几位朋友先到青岛,然后由青岛到高密,再由高密到泰山,由泰山到山东曲阜孔庙,然后又到商丘。山东曲阜的孔庙那是非常豪华的,立着帝王的牌匾、题词,阵势很大,那就是儒家嘛,是官方指导思想。但是你跑到商丘去看庄周庙,居然比我们农村的山神庙还小一些,有人说像公共厕所。我问村子里的一些老人,我说你们这个地方有个庄子知道吗?他们说没有庄子。我说你们敬奉什么神?他们说庄周爷。我说有一本叫《庄子》的书你们读过吗?他们说没有,村里人都不识字。我当时就感慨,庄子真的非常伟大,老家人都不知道庄子,所以庄子真的在自己老家做得非常成功。我感觉这就是真实的庄子。庄子的庙里面,没有塑像,就一个庄子的画像。庄子的墓,在青莲寺村南五公里的老颜集乡唐庄村。

历史留下来的庄子肖像,非常儒雅,非常俊美。所以古人把庄子叫庄生,李商隐有一句诗:庄生晓梦迷蝴蝶,望帝春心托杜鹃。我们一想起庄生就像想起张生一样。你看老子就老谋深算的,因为《老子》是帝王术嘛,他的肖像也是非常高深莫测,和我们的庄周先生一比有很大的反差。

重返经典真的很有必要

为什么要重返经典?我们今天讲《庄子》,希望能够让大家对世界有个重新认识,就像你是近视眼,突然戴上眼镜看世界,世界是这么美好。

一个大思想家就是一条大河。庄子的时代,从思想文化的角度看,仍处于殷周之际的大变化之中。王国维在《殷周制度论》里说,中国政治与文化之变革,莫剧于殷、周之际。就是到现在,我们中国人的政治文化还有周公时代、周文王时代的深刻影响。庄子的时代是个神语转到人语的时代,哲学就是神语的人语表达。在殷商那时候是没有人的自主的思想的,因为殷商有什么事都是请教天神的,都是请神说话。但是到周朝以后,我们可以回到人了。有很多大思想家诞生了。为什么呢?因为那个时候已经是有人语的时代。东周到秦汉是中国的神死亡的过程。西方的尼采曾说上帝死了。可是从西周我们中国的神已经开始死亡了。所以我认为中国从西周就已经开始了“现代化”。

对庄子记载最早的是《史记》,在《老子韩非列传》里面有 200 多个字。在西汉司马迁的时代,对庄子已经不是很清楚了。司马迁说什么呢?庄子思想最核心的东西还是老子的思想。“故其著书十余万言,大抵率寓言也。”庄子的思想都是寓言,这点和西方哲学完全不一样,西方哲学从柏拉图的《理想国》开始,他们主要是概念、命题、推理,逻辑非常严密。而中国的哲学呢,它完全是一种感悟式的,是寓言式的。

庄子的生平现在已经很不清楚,为什么呢?我觉得可能是战国的时候战争太多,很多书籍都被毁掉,而且也可能跟秦朝焚书坑儒有关系。另外呢,老庄本身是不想让别人知道,不像孔孟生怕别人不知道,要宣传自己。有学者考证,庄子可能生活在战国中期,但是生前默默无闻。我觉得有点像欧洲的作家卡夫卡,死后好长时间无人问津。

庄子和孟子是同时代的人,但是孟子从没提过庄子。我个人感觉可能是孟子真的不知道庄子。但是庄子知道不知道孟子呢?我想应该是知道的,但他不谈,他只谈孔子。所以朱熹有一句话:庄子只在僻处自说。我觉得这是朱熹对庄子非常准确的把握。

庄子一生物质非常匮乏,有点像曹雪芹。所以我们看《庄子》这本书里面,经常出现庖丁解牛、佝偻承蜩等故事,说明庄子对下层工匠的劳动情况是非常熟悉的。

有些学者认为庄子可能是楚国王室的后裔,流落到宋国。也有些学者认为他是殷商的遗民,因为宋国是殷商遗民的封地。后一种观点更为学术界所认同。

我们看庄子,他的精神非常高贵,非常超然,应该说庄子肯定出身于贵族家庭,或者说败落的贵族家庭,虽然我们现在没有证据,但是我觉得这应该是没有任何异议的。为什么呢?如果出生在小农小户家庭,就不会有如此高的文化教养。而且我们看到庄子的童年绝对受过良好的教育,天赋极高,眼界极高,修养极深,对社会,对世界极其敏感。他对现实排斥,愤世嫉俗,可见庄子的内心也是非常痛苦的,他的表述是很真实的。他有一句话:"方今之时,仅免刑焉。"那个时代是个乱世,活着的人都被整残了,或者战死了。曹雪芹也非常喜欢庄子,可能也是由于相似的遭遇。

《庄子》左右你灵魂的高度

古时候人读书前首先要焚香洗手,如果要抚琴的话,还要前三日斋戒。我们进入《庄子》这个文本呢,必须先让浮躁的心安静下来。《庄子》的哲学是对生命和生活方式的解读,读的时候应该把我们的生命也放进去,用我们的生命去体会庄子的生命。牟宗三说得非常好,"中国的学问是生命的学问",这点和西方的哲学是完全不一样的。西方的哲学主要是逻辑推导,在西方你不懂得数学的话,你还谈什么西方哲学呢?而中国的学问用逻辑推导不能真正进入它的内核。所以说你如果把你的心打开了,《庄子》其实很简单,并不难懂。朱熹写过一首诗:"半亩方塘一鉴开,天光云影共徘徊。"当你的心安静下来,把它打开,像一面镜子,像湖水,那么《庄子》就像天上的云一样,就会自然落在你的湖面上。

中国的孔孟、老庄其实属于体证的学问,不是逻辑推演的。如果广义地说哲学,我们可以说老庄是哲学,但狭义说我们真的没有哲学,我们只有思想。因为哲学(Philosophy),它是要进行逻辑推导的,而我们中国人很早就中止了纯粹逻辑学的发展,不长于逻辑推导,我们就是生命的体证。

我们看《庄子》的文章,庄子是真有实修的,气功大概也是有一些的。道教上有辟谷,就是可以十几天不吃饭。我说这个人得道了,他的身体表征肯定是道风仙骨,很瘦。道家与隐者关系很密切,道家幻想的至人、真人、神人给人感觉好像有种很强的宗教色彩。儒家呢,关心的是秩序,社会的秩序。忠、孝,就是你怎么样做个忠臣,怎么样做个孝子。孔子讲的是世界秩序的和谐。而庄子根本不关心这些,他讲的是内心精神的超越。梁启超在《先秦政治思想史》里有这么一句话:"道家最大特色,在抛却卑下的物质文化,去追寻高尚的精神文化;在教人离开外生活以完成内生活。此中见解当时最流行的儒家、墨家都没有说过。中国人活的还有一点层次,还有一点格调,因为有道家。"在孔子的思想里面也有很高深的东西,但是很可惜,孔子的绝学传给了颜回,但颜回死得太早。孔子思想里面最高深的一部分东西因为颜回的死而失传了,当然这是我的直觉。但看《论语》其实也是可以看出来的。颜回死的时候,孔子说"天丧予",老天爷在惩罚我,因为他的绝学断了。子贡说:"夫子之文章,可得而闻也,夫子之言性与天道,不可得而闻也。"有人举这句话说孔子从来不谈性和天命。这是胡说八道,是孔子对子贡不谈,不是跟颜回不谈。孔子的教学是因材施教。那么由于孔子的绝学失传了,现在剩下的老庄的思想呢,绝对是能提高我们境界的一种学问。而当下中国人正好相反,我们都在变成吃货,都在追求金钱利润,忘记了自己灵魂的高度。

我去年在北京学习,碰见美国哈佛大学一位教授,他的汉语名字叫任博客,专门研究《庄子》的,他说我瞧不起战国以后的中国人,尤其瞧不起宋明以后的中国人。这话是有道理的,中国人的品位在先秦之后日渐下坠。而当代的中国人完全为大众化所陶醉,其实是很难为情的。鲁迅曾在《汉文学史纲要·老庄》中提出庄子出世之说，我们就说庄子消极，庄子颓废，庄子虚无，这其实是对庄子的误解，包括鲁迅都有误解。其实庄子不是出世，庄子是游世。孔子、老子的学问都是谈入世的，只有佛教的思想是出世的，所以庄子绝对不是消极冷漠的人。胡文英先生有句话："庄子眼极冷，心肠极热。眼冷，故是非不管；心肠热，故悲慨万端。虽知无用，而未能忘情，到底是热肠挂住；虽不能忘情，而终不下手，到底是冷眼看穿。"

往往那些愤世嫉俗的人是有大爱的，大爱是和大恨相表里的。鲁迅在《汉文学史纲要》里面说庄子的文章"著书十馀万言，大抵寓言，人物土地，皆空言无事实，而其文则汪洋辟阖，仪态万方，晚周诸子之作，莫能先也"。所以我们读的《庄子》，文辞确实非常美丽。扬之水在《先秦诗文史》有这么一段话："可以说孔子是把人放在一个历史的社会的秩序里，庄子则把人放在宇宙的生命的秩序里。孔子系心于日用伦常中的人生，庄子关怀着天地大化中的人生。孔子是为人之道，庄子是为生之道。孔子奠定了根基，所以是深厚。庄子拓展了视野，所以特别有着精神世界的广大。"

惟体道者乃能逍遥

庄子的"道"，与孔孟的道，不太一样，它更加抽象而玄妙。

道这个东西很难理解。道要用你的生命去体悟。就如爱情，不仅改变人的性格，还会改变人的肉体。道也一样。

《逍遥游》是庄子思想的核心和精髓，逍遥而游，游而逍遥，这就是庄子思想的慧眼所在。所以抓住"游"字，那庄子也就能理解了。《庄子·山木篇》说了："人能虚己以游世，其孰能害之！"你把自己虚了，谁能害你。虚是什么意思？空嘛，空虚，我们说虚心学习，把心虚掉、空掉才能学习。所以胡适说了一句话：有人骂你，只能引起空气的波动，你没有必要生气。你心动了你才会受到伤害。庄子讲逍遥就是无己。《逍遥游》说："至人无己。"说最高的人是没有自己了，我和天地合一了，谁能伤害我？无己嘛，不要有欲望。今天想当博导，明天想当处长，后天想找小三，你说累不累？

所以黄庭坚说了一句话，说："惟体道者乃能逍遥。"所以逍遥游就是把那个私心杂念，把那些欲望都除掉，欲得逍遥先须忘我，故言齐物。

用西方的相对主义解释《庄子》，这是很可怕的。很多人读《庄子》读成阿Q了，觉得庄子很虚无，很消极。鲁迅对《庄子》有很深的造诣，阿Q的精神胜利法、自我欺骗，就是庄子的另一面。所以庄子和阿Q就是一念之差，我们经常讲"佛魔一念间"。读大师的作品一定要非常小心，你读郭敬明、韩寒、于丹、余秋雨，没有关系，那是大众产品。但是你读《庄子》，稍不留心，你就会掉下万丈悬崖，你就会走火入魔。就比如说你去五泉山，你大声说话，跑，跳，没有任何影响。你去珠穆朗玛峰，咳嗽一声就可能引起雪崩，在那个地方你得小声点，不敢说话。所以大师的学问非常复杂，非常丰富，非常危险。我们很多人觉得"齐物论"就是世界上没有美丑，没有高低。错了。庄子的"齐物论"是，你齐物了才能逍遥嘛，你齐万物了才能逍遥游，你逍遥游也就能齐万物。这个没有人说过，这是我说的。你碰见个省长就想跪下，碰上叫花子想一脚踢死，那能逍遥游吗？在你眼里众生平等，在你眼里每个人都是珍贵的，每个人都是美丽的，这叫齐万物。

台湾学者方东美说，学习庄子前最好坐一次飞机。你坐在飞机里往下看，大家都是黑点点，没啥差别，齐万物了嘛。所以有人说，庄子就是个太空人，这话是有道理的。庄子能到那么高的境界，这让我们很佩服的。他有一句话："天下莫大于秋毫之末，而泰山为小；莫寿乎殇子，而彭祖为夭。天地与我并生，而万物与我为一。"这话说得非常伟大。

我一个学生问我："老师，怎么叫天地与我并生，我生之前不是就有天地了吗？"但是如果没有你的话，天地又有什么意义呢？这就是"陆王心学"说的"吾心即宇宙，宇宙即吾心""心外无物"。因为有你世界才存在，如果没你那世界也就不存在了，天地与我并生。因为有我，那么你看见的世界和别人看见的世界完全不一样。

庄子与对现代社会的反思

我们看到儒家，历史上有传人。但是我们看庄子的话，历史上没有传人。那庄子到哪儿去了呢？庄子化身千万亿，散入中国后世的文学艺术中去了。你看王羲之、陶渊明、李白、王维、苏轼、陆游、曹雪芹，不就是庄子吗？你看宋元的水墨山水画，山水画大师倪瓒、黄公望、八大山人、石涛、黄宾虹，不就是庄子吗？中国的山水画是可居可游的，如果不懂庄子，中国的艺术你就不懂，一辈子入不了门。

《庄子》不仅在中国影响很大，在世界影响也很大。你要知道欧美人不喜欢孔子，比如德国哲学家黑格尔，他有一本书叫《哲学讲演录》，他开篇就说了，他看《论语》，孔子婆婆妈妈，境界很低。这是他的评价。但是一遇到《老子》《庄子》，他们肃然起敬，觉得这才是哲学家。所以《庄子》对西方的哲学，对西方文学艺术的影响是巨大的。像阿根廷作家博尔赫斯，这是我们当代先锋文学的鼻祖，他就说了："魔幻文学祖师爷头衔轮不到我，2000多年前梦蝶的庄周也许当之无愧。"德国戏剧家布莱希特，还有墨西哥的作家帕斯，英国作家王尔德都深受《庄子》影响。王尔德说，他读完英译版的《庄子》，竟然进入一种如痴如醉的状态。美国作家梭罗，一生酷爱《庄子》，孤身一人到瓦尔登湖居住，后面写出了《瓦尔登湖》。

西方的二元思维，现在也引起人们的反思。二元思维认为，要征服大自然，要控制大自然，像英国思想家培根说的："我们要用鞭子抽打大自然，让它交出自己的秘密。"这种思维已经出问题了，我们在自我毁灭，所以这个时候他们又回到了《庄子》。西方有个思想家叫维柯，就提出"诗性智慧"。这个我觉得也和庄子思想很相似。

德国有个科学家叫海森堡，他说："在历史的进程中，地球上的现代人，第一次同自己面对面，他再也没有对手和反对者了。"海森堡是大科学家，说我们的科学技术发展到最后就是我们面对面，我们在伤害那么多自然动物，那么多自然界的时候，我们最后把自己杀掉了。

20世纪最伟大的思想家海德格尔，晚年一直在反思科学技术，反思技术的危害性，他说过一句话：技术的白昼是世界的黑夜。

海德格尔晚年的思想就很有庄子的烙印，他的书里面经常引用《庄子》的原话，他后面提出的很多概念都来自《庄子》。所以《庄子》这种道同为一，天人合一的思想呢，对我们现代社会的环保、生态、人的精神境界的修行都是很有帮助的。欧洲人为什么尊敬我们中国人？因为中国有《红楼梦》,有《庄子》。中华民族在世界上还有点地位,还有点脸面,是因为有庄子,有曹雪芹这样一些大师,而不是由于有个余秋雨,有个郭敬明,那不能代表中华民族的精神标高。

读和读懂完全是两码事

庄子有两个梦。大家都知道庄周梦蝶,还有一个“梦饮酒者”,也非常伟大。庄子在这个梦的最后说了一句话:“万世之后而一遇大圣,知其解者,是旦暮遇之也!”在庄子看来,了解他的人一万代有一个,不是一万年,是一万代,有一个知音,这个时间差距就好像早晨和晚上一样,意思是极其难得。我们看历史的话,真正懂庄子的人也确实非常少。

《庄子》是珠穆朗玛峰,世界上有那么多人,能爬上珠穆朗玛峰的人微乎其微。你可以每天去五泉山,但你几乎去不了珠穆朗玛峰。所以庄子也很清楚,他死之后他的思想很难遇到知音。老庄思想永远属于少数人,属于文化精英。当然,这个精英不一定就看社会阶层,有时候在民间。我曾经说,我们上班坐公交车或坐地铁,一上车看见每个人拿张晚报在那儿看,我觉得这世界很正常。如果每个人上车都拿本《庄子》在读,那这个世界就很疯狂了。《坛经》上说,坛经只属于上上根慧的人,《庄子》也是这样的。

《庄子》这么难读,我们需要去读它吗?还是需要去读的。我觉得所谓经典,就是可能养你一辈子的书。你买一部《庄子心得》可能两年就扔掉了,但是你买一本《庄子》,买一本《论语》,它可以传世。它们养育了中华民族两千多年,它还能养育我们上万年,没有任何问题。不要想着,我拿起《庄子》就能读懂,没有人能完全读懂。但是我们要做一个有格调的人,有情趣的人,有品位的人,就一定要读经典。

大众文化思潮与当代艺术表达

一、消费主义盛行，导致艺术精神的丧失

现代化的迅速发展，工业化、都市化的日益强大，不可避免地带来了乡村生活的终结，这是人类发展的趋势，谁都挡不住。新的消费意识形态也应运而生，“我消费故我在”的观念，不断深入人心，快乐主义、拜物教、享乐主义成为了人们越来越喜欢的文化。丹尼尔·贝尔说：“过去 30 年里，资本主义的双重矛盾已经帮助竖立起流行时尚的庸俗统治：文化大众的人数倍增，中产阶级的享乐主义盛行，民众对色情的追求十分普遍。时尚本身的这种性质已使文化日趋粗鄙。”[①]

消费主义作为一种意识形态，开始广泛地影响了中国当代文学艺术家，甚至渗透到他们的骨血里去了。陆扬说：“大规模的现代工业生产技术、大规模的现代消费市场，以及大规模覆盖的现代大众传媒，构成大众文化的三个要素。”[②]这话是对的。

多年来，一些“三俗”作品大量诞生，畅行无阻，而真正优秀的文艺作品却由于“市场”的原因，说清楚点，是因为收视率的原因，很难面世。文艺评奖、文艺节目的这种片面地唯市场论，以收视率、版税为唯一标准的不看社会效益，唯金钱马首是瞻的现象，后果非常严重。已经严重扭曲了我们的文艺评价标准，某种程度上败坏了文艺生态、文化生态。看电视，搞笑搞怪的节目垄断了黄金时段，娱乐至死、消费第一，成为了很多主创人员的座右铭。我曾经撰文说：“这种乱象最后导致的结果是黄钟毁弃，瓦釜雷鸣，让普通百姓不知道何者为佳，何者为劣，严重影响了人们的精神生活，某种意义上导致了人们信仰缺失、灵魂空虚、心理焦虑。”

---

① 【美】丹尼尔·贝尔著，赵一凡、蒲隆、任晓晋译：《资本主义文化矛盾》，生活·读书·新知三联书店，1989 年，第 37 页。

② 陆扬著：《后现代文化景观》，新星出版社，2014 年，第 321 页。

这种将严肃文艺与通俗文艺或者通俗文化使用同一评价体系的做法,非常可怕。它极大地降低了文艺的高度,让文艺创作越来越走向制作,走向规模生产。比如,陈忠实逝世了,有人在网络上公开他的版税收入,说根本不是韩寒、郭敬明的对手,也无法跟如今的那些网络写手相比。这种评价一下子就毁掉了《白鹿原》作为一部杰出小说的地位。如果我们的文艺评论家、评价机构都认同这种机制,那就无法创作出杰出的文艺作品。

由于过度崇拜消费主义,相信市场,于是,文学艺术创作的倾向出现了问题,低俗现象非常普遍。大家都知道,如果要过度迷信市场,那只有两个内容是最有助于达到这个目的的,一个是暴力,一个是色情。你看如今的的网络小说,几乎每隔几段,就必须要有这些内容,不然就无法吸引读者的眼球。可以说,感官刺激,成了唯一的创作目的。甚至为了吸引读者,不惜胡说八道,用一些耸人听闻的历史观来刺激读者。如《狼图腾》《大秦帝国》等。

如今,老百姓的物质生活水平都有了大幅度地提升,相应地,精神文化消费空间大大增长,对文艺作品的诉求也日益强烈。但遗憾的是,文艺工作者、文学报刊、影视机构却没有给他们优秀的文艺作品。我们的影视、报业、手机就技术来说,越来越高端、精准,可是,里面承载的内容却有日渐有苍白、"三俗"之嫌。真正的严肃文艺,有格调有思想的作品似乎越来越少。这在某种意义上,会对老百姓的精神生活带来负面影响, 甚至对构建中华民族的共有的精神家园产生不利的影响。

我们知道,作为严肃的批评家,必须要有一种批判精神,要有运用自己的理性,严肃批评的能力。对那些票房很高,市场很认可,但人文精神严重缺乏的文艺作品,必须指出它们的不足。《泰囧》《三枪拍案惊奇》《绣春刀》这样的一些纯粹娱乐的作品,不能评价过高,要知道,它对消解人们的精神,破坏他们那点稀薄的是非观,颇有杀伤力。我们的文化产品,必须既有经济效益,更应该有社会效益,要引领人们往上走,而不是往下降。通过文艺作品,让人们脚踏大地,仰望星空,而不是跟着物质欲望走,跟着感官刺激走。

众所周知,文艺作品既有商品属性,但也有艺术属性,就人类的发展而言,艺术属性更加重要。因此,我们不能将商业规则误当做艺术法则,一定要坚守艺术第一的原则。文艺作品的艺术性是净化人的心灵、陶冶人的情操的伟大力量,倘若没有艺术性,一部作品还有“文艺”可言吗? [①]

我们当然需要一些消费主义的文艺作品,满足一些市民的文化诉求。但作为中华民族,我们还必须有一些伟大的文艺作品,拒绝消费主义的普及化。黑格尔说,一个民族要有一些观照天空的人,否则这个民族就没有希望。

二、市场至上,影响了艺术作品的质量

大众文化是为市场而规模化制作出来的, 包括了广播、电影、动漫、电视、网络小说等。大众文化的标准化、程式化、肤浅化,追求虚假的感官快乐,而忘记了许多值得我们去追求的价值观念。片面追求经济效益的直接后果,就是主旋律弱化了,严肃文学艺术边缘化了,真正优秀的作家艺术家无法生存了。但是,那些低俗的文艺作品、节目,却没有边缘化,它们以“市场”“收视率”的名义走向了中心。我们知道,在欧美那些发达国家,大众娱乐作为文化产业极其发达,日本、美国的通俗文化也是非常成熟,但他们的严肃文艺依然有着广大的市场,并不会因为大众文艺而受到排挤。在他们那里,精英文艺和通俗文艺,是分开评价,各自发展。《哈利波特》永远是《哈利波特》,没有人认为它可以取代莎士比亚。可是,在我们当下的社会,似乎于丹超越了孔子,韩寒取代了鲁迅,很多大学生喜欢前者,而不喜欢后者,甚至从来不读后者。这绝不是正常的现象。

完全为市场而创作,导致艺术作品完全商品化,艺术家的想象力丧失殆尽,人文价值、理想、信念都抛诸脑后。于是,生产的作品基本都是满足平均数的通俗化作品,基本就只有一种属性——商品,而它们的艺术性却几乎荡然无存。

所以,我们看今日的小说,大多数似乎都不是小说,而更像是电影或电视的脚本。作家写作的初衷就是奔着电影或电视剧改编去的,至于能不能被人家相中,那倒是另外一回事情了。什么时候我们的小说

---

① 参见杨光祖:《文艺批评就是“剜烂苹果”》,《羊城晚报》2014 年 11 月 2 日。

家如此没有自信呢？比如严歌苓的长篇小说，其结构基本上就是电影或电视剧的结构，情节置换，也是影视的。这种大众文化对小说的艺术表达之影响，太巨大了。某种意义上，可以说几乎就毁灭了小说。

那么戏剧呢？这种舞台艺术以它的现场性，营造了一种和观众水乳交融的感觉，某种意义上给观众的冲击比影视要更大一些。但大众文化的冲击，也使得舞台成了挑战人类伦理底线的所在。茂腔戏《红高粱》，在舞台上直接展现《红高粱》里的野合、脱衣、亲热，云云，让观众很不好受，因为这毕竟不是电影。

真正的艺术家被认为绝不流俗于商业市场行为。布尔加科夫说，为金钱写作是可耻的。一位作家写作肯定是应该得到经济回报的，这没有什么错。但关键是你的写作必须忠实自己的内心，而不是市场，不是金钱。我曾经说，市场对一位作家的伤害，并不会比别的小。中国当代作家普遍缺乏传统文化的滋养，更少欧美文化的洗礼，所以，他们的写作更容易受到市场、金钱的影响。由于作家主体的精神匮乏，于是大众文化对他们的影响就是致命的，市场至上，就成为他们唯一的创作目标。无论作品内容，还是形式，都明显受到了大众文化的影响，日益趋向低俗、媚俗、庸俗，严重破坏了中华审美精神，包括中华审美能力。如今的大学生，受此文化影响，也不愿阅读经典，沉迷于网络游戏、网络小说之中而不能自拔。汉语写作的日益衰微，让很多人不知道什么是好文字，什么是坏文字。

最近杨绛先生辞世，有几家报纸采访我，我说：

> 杨绛的辞世，标志着一个时代的真正结束。这话虽然说得有点烂了，但还得说说。而这次说的，可能是真的。杨绛女士不仅仅是钱锺书先生的夫人，她更是一位杰出的作家、戏剧家、翻译家、学者。她是一位真正从民国走出来的大家闺秀，一位真正的具有现代意识，而又富有家学，中西兼通的文化人。她的作品，无论戏剧、小说，还是散文、翻译，都是极其安静、蕴藉、干净，洗练而自然，毫无尘俗气。晚年翻译《斐多》，深意存焉。当今读者读惯了咋咋呼呼、逞才使气、胡里花哨的所谓文章，对杨绛的文字，可能一下子很难进入。但这才是真正的文字，很多人搞了一辈子文学，也

永远不知道什么是好的文字。她曾说:"我没有'登泰山而小天下'之感,只在自己的小天地里过平静的生活。"可惜,我们现在就缺这样在"自己的小天地里过平静的生活"的学者、作家了。

真的,钱锺书、杨绛这样的学者,这样的作家,如此杰出的汉语写作,随着他们的去世,难道真的就成了《广陵散》了?

我近几年遇见不少的作家,包括一些知名作家,谈起鲁迅,嗤之以鼻;谈起周作人,更是不屑一顾。至于张爱玲的小说,他们完全排斥。我就说,其实这些所谓的作家,一生都没有真正走进汉字,虽然他们也写了很多东西。新疆周涛说,他从来感觉不到张爱玲的文章的好。我在一篇文章里说,如果他能感觉到的话,他的散文写作不会那么快就夭折。其实,散文是老人的文体,应该是越写越好的,所谓人书俱老。可是我们如今的散文家却大都是青年写作,连中年写作都很难进入,更休谈人书俱老。

就文学作品来说,语言是很重要的,甚至可以说,文学是语言的艺术。但我们发现当代作家的语言大都不过关,而且还对此不以为然。这一点不要和鲁迅等大师比,就和杨绛先生的文字比,相形逊色太多了。止庵说:"杨绛散文语言具有准确的美,朴素的美和精练的美,这统可归之于一句很古老的话:'辞达而已矣。'对这句话我们似乎总觉得只是一个起码的要求,其实它是一个最高的要求。""杨绛散文白描的风格,她的深沉、实在、朴素、含蓄,与此前三四十年间成为时尚的那种虚夸、浮躁、雕饰,是根本对立着的,这是两种完全不同的散文美学观念。"①

当然,能做到这一点,是与她的丰厚学养有关的。她的中西兼通的学问,开阔的视野,极高的品位,深厚的修养,当代作家几人能及?"而且文化在她这儿是'化'得最纯熟的,丝毫不露痕迹,文化不是作为一项内容而是作为一种底蕴出现在她的文章中,文化也就是她的心态的一部分,这是她高超的地方,也是她平易的地方。"(止庵)

《洗澡》出版后,施蛰存撰文说:"语文纯洁,本来是读者对作者,或

---

① 止庵:《序》,杨绛著:《杨绛散文选集》,百花文艺出版社,1995年。

作者自己对作品的最低要求。但在近十年来,却已成为最高要求,在一群三十左右的青年作家的作品中,要找一本像《洗澡》那样语文流利纯洁的的作品恐怕很不容易了。”他认为杨绛“自是语文高手”。[1]

由于一味追求市场,文艺作品的思想内涵就很单薄,甚至很庸俗、低俗。这一点我们阅读鲁迅的作品,就可以有强烈的感觉。

三、多媒体、高科技的发展,带来艺术的浅俗化、碎片化、技术化

大众文化得以广泛传播,全赖强大的传播渠道,即如今备受人关注的新媒体,尤其网络的迅猛发展,博客、微博、微信等的广发使用,让如今人的文学阅读习惯完全改变了,刷屏成为了人们,尤其青年一代的日常习惯,而读书,尤其读经典几乎被他们遗忘了。

视觉文化的发展,也使得作家的写作也发生了巨大变化。短平快似乎也更多地被作家认同,并成为了习惯的写作方式。长篇小说的写作更加容易了,很多作家一年一部长篇小说,以前那种半生写一部长篇小说的生产模式早就过时了。比如,贾平凹,这 10 多年,几乎每隔一年,就有一部长篇小说。这种产量让人惊叹,但小说的质量却参差不齐,有些不错,有些就大失水准,显得比较粗糙。本来,这么高的产量,哪里有时间精细打磨? 而且,这几年的长篇小说,就容量来说,却越来越短篇小说化。人物很少,故事情节也不复杂,很像市场上的注水肉,和那种搀了很多水的牛奶。像余华的长篇小说《第七天》,已经来不及消化时代,完全是将微博等一些网络的东西,粘贴到小说里。贾平凹《带灯》已经开始抄文件了,小说里大段大段地粘贴文件。这种创作模式,导致小说的浅俗、碎片,也没有阅读的艺术美感,就是一个粗糙的工业产品而已。

网络小说的迅猛发展,也值得我们关注。我们阅读那些网络小说,字数似乎越来越多,但内容却很少有厚重的。这种满足网络即时阅读的写作模式,必然地带来小说的通俗化,甚至情色化、暴力化,而且还受资本的限制和控制。他们没有多少自由的创作空间,等于就是一个资本的狂欢。他们的写作思路严重受网站负责人的影响。其实,也是一种

---

[1] 施蛰存:《读杨绛<洗澡>》,施蛰存著:《文艺百话》,华东师范大学出版社,1994 年,第 355 页、第 356 页。

浅俗、庸俗的写作,不管变化多少花样,也没有几个有文学价值的作品。

高科技带来的技术化、浅俗化,在电影领域更加普遍。美国导演卡梅伦的《泰坦尼克号》《阿凡达》,带给观众的是视觉的盛宴,就艺术性、思想性而言,是非常贫乏的。我曾说,这是技术的胜利。不过,卡梅伦的电影还是有一个过得去的故事,有一种人道主义精神在,对观众还是有一定的教化意义的。至于张艺谋的《英雄》《十面埋伏》《满城尽带黄金甲》等,除了技术的肆意铺展,根本就没有一点人道主义精神,没有张扬人性,而是宣扬暴力,歌颂暴君,历史观、价值观都是错误的。为了市场,为了票房,可以说,张艺谋完全抛弃了自己早年的那点人类情怀,完全成了资本的奴隶。[①]以前的电影,和文学是亲戚关系,很多好电影都改编自文学作品。如今的电影越来越改编自电脑游戏。张宗子说:"那时候是文学电影时代,现在是电脑游戏电影和漫画电影时代。"[②]

当然,对这种现象,也有学者进行了深入研究,比如南京大学的周宪先生,他认为《英雄》等电影是叙事电影向奇观电影的转变,他说:"在当代电影中,这种叙事电影的模式开始衰落了,叙事的力量被另一种力量所取代,那就是画面的视觉奇观性。"[③]由于视觉文化的日益霸权地位,电影的叙事不那么受欢迎了,尤其3D电影的出现,更是满足了观众的感官刺激需要。其实很多人并不需要深刻,也不需要思想,他们就需要刺激,需要放松,需要娱乐。可以说,大众文化的强势发展,极大地改变了电影的发展方向。按本雅明的说法,传统的阅读方式是"韵味"的,而电影的观看是"震惊"的。丹尼尔·贝尔说:"[它]产生出一种我称之为'距离的销蚀'的现象,其目的是为了获得即刻反应、冲撞效果、同步感和煽动性。"[④]那么,什么是奇观呢?周宪说:"所谓奇观,就是非同一般的具有强烈视觉吸引力的影像和画面,或是借助各种高科技电影手段创造出来的奇幻影像和画面及其所产生的独特的视觉效

① 杨光祖:《电影呼唤人文精神》,《中国文艺报》2014年9月19日。

② 张宗子著:《不存在的贝克特》,安徽教育出版社,2012年,第242页。

③ 周宪著:《视觉文化的转向》,南京大学出版社,2008年,第249页。

④【美】丹尼尔·贝尔著,赵一凡、蒲隆、任晓晋译:《资本主义文化矛盾》,生活·读书·新知三联书店,1989年,第31页。

果。"[1]当然,这种变化与大众文化的发展密不可分。从此,可以看出,社会文化思潮对艺术创作的表达影响巨大。周宪说:"奇观电影就是消费社会快感文化的象征。"[2]

四、批评精神的弱化

作为一位优秀的文艺批评家，他的天职就是推介优秀的文艺作品,培育良好的文化生态,甚至引领一个时代的美学风尚。作为一个文艺批评家,他的修养和水准,就体现在于他面对一件艺术品,有没有感觉,有没有一种审美直觉。他的良知,就是他能否坚持这种审美直觉,而不要被艺术之外的东西所忽悠,背弃自己的艺术感觉说话。作为一名批评家,必须追求真理,指出问题,并敢于对文艺家和文艺作品做出真诚而善意地批评。批评家必须具备一种英国学者利维斯所说的"差别意识",不能当和事佬。孔子说:"乡愿,德之贼也。"

在当前大众文化一枝独秀的严峻形势下，文艺批评也日渐堕落，无法行使自己的神圣职责。作为艺术家、作家,毕竟也是人,都有一种喜欢听好话、喜欢受表扬的虚荣心,你如不识趣去批评,人家就很不高兴。如果是书画、影视等,则牵涉到作品的销售问题,这就是与金钱有了关系,那么你的批评可能会影响人家的市场价格。这时候,要敢于批评,就真的很难了。而且这样的场合,人家既然请你,肯定会给你一定的经济报酬,你再要严厉批评,就真是不懂人情世故了,在别人眼里,你就是有错了。于是,红包批评、圈子批评、哥们批评、金钱批评,开始占据了批评界的主流。这些年,知名批评家也是忙于赶场子,生意也做得很好,赚了个盆满钵满。其实,某种意义上,批评家已经成为了人家生意链上的一环。所以,批评公信力的丧失,是一个当前必须引起重视的问题。当然,对于红包批评,我个人觉得作为一位批评家,合理的报酬是应该有的,批评家参加作品研讨会,取得一定的报酬是应该的,但拿了红包,依然要凭艺术良知说话,这才是根本。批评能力,或批评精神的丧失,不是因为拿了红包,没有拿红包,依然可以胡说八道。作家写作有版税、稿费,批评家为什么就不能有合理的经济收入?我们在批

[1] 周宪著:《视觉文化的转向》,南京大学出版社,2008 年,第 256 页。

[2] 周宪著:《视觉文化的转向》,南京大学出版社,2008 年,第 267 页。

评"红包批评"的时候,可不能为了倒洗脚水,连孩子也倒掉。如今批评精神的丧失,一个原因,也就是批评家和作家、艺术家,经济收入的不对等。

马克思在《资本论》里说,这是一个资本狂欢的时代。资本的介入文艺创作带来很复杂的后果,有时是正面作面,有时却是一种庸俗化、低俗化的过程。作为文艺批评家,面对那些背离艺术,只为了金钱的烂俗作品,必须要举起刀子,像剜烂苹果一样,"剜"掉它。否则,精品被排挤,经典被遗忘,一个社会畅销的只是那些文化垃圾,那是多么可怕的景象。看看我们近年的书画界,乱象丛生,铜臭气弥漫,"艺术"二字都羞于谈起,真正的书画家都不愿出来,深藏民间。而占据要津的却大都为社会活动家,谙熟市场运作或者说操作。这是一种优汰劣存的逆反现象,值得我们警醒。长此下去,一个社会的艺术判断力和鉴别力就会丧失,艺术感觉就会被污染。

面对这种唯市场、唯金钱的乱象,文艺批评家的责任就是引领和培育,用自己批评家的良知,坚守艺术性第一,商业性第二的标准,披沙拣金,将真正的优秀的文艺作品推介出来,而对那些"烂苹果",坚决地剜掉,否则,就会烂掉整个苹果,乃至整筐苹果。作为批评家,必须用左手指出艺术和艺术家的缺点,甚至严厉批评他们的错误走向,同时还要用右手指出优秀的文艺作品和艺术家,并告诉读者什么才是好作品,好作品的标准在哪里。当然,有人会质疑,你凭什么可以指出标准,你说的就正确吗?当然,每个人都是有局限的,批评家也不是全知全能的,他的话也不一定正确。但这不妨碍批评家说出自己的观点。至于它的对错,那当然别人可以反批评。

批评精神的弱化,除了审美直觉的缺乏,拜金教的影响,还有一个很重要的原因,是因为我们的批评家没有自己的文艺理论。他们没有能力思考,没有思想的穿透力,因而也就没有胆量去批评。

多年来,中国从事文学艺术批评的人,基本都依靠的是西方文艺理论。而西方的文艺理论是建立在西方的文学艺术创作基础上的,并不一定符合中国的文学艺术创作实际。这几年大家讨论很激烈的强制阐释问题,就是这种现象的一个体现。但可惜的是,我们正好缺乏优秀的批评家。我们多的是西方文艺理论的搬运工,用西方文艺理论削足适履中国文艺创作的所谓批评家。这种批评家对文本没有感觉,面对任何文本,都可以搬来西方理论强制阐释一阵,貌似很有理论,其实是伪理论、假理论。

我们在进行文艺批评时,忘记了本民族的文艺理论。我们应该挖掘本民族的文艺理论,包括对近代中国文艺评论的成就。王德威说,我们可以梳理章太炎、陈寅恪、钱钟书等人的文艺理论贡献。但这何其艰难。中国如果要诞生伟大的批评家,那一定是谙熟中国文艺批评传统的人,同时也不陌生西方的文艺理论。这个问题太复杂,超出了我的能力范围,也就不再赘言了。只是提出来,供有识者参考。

当今社会,文化多元,价值多元,同时也是消费文化、通俗文化比较发达的时期,在这众声喧哗的时代,亟需批评家的批评精神、批评锋芒,建立具有中国特色的文艺理论。

作家主体与文学的生长

话题一涉及当代文学,总是非常沉重。我们以前对文学与政治的关系探讨甚多,关于政治对文学的负面影响有着比较深入的论述。可是我们发现在市场经济的大潮下,中国的作家溃败得更迅速、更彻底,阅读当下文学,那种媚俗、投机或者无耻已经弥漫得让人无法呼吸了。

于是,我们不得不回头反思作家主体了。看看俄苏白银时代的文学,我们缺少的其实也就是一个强大的作家主体。我们作家的精神萎靡,写作投机,不要说跟欧美大师比,与我们的古人相较,差距也已经很大了。“君子谋道不谋贫”“吾善养我浩然之气”“士不可以不弘毅”“君子从道不从君”,这些圣人之言,古代士大夫信守的人生信条,已被当下的作家抛之脑后,更休谈西方意义上的民主、独立、自由精神了,那些本是我们骨子里所罕见的。当下作家几乎都是求田问舍之辈,都在那里争当市场的宠儿,奖项的得主,而作品却越来越低俗,越来越没有品位。

阎连科自省中国作家缺少宗教信仰。如果宽泛地理解“宗教信仰”,我以为此话很有道理。中国作家成天奔波于编辑部与出版社之间,忙于窥测市场走向,如何能写出真正的杰作?因为没有信仰,当然不会有深度张力,不会有自我的撕裂,只看见别人的耻辱而不见自己的耻辱,还往往以真理自居,以大师自许,动辄呼风唤雨,老子天下第一。但一睹权钱名,却尽显谄媚之相。阅读中国人的自传,就是一副很好的“铜镜”,可以看出他们皮袍下的“小”来。在他们的自传里,他人皆狗屎,而独有自己一贯正确,未卜先知,鹤立鸡群、世人皆醉我独醒。所以,中国当下文化名人的自传,我翻过之后都有一种呕吐感,深悔浪费生命。而阅读西方文化人的自传,往往吃惊于他们的坦率,他们的敢于正视自己。比如,君特·格拉斯的《剥洋葱》,就没有掩饰自己当年参加党卫军的经历,而且也丝毫没有夸大自己当年的认识。他当年参加纳粹,就觉得很光荣。这是当时政治、社会氛围下,一个德国青年人的正常反应。直到多少年后,他知道纳粹屠杀犹太人的真相,才开始忏悔自己的过去。而他其实没有杀过一个人,没有放过一枪。可是,中国知识分子的传记里,“文革”都是别人的错,似乎自己只有委屈、冤枉。除了巴金,没有知识分子愿意为“文革”承担责任,更休谈忏悔了,“文革”于是成为了无头鬼,成了一场无人参加的鬼打墙。本来应该作为知识分子自我清洗,自我超越的绝佳机会,就这样滑过去了,“做戏的虚无党”又诞生了。

一个不敢正视过去的民族是一个不成熟的民族,一个不敢解剖自己的人也不是一个真正的人。人之所以为人,首在懂得尊严和自省。阅读我们的知青小说,风云散去,有几部好作品值得再读?除了大唱青春无悔,就是大诉冤屈。而当年参与打、砸、抢,参与批斗的学生都藏到哪里去了?真是白茫茫一片真干净。一场动乱过去,我们不主张复仇,但也不能遗忘。社会、别人可以原谅你,但自己却不能这么轻易地原谅自己。毒素还在,人如何生长?于是,一大批催生的带着毒素的文学作品面世了,给这个民族的也只是短暂的满足和无穷的毒害,成就的也只是作家个人的声名而已。我有时慨叹,在中国成名也太容易了!而中国的知识分子做为一个阶层,还远远没有成熟,更无法承担自己应该承担的责任。

我们不再论那样的三流作家,就那些已经被人封为“大师”的作家,又当如何?《废都》的肮脏,就是显例。当然,相对路遥,贾平凹的才气要大一些。路遥“干净”,而这个“干净”里却藏着深不可测的民族之毒。友人牛学智说,平凹小说藏垢纳污,但人生本就藏垢纳污,所以他的小说就复杂。此言很有启发意义。有读者喜欢早期的贾平凹,而不喜欢后期的贾平凹,尤其《废都》。其实,我认为这正是贾平凹的自我超越,是一次艰难的突破。君不见,香远益清的荷花是扎根在污泥中的。作为作家,只有牢牢地把根扎在黑暗的泥土里,才能开出鲜艳的花朵,迎风而舞的青枝绿叶。朋友刘君有诗曰:“爱情的树的根扎在地狱里,却要长到天堂去。”一个人不经地狱的黑暗,不历炼狱的苦难,怎能飞升天堂?一个人没有把灵魂赌给魔鬼的勇气,哪里可能成就大师的伟业?

贾平凹的悲剧不是肮脏,而是沉溺于肮脏,没有从肮脏里开出莲花来。当然，要开出莲花，需千般勇气，万般折磨。齐白石、张大千晚年变法，何其艰难！那如蝉蜕壳，蛇脱皮。我们的作家刚有名声，就忙于做官、应酬、走穴、当大师，哪里有时间去蜕皮？作为中国当代知识分子，本就先天不良，喝着狼奶长大，没有一番艰难清毒的过程，怎能够着大师的一个衣袖？托尔斯泰、伍尔芙这些从小接受过人类优秀文化养育的作家，一生都在不断地“生长”，甚至以自己的生命为代价，换来那几部惊世杰作。欧美大师对自己血淋淋的解剖，真让一个中国人难于接受，那种人与魔、信仰与理性的撕裂，让他们一生难得安宁。他们为自己成为一个“人”而写作，也给人类留下了许多优秀的精神食粮。读他们的作品，你才能知道什么是“人”，然后知道什么是“文学”。鲁迅说“立人而后凡事举”，就是这个道理。在中国知识分子中，达此境界的唯鲁迅先生一人而已。我一直不理解鲁迅从尼采、克尔凯郭尔那里得到了什么，让他如此迥异于中国知识分子，后来发现就是“个人”。克尔凯郭尔一生都在探究如何做一个基督徒，在信仰与理性之间撕扯。他说先做一个“个人”，然后才能做一个基督徒。他拒斥“群体”的思想给鲁迅的生命注入了独异的血液。

我曾在一篇文章中说，一个人的童年经验可能决定一个人的一生。作为作家尤其如此。作家一生的写作可能永远都摆脱不了童年情结。陕西作家几代人的史诗情结、底层情结、红色情结、自卑情结，都与他们的童年记忆息息相关。扩而大之，中国当代小说家的写作还未能完全脱离明清小说的窠臼，还没有现代化，《水浒传》《金瓶梅》《三国演义》的影响直至当下仍然非常强大，而《红楼梦》的“境界”除了在张爱玲那里灵光乍现之外，却一直晦暗未彰。王安忆的《长恨歌》更多张爱玲的色彩，而不是《红楼梦》。孔子说：“甚矣吾衰也！久矣吾不复梦见周公。”中国人高贵超妙的文化传统失落得太久了。先锋小说家自诩很少受中国传统影响，他们的文学养料是西方现代主义小说。他们经常津津乐道于博尔赫斯、纳博科夫、卡夫卡、福克纳等大师，你却发现一个不争的事实：他们获得的只是跳蚤——人家小说的形式，而且还是一个皮毛。至于大师骨髓里的文化血液，却丝毫未能得到。看看余华的《兄弟》，其实还是《水浒传》《金瓶梅》的遗毒，而《水浒传》《金瓶梅》的优秀也没有得到。一个不懂得本民族文化传统的人，也休想懂得人家的文化传统。须知,文学的后面是文化,写作最后靠的不是聪明,而是才学,是对传统的尊重和了解。

成就一个大师谈何容易?除了早期的优秀教育(而当代中国作家几乎都没有得到),还需要不断地挑战自我,超越自我,挣脱内心的黑暗,才有希望达到文学的高地。但这一点,中国当下作家有几人在做呢?顾炎武在《与人书》说:"《宋史》言,刘忠肃每戒子弟曰:'士当以器识为先,一命为文人,无足观也。'仆自一读此言,便绝应酬文字,所以养其器识而不堕于文人也。"我读至此处,陡生敬意,亦愧自心生。以之较当下文坛,及格者有几人?而他"七十老翁何所求,正欠一死。若必相逼,则以身殉之矣"的浩然正气,更是气贯长虹,与日月争光可也。

现在大多数作家缺乏自信,对自己的创作无所适从,他们的写作不是自我清理,而是自我异化,自己给自己戴上数不清的枷锁。像鲁迅那样自我放逐至虚无之境的作家,还没有出现。于是,他们唯一能够自我确证的标准就是外在的认可,比如获奖,比如市场。包括一些已经在文坛拼搏了大半辈子的名人,到头来还需要这个外在的认可,否则也难找到自己的存在。更可怕的是当代作家早就把创作当做一个工程,或一个技术活,沾沾自喜于自己是一个手艺人,把自己手里的活做得非常精致。但没有想到的是他们的作品,准确地讲是产品,早就是一个死尸,没有生命,没有血液,没有生气。美国心理学家罗洛·梅说,艺术作品是从交会(encounter)中产生出来的。文学艺术的伟大并不在于它描绘了观察到或体验到的这种事物,而是它描绘了被它和这种现实的交会所提示出来的艺术家的幻想。因此,诗和绘画是独特的、原创的、绝不可能被复制的。但在这种交会中因为空隙(艺术家的幻想与等待存在的世界之间)的存在,就会出现不可避免的极度痛苦。他特别强调交会的一个显著特点就是强度或者说激情。但如今的作家把创作当做一个技术来看,他们最缺的就是激情和献身精神。罗洛·梅认为,他们把对技术——才智的崇拜,成为逃避直接交会时产生的焦虑的一种方式,于是,作家在创作时没有了"恐惧与战栗",文学艺术也就远离了作家。

文学应该像一棵树,是能生长的,是生命而不是工程。它与作家自己有关,与人的魂灵有关,与民族命运有关,与人类自由有关。所以,鲁迅说,血管里流出的总是血,水管里流出的总是水。

建构“中国格调”的“大文学”

平庸的评论家没有生长，他们始终如一，面目依旧，从事评论几十年，就那一套东西，似乎放之四海而皆准。而优秀的评论家却不断打破自我窠臼，不断脱胎换骨，不断刷新自我，让人看到他们的生长，从一棵小树逐渐成长为一株参天大树。李建军就是这样的一位评论家。阅读他最近出版的新著《大文学与中国格调》，这种感觉更加强烈。

在这部书里，他继续自己的批评精神，那种锋芒丝毫未减，只是更加深沉、深厚。不过，让我更加钦佩的是他的思考更加广阔，思想的穿透力更加慑人。在自序里，他反思了“五四”时期对汉字、汉语的过分排斥，和对中国文学传统的强行断裂。“就文学来看，这种对抗性的态度和简单化的策略，以及对西方文学经验的过度依赖，造成了中国文学的‘传统的断裂’和‘主体性的丧失’，并最终导致‘中国格调’的凋丧和‘大文学’的衰微。”书中所收 26 篇文章，主题、对象、角度各异，但其实讨论的问题并没有超出这个范围。

说起李建军，很多人觉得他太直接，有些批评文字太刻薄。但是，对李建军先生的学识，他们却大都不太了解。在中国这样的一个人情社会，从事文学批评本身就是一件辛苦活儿，吃力不讨好。人家好不容易写一个作品，谁愿意听批评意见呢？更何况像李建军这样的单刀直入，鞭辟入里，一般的中国作家真的是有点受不住。

英国文学批评家利维斯说，文学批评要有一种正确得当的差别意识。别林斯基说：“批评才能是一种稀有的、因而是受到崇高评价的才能。”这些前贤的话值得我们反思。真正的批评就是具备一种批判精神，没有批评精神的评论，不是真正的文学评论。孔子说：“乡愿，德之贼也。”说的也是这个道理。“君子从道不从君”，君子听从的是“道”的声音，而不是某种权威，也不是市场、金钱的声音。熊十力说：“凡有志根本学术者，当有孤往精神。”在文学批评领域，也是需要一种胆识的，一种虽千万人吾往矣的精神的。在这个意义上,中国当代文坛缺乏的就是李建军这样具备批评精神,并且富含穿透力的评论声音。

比如此书的第三辑,收录了五篇重头文章,都是有关莫言和诺奖的。莫言获诺贝尔文学奖,我个人认为无论如何也是一件好事情,中国当代文学能被世界关注,也很不容易。但我看不惯有些评论家那种一获诺奖就伟大,就不能批评的声音。似乎诺贝尔文学奖就是天则,人是不能怀疑和批评的。我对莫言的《丰乳肥臀》《生死疲劳》评价是比较高的,我认为是优秀的长篇小说。但我也觉得他有很多问题,比如格调不高,语言啰嗦,思想穿透力不够,云云。相对于鲁迅的文学成就,莫言还是有距离的。在大家都像打鸡血似的高歌猛进的时候,李建军如此冷静地剖析莫言的小说,莫言获奖的原因,还有对授奖词的分析,虽然个别观点我们可以不同意,但这种敢于发出自己的声音,不人云亦云,独持己见的精神,我们还是要肯定的。我想对于莫言来说,也未尝不是一剂清醒药。尤其《为顾彬先生辩诬》一文,批评刘再复的观点,真是酣畅淋漓,读之过瘾。近年的刘再复确实让人失望和讨厌了。本雅明说:“一个伟大的批评家能使别人在理解其批评分析的基础上形成自己的观点。”李建军就是如此的批评家,我们可以不同意他的观点,但他那种独立地自由地思想,却无所不在地启发着我们,让我们对文学有了新的思考。

那么,李建军为什么那么执着地批评当代中国文学大家?我认为,因为他的文学标准是文学史的,是在一个大的中外文学史的视野里说话的。如果放到文学史上衡量,我们当代文学真的不能让人满意,而那些所谓大家的顾盼自怜,踌躇满志,也让我们感到可笑复可怜。其实,李建军对当代作家的严厉批评里,可以看出他的大爱来,他是真爱中国当代文学的,真爱那些作家的,他希望他们能够不断超越自己,写出真正的文学杰作。他提出的“大文学”概念命意也是如此。他认为中国文学传统的优秀品质,我们当代作家大都没有继承,比如,在写作伦理上,中国文学敢说真话的勇气和精神,即“其言直,其事核,不虚美,不隐恶”的实录精神,与“贬天子,退诸侯,讨大夫”的反讽精神,还有同情弱者和底层民众的兼爱精神和泛爱情怀。

雨果说:“愤怒和温情,是人类对于不自由状况两个方面的不同反应,并且,能够发怒的人就能够爱。”我们可以从这个角度去理解李建军的文学评论,大概不至于太离谱。有时候,听到一些作家对李建军的误解之言,我觉得他们太心急了,也太脆弱了。如果大家能静下心来,认真读读李建军的文章,可能会对他有一个准确的理解,也会觉得中国当代文坛多么需要他这样冷静而富含学理的批评文字。就像很多人一提起鲁迅,就马上联想起两个字:骂人。如此快捷的联想,如此而已的读者,每每让人心寒。

我 2003 年就开始阅读李建军的文章, 但一直只是拜读, 不敢发言,好坏都不敢说,只是认真读而已。当时一些杂志约我写李建军,我都婉谢,感觉还是抓不住。直到最近几年,我才敢于发言,撰写了几篇评价他的文章。很多人说,李建军信持的文学理论是苏联的,大都过时了。真的如此吗?只要认真阅读他的文章,你会发现他对西方现代文论是相当熟悉的,对西方现代主义文学也是相当谙熟的。只是他不像某些学院派写起文章来一堆一堆地征引、注释而已。其实,如果不想读他的文章,或者读不出这一点,那就翻翻他的《小说修辞研究》,只要稍存公正之心,就不会对他有偏见了。这本专著集中展示了他过硬的西方现代文学理论功夫,他在叙述学上的功力,当今文学评论界少有人能及。正是这种文本细读功夫和小说修辞理论能力,让他的那些匕首、投枪一般的批评文字,几乎无人可以反驳。

那么,李建军是不是也像某些批评家那样只是拿一个西方文论的筐子,削足适履中国当下的文学作品呢?用现在时髦的术语,就是强制阐释。我们细读他的这册新著《大文学与中国格调》,你就会发现这里没有强制阐释。李建军的优秀之处,就是谙熟西方文论,包括 19 世纪俄苏文学理论,但却不生搬硬套到中国当代文学上来。他面对中国的这些文学文本,凭的是自己的文学直觉,是用自己的“心”感知的。他一直反对用西方的文学标准来评价中国当代文学。比如,莫言荣获诺奖后,很多人觉得莫言从此获得了批评豁免权。李建军连续发表数篇文章,驳斥这种观点,通过梳理欧美学者、评论家对莫言的“误读”,或者是强制阐释,得出结实的结论:西方的批评家并不见得就懂中国文学。他们凭借外文翻译的莫言文学文本,怎么能判断真实的小说水平呢?

中国当代的文学评论家,大多数都使用的是西方文论,而对中国传统的文论却几乎一无所知，对中国的文学传统也一知半解。所以，他们的文学评论基本就是隔靴搔痒，言不及义。我曾经批评当今文学评论的“不及物”现象。看他们的文章，你会发现将文章中的作品名随便置换一个，文章都完全成立。为什么会出现这种局面呢？还是中国近代的大裂变让我们的文化传统出现断裂，中国传统、现代文化之间，有了某种鸿沟。我这几年一直在呼吁我们要回到自己的文论传统中，很多古典学者也在持续不断地研究中国传统文论的现代转型，但到目前为止，似乎还没有转型成功。这是一个当下的中国文学批评家的困境、尴尬，或者说，也是一次机遇。李建军的杰出，就在他的知难而上，在学习西方文学传统的同时，不忘本民族文学传统，甚至他的批评渐渐转向民族本位。他不愧是中国人民大学文艺学的博士，理论思维能力、逻辑推理能力，都是极强的，而且国学功底也颇了得，所以，直探传统文论源头，收获也是颇为丰富。甚至我感觉他在努力建立自己的文学理论，起码是自己独特的文学观，如这里提到的“大文学”。

他对中国文学传统的接续让我感佩。在《大文学与中国格调》一书里，他有一辑都是谈中国文学传统，比如《史记》《红楼梦》等。在《<史记>与中国小说的未来》一文里他通过文本细读，仔细梳理了以《史记》为代表的中国文学的批判精神和反讽叙事，他认为这是“一种伟大的写作伦理，是一种具有永恒价值的叙事典范和修辞经验”。相反，他对西方现代小说的叙事经验，批评得比较严厉，认为它不能成为我们模仿的主要模式，“如果完全无视中国经验，那么，当代小说将不过是他者的复制品，模仿得再毕肖，再成功，也是没有自己的个性和价值的”。比如福克纳《喧哗与骚动》不是小说的正格，偶一为之，倒可以，但不能成为常态，否则必然是死路。他对《尤利西斯》等西方现代小说的批评，也不是完全没有道理，对于我们重新认识西方现代小说，重估我们的叙事传统，未尝不是一面镜子。

中国的文学评论只有接续上我们的文学传统，才能获得有自己尊严的文学评论。我们那些只是拿西方文论来强制阐释我国文学作品的评论文章，并没有获得西方学者的认可，相反得到的只有他们的讽刺和轻蔑。这是一种无能和缺乏尊严的行为。我们肯定要学习西方的文学理论，鲁迅说的“拿来主义”是非常有道理的，但关键是我们得用自己的脑髓,不是让我们的大脑成为人家理论的跑马场。这一点在李建军的文章里,是表现得比较突出的。他是真正有自己的大脑的评论家,即便我们不同意他的部分观点,那都无所谓,自古诗无达诂,文学批评的阐释、批评历来是一个复杂的事情。关键是你是不是在用自己的大脑,你是不是有自己的文学理论!

李建军评论的可贵之处,就是有中国格调。而这种中国格调是一种世界视野下的中国格调,不是那种闭关自守的夜郎自大。我曾经撰文说时代需要李建军这样的批评家,如今我更加如此认为。李建军在自序里说:“我们应该写出更老成的文章,更像庾信一样,来一个脱胎换骨的变化,变得更加成熟一些,更加深沉一些,赋予自己的作品以晚秋一样凝重而复杂的社会内容和人生况味。”李建军就是如此的一位评论家,一位文学的思考者。

抚摸你那神圣的细节

文学是什么？可能不同的人会有不同的答案。但有一点可能大家都是会认同的，那就是文学必须是从“个体”的情感出发，与写作者的“生命”有关。那种与“个人”无关的宏大话语，没有细节的海阔天空，与“文学”无缘。

西方哲人说，政治的民主化与文学艺术的贵族性，天生是一对矛盾。我觉得说得极好。当有些人认为拿起毛笔在宣纸上随便一划拉，就是书法，那就没有书法了。如今，这个大众文化的时代，人人都很狂妄，大家都是艺术家，而博客、微博、微信更加降低了文字书写的门槛。这让很多人陷于一种迷幻状态，真以为自己是天才，咳唾成珠，舌灿莲花呢。

小桥老树的长篇小说《侯卫东官场笔记》，以网络文学的现状来看，这是一部还过得去的作品。起码语言还流畅，结构也清晰，描写乡村底层生活，比较生动形象，那些基层领导，还有那些乡镇干部，也各有各的特色。不过，倘若严格要求起来，小说的文学性、艺术性，还有待提高，部分情节，尤其那些性爱情节，总觉得有点低俗。比如，小说一开篇，就很轻浅，不好说轻薄。一没有写出大学生毕业时的混乱情况，那种整体感没有写出来；二，人物描写也不是很好，男女主人公交代得太模糊了，对他们的描写也没有到位。不是说不能写大学生同居，写他们临毕业前在山上丛林里做爱。而是那种描写的态度，那种功力，很有问题。比如说，写侯卫东与那三位小地痞的搏斗，就太马虎了，完全是对读者的不负责任，草草几笔，就仓促结束了。小说里其他相关章节都有这个毛病，仓促交代，细节不细。

甘肃网络作家云宏（笔名孑与2），创作了历史小说《唐砖》，网上影响较大。这部小说语言有动感，读起来，有一种爽利的节奏，就像它的穿越一样，很有味道。描写的是陕甘大地，运用关中方言，也颇有趣。

但人物对话却较缺乏个性，作为穿越小说，想象力当然是不错的，不突兀，但细节依然经不起推敲。《西游记》是伟大的神魔小说，故事情节不可谓不离奇，我觉得比之当下的所谓穿越小说，恐怕也是无人能及。其实，它的伟大，一个很重要的因素，就是细节的伟大。如果没有那么多丰富而生动的细节，《西游记》也早就无人提及了。

纳博科夫说，抚摸你那神圣的细节。这部长篇小说的细节还缺乏丰富、生动，总体看是粗线条，是那种电视剧脚本的形式。当代小说普遍有这种情况，作家都开始看重戏剧性，而没有耐心去描写一个人，一棵草，一个场面，更不要说人物的心理了。比如，这几年大陆上很流行的严歌苓的小说，就基本上是通俗的电视剧脚本，不是严肃的文学作品。她不愧是好莱坞编剧，在小说的戏剧性、传奇性方面颇有技巧，但她忘记了基本的细节。《第九个寡妇》写那个被藏在窖里 20 多年的公公，很多细节都经不起推敲。即便生活中实有其事，但你的小说描写却没有达到艺术的真实，这恐怕就是小说家的功夫问题了。而《金陵十三钗》更是胡编乱造，完全无视真实的历史，把一个严肃的历史题材写成了一个娱乐片。为什么四大名著一直让人喜欢？就是因为它们有着扎实而丰富的细节，小说里的人物都活了。

现在有些网络穿越小说为穿越而穿越，小说没有一定的精神含量，“穿越”完了，小说也就完了，什么都没有，甚至留给读者的只是无聊，还不如一个穿越游戏好玩。技术毕竟是技术，最后我们还要看技术后面的精神。因为人毕竟是人，他是需要文化、信仰、思想的。海德格尔说，动物缺乏世界，而人构成世界。人与动物不一样，就是人有对高雅文化的诉求。那些低级文化虽然能满足读者于一时，但却无法满足于永远。最后大家还是会去阅读那些真正的富有精神深度的作品。而真正的文化精神是需要一个个细节呈现出来，就像美术上的素描一样，你不能乱画一气，毫无章法。不管你穿越到唐朝，还是宋朝，人性的幽微处，丰富处，还是需要一笔一笔地写出来的，否则，那就不能称为文学。

一个优秀的读者群，他们需要的就是优秀的作品，而一个市民的读者群，他们需要的其实更多的是娱乐，而不是艺术。我曾经说过，艺术是艺术，娱乐是娱乐，这是完全不同的。可在一个后现代的社会，却是学者开始把通俗文学与精英文学并列，甚至打通的时代。这是一个娱乐至死的时代，它不需要鲁迅、曹雪芹，它只适合周星驰、超级女声、非诚勿扰。因为对市民群来说，太艺术的东西，他们无法消化，那需要他们去思考，他们没有那么强大的脑袋，也没有那么强大的胃。他们不喜欢思考，他们只想娱乐。因此，程式化、模式化就是通俗文学的唯一标准和出路，这是不需要提高的普及，甚至连普及都不是，而只是迎合。

艺术是挑战一切可能性，是一种不要命的探险，它需要它的读者做好准备，并有一个比较优秀的素质。而那些所谓的走市场的畅销小说，在固定的模式下，情节的不合理似乎并不那么重要，读者（观众）也没有那么严格的要求，只要情节吸引人，能赚他们几滴眼泪，消磨他们一段时间，就可以了。《欢珠格格》如此，韩剧如此，大多数网络文学，亦如此。

但一个民族不能只能有这样的通俗文学，我们还需要高雅文学，可以代表我们一个民族的文化标高。而这样的文学，就必须依靠大量的生动形象的细节说话。

抚摸你那神圣的细节吧！

优秀的文学都具有故乡意义

纵观文学史,故乡与作家的关系,真是非常关键而隐秘。可以说,故乡,成就了多少伟大的作家。故乡,给每一位作家造就的那种特殊的感觉,特殊的眼光,那种童年时期的人生体验,是他们文学成长的酵母,是他们持续创作的永恒的营养源。有学者认为,文学的故乡是每个作家精神之河的神秘发祥地,对它的从不自觉到自觉的感悟,关系到作家艺术生命的长短高低。这话是极对的。

但随着社会的急剧变化,网络的发展,高科技的迅猛推进,网络作家的兴起,"故乡"这个词,似乎很暧昧,而且多余了。文化消费主义时代,文学艺术的创作也出现了新的变化,创作似乎成为了制作,文学似乎与作家没有了生命联系,一些新锐作家很骄傲地宣称自己就是一个码字匠。这是一批没有"故乡"的作家。

经常看到一些作家很自负地谈自己的创作, 说自己多么熟悉乡村,多少次去体验生活,或者还在某村镇挂职半年,云云。对这类作家我很反感,创作不是你挂职了多少时间,你体验了多少次生活,而有所改进的。关键是你如何去"体验",如何去"挂职"!但是,看到另一类作家,宣称自己没有故乡,自己写的不是乡村,自己对乡村没有好感,或者甚至人在西部,从小就生活在这片土地,而且也生在这片土地,却很敏感于"西部"二字,似乎说他是"西部作家"就辱没了他。一些创作谈之类的文章,总要说起自己的祖籍,或煊赫的祖上背景。他们觉得自己写的是城市,说自己站在城市的地平线上。对这类作家,我也不太感冒。何必呢?文学从不因为你写的"城市",而自然高贵一些。

我曾经撰文批评有些作家,觉得一写乡村,似乎就有一种天然的道德优越感。作为作家,并不因为你写了乡村,而比别的作家高多少,但也不因为你写了城市而比那些写乡村的高多少。文学,与这些都无关,文学,只与你创作出的那个文本有关。

所以,我说,当一位作家把文学划分为乡村、城市,他的写作仍然是可疑的。这种对乡村、西部的反感,对自我身份的敏感,也正反映了作家创作的焦虑!真正的作家永远是个体的,独特的,超越乡村、城市的。鲁迅来自绍兴那个小地方,他的小说也充满着那个小地方的气味,但这却没有限制他成为一位大作家。他来自绍兴,而早已经超越地域局限,成为人类的、世界的。没有别的原因,唯一的原因是他的小说钻探人性,达到了可以说伟大的程度。

真正的作家也都是有根的,不是水上浮萍。至于乡村、城市的区分,只是蹩脚评论家的蹩脚评论而已,当不得真的。用佛家话说,是方便法门,不可以刻舟求剑地去理解。但可以负责任地说,没有故乡的作家,肯定写不出真正优秀的作品,因为你是无根的。处于拔根状态的作家,你还指望他写出什么好作品?这就像鲁迅讽刺的,一个人拔着自己的头发想离开地球一样,是不可能的。一位作家说自己没有故乡,不是你没有故乡,可能是你没有"发现"故乡,没有"找到"故乡。故乡在那里,只是你不愿意"看到"而已。你被世俗的尘埃蒙住了你那双慧眼,"看"不到你的故乡,而已。鲁迅从不讳言自己的故乡,爱它,恨它,它都在那里。任何一位优秀的作家,都是如此。他们对故乡的情感,也是文学值得研究的课题。如果一位作家讳言故乡,从不愿意在作品中呈现故乡,或羞于提及故乡,那与故乡无关,只是作家不成熟的表现而已,可能他还处在极不稳定的青春叛逆期。新疆作家刘亮程说:"家乡是地理和文化的,故乡是心灵和精神的。家乡存在于土地,故乡隐藏在心灵。"他说:"文学写作,就是一场从家乡出发,最终抵达故乡的漫长旅程。"

作家最后还是靠作品说话,不管你写的什么,城市、乡村,或者皇帝、妓女,都无所谓,关键看你写的怎么样。《红楼梦》写的是高门大族,《复活》写的是下层女子,但都是世界名著,都是大师级小说。但作为作家,没有"故乡",我倒觉得是很危险的,那种没有根的写作,是走不远的。"西部"在一些人的眼里,似乎是落后、愚昧的象征,但这片土地的文化积淀,却能养育多少伟大的作家,而且已经养育了许多伟大的作家。现在没有出现伟大的作家,与这片土地无关,与作家本人有关。福克纳的那张邮票一样大的故乡,才是他真正的文学之根,每个作家都一样，概莫能外。作家可以超越故乡的地域限制，但却无法脱离故乡而存在。

一个没有"故乡"的作家，是没有出路的。

文学批评确实是创造性的

我认为文学批评,是与文学共生的,是具有创造性的工作。我们很多作家将文学批评视为文学的寄生物,他们高喊:没有作家,哪里来的批评家?其实,喊这种话的作家肯定不是一位好作家,因为它连什么是创作都不清楚。

文艺理论家许杰认为,文艺批评首先应该是文艺,他说:“如果从文艺批评中抽去了文艺性和艺术性,它失去了艺术的美感趣味和感人的能力,这可能也可以称为一种批评——如同人生批评、社会批评或思想批评——但不一定能够称为文艺批评。”这种说法不能说不对,但其实它依然将文艺批评视为一种文艺创作的附庸,它只是觉得文艺批评不应该那么理论化、学科化,而应该有“文艺性”。

其实,某种意义上,文学创作也是一种批评。用哈特曼的话说,语言必定是隐喻式的,因而其意义是不确定的、多义的、变化的,文学文本的语言更是在不断破坏、消解自身的意义,因此是一种持久的变项。这也消解了文学与批评的界限,所以他反复强调批评也就是文学。20世纪以来的欧美文学理论,或者说文学批评,普遍有一种趋势,就是力图让文学批评成为一门科学。雅各布森、格雷马斯、罗兰·巴特、热奈特、托多罗夫,都在做这种努力。美国学者杰弗里·哈特曼就认为,他们更可以说是一位文学的科学家。加拿大文学批评家诺思洛普·弗莱“也企图把文学研究加以系统化,并使它的内容比判例法更为丰富,这种判例法是以无穷积累的对法律的解释为基础的”。但时至今日,这种努力,他们的价值依然没有获得证明,依然是含糊的。

我一直认为,文学批评,不应该是科学,而应该依然是文学,是艺术。而且它不是要有“文艺性”或“艺术性”的问题,它本身就是艺术,就是文学。它和文学创作一样,同样富有创造性。杰弗里·哈特曼说,我们能否把文学世界分为创造性的文学和附属的评论两部分呢?评论就没有自身的创造性或者非附属性吗？这个质问是有力量的。

新批评派领军人物、美国文学批评家兰色姆认为，文学批评不能回避“评价”这样一个基本问题。他说，对文学作品本身作出评价是批评家的责任。我们知道，评价，其实就是一种创造，它和作家的创作本质上没有什么区别。只是我们很多批评家满足于廉价地表扬作家，这样的批评就趋近于附庸了。郑板桥说，入木三分骂亦精，隔靴搔痒赞何益。还有一些所谓的学院派批评，为什么被人诟病？因为他们只会搬用所谓的西方理论，在批评领域，他们基本上就是搬运工。拿一些西方文学理论生搬硬套中国当下文本，削足适履也好，强制阐释也好，反正对他们来说，不外乎炮制一篇论文，或一部著作，能够评职称、定等级就行了，至于是不是文学批评倒是其次。他们写作的目的，本来就不是为了文学，而是为了那些必须通过数量考核而得到的物质利益和世俗的认可。

我们知道，“新批评”坚持这样的信条：文学批评是对于批评对象的描述和评价，文学批评主要关注的是整体，即文学作品是否成功地形成了一个和谐的整体，组成这个整体的各个部分又具有怎样的相互关系。但是，要做到这一点，谈何容易。这是对一个真正的文学批评家的要求，是真正的文学批评的基本素质。就此而言，比如李建军、王彬彬、郜元宝，他们的批评，就是这样的有创造性的、真正的文学批评。在他们那里，文学批评就是文学，就是一种创作，富有原创力，思想力、文采与那些优秀的作家相比，有过之而无不及。李建军的文字，就像古龙笔下的小李飞刀的那把飞刀，驰骋文坛，让很多作家闻风丧胆。他真是可以像鲁迅先生说的，一刀致敌于死地。这种功夫不是一般人所能具备的，那是修炼了多少年才练就的绝顶功夫。王彬彬曾被誉为批评界的黑马，他的文笔之骏捷，是人所共知。他敢于批评那些作家，因为他本来就是一位优秀的随笔作家。在他那里，所有的文字都是创作。郜元宝是现当代文学领域的专家，是为数不多的几位文笔上乘、很有见识的专家。他的文章我一直很喜欢，不仅是他的见识，更是他的文字之精炼，富有个人风格。美国学者欧内斯特·伯恩鲍姆说：“当我们认识到它们是如何富有技巧地把逻辑、想象和情感熔合在一起的时候，我们就会看出，把所谓的批评与所谓的创造性文学作品区别开来的做法多么肤浅。优秀的批评确实是创造性的,其写作是一门高超的技艺。”

一个真正的批评家,对当下文学的批评,其实就是一种发现。英国文学评论家约翰·凯里在《艺术有什么用?》中,专门用一章谈到了文学批评的创造性。他认为,文学的模糊性使阅读具有创造性,给读者一种拥有它的感觉,甚至觉得自己就是作者。

从事西方哲学研究的人,很有一部分觉得汉语不能表达哲学思想,他们老不满意汉语,有一位学者在使用汉语谈哲学的时候,老是在每一个词上打上双引号,似乎表示与一般人使用这个词的意思不一样。这种刁难读者的行为,这种对汉语的蔑视,我觉得其实是一种从事哲学的不自信。我说过,德语能成为一种哲学语言不是它天生就是哲学语言,而且康德等人的努力,才让德语变成一种真正的哲学语言。说的彻底一点,任何语言都可以成为哲学语言,关键是使用这种语言的人,你有没有这种能力,或者说天才。

文学批评也一样。不是文学批评天生低那么一个层次,天生是文学创作的附属。关键看从事文学批评的人,你能写出什么样的文学批评。同样的,从事文学创作的作家也并不是天生就高人一等,似乎只有说自己是“创作”,就先天地高批评一等,不是的。文学,不管创作,还是批评,第一,都是按个体来说话,从来不是以群体来说话,所以不要用虚幻的群体感增加自己的自信,或者狂妄。第二,文学批评也是一种创作,也是文学。任何优秀的文学作品里,都有批评,而任何优秀的文学批评里,也都有创造。

有兴趣的朋友读读鲁迅先生的评论,那不是杰出的文学作品吗?甚至他的演讲,依然都是杰出的文学创作,也是杰出的学术论文。从水管里流出的总是水,而从血管里流出的永远是血。这个道理值得我们反思。

我选择那条少人走的

——我的文学批评之路

一

2013年8月的某一天,我们大学毕业20年后重回母校,在西北师范大学文学院的会议室里,面对着赵逵夫等几位当年的老师,我作为班长发言,其中我说到了一句话,大家都笑了。这句话是:想当年,我瞧不起搞现当代文学的人,我觉得那里面没有学问,可光阴流转,如今的我已经从事现当代文学研究10年了。

世事沧桑,造化弄人,大学时代的我以“杨古典”而驰名全班,教授《古代汉语》的甄继祥老师在课堂上公开说,读书当如杨光祖,还把这句话写到黑板上,并说我可以不上《古代汉语》。我感谢甄老师的厚爱,但课还是一直在听。

那时候的我,最喜欢的是古代汉语、唐宋文学,中国人民大学复印报刊资料《语言文字学》《中国古代》《近代文学研究》是每期必读的。大学时期撰写的几篇作业毕业以后也都公开发表了。进入21世纪,当年教授我们唐代文学的杨晓霭老师,还几次请我加入唐代文学研究会。但我只笑笑而已,我哪里还有那个资格?

大学毕业后,一直很迷茫,几次想考研究生,但懒惰占了上风,无事可干,于是写散文,那几年与诗人张哲交往,倒是发表了很多散文,大多都是报章体。如今看起来,也就是作文而已,学生腔太浓,羞于提起。我真正的散文创作是2007年以后了,这里暂且不提。

写了几年散文,也还是感觉很无聊。1998年,当时庆阳工作的马步升到省委党校培训,一个偶然的机会看到了他的散文集《一个人的边界》,非常喜欢,那种粗野,恣肆,洋洋洒洒,大气磅礴,慑服了我。于是,主动跑到他的房间,认识了他,并为他写了几篇小评论。未料从此就走上了文学评论之路。

其实,我的骨子里,更喜欢古典文学、书画艺术,亦喜欢哲学,虽然自己的逻辑思维能力差,但那种喜欢是压不住的。2000年和2012年前后两次跑到北京大学、中央党校进修、访学,名义上在中文系,其实每天都在哲学系听课,主要是听西方哲学。我感谢北京大学西哲老师,比如陈嘉映、靳希平、赵敦华等老师,他们的演讲、课程,给了我人生旅途中极其深厚的喜悦。而在书画一途,研习多年,每每感觉到一种幸福,陈传席、梅墨生两位先生惠我甚多,我的朋友杨海燕在书法领域造诣很深,朝夕相谈,收益匪浅。

因为有了这样的知识视野、艺术兴趣,反过来看现当代文学,尤其当代文学,有时候,就很有一种不满足。现当代文学领域,我最佩服鲁迅先生,他的道德文章,他的文字功夫、思想境界,至今无人企及。在我眼里,当代文学还无法与现代文学相比。我说过,文学不是拔河,那边人多,那边就赢了。当代文学就小说而言还无人能够超越鲁迅,散文方面还无人可以超越周氏兄弟,你就不能说你超过了现代。当然,我对那些在文学领域默默耕耘的作家抱以真挚的敬意。

从事文学评论也近十载,但说实话,快乐着,并痛苦着、无聊着。有时候,也会问自己,什么是文学,什么是好的作品?我也不知道。面对一部作品,我没有理论,或者说,不用所谓的理论生搬硬套,我只是用我的心去感知,去体悟,然后把这种感知、体悟形成文字。我不是那种可以面对任何文本而洋洋洒洒写万字长评的人,我只对感动了我的作品才有话可说。但这并不说明我不喜欢理论,我每天读理论书的时间更多。

我深知从事当代文学研究的艰难和危险,如果你还想说真话,按你内心的真实感觉去说。所以,从我出道以来,我很少主动为认识的作家写什么文字,马步升是一个例外。也很少通过我评论的作家去发表文章。我不愿意那样做,觉得很丢人,甚至可耻。我评论的很多作家,我至今还不认识,从来没有见面,即便偶尔碰面了,我也装作不认识,从不谈及这个问题。有时参加全国文学会议,我也不会跑到他们的房间,说,我给你写过评论。一位评论家也有一位评论家的尊严和自由。2007年在北京开全国青创会,红柯正好坐在我的旁边,而我刚好在《文艺报》发表了一篇文章,里面严厉地批评了红柯的长篇小说《西去的骑手》。我刚一落座，略有尴尬，不料他主动说，你的文章我看了。我说，不好意思。他说，没关系，你能主动去买我的书，并认真读完，然后撰写那么一篇文章，我很感谢，这才是真正的读者。

可是，这样优秀的作家在当下的中国并不是很多。有些作家邀你写他的评论，你拒绝几次，人家仍然坚持，你就不好意思再推辞，于是，你就写了。结果，人家看了，很不高兴，嫌批评太多。其实，因为都是熟人，你已经很客气了，批评也藏得很深。但人家还是不高兴，于是约去的稿子就没有了下文。有些一开始就告诉你，你马上写，一周交稿，某大刊下月要出，于是，你什么都扔下了，写完了，人家说，你还是不懂我的作品，于是，也没有了下文。后来，你遇见那个大刊的编辑，人家说，嘿，根本没有这个事。

有些作家希望评论家评论他们的作品，也比较喜欢看你把某某批评得体无完肤，但当你批评到他的时候，他就无法容忍了，而且你还只是劝百讽一。这些作家最拿手的武器就是：你没有读懂我的作品。聪明一些的会稍微改变一下语意：你批评的是我以前的作品，我某某年之后的作品已经没有这些缺点了。其实，你批评的正好是他某某年之后的作品。有一位很有名的作家告诉我，我的作品你读得太少了。我就问他，你有多少作品？他说，100 篇左右。我就正告他，我最少看了你 80 篇。面对这样的作家，作为评论家，你觉得很无奈，很可耻。因为这是对一位严肃的评论家的一种羞辱。他开始怀疑你工作的态度了。

我喜欢那种和你讲理的作家。你说他的作品有什么问题，他可以与你讲理，或者不理睬，也可以，各写各的，评论家从来不是作家的附庸，或者奴才、丫鬟，要看作家的眼色行事。不要说“你没有读懂”，你可以说那些地方“你没有读懂”，简单的谩骂或否定，都是一种不负责任。

二

当然，在评论的过程中，我也一直在思考，什么是文学，怎么样才算优秀的文学？并对文学批评本身也进行严厉的反思。评论家有自己的职业尊严，但也有自己的职业操守、职业底线。只有你严守底线，有尊严地进行批评，真正的作家会尊重你，包括尊重你的工作。

马克思说,资本在狂欢。随着资本的大幅度进入许多领域,艺术也难免其灾。而随着改革开放的逐步深入,城市的崛起,中产阶级的开始形成,大众文化一枝独秀,新媒体的迅速发展,传统的时空秩序被打破了,以往的经验方式已经落伍了。

文学艺术,也开始发生巨大的变化。

什么是艺术?如何鉴赏和评价艺术?是一个严肃的问题。大众文化的时代,倘若以大众的标准来衡量一部作品,那么,谁的读者多,谁就是老大,或者说,谁的粉丝多,谁就最优秀。问题是,大众靠得住吗?艺术,也和政治一样,人人都有一票吗?民主的普选制,是否适用于文学艺术?如果以粉丝数量来评价,章太炎绝对不是于丹的对手。如今的中国,有几个人能丝毫不费劲地阅读和理解章太炎的著作?

另外一个问题,评论家评价一部作品以什么途径,或者用什么武器?大家都认为评论家必须要库存很多理论,然后凭借那些理论来评价作品。我们的批评家确实也是如此,区别只是有人只有一种理论,有人有几种理论。但拿一套理论评价一部作品时,它的功效如何呢?以前我们用马克思主义理论评析作品,甚至使用的是庸俗马克思主义,使得读者倒了胃口。现在很多人用海德格尔理论来评析作品,如果依然是庸俗的、不及物的,那么使用海德格尔和马克思,有什么高下之别呢?当评论文字只是满足于从概念到概念,这种碰碰车式的概念游戏,又有什么意义?

多少年来,我们依靠"理论"进行文学"批评",误人误已呀。我这样说不是否定理论,理论很重要,但理论必须通过学习化为自己的血液,然后通过"直觉"表现出来。张爱玲在《私语》中说"一切要让人在切身体验中发现它",可谓至理名言。当代作家,还有批评家的最大问题,不是没有理论,而是没有感觉,没有对文字的直觉。我经常说,文字必须要经过人的身体,成为一种生理的东西,没有疼痛感的文字,是无生命的。当代中国,借来的理论太多了,可以说是理论过剩,甚至理论恐慌。但是,理论真正起作用,还必须与自己日常生命的存在性发生关联,作为一名评论家,你必须对你使用的理论有感应,最好有一种浸润。然后,用你自己的话说出来,而不要做那种吃力不讨好的搬运工。我们很多学院派评论家做的就是西方理论的搬运工的工作。我虽然也经常阅读西方理论，但我不屑于做搬运工，我总是力求用自己的理解，直接进入文本，跟着感觉走，而不是跟着理论走。

我一直觉得审美直觉才是一个批评家最重要的素质，就是面对一个文本，你有没有感觉，从心理到生理，有没有触动。不管是反感，或者感动，都必须要有。如果没有一点感觉，只是生硬地搬用一些理论来言说，我觉得这样的批评家非常恐怖。高尔泰在一次访谈中说："批评家最主要的素质是审美素质。要求评论家必须有罗丹的技术才有资格评论罗丹的艺术，这样的要求是荒谬的。"牟宗三认为中国的学问是生命的学问，"生命之学问，总赖真生命与真性情以契接。无真生命与性情，不独生命之学问无意义，即任何学问亦开发不出也。"而"真生命与真性情"，也就是"存在之感受"。就文学批评而言，我喜欢做那种"创造性的批评"，我也努力做一名作为艺术家的批评家。我对瑞恰兹那种精密的、原则的，甚至科学的文学批评，不太感兴趣。当然，我也知道这似乎是目前的趋势，但我不愿走那条路。

本雅明认为"光韵"是古典艺术与现代艺术的标志，古典艺术是光韵的艺术，而现代艺术是复制艺术。"光韵"就是作家充盈和独特的审美体验内化于作品之中，此乃真正的艺术本性之所在。它是挥之不去的生命呼吸之馨香。本雅明最为看重的就是人与自然的神交阶段的自然关系。他说："艺术作品的机械复制时代，凋谢的东西就是艺术品的光韵。"只要生命的原真性存在，生命之光韵才不会消失。而如今的艺术多的是人造的光环，光环与光韵之区别，是它更多的在文本之外，比如艺术家的头衔、名声、地位等等。

现代艺术中光韵的日渐减少，主要原因是现代艺术生产的制作与复制技术的发展。而时代的巨变，也结构性地改变了人，大多数读者、观众已经无法看到古典作品中的光韵了。朱宁嘉说："现代艺术培养起来的接受者，由于影像的连续刺激，更多时候对艺术的欣赏采用的是反射性感知，即本雅明概括的涣散消遣式，因而，往往感受不到存在于艺术中的灵韵，尤其是古代艺术中的灵韵。""现代艺术培养起来的感知方式，不只让人无法感受传统艺术中的光韵，往往也致使人们与现代艺术中潜藏的灵韵擦肩而过。"以本雅明的这个理论看待中国当代文学，也是极其中肯的。当代文学，尤其那些走市场的，只是技术品而已。那里可能最多就只有复制了,光韵之类,真的是很难看见了。

数字时代的到来,网络阅读、电脑阅读、IPAD阅读、手机阅读的迅速普及,3D、4D、5D电影(影院),尤其7D电影(影院)的诞生,直接将电影与游戏结合,还有微博、微信成为人类日常化生活,都不断地加剧了浅阅读的步伐和视觉娱乐的发展, 原来那种带神性的深度阅读,人与神合一的体验完全消失了。已经很少有人有耐心去认真地阅读古典作品,尤其那些大部头的著作了。他们连读一首短诗的时间、精力、感觉都没有了。现代艺术日益成为一种可制作的快餐艺术。

在这个大众文化盛行的时代,艺术迅速沦落为商品,"文人,一如依赖华美的衣着装扮而可以更好出卖自己肉体的妓女,以美的幌子向人们出卖灵魂并兜售虚假的幸福。"(朱宁嘉:《艺术与救赎——本雅明艺术理论研究》,上海人民出版社2009)那些生产者般的作家也是如此,他们被资本绑架,以码洋为评价标准。在这样的文学氛围中,作家如果还要试图保留批判立场,那将是一个很不好的结局,因为这毕竟是一个商品化社会机制。

在这样的时代,从事文学艺术的评论,就是一种冒险,也是一项极其艰难的工作。对于评论家来说,有时候真不是一种快乐的审美体验。

三

古人说,天地人神。可是我们远离天地太久了!一个文化人如果一不知天命,二不接地气,那他的文字就只能是温室中的花,好看而不中用,根本经不起风霜的打击。我一直在批评学院派的所谓文学论文,有某知名学者撰文批评我,说我因为没有受过严格的学院训练,因此才仇视学院派。其实,我也在高校从事教学工作,我也是一名教授。我只是对文学过分学科化、技术化、工匠化看不惯而已,并没有仇视。我以为文学更多的是人类的一种生存方式,一种存在状态,孔子说"志于道,据于德,依于仁,游于艺",我觉得是很好的。诗人阿信说:"我担心会让那些神灵感到不安。它们就藏在每一个词的后面。"

我们现在的学院派由于学科体制的需要, 在所谓学术的名义下,屠宰文学,摧残文学,使得我们的学生越来越不知道文学为何物。阅读他们的文学论文,满篇是后现代名词,到处是德里达、海德格尔,其实,他们对这些扎根于西方文化厚土的大师了解多少真需要质疑。这种教条主义的态度,与当年毛泽东批评的党八股,“言必称希腊”,并没有多少差距。中国的文化创新、中国的文学创作,还是要建立在本民族的文化厚土里,否则就是无源之水,无本之木。

鲁迅说,从文学概论里走不出作家。我认为也走不出优秀的文学批评家。一名文学批评家,他们必须把根扎到民族的大地去,一个与本民族的文化联接最紧密的人,才能知道它的疼与爱,才能与它生命相关。我们必须向别的民族、国家学习,这种学习也不能限制在几个名词上,而是要触到他们文化的生命线上。

在 10 多年的文学评论实践中,我也积累了不少的个人体验。新世纪以来,是文学评论日益学院化、技术化的时期,文学评论文体日益规范化,或者日益课题化,语言日益教条化。但我一直在抵制这个倾向,我顽固地认为文学评论必须首先是美文,而且必须与你所评的作品息息相关。我们有些学院派的文学评论,其实把文章中的作品换一个别的作品都依然可以说得通。王朝闻说,一位美学家必须掌握一门艺术,这样才能深入美学的堂奥。从事文学评论的人,从事一下文学实践对于体悟作品的细微之处,非常有好处,因为道心唯微,艺术的奥妙就在它的微细之处。我个人本来最早就是写散文的,前后发表了 200 余篇。后来从事文学评论,散文的写作就很少了,但依然在坚持。近几年,已经在《华夏散文》《西湖》《雨花》《作品》《延河》《书屋》《海燕》《飞天》《黄河文学》等杂志发表了几十篇,并被圈内朋友所认可,多次入选全国散文年选和各种散文选本。就我个人来说,对我的部分散文我还是很珍爱的。

很多人说我的评论与众不同,一是随笔化,二是太刻薄。我写评论文字,总是尽量散文化、美文化,而不愿意太学术化,干巴巴地让读者为难。至于批评我为文太刻薄,缺乏对作家的同情之了解,我一直不十分认同。年初,美国的一位朋友陈瑞琳女士,也是一个优秀的作家、评论家,她看了我的那篇关于西北中短篇小说的文章,给我发来一个短信:“你这文章能发表,那编辑真是开了宏恩!你手上那把刀子总是扎到作者的痛处,作者叫痛,编辑也不好受,我读着都心惊肉跳。”看了之后，我才第一次认真地反思，难道我的文章真得这样厉害吗？最近几年，我在西北文学方面下力甚多，尤其陕西文学，当然主要以批评为主，包括对贾平凹、陈忠实老师，我一直奉守“我尊重，我苛求”的宗旨，我认为对自己喜欢的作家，进行廉价的吹捧，是一种亵渎。古人说，恒言其君之恶者为忠臣，我愿意做一个如此的批评者。

我曾经在《南方文坛》2012年5期的“今日批评家”发表短文《我的批评观》，其中说：

> 文学批评，是批评家与作家的灵魂交流。面对优秀的杰作，心有灵犀，拈花微笑，那当然是最高境界。但面对一些粗制滥造之作，或者反人性、反人类，价值观错位，低俗无聊之作，也需要当头一棒，禅宗所谓棒喝是也。不过，肯定，或批评，文学批评家都是必须用“心”的，不能胡来，成为圈子批评、哥们批评，或者批评棍子，也不能将文学批评仅作为一种工具，一种谋生的工具。新世纪以来，学院批评的崛起，在强化文学批评理论性的同时，也降低了批评的尺度。学院式批评的最大特点，就是用西方人的一两个“理论”写一本书，或一篇论文，但其实与文学文本没有关系，是一种不及物批评。
>
> 当学院派用一套一套的所谓理论“研究”那些文学作品时，“文学”就不存在了，在他们那里“文学”早成为了“尸体”。他们指手画脚，说这是“后现代”，这是“后殖民”，这是“新历史主义”，云云，很喜欢分类。这种“文学批评”至少产生两个结果：一，只有“理论”，所谓“文本”随便换一个都无所谓的；二，没有“文学”，也没有“批评”。利维斯说，所谓批评，就是一种差别意识。但在学院派批评家眼里，所有的文本都是一样的，没有什么差别。这种文学批评，其实更像是把“文学”当做了他们驰骋“理论”的“资料”而已。

在那篇文章最后，我还说：“从某种意义上说，批评者往往是非常合格的读者，也是作家真正的知音。作为一位批评家，对那些声明赫赫的中青年作家，尤其要有一种批评意识。这是对他们的尊重，对他们的致敬。”

美国文学理论家海澄·怀特说,文学在西方被认为是高级文化,或者说是高级文化的最直接的表现。因为文学代表着文化。所以文学的争论实际上就是对文化未来的争论。正是从这个意义上,我觉得从事文学评论也是一项非常愉快,而且充满冒险、悬念的工作。我喜欢它。美国诗人弗罗斯特有一首名诗《未选择的道路》,他说:

树林中岔开两条路,而我——
我选择那条少人走的,
而这已造成重大差别。

附：

论直派批评

——以杨光祖为例

李建军

一

关于文学批评，人们可以从国别、民族、时代、地域、方法、立场、学科、性别、年龄等方面，区分出五花八门的类别和流派来。然而，迄今为止，似乎还没有人从批评家的人格和德性的角度，分析并提领出“直派批评”和“谀派批评”这两个概念。

在我的理解中，文学批评首先是一种求真的活动。一个合格的批评家，要尽可能说真话，要为读者提供符合事实或接近事实的判断。这就要求批评家不仅要有良好的审美能力和思想能力，而且还要有坦率、正直、勇敢的品质和德性，否则，他就有可能知而不言，或者言不由衷，以至于以歪曲的形式来表达自己的感受和思考。也就是说，批评家一定要克服患得患失的恐惧心理，努力摆脱外部的压力和内心的怯懦，以真诚的态度和真实的表达，来陈述自己对作品的感受、认知和评价。所谓“直派批评”，就是指这种正直、坦率而又尊重事实、忠诚于自我感受的批评，就是指这种及物的、触及真问题的、敢于尖锐质疑的批评。

与“直派批评”构成尖锐对照的，是“谀派批评”（也可叫它“曲派批评”）。这是一种投其所好、唯利是图、曲学阿世的批评，是一种唯唯诺诺、闪烁其词、言不及义的批评，是一种缺乏求真热情、质疑能力和否定勇气的批评，也是一种无原则地为被批评者的“合理性”与“完美性”进行辩护的批评。

关于“谀”，许慎在《说文》中这样解释：“谀，谄也。”《庄子·渔夫》说：“不择是非而言谓之谀。”《荀子·修身》说：“以不善和人者谓之谀。”在《说苑·臣术》里，刘向则从批评者与最高统治者关系的角度，来界定“谀”的性质：“从命病君谓之谀。”如此说来，所谓“谀”者，实在是一个脏污的泥潭，一旦堕入其中，其人必沦为巧言善色的佞人，其评必沦为附意顺旨的谀评。

当然，在“直派批评”与“谀派批评”之间，还有其他样态的批评。这些批评，类别繁杂，或许可以笼统地称之为“中性批评”——从很多方面来看，这种批评中的相当一部分，都具有不温不火、不咸不淡甚至不疼不痒的“中性”特点。所谓“学院派批评”中的一小部分，拿着上书“赞赞赞”字样的投名状，入了“谀派批评”的伙，而其中的大部分，则徇徇然站到了“中性批评”的旗帜下——他们按照“核心期刊”提供的学术规范，埋下头来，一板一眼地做文章，态度算得上严谨，材料亦可谓翔实，但是，缺乏个性、趣味和见解，使人读之，昏昏然欲睡。

那么，“直”到底是一个什么样的概念？它有着什么样的文化内涵和道德意味？为什么“直派批评”的处境总是那么艰难呢？

中国自古就崇尚直言。即使在抒情性的诗歌中，直言无隐的尖锐批评，也是常见的事情。顾炎武说：“诗之为教，虽主于温柔敦厚，然亦有直斥其人而不讳者。”(《日知录》卷十九)而唐代诗歌的繁荣，则与时代的宽容和诗人的亢直，有着很大的关系，就像宋人洪迈所说的那样：“唐人歌诗，其于先世及当时事，直辞咏寄，略无避讳。至宫禁嬖昵，非外间所应知者，皆反复极言，而上之人亦不以为罪。”(《容斋续笔卷第二·唐诗无避讳》)而从历史批评和政治批评的角度看，直斥而不讳的传统，虽然屡遭压制和摧锄，但也压而不垮，摧而不毁，绳绳相继，至今未艾。司马迁应该算是第一个纯粹意义上的“直派批评家”——班固说他“其言直”，实在是一个很切实的判断。

在中国的道德哲学中，“直”是一个非常重要的范畴。它基于诚和信，是一个与正和义相近的概念。一个以直为原则的人，就是将诚信和道义看得很重的人，就是所谓的“直人”。《管子·心术上》里说：“大道可安而不可说，直人之言，不义不顾，不出于口，不见于色，四海之人，又孰知其则。”孔子说：“自古皆有死，民无信不立。”其实，那后一句，也可以改为“民无直不立”。直与枉相对。枉即邪曲，是一种很坏的德性。孔子曾多次论及“直枉”问题。在他看来，直不仅是一种美好的德性，而且还会带来积极的效果：“人之生也直，枉之生也幸而免。”(《论语·雍也》）他赞赏卫国大夫史鱼在政治上所表现出来的直的德行，“直哉史鱼！邦有道，如矢；邦无道，如矢。”（《论语·卫灵公》）他相信“直”的道德感化力和社会影响力：“举直错诸枉，能使枉者直。”（《论语·颜渊》）同时，也只有“举直错诸枉，则民服”（《论语·为政》）。孔子在《论语·卫灵公》中说：“吾之于人也，谁毁谁誉？如有所誉者，其有所试矣。斯民也！三代之所以直道而行也。”在他看来，在自己的时代，能“直道而行”的人，并不是很多。

事实上，在任何一个时代，行直道和做直人，都是很艰难的事情。古人不云乎：“直如弦，死道边；曲如钩，反封侯。”《后汉书·黄琼传》里说：“峣峣者易缺，皦皦者易污。”刘知几在《史通·直书》中也说：“夫人秉五常，士兼百行，邪正有别，曲直不同。若邪曲者，人之所贱，而小人之道也；正直者，人之所贵，而君子之德也。”他提出了“直书”与“曲笔”两个概念。从责任伦理的角度讲，无论什么人的恶德和劣迹，历史学家都要以“直书”的方式，照直写下来。然而，在有的时候，“直书”实在是很危险的：“夫为于可为之时则从，为于不可为之时则凶。”所谓“可为之时”，就是遇到了仁君当政的时代，说话比较自由，“能成其良直，擅名今古”，又不至于被杀头；所谓“不可为之时”，就是生活在暴君当政的时代，以言获罪，动辄得咎，“或身膏斧钺，取笑当时；或书填坑窖，无闻后代”，这就很悲惨了。不幸的是，几千年来，正直的史学家和批评家所遭遇到的，大都是很触霉头的时代，而“身膏斧钺，取笑当时”，也就成了他们难逃的劫数。尽管如此，刘知几还是赞美这种直书的精神：“盖烈士徇名，壮夫重气，宁为兰摧玉折，不作瓦砾长存。”在他看来，仗义直书、不避强御、肆情奋笔、无所阿容，这虽然会给自己带来麻烦甚至灾祸，但却是值得赞美的伟大精神和不朽功德，所谓“虽周身之防有所不足，而遗芳余烈，人到于今称之”。

那么，有没有一种既可以说自己想说的话，又不至于掉脑袋的一举两全的好办法呢？“古来唯闻以直笔见诛，不闻以曲笔获罪”（《史通·曲笔》），于是，一些聪明的人，便发明出了“曲笔”的书写策略。本来，刘知几讨厌一切首鼠两端的滑头做派，毫不宽假地反对一切任性而不诚实的书写方式，用他自己的话说，就是“用舍由乎臆说，威福行乎笔端，斯乃作者之丑行，人伦所同疾也”。但是，他也理解人们用“曲笔”的无奈和苦衷，所以，在《史通·曲笔》里，他就站到君臣父子的立场，替“曲笔”做起了辩护：“肇有人伦，是称家国。父父子子，君君臣臣，亲疏既辨，等差有别。盖‘子为父隐，直在其中’，《论语》之顺也；略外别内，掩恶扬善，《春秋》之义也。”由于有“亲疏”和“贵贱”之别，所以，“史氏有事涉君亲，必言多隐讳，虽直道不足，而名教存焉”。刘知几的这些观点，其来有自，显然是对孔子的“父为子隐，子为父隐，直在其中”的引申和发挥。

从现代法律的角度看，孔子的父子互隐之说，是既合乎情理，也合乎法理的。但是，从社会批评和文学批评的角度看，为所谓“等差有别”的“隐”作辩护，就是一件很不合理且非常危险的事情，因为，它这是为历史学家和批评家的撒谎和作假，找了一个冠冕堂皇的借口，找了一条心安理得的退路。事实上，无论对历史叙事来讲，还是对文学批评来说，除了修辞性的“曲笔”，任何着眼于权力和身份的伦理性质的“曲笔”，任何以“善良动机”为说辞的“曲笔”和“谀言”——所谓“曲笔阿时”，所谓“谀言媚主”——都是不允许的，都是可耻的。

客观上讲，“直”虽然是一种美好的德性和重要的价值，会带来正确的认知和良好的道德效果，但是，它又意味着否定和冒犯，会给批评者带来很大的麻烦，使他成为众矢之的甚至“人民公敌”，人人必欲杀之而后快。嵇康在《与山巨源绝交书》中说：“吾直性狭中，多所不堪，偶与足下相知耳。”一个“不堪”，一个“偶与”，就足以说明“直性”会给自己带来多大的麻烦，多么难以为人所理解和接受。谁若立志行直道而说真话，谁就难免要与一些人发生利益上的冲突，甚至要与“恶直丑正”的不良社会风气发生冲突。这无疑是一件很考验人的勇气和承受力的事情。正因为这样，清人包世臣才在《答萧牧生书》中感叹说：“直道不行久矣”；[①]赵翼才在谈“《宋书》书法”的时候说：“《宋书》书法，全多回护忌讳而少直笔也。”（《陔余丛考》卷六）

---

① 刘平、郑大华编：《中国近到思想家文库·包世臣卷》，中国人民大学出版社，2013年，第468页。

事实上，直到今天，古人所说的“全多回护忌讳而少直笔”，也是极为常见的事情。就文学批评方面来看，情况似乎更加严重——很多时候，它已经不再是一种独立而高贵的文化行为，而是沦为缺乏自由精神和尊严感的“谀评”，甚至沦为一种纯粹的寄生性的现象。我们的一些批评家，接受黑格尔的“存在即合理”哲学，接受他者的“社会订货”，用一套永远不变的话语模式——诸如“高峰”“巅峰”“杰作”“奇书”“极品”“经典”“完美”“辉煌”“天才”“震撼”甚至“地震”等——来赞美一部并不成熟甚至完全失败的作品。这种批评的根本特点就是 “谀”和“谄”，就是“不诚实”和“不坦率”，就是缺乏对事实的尊重和对真理的敬畏。那些“谀派批评”应该清醒地认识到这样一点：任何为了某种外在的目的而故意歪曲事实的判断和表达，都是对批评的道德原则的背叛，都是不负责任的失职行为。

当然，我们也有一些为数不多的“直派批评家”。杨光祖就是这不多的批评家中的一个。最新出版的批评文集《杨光祖集》（甘肃人民出版社，2015 年 5 月），就很集中地彰显着作者的个性、才华、文学理念和批评风格。三代以下无完人，崤函以西少批评，在西部的屈指可数的几个“直言派”批评家中，杨光祖无疑是特立秀出的佼佼者。

二

从批评伦理的角度看，杨光祖的批评具有正直、坦率和诚实的品质。张中晓说：“从诚实良心等等道德角度看，道德的确是行为——不仅是行为而且是思想、学问等等精神工作的中心。日常生活中的虚伪，在精神工作中就流为欺骗，流为说谎，流为把真理当商品等等。”[1] 这样的观点，肯定会得到杨光祖的认同，因为，他也强调“精神工作”的道德感，反对欺骗、说谎和“把真理当商品”。在自己的文章中，他多次引用过孔子的一句话——“吾谁欺·欺天欤？”他还曾写过一篇近乎宣言书的文章——《文学批评要讲真话》。

在这篇文章里，他提出了文学批评的“底线伦理”这一概念，认为

---

[1] 张中晓遗著，路莘整理：《无梦楼随笔》，上海远东出版社，2011 年，第 11 页。

"文学批评家的天职就是说真话。求真务实应该是批评家言说的基本职业道德,或者更准确地说,是职业底线" 。[1]他尖锐地表达了对当代文学批评的失望和不满:他批评现在的批评家"缺乏独立品格","突破底线,丧失了批评的基本伦理诉求,因为一些文学之外的因素而不敢说真话";"有些学者大喊当代中国文学到了前所未有的高度, 有些学者批评我们对当代文学有太多的偏见;可翻遍他们的文字,只有判断,而没有论证。有的学者对一部刚出版的小说,就大肆吹捧,捧到了经典的程度。但是阅读他们的文章,却缺乏基本的证据和推理。他们只是大言欺人!" [2]还有不少"对文学没有丝毫兴趣,更缺乏文学感悟力、鉴赏力的所谓文学批评家。[3]他们落后的文学观、陈旧的知识、迟钝的文学感觉,及其对生活鲜活感受力的缺乏,都是导致文学批评急剧下滑的原因所在。文学本身的复义性、多元性、没有准确结论性,无形中在增加挑战性、冒险性的同时,也降低了文学批评的门槛,出现了一批滥竽充数的所谓批评家。" 对杨光祖来讲,独立和尊严、诚实和正直乃是批评应该遵守的首要原则。"正直"甚至就是他评价作家和作品的一个稳定尺度,例如,他批评贾平凹的写作缺乏正气,"一种不正的东西被释放出来了" [4];在《废都》里,"庄之蝶玩弄女性,而作家玩弄读者"[5] ;贾平凹身上有一股邪气,"正是这种邪气成就了《废都》,但也让他丧失成为文学大师的可能。" [6]

同样,"真诚"也是他评价作家和作品的重要尺度。他引《中庸》里的话说:"诚者,天之道也;诚之者,人之道也。……自诚明,谓之性;自明诚,谓之教。诚则明矣,明则诚矣。唯天下至诚,为能尽其性;能尽其性,则能尽人之性;能尽人之性,则能尽物之性;能尽物之性,则可以赞天地之化育;可以赞天地之化育,则可以与天地参矣。"杨光祖认为,这

---

[1] 杨光祖著:《杨光祖集》,甘肃人民出版社,2015 年,第 252 页。

[2] 杨光祖著:《杨光祖集》,甘肃人民出版社,2015 年,第 251 页。

[3] 杨光祖著:《杨光祖集》,甘肃人民出版社,2015 年,第 253 页。

[4] 杨光祖著:《杨光祖集》,甘肃人民出版社,2015 年,第 173 页、第 174 页。

[5] 杨光祖著:《杨光祖集》,甘肃人民出版社,2015 年,第 174 页。

[6] 杨光祖著:《杨光祖集》,甘肃人民出版社,2015 年,第 177 页。

段话“说道尽艺术之奥秘”。[1]他用这段话来说明文学批评的标准,并以它为“准的”,阐释了杨显惠的《夹边沟记事》等作品的“真诚”“真实”“苦难意识”和“宗教精神”。也正是以“诚”的尺度为参照,他发现了莫言的《蛙》和贾平凹的《带灯》在叙述方式和细节描写上的做作、虚假和无聊。在《<带灯>:修辞并不只是一个简单的技巧问题》一文中,他尖锐地指出贾平凹的小说普遍缺乏情怀、意义和真实感,普遍存在趣味上的败坏等等问题:“没有大情怀,没有大学问,没有大思想,而偏要‘著作等身’,于是就只有组装了。贾平凹的小说里就那几味东西,后期最多的就是‘梦游’,《白夜》就开始了,《带灯》里也用上了。吹埙,动不动就流泪;一个一个疯子(白痴),都是贾氏的典型标志。没有任何铺垫,随意乱写,也是贾氏特色。还有那些肮脏的东西,尿、屎,他后期的小说里比比皆是,太脏,不说了……《带灯》里的虱子,从头到尾,铺天盖地,就是没有任何意义,无论是象征意义,还是别的意义。只感觉到一种恶心。我们读马尔克斯,读鲁尔福,他们的魔幻里有情感,有思想,有不平,有反抗。而贾平凹的魔幻里多的是肮脏、萎靡、恶俗、无聊。”[2] 由于坚守正道和直道,所以,在杨光祖的批评文章中,你就很少看见言不由衷的夸赞、不着边际的妄断和投其所好的逢迎。在他的批评文字里,你可以清晰地看见作者自己的真诚态度和坦率性格。

真诚意味着发现问题和直面问题。在一个乱象纷呈的转型时代,批评家的首要任务,就是拿出眼光和勇气,敏锐地发现问题,坦率地指出问题,深刻地分析问题,从而对自己时代文学的成长和成熟,提供积极的“支援意识”。杨光祖就敏锐地发现了一些容易被人们忽略的严重问题。

他发现那些追求“纯文学”的作家和批评家,常常将“技巧”和“形式”当做一种自足的价值来追求,而忽略了那些更为本质的东西。

中国当代作家大都是“纯文学”拜物教的信徒。在他们看来,“纯文学”就是“技巧”高超的文学。在杨光祖看来,我们的作家书并没有搞清楚这样一个道理:技巧之上是“艺术”,而“艺术”之上,则是更为复杂和

[1] 杨光祖著:《杨光祖集》,甘肃人民出版社,2015 年,第 83 页。

[2] 杨光祖著:《杨光祖集》,甘肃人民出版社,2015 年,第 231 页。

博大的生命世界和精神世界。杨光祖将“形式”和“精神”联系起来考察，将前者视为后者的映射和外化。因而，在他看来，所谓技巧就不是“技术”，而是一种艺术，而且，还是一种与生命体验和精神活动密切关联的创造性的艺术。因为不懂得这个道理，当代作家便一味技术化地玩弄技巧和形式：“当代中国文学的衰落，就是作家形式感的缺失。我们猛一看当代文学，作家似乎都在那里疯狂地进行形式的实验，五光十色的，但仔细一看，他们只是为形式而形式，并不是出于生命的需要，并不是出于作品的需要，更没有灵魂的突围和挣扎。”[①]没有自己的生命律动，没有自己的痛苦和对爱的渴望，只有将文学当做“工具”的“生产”，这种“没有生命的文学不是文学，是技术产品”。[②]

在当代的战争文学和军事文学里，杨光祖也发现了同样严重的残缺和问题。

战争是人类生活中最为悲惨的灾难，也是文学叙事的重要主题和题材。关于战争的想象和叙事，严峻地考验着一个时代的文学，考验着作家在追求人道主义精神、洞察人性、创造道德诗意等方面的能力。然而，在中国的汗牛充栋的战争题材和军事题材作品中，却很少看到真正伟大的作品。这是为什么呢？杨光祖尖锐地提出了这个问题，并且给出了自己的分析和结论。他发现，中国的作家常常陶醉于对暴力——包括战争暴力和性暴力——的渲染，而不是深入地对它进行反思和批判。他点名批评了莫言、红柯、贾平凹、杨争光、孙皓辉、姜戎等人的暴力叙事，并且发出了这样的质疑：“红柯肆无忌惮地张扬这种血腥的暴力文化，我们的批评界为什么一片叫好之声？我们的作家为什么对土匪这样情有独钟？这里还包括如莫言《檀香刑》、杨争光的土匪小说、《狼图腾》等……有时我们很难理解，为什么我们最优秀的当代作家却把自己的理想、信仰、情感都寄托在那些杀人如麻的土匪身上？这里除了迎合读者的低级趣味之外，与作家的自身素质有否关联？一个没有现代理念的作家，他能写出什么好小说吗？”[③]他的结论是，这些渲染

[①] 杨光祖著：《杨光祖集》，甘肃人民出版社，2015年，第31页。

[②] 杨光祖著：《杨光祖集》，甘肃人民出版社，2015年，第34页。

[③] 杨光祖著：《杨光祖集》，甘肃人民出版社，2015年，第56页。

暴力的作家缺乏“人类情结”和“人文关怀”。他援引了英国女学者安娜·伯克在《面对面的杀戮》一书中反思“英雄主义”和“杀戮”的观点，并结合巴别尔和徐光耀的积极经验，提出了这样的主张：战争文学应该站在人道主义高度，尊重生命超越和“二元对立的低层次”，并以反思的精神和批判的态度来叙述暴力。

恶俗是当代文学叙事中极为常见的严重问题，也是杨光祖特别着力解剖的一个文学病象；在批评这一现象的时候，他的正直和坦率，他的学识和才华，都表现得可圈可点，令人无法不击节称赏。

长期以来，由于很多批评家无原则的赞赏和辩护，由于市场的接纳和鼓励，甚至，由于文学体制的纵容和奖赏，文学中的那些可怕的恶俗，获得了极大的“合法性”空间。这就造成了这样一种严重的后果：那些获得声望资源和市场认同的作家，继续肆无忌惮地以粗俗方式写作，而读者对这种羞辱自己尊严和智商的粗俗，也见怪不怪，习以为常。

在一部恶俗的作品后面，不仅站着一个“著名作家”，同时还站着许多“著名批评家”。谁如果想批评恶俗，想对《废都》《上海宝贝》《我爱美元》《檀香刑》《抓痒》《风雅颂》《兄弟》这样的恶俗作品宣战，那么，谁就等于要同时冒犯恶俗的作家与赞赏恶俗的批评家，甚至还得冒犯一部分已经习惯了恶俗的读者。

然而，杨光祖偏偏就有这样的正直和勇气。他常常“敲明叫响”地向那些“著名作家”发难，向那些名头很大的“学院派”学者和批评家发难，对他们进行尖锐的质疑和驳诘。他的这种难得的“直派批评”风格，成功地体现在对余华的《兄弟》的解剖上以及关于它的“批评”的批评上。《<兄弟>的恶俗与学院派的症候》一文，就彰明较著地体现着他作为“直派批评家”的价值原则和个性风貌。

三

《<兄弟>的恶俗与学院派的症候》事关余华，所以，先就余华说几句。

余华是一个严重依赖西方的现代主义经验进行写作的“先锋作家”。二三十年来,他的写作虽有一定的变化,但是,万变不离其宗,摆不脱对法国的“新小说”等现代主义小说的“路径依赖”,始终没有太大的超越和进步。他那将人等同于物的“机器人”写作模式,从一开始就缺乏真实的品质和朴实的风格,就存在缺乏意义深度的问题和过度渲染暴力和性的粗俗倾向。他的长篇小说《许三观卖血记》就是一部粗俗而虚假的作品,而他的《兄弟》则后来居上,在虚假和粗俗方面,简直到了登峰造极程度。然而,在中国,从北方到南方,从东部到西部,都有为数甚夥的“学院派”批评家为《兄弟》叫好,替它辩护,甚至将它哄抬到“世界名著”的高度。

在几乎每一个中国当代“著名作家”的背后,有一个阵容庞大的手持鲜花的阐释者群体。所以,批评一部“著名作家”的作品,就意味着同时在回应那些关于它的评论,在与那些对这部作品发表过意见的学者和批评家,展开潜在或直接的对话。在 2006 年 11 月 30 日复旦大学主办的《兄弟》研讨会上,包括陈思和教授在内的一群批评家,都一致高度评价这部作品。杨光祖坦率而尖锐地批评《兄弟》,无异于两面出击,将自己致于腹背受“敌”的境地。然而,他似乎没有太多的恐惧和犹疑。他只对真相和事实感兴趣。他想弄清楚这样一些问题:他们在说什么?是如何说的?是否有理有据?是否合乎文本的事实和生活的逻辑?

在《<兄弟>的恶俗与学院派的症候》里,杨光祖一开始就引用了陈思和先生的替整个研讨会定调的观点:“我们希望余华的《兄弟》进入文学史,进入学院”;“我应该毫不掩饰地说《兄弟》是一部好作品。这部好作品首先是它对当代社会、这个时代作了非常准确的把握”;“我觉得余华从‘先锋’到《活着》和《许三观卖血记》,是迈了一大步,从一个完全西方化的先锋作家走向了中国民间社会,我觉得这是一个典范。”杨光祖明确指出,这是一些“很离谱”的话,与作品的实际状况,完全不相符合。

从方法论的角度看,陈思和先生犯了“语境错置”和“比较失伦”的错误。他不是在中国语境中,通过细致的文本分析,来阐释《兄弟》,而是错位性地将它置放到了关联性并不强的“西方”语境中,强行地进行“非对称性比较”,具体地说,就是将《兄弟》与拉伯雷的《巨人传》相提并论，并用“狂欢化”“民间传统”等理论来解读，为它的极尽渲染之能事的粗俗描写，曲为辩解，进而根据巴赫金的理论，将《兄弟》界定为“怪诞的现实主义”。

受陈思和的影响，他的同事栾梅健，也骎骎乎恐作后尘，将《兄弟》与五百年前的法国小说《巨人传》，将两个完全不一样的文本生拉硬拽地扯到一起，并且得出了与陈思和完全一样的结论：“几乎同样的情况在近五百年后的中国发生了。如果说拉伯雷《巨人传》中的众多荒诞不经乃至不可思议的描写，表现了作者对没落的封建制度与宗教迷信的冲击与嘲笑，显示出新型的人文主义思潮与萌动，那么我们是否也可以这样理解，《兄弟》中对李光头这样‘庸俗的’‘满身铜臭的’暴发户的描写，正是余华对当下社会某一侧面的准确描摹，有着强烈的震撼力与穿透力。”读了如此这般的“学院派”评论，杨光祖说，“我真的有点不相信自己的眼睛。一部作品刚面世，就将它与世界文学史上的名著相提并论，这种态度不说不严肃吧，也是有点太随意。更何况《兄弟》真的可以与《巨人传》并论吗？真的是怪诞现实主义吗？我们不妨简单地对比、论述一下。这里需要的只是常识，根本用不着多高深的学问和理论。”[①]随后，杨光祖便通过细致的文本对照，在切实的比较语境中，分析了《兄弟》与《巨人传》之间的不同，揭示了它们之间天差地远的距离。《巨人传》充满了人文主义的批判精神，高扬着人性解放和精神自由的旗帜，揭示了被扭曲和异化的人，如何最终成为一个精神获得解放的“巨人”：“我们再来看余华的《兄弟》，哪里有一点这些东西？他的小说中不但没有人文主义精神，而且从骨子可以看出他就反对这些东西。从他的《兄弟》里我们看出了‘我是流氓我怕谁’，看出了对文化的仇视，对流氓的礼赞，根本没有一丝对真善美的向往。”[②]杨光祖的批评虽然尖锐，但是，他的基于文本细读的分析和判断是可靠的，是符合两部作品的实际情况的。

显然，从意义世界的的角度看，余华小说的最大问题，就出在审美趣味和价值取向上。他肆无忌惮地描写粗俗，渲染暴力。杨光祖明确而

---

① 杨光祖著：《杨光祖集》，甘肃人民出版社，2015 年，第 64 页。

② 杨光祖著：《杨光祖集》，甘肃人民出版社，2015 年，第 67 页。

直接地表达了自己对这些问题的看法，并反驳了陈思和等人的曲意回护："就我的个人阅读体验来说，《兄弟》的叙事风格是严重失败的，价值趋向是扭曲的变态的。它的风格，我认为准确地说，应该是恶俗。按照美国文化批评家保罗·福赛尔《恶俗》里对'恶俗'的定义：恶俗是指某种粗陋、毫无智慧、没有才气、空洞而令人厌恶的东西。恶俗就是将本来糟糕的东西装扮成优雅、精致、富于品味、有价值和符合时尚。可我们尊敬的批评家却把它当成了纯正、高雅、明智或者迷人的东西。我感觉陈先生将拉伯雷的'民间'狭义化了，或者改造了，他只看见了'民间'的粗鄙、粗糙，而没有看到人家的'民间'里还有自由、解放与新生。我们阅读《巨人传》，会强烈地'感觉到自己属于人民大众的那种历史的大无畏精神和生生不息'，能'感到自己是主人——而且绝对是主人（在狂欢节上既没有客人，也没有观众，人人都参与，人人是主人。）'"[①]杨光祖对余华作品问题的判断是准确的，对问题的分析也是透彻的。他的批评既有助于我们认识"先锋文学"的内在残缺，也有助于我们反思"学院派"批评所存在的问题。

在中国的批评家中，有相当一部分人来自高校，是所谓的"学院派"。他们很善于建构"体系"和进行"命名"。形式上看，他们的评论文章写得滴水不漏，征引宏富，材料翔实，给人一种非常学术、不容置疑的权威感。但是，他们的立论和判断，与作品的实际情形，往往圆凿方枘，互不接榫。在解读《兄弟》的时候，杨光祖就通过细致的阅读和研究，发现了"学院派"批评普遍存在的问题："为了写这篇文章，我把陈思和先生的《我对〈兄弟〉的解读》认真读了几遍，真的比读《兄弟》还叫人难受。我们说得平和一点，陈先生的解读是一种夸张的过度阐释；说得尖锐一点，是与作品没有什么关系的自说自话。这是当下文学批评的一个非常突出的现象，也是 1990 年代以来文学批评学院化后的一种痼疾，而且已经严重地侵蚀了正常的文学批评。"[②] 杨光祖还从"学术评价体系"的角度，批隙导窾，一针见血地分析了引致"学院派"痼疾的原因："学院派批评的致命症结除了丧失批评底线伦理之外，更在理

[①] 杨光祖著：《杨光祖集》，甘肃人民出版社，2015 年，第 65 页。

[②] 杨光祖著：《杨光祖集》，甘肃人民出版社，2015 年，第 68 页。

论过剩,或者准确地说伪理论、假理论太多。当然,这与当前大学实行的一套学术评价体系关系甚大。现在的大学都有一套严密的技术化学术评估标准,在这样的所谓学术标准下,许多杂志就被划到了'学术'之外,比如1930年代或1980年代文学批评的主要阵地文学杂志,就无法进入大学所谓学术的范围,更不用说那些报纸了。而大学研究生的批量生产,又是文学评论表面繁荣的一大原因。学校规定研究生毕业必须在规定的学术杂志发表两篇以上的学术文章,而这些研究生的批评素养且不说他,即这个市场需求的量也是出奇之大。于是,我们的学术杂志迅速商品化,一手交钱,一手交文章,已经成了学术圈的'显规则'。而那些大学教授、博导要申请课题,要完成课题,还有学校每年的考核标准,都要求他们在规定的学术杂志发表一定数量的文章,于是课题费开始流向学术杂志,所谓的学术文章也就一篇篇地出笼了。"①

"过度阐释"、"自说自话"和"理论过剩",这些,的确就是"学院派"的严重问题,也是"谀派批评"惯用的言说策略和批评套路。

四

作为批评家,杨光祖身上最可宝贵的品质,就是"直"。他清醒地与那种煞有介事而又华而不实的"学院派"批评保持距离。他在解读作品的时候,严格根据自己的具体感受和作品的具体事象,来展开分析,来进行判断,绝无大而无当、言不及义的"话语空转",也很少感染随意概括、妄下雌黄的流行病。

根据基本常识和基本经验来解读作品,是杨光祖的"直派批评"的一个基本特点。贾平凹小说的大量的"恋污癖"描写,无疑是严重畸形的文学病象,但是,陈思和先生却为之辩护,说这是作者"了解农民文化的缘故"。在杨光祖看来,这根本就是一个基于想当然的错误判断。于是,他便根据西北农村的基本经验来进行反驳:"我们知道农民说话

① 杨光祖著:《杨光祖集》,甘肃人民出版社,2015年,第73页。

没有那么文雅，不会引用西方文论，但他们也绝对没有余华、贾平凹所写的那么粗俗。其实中国的许多农村仍保留着许多良好的礼仪。农民的确不把粪便、尿、鼻血看成什么大不了的事，但是农民吃饭时也绝对不会把粪便、尿放在炕上，也绝对不会像《秦腔》所写的那样用石头去砸一泡屎，让它四处溅去。当小孩有了鼻血、鼻痂时，也绝对不会欣喜若狂，而是会把他们擦去。当小孩在人前放屁时，大人会严肃地批评他们，而不会认为是一件很愉快的事。农民也是爱干净，喜欢整洁的，并不像我们尊敬的作家写的那样以脏为美，以丑为美。这种对农民的丑化描写应该结束了。从这里也不难看出，生活在大上海的陈先生对西部农村真是有着许多奇怪的'想象'，在他的眼里，那里是混乱的野蛮之乡。这种过于优越的城市心理应该变一变了。"[①] 显然，在杨光祖看来，无论什么样的小说，即使说到天上去，它也不能脱离"世事"和"人情"的范围，所以，批评家就必须根据切实的生活经验和基本的人间事理，来认识和评价小说细节描写的真实性和有效性，而不是根据玄虚的理论和凭空的揣想来解决问题。

杨光祖说："我认为一切真正的写作都是作者的自传，当然更多的是心灵自传。我们看鲁迅、托尔斯泰、卡夫卡等大师，他们的作品里都有着他们的灵魂。"[②]他于是就很注意从作品里分析和描述作者心灵生活的状况。但是，他的分析又不是冷冰冰的"临床解剖"，而是真正意义上的心灵对话。也就是说，在对作家和作品展开批评的时候，杨光祖很善于推己及人，将心比心，抱着一种体贴入微的态度。在分析张爱玲的《小团圆》以及她的"阴影"和"创伤记忆"的时候，他就入情入理地分析了她的"两面性"，分析了人心和人性的不可言状的复杂样相。同样，他对张贤亮的"冷漠"、"罪感意识的缺乏"和"自我中心主义"的批评虽然尖锐，近乎不留情面，但是，因为能以伟大的经验作比照，据实道来，因而，就显得很有人情味，也很有说服力。

杨光祖读书多，学养好，但从不卖弄知识，或者故意把文章写得云

[①] 杨光祖著：《杨光祖集》，甘肃人民出版社，2015 年，第 69 页。

[②] 杨光祖著：《守候文学之门：当代文学批判》，中国社会科学出版社，2007 年，第 64 页、第 65 页。

里雾里,以显示自己的博雅和高深。他坚持用清楚明白的语言,甚至近乎口语的家常话,来表达自己对作家和作品的感受和评价,例如:“贾平凹《废都》《白夜》之后,就几乎没有什么好作品,《高老庄》还差强人意,《病相报告》《土门》《高兴》基本是失败之作,《秦腔》《古炉》有人评价很高,也得了很多奖,惭愧得很,我真得没有看出‘伟大’来。《带灯》2012年岁末买的,2013年2月末才强迫自己阅读, 读完上部山野,就很失望。语言倒还通达,不像《秦腔》那么艰涩,但文字没有力量,人物对话汤汤水水,读了40页,整整一个上部,仍然没有一个人活起来,没有一句话,让人记住的。”[①]这样的语言,毫无“学院派”拿腔作调、半通不通的滞涩和乏味,使人读来,但觉亲切和可爱。

文学批评的人云亦云、鹦鹉学舌的无个性化,一直就是个大问题。有的批评家下笔洋洋洒洒,满纸烟霞,但就是听不见他自己的声口,看不见他自己的身影。他被那些高深“理论”的给淹没了,被作家和他的作品给压垮了。然而,杨光祖的批评却与之不同,属于处处有我的个性化批评。他运情入文,始终在说自己的话,阐述自己的感受和认识。在他的文字里,总能感到他作为“我”的个性化存在,总是能感受到一种沛沛然的激情和正气。他在《形式与文学的生长》中说,“文学形式最本质的意义,就是对生命本体的观照”,然后,他立即现身说法,根据自己的体验, 对这一判断做了具体的说明:“2008年11月12日车过董志塬,满眼苍黄,一望无际,司机忽然打开秦腔CD,时高亢,时低回,或壮怀激烈,或柔情似水,正与这山川契合。这真是一种生命的歌哭。那一刻,我内心里一阵感动,泪水都涌上来了。而在甘肃甘南,车行草原,雪山,白云,绿草,只有藏歌最适合那片土地。试想在杭州西湖吼秦腔,会是什么感觉?身处田田荷叶里,只有越剧、昆曲,从生命深处流出,欲唱秦腔口难开,因为根本没有那种生命的冲动。”[②]这样的文字,是有温度的,有感染力的,是能够引发读者的共鸣的。在一篇理论性的文章中读到这样的句子,就像在无边的沙漠里看见绿洲一样,就像在寒冷的冬夜里看见篝火一样,是会让人特别欣悦的一件事情。在我看来,真正

[①] 杨光祖著:《杨光祖集》,甘肃人民出版社,2015年,第229页。

[②] 杨光祖著:《杨光祖集》,甘肃人民出版社,2015年,第25页。

的文学批评，应该充满绿色的生机，应该散发出火的光热。这就意味着文学批评也是一种挑战人的才华和创造力的文体，而好的批评家其实也应该是一个好的作家。所以，将批评文章写得枯燥乏味就是严重的失职，其“罪错”一点儿也不比判断失误和识见浅薄为轻。

在精神上，杨光祖的文章体现出的是“直派批评”的风骨，但是，在文情笔意上，他的文字也不失妩媚和可爱。很多时候，我们从杨光祖的批评文章里，看到了散文的潇洒风致。“刚健含婀娜”，用苏轼《次韵子由论书》里的这句话，来描述杨光祖的批评风格，大体上也是合适的。